U0541413

A LIBRARY OF
DOCTORAL
DISSERTATIONS
IN SOCIAL SCIENCES IN CHINA

中国
社会科学
博士论文
文库

中国当代小说与佛教文化之关系研究

The Relationship Between Chinese Contemporary
Fictions and the Buddhism Culture

褚云侠　著

导师　张清华

中国社会科学出版社

图书在版编目(CIP)数据

中国当代小说与佛教文化之关系研究/褚云侠著. —北京：中国社会科学出版社，2019.10
ISBN 978-7-5203-4893-5

Ⅰ.①中… Ⅱ.①褚… Ⅲ.①小说—关系—佛教—宗教文化—研究—中国　Ⅳ.①I207.42

中国版本图书馆 CIP 数据核字(2019)第 183939 号

出 版 人	赵剑英
责任编辑	陈肖静
责任校对	牛　玺
责任印制	李寡寡

出　　版	中国社会科学出版社
社　　址	北京鼓楼西大街甲 158 号
邮　　编	100720
网　　址	http://www.csspw.cn
发 行 部	010-84083685
门 市 部	010-84029450
经　　销	新华书店及其他书店
印　　刷	北京明恒达印务有限公司
装　　订	廊坊市广阳区广增装订厂
版　　次	2019 年 10 月第 1 版
印　　次	2019 年 10 月第 1 次印刷
开　　本	710×1000　1/16
印　　张	15.5
插　　页	2
字　　数	255 千字
定　　价	78.00 元

凡购买中国社会科学出版社图书，如有质量问题请与本社营销中心联系调换
电话：010-84083683
版权所有　侵权必究

《中国社会科学博士论文文库》
编辑委员会

主　　任：李铁映
副 主 任：汝　信　江蓝生　陈佳贵
委　　员：(按姓氏笔画为序)
　　　　　王洛林　王家福　王缉思
　　　　　冯广裕　任继愈　江蓝生
　　　　　汝　信　刘庆柱　刘树成
　　　　　李茂生　李铁映　杨　义
　　　　　何秉孟　邹东涛　余永定
　　　　　沈家煊　张树相　陈佳贵
　　　　　陈祖武　武　寅　郝时远
　　　　　信春鹰　黄宝生　黄浩涛
总 编 辑：赵剑英
学术秘书：冯广裕

总　序

在胡绳同志倡导和主持下，中国社会科学院组成编委会，从全国每年毕业并通过答辩的社会科学博士论文中遴选优秀者纳入《中国社会科学博士论文文库》，由中国社会科学出版社正式出版，这项工作已持续了12年。这12年所出版的论文，代表了这一时期中国社会科学各学科博士学位论文水平，较好地实现了本文库编辑出版的初衷。

编辑出版博士文库，既是培养社会科学各学科学术带头人的有效举措，又是一种重要的文化积累，很有意义。在到中国社会科学院之前，我就曾饶有兴趣地看过文库中的部分论文，到社科院以后，也一直关注和支持文库的出版。新旧世纪之交，原编委会主任胡绳同志仙逝，社科院希望我主持文库编委会的工作，我同意了。社会科学博士都是青年社会科学研究人员，青年是国家的未来，青年社科学者是我们社会科学的未来，我们有责任支持他们更快地成长。

每一个时代总有属于它们自己的问题，"问题就是时代的声音"（马克思语）。坚持理论联系实际，注意研究带全局性的战略问题，是我们党的优良传统。我希望包括博士在内的青年社会科学工作者继承和发扬这一优良传统，密切关注、深入研究21世纪初中国面临的重大时代问题。离开了时代性，脱离了社会潮流，社会科学研究的价值就要受到影响。我是鼓励青年人成名成家的，这是党的需要，国家的需要，人民的需要。但问题在于，什么是名呢？名，就是他的价值得到了社会的承认。如果没有得到社会、人民的承认，他的价值又表现在哪里呢？所以说，价值就在于对社会重大问题的回答和解决。一旦回答了时代性的重大问题，就必然会对社会产生巨大而深刻的影响，你也因此而实现了你的价值。在这方面年轻的博士有很大的优势：精力旺盛，思想敏捷，勤于学习，勇于创新。但青年学者要多向老一辈学者学习，博士尤其要很好地向导师学习，在导师的指导下，发挥自己的优势，研究重大问题，就有可能出好的成果，实现自己的价值。过去12年入选文库的论文，也说明了这一点。

什么是当前时代的重大问题呢？纵观当今世界，无外乎两种社会制度，一种是资本主义制度，一种是社会主义制度。所有的世界观问题、政治问题、理论问题都离不开对这两大制度的基本看法。对于社会主义，马克思主义者和资本主义世界的学者都有很多的研究和论述；对于资本主义，马克思主义者和资本主义世界的学者也有过很多研究和论述。面对这些众说纷纭的思潮和学说，我们应该如何认识？从基本倾向看，资本主义国家的学者、政治家论证的是资本主义的合理性和长期存在的"必然性"；中国的马克思主义者，中国的社会科学工作者，当然要向世界、向社会讲清楚，中国坚持走自己的路一定能实现现代化，中华民族一定能通过社会主义来实现全面的振兴。中国的问题只能由中国人用自己的理论来解决，让外国人来解决中国的问题，是行不通的。也许有的同志会说，马克思主义也是外来的。但是，要知道，马克思主义只是在中国化了以后才解决中国问题的。如果没有马克思主义的普遍原理与中国革命和建设的实际相结合而形成的毛泽东思想、邓小平理论，马克思主义同样不能解决中国的问题。教条主义是不行的，东教条不行，西教条也不行，什么教条都不行。把学问、理论当教条，本身就是反科学的。

在21世纪，人类所面对的最重大的问题仍然是两大制度问题：这两大制度的前途、命运如何？资本主义会如何变化？社会主义怎么发展？中国特色的社会主义怎么发展？中国学者无论是研究资本主义，还是研究社会主义，最终总是要落脚到解决中国的现实与未来问题。我看中国的未来就是如何保持长期的稳定和发展。只要能长期稳定，就能长期发展；只要能长期发展，中国的社会主义现代化就能实现。

什么是21世纪的重大理论问题？我看还是马克思主义的发展问

题。我们的理论是为中国的发展服务的，决不是相反。解决中国问题的关键，取决于我们能否更好地坚持和发展马克思主义，特别是发展马克思主义。不能发展马克思主义也就不能坚持马克思主义。一切不发展的、僵化的东西都是坚持不住的，也不可能坚持住。坚持马克思主义，就是要随着实践，随着社会、经济各方面的发展，不断地发展马克思主义。马克思主义没有穷尽真理，也没有包揽一切答案。它所提供给我们的，更多的是认识世界、改造世界的世界观、方法论、价值观，是立场，是方法。我们必须学会运用科学的世界观来认识社会的发展，在实践中不断地丰富和发展马克思主义，只有发展马克思主义才能真正坚持马克思主义。我们年轻的社会科学博士们要以坚持和发展马克思主义为己任，在这方面多出精品力作。我们将优先出版这种成果。

2001 年 8 月 8 日于北戴河

摘　　要

　　从文学与佛教文化的关系角度研究中国当代小说是目前尚未充分展开的一个研究维度，虽然有少量研究涉及中国当代文学与佛学，但大多都止于指证性研究或对某位作家及某部作品的个案研究，缺少宏观性的把握与深入的分析。其实作为中国作家重要思想资源来源之一的佛教文化，在当代作家的创作中经历了一个现代转型而使其在作品中呈现出了重要的美学意义，它也成为了我们理解小说叙事新质的一个关键性入口。尤其是在二十一世纪以后，在西方文学理论明显乏力而无法提供更有效批评路径的语境下，试图追溯中国当代文学发展的一个古老根源，或许可以从中寻找到适用于当代中国文学批评的方法。

　　很多人认为曾深刻影响了中国小说生成与发展的佛教文化在当代文学中几乎消失殆尽了，中国当代作家也多被归为没有宗教情怀的一代。但在我看来，二者之间的关系的确相较于中国古代和现代时期变得更为隐匿起来，但这种影响并没有消失，而是以一种无意识的形态深入到小说主题话语、结构方式、时空塑形以及人物形象建构和话语表达的肌理之中了。即便是在意识形态高度统一的革命文学时期，它们也以佛教修辞的形态散落在二十七年的红色叙事中。同时，中国当代小说也不断对佛教这个古老的的传统文化资源进行重构与创设，于二者关系维度上虽承继古典、现代小说而来，却又呈现出了与它们不同的特点。因此本文以纵向的时间轴和横向的切面空间轴为线索，将中国当代小说文本的功能层、结构层和符号层置于与佛教文化关系的框架和谱系中，考察了佛教文化对中国当代小说美学范式的开辟以及其在形而上层面上与世界对话的可能性。

　　这首先是一个中国当代小说叙事层面上的问题。从中国当代小说中的主题话语上来看，佛经故事原型通过中国当代小说文本重新复活，在形成新的故事形态的同时也实现了对"去圣化"时代的借喻表达以及小说叙事神秘性的"返魅";佛教文化中"三世因果""缘起性空""众生平等"的三大核心观念对中国当代小说精神内涵的生发产生了重要影响,且佛教经文也越来越多地在中国当代小说中承担镜像表达和谶语叙事的功能。从中国当代小说的人物形象谱系上来看,佛教文化不断丰富和变革着自古业已形成的僧尼形象序列,勾勒出了建国几十年来佛性在世俗人间的沉浮状态。佛教文化对中国当代小说时间和空间的影响更是不容忽视的重要命题。"轮回"的时间结构不仅打破了自革命文学以来所形成的线性时间观,为中国当代小说贡献了一种既接续传统又有所创新的往复循环的时间模式,而且在一个失去了统摄世界的"元话语"的碎片化时代,为重建中国当代长篇小说叙事整体性提供了可能。另外由于佛教相比无神论在空间认知方式上的差异,它的"三界""六道"观念为中国当代小说叙事空间的拓展打开了思路,并使"藏地""寺庙"这些特殊的地域空间在小说叙事中承载了对人性以及精神救赎的文化功能。从中国当代小说中的佛教美学角度来看,佛教文化意象在小说文本中依然承载着原始的象征意义,且它们与八十年代以后来自西方的小说叙事技巧融合在了一起,与此同时也涌现出了一些诸如"西藏"这样的新生地理意象。佛教文化中禅宗矛盾却又对立统一的语言观念以及空灵、平淡的境界追求也启发了中国当代小说的话语结构和意境,形成了既饱含着中国传统意蕴又充满先锋意味的小说表达方式。与此同时,作为特殊类别写作的"中国当代佛教小说"也在新世纪以后重新回到了中国当代叙事文学系统,无论是作为一种文学文本还是文化现象都隐含着当代中国信仰危机的焦虑。正因为如此,从中国当代小说与佛教文化关系视角所展开的研究也不仅仅是一个对文学叙事的讨论,它还涉及有关生与死、神圣与世俗以及如何建构文学的终极性关怀等人类学命题。

关键词:中国当代小说;佛教文化;文学的终极关怀;本土性;世界性

Abstract

From the perspective of the relationship between literature and Buddhism culture to do some research about contemporary Chinese fictions has not yet been fully developed in the field of Chinese literature study so far. Although a few researchers have realized that it could be a new perspective to help us know more about the details and aesthetic value of contemporary Chinese literature, they just focused on the testimony of the relationship between literature and religion, one writer or someone's specific works instead of macroscopic handling and deep analysis. Actually, as one origin of Chinese writers' thinking resources, the Buddhism culture not only plays a key role in the aspect of literary aesthetics after modern transformation, but also becomes a crucial access to find the new qualities of Chinese narrative works. Especially in the 21th century, under circumstance of the Western literature theories, which once dominated the filed of contemporary Chinese literature study, can't continue to provide new and effective critical methods any more, trying to trace back to an old origin that enlightened Chinese literature may help us finding an effective approach that works for contemporary Chinese literature research.

Most of researchers considered that the Buddhism culture, which deeply affected generation and development of Chinese fictions totally disappeared in contemporary Chinese literature, as well as Chinese contemporary writers were regarded as the generation without religions feelings. In my point of view, the relationship between them really becomes more invisible in comparison with in ancient and modern times, but this kind of interaction effect never disappeared in anytime, it goes deep into the texture of fictions such as the discourse, narrative structure, time line, space, characters creation and language of Chinese contemporary fictions in an unconsciousness way. Even though in the time of revolutionary literature when ideology was strictly controlled by the nation, Buddhism culture still scattered with Buddhism figure of speech in the red narrative in first twenty-seven years after the new China was established. Meanwhile, Chinese contemporary fictions always keep reconstituting and creating this traditional Buddhism resource, making it seems that the relationship between Buddhism and contemporary fictions is different from classical and modern fictions. This dissertation focus on the functional layer, structural layer, symbolic layer of Chinese contemporary fictional texts in terms of timer shaft and spatial arbor, research the construction for aesthetic pattern of Chinese contemporary fictions and possibility of making a dialogue with the world literature in the frame of the relationship between Chinese contemporary fictions and Buddhism culture.

First of all, this is an issue on narrative of Chinese contemporary fictions. From the aspect of discourse of fictions, the prototype of Buddhism stories revived again through fiction-texts, forming the new morphology of stories as well as the metonymies for the times of profaneness and Reenchantment for mystery tradition of Chinese fictions narrative. The three core ideas of Buddhism culture-causes and effects of three lives, dependent-arising and emptiness, the equality of all living creature also have a great impact on the spiritual connotation of Chinese contemporary fictions, more and more Buddhism texts take on functions of mirror-image and prophecy expression. From the pedigree of characters in Chinese contemporary fictions, Buddhism culture constantly enriches and changes the monks/nuns images that have constructed in ancient times, drawing the outline of situation about Buddhism nature in this secular world after 1949. There is no denying that the influence of Buddhism culture on the time and space in Chinese contemporary fictions is a very important issue that should not be neglected. Metempsychosis as a sense of time has not only broken the linear time that is predominant since the period of revolutionary literature, offering a kind of time mode of Cyclicity that benefits from traditional resources but contains new elements. Meanwhile, it provides a possibility for reconstructing the narrative integrality of Chinese contemporary novels in a time when the metastatement that dominated the whole world has been fragmented. In addition, because the different cognition on space in comparison with Atheism, the senses of Trailokya and Six Paths in Buddhism culture make a contribution for extending narrative spaces in Chinese contemporary fictions, some special regional spaces such as Tibet area, monasteries take on the salvation function for human nature and spirit in spatial narratives. From the aspect of Buddhism aesthetics, Buddhism images still possess original symbolic meanings in the fictions texts, and they combine with fictions narrative skills from western world, some new geographical images like Tibet appear in Chinese contemporary literature as well. Zen, one of the schools of Buddhism has the sense of unity of opposites about language and pursuit for realm of emptiness and peace, that enlighten the discourse structure and artistic conception of Chinese contemporary fictions, forming a kind of expressing way containing Chinese traditional taste and advant-garde spirit. Second of all, Chinese contemporary Buddhism fictions as a special writing type have been returned to the system of Chinese narrative literature after the new century, no matter as one kind of texts or a cultural phenomenon, it really implicates that Chinese people are suffering a crisis about spiritual belief. Just because of this, the research from the perspective of the relationship between Chinese contemporary fictions and Buddhism culture is not only a discussion about literal narrative, but also refer to some anthropological proposition such as life and death, the sacred and the profane, and the ultimate concern of literature.

Key words: Chinesecontemporary fiction; Buddhism culture; the ultimate concern of literature; localization; cosmopolitan

目　　录

绪论 ……………………………………………………………………（1）
  一　选题的研究现状与理论空间 ……………………………（2）
  二　对关键词"佛教文化"的一点说明及本文的研究思路 ……（14）

第一章　中国小说与佛教文化关系之历史考察 …………………（18）
 第一节　传统中国小说与佛教文化的关系 ……………………（18）
  一　古代文学时期：略论佛教的传入对中国小说萌芽与
    发展的影响 ……………………………………………（18）
  二　近代文学时期：承前启后时代的中国小说与
    佛教文化 ………………………………………………（26）
  三　现代文学时期：现代化转型之后的中国小说与
    佛教文化 ………………………………………………（28）
 第二节　革命叙事中的佛教修辞 ………………………………（32）
  一　革命的"类出家"模式 ………………………………（33）
  二　寺庙空间的转喻意义 …………………………………（36）
 第三节　新时期以来佛教文化在小说中的复归 ………………（37）
  一　八十年代初期小说中的佛教意识 ……………………（38）
  二　八十年代中期以后小说与佛教文化关系的深化 ……（40）

第二章　中国当代小说中的佛教主题话语 ………………………（46）
 第一节　中国当代小说中的佛经故事原型 ……………………（46）
  一　佛经故事原型在中国当代小说中的转换 ……………（46）
  二　佛经故事原型在中国当代小说中的叙事功能 ………（55）
 第二节　佛教三大核心观念与中国当代小说的精神内涵 ……（59）

一 "三世因果"观与中国当代小说中对死亡的超越…………（59）
   二 "缘起性空"观与中国当代小说中对心灵的救赎意识………（64）
   三 "众生平等"观与中国当代小说中恩怨的解决方式…………（69）
  第三节 中国当代小说中佛教经文的叙事功能…………………（76）
   一 顿现一切相：精神困境的镜像表达……………………………（76）
   二 明心见性：直抵真实的达摩"谶语"……………………………（78）

第三章 中国当代小说中的僧尼形象谱系………………………（83）
  第一节 僧尼形象在中国小说中的演变…………………………（83）
   一 中国小说中的僧尼形象序列源流………………………………（83）
   二 中国当代小说对僧尼形象序列的继承与变迁…………………（87）
  第二节 中国当代小说中僧尼形象的类型与特征………………（90）
   一 出家僧尼：对信仰的守护或瓦解………………………………（90）
   二 还俗僧尼：佛性在世俗人间的沉与浮…………………………（96）
   三 亦僧亦俗者：永远的"在路上"………………………………（100）
  第三节 中国当代小说中僧尼形象塑造的文化因缘……………（104）
   一 政治意识形态对僧尼形象塑造的影响…………………………（104）
   二 民间文化对僧尼形象塑造的影响………………………………（106）
   三 信仰诉求对僧尼形象塑造的影响………………………………（109）

第四章 佛教文化与中国当代小说叙事中的时间与空间………（112）
  第一节 佛教文化与中国当代小说叙事中的时间观……………（112）
   一 "轮回"时间观对线性时间结构的突破………………………（114）
   二 "轮回"时间观对小说叙事结构的启示：以莫言
     《生死疲劳》为例…………………………………………………（122）
   三 "轮回"时间观对小说叙事整体性的建构：以格非
     "江南三部曲"为例………………………………………………（129）
  第二节 佛教文化与中国当代小说叙事中的空间………………（135）
   一 "三界""六道"对中国当代小说空间维度的拓展……………（135）
   二 "藏地"作为中国当代小说叙事空间的精神向度……………（142）
   三 "寺庙"空间在中国当代小说中的文化意义…………………（149）

第五章　中国当代小说中的佛教美学 ……（162）
第一节　中国当代小说中的佛教文化意象系统 ……（162）
　　一　钟磬、莲花、镜子等佛教文化意象的象征意义 ……（162）
　　二　"西藏"：作为一种新生的独特地理意象 ……（171）
第二节　中国当代小说中的佛教语言与意境 ……（179）
　　一　禅宗"不离文字""不立文字"语言观与中国当代小说语言表达方式 ……（179）
　　二　中国当代小说中"空灵静远"与"安闲平淡"的佛教意境 ……（184）

第六章　作为特殊类别的文学创作：中国当代佛教小说 ……（188）
第一节　佛教小说发展概况 ……（188）
　　一　"中国佛教小说"：概念的合法性与文体的特殊性 ……（188）
　　二　中国佛教小说的发展脉络 ……（191）
第二节　中国当代佛教小说的兴起 ……（193）
　　一　浮出地表的中国当代"佛教小说" ……（193）
　　二　基于《悲悯大地》《学僧》《双手合十》的文本分析 ……（197）

结语　文学的终极性关怀与和世界对话的可能性 ……（207）
参考文献 ……（212）
攻读学位期间取得的学术成果 ……（219）
索引 ……（220）
致谢 ……（222）

Contents

Introduction ··· (1)
  1. Researchbackground and relevant theories ···················· (2)
  2. Explanation of the key term "Buddhism culture" and research
    approaches ··· (14)

Chapter 1 The historical relationship between Chinese fictions and
      Buddhism culture ·· (18)
  Part 1 The relationship between traditional Chinese fictions and
      Buddhism culture ·· (18)
    1. Ancient times: The introduction of Buddhism and its impact on
      Chinese fictions' appearance and development ················ (18)
    2. Pre-modern times: Chinese fictions and Buddhism culture in the
      era that connects the past with the future ···················· (26)
    3. Modern times: Chinese fictions and Buddhism culture after
      modernity transformation ·· (28)
  Part 2 Buddhist rhetoric in the "Red" Narratives ················· (32)
    1. The revolutionary version of the "Buddhist renunciation" mode ······ (33)
    2. The metonymic meaning of the temple space in the "Red"
      narratives ·· (36)
  Part 3 The renaissance of Buddhism culture in new-erafictions ······ (37)
    1. The Buddhist consciousness in the fictions of the early 1980s ······ (38)
    2. The deepening of the relationship between fictions and Buddhism
      culture after mid-1980s ·· (40)

Chapter 2 Buddhism discourses in contemporary Chinese fictions ······ (46)

Part 1 The prototype of Buddhism stories in contemporary Chinese fictions ·· (46)

1. The transformation of Buddhism stories prototype in contemporary Chinese fictions ·· (46)
2. The narrative functions of Buddhism stories prototype in contemporary Chinese fictions ·· (55)

Part 2 Three basic teachings of the Buddha and the spiritual connotation of contemporary Chinese fictions ·· (59)

1. "Causes and effects of three lives" and the transcendence for death in contemporary Chinese fictions ·· (59)
2. "Dependent-arising and emptiness" and the salvation for soul in contemporary Chinese fictions ·· (64)
3. "Equality of all living creature" and the solution to resentment in contemporary Chinese fictions ·· (69)

Part 3 The narrative functions of Buddhism texts in contemporary Chinese fictions ·· (76)

1. Sudden enlightenment: mirror-image expression of spiritual dilemma ·· (76)
2. The vision of the mind: prophecy expression for finding the truth ·· (78)

Chapter 3 Monks/nuns images in Contemporary Chinese fictions ······ (83)

Part 1 The evolution of monks/nuns images in Chinese fictions ······ (83)

1. The origin of monks/nuns images in Chinese fictions ············ (83)
2. The inheritance and changes of monks/nuns images in contemporary Chinese fictions ·· (87)

Part 2 The types and features of monks/nuns images in contemporary Chinese fictions ·· (90)

1. Become a monk/nun: defender or destroyer for beliefs ············ (90)
2. Resume secular life: ups and downs of Buddha's nature in mundaneness ·· (96)

3. Both monks/nuns and ordinary people: permanently "on the way" ……………………………………………………………… (100)
Part 3　The culturalcauses of monks/nuns' image-building in contemporary Chinese fictions …………………………… (104)
1. The impact of political ideology onmonks/nuns' image-building ………………………………………………………… (104)
2. The impact of Folk culture onmonks/nuns' image-building …… (106)
3. The impact of belief appeal onmonks/nuns' image-building …… (109)

Chapter 4　Buddhism culture and the time and space in Contemporary Chinese narratives ……………………………………… (112)

Part 1　Buddhism culture and the sense of time in contemporary Chinese narratives ………………………………………… (112)
1. Metempsychosis as a sense of time has replaced the linear time ……………………………………………………………… (114)
2. The enlightenment of metempsychosis for fictions' narrative structure: taking Mo Yan's *Life and death are wearing me out* as an example …………………………………………………… (122)
3. The reconstructionof metempsychosis for narrative integrality of contemporary Chinese novels: taking GeFei's *the Trilogy of Jiangnan* as an example ………………………………………… (129)
Part 2　Buddhism culture and the space in contemporary Chinese narratives ……………………………………………………… (135)
1. The contribution of "Trailokya" and "Six Paths" for extending narrative space in contemporary Chinese fictions ……………… (135)
2. The spiritual meaning of "Tibet area" as a narrative space in contemporary Chinese fictions ……………………………… (142)
3. The cultural significance of "Temple" space in contemporary Chinese fictions ………………………………………………… (149)

Chapter 5　Buddhism aesthetics in contemporary Chinese fictions ……(162)

Part 1　Buddhism symbolic images in contemporary Chinese fictions ……(162)

1. The symbolic meaning of bell, lotus, mirror and other Buddhism images ……(162)
2. Tibet as a new specific geographical image ……(171)

Part 2　Buddhism language and artistic conception in contemporary Chinese fictions ……(179)

1. "Dependence upon language", "Unbound by language" in Zen and the language expression of contemporary Chinese fictions ……(179)
2. The artistic conception of "pursuit for realm of emptiness and peace" in contemporary Chinese fictions ……(184)

Chapter 6　A special writing genre: Contemporary Chinese Buddhism fictions ……(188)

Part 1　An introduction to Buddhism fictions ……(188)

1. "Chinese Buddhism fictions": concept and stylistic features ……(188)
2. The developmental route of Chinese Buddhism fictions ……(191)

Part 2　The emergence of contemporary Chinese Buddhism fictions ……(193)

1. The appearance of Contemporary Chinese Buddhism fictions ……(193)
2. Text analyses of some typical fictions ……(197)

Epilogue: Ultimate concern of literature and the possibility of dialogue among countries in the world ……(207)

Bibliography ……(212)

Academic achievements (During the time pursuing doctorate degree) ……(219)

Index ……(220)

Acknowledgements ……(222)

绪　　论

　　佛教东传，无论对中国的文学理论、文学作品的思想内容还是艺术形式都产生了深刻的影响，而若要谈及中国作家思想体系中来自传统的文化资源更无法绕过佛道二教。聚焦于中国现当代文学时期，之所以中国文学与佛教之间的关系比本土的道教更加显豁，大概是源于五四时代的"佛教救国论"。梁启超曾在《论佛教与群治之关系》一文中阐明了佛教乃智信而非迷信、兼善而非独善、入世而非厌世、无量而非有限、平等而非差别、自力而非他力的特征，并论及了佛力的无尽正是有益于中国社会的群治的[①]。可以说，这一时期的知识分子一方面通过佛学反对正统观念，另一方面又借助佛学理解诸如博爱、平等的西方思想，从而试图为二十世纪以后的中国寻找一条救国图强的道路。如果说中国现当代文学是围绕着"救亡"和"启蒙"展开的，在某种程度上，佛教文化也的确曾经在"救亡"和"启蒙"中扮演着重要的角色。而到了新中国文学时期，由于革命的"绝对理性"需要借助文学来树立其合法性，佛教文化似乎在这一时期的中国文学中渐渐销声匿迹了。尤其在经历了文化大革命之后，中国人的传统信仰体系几乎被摧毁了，五零六零一代作家更是在一个没有信仰的时代成长起来的，他们甚至很少谈及宗教文化对他们个人思想和创作的影响。但是在对中国当代作家的创作进行研读和梳理之后，不难发现其实佛教对中国文学的影响是一直没有间断过的，尤其在八十年代以后，佛教文化与中国当代文学，尤其是与中国当代小说之间关系的紧密程度并不亚于现代文学时期。从表面看来，中国当代小说中以佛教文化为题材的作品，或直接以佛学思想作为统摄其作品观念的创作的确相较于现代文学时

　　[①]　参见梁启超《论佛教与群治之关系》，选自《饮冰室文集全编（第二版）》卷九，新民书局1933年版。

期明显减少，但是二者之间的关系却变得更加微妙和隐秘了，而正是这种隐性且复杂的联系，为中国当代小说创作的美学范式开辟了一种新的可能性。同时在文学"本土性"与"世界性"的框架下，佛教文化无疑为中国当代小说注入了本土性的资源，同时又以一种"形而上"的高度使中国当代小说找到了与世界对话的入口。目前对中国当代小说与佛教关系的研究少有人涉足，但我认为对其全方位的考察和深入挖掘具有重要意义。

一 选题的研究现状与理论空间

在以"中国文学""佛学""文学与佛教"为关键词对文献进行爬梳与整理后，不难发现对"中国文学与佛教文化之关系"这一议题的讨论多集中在中国古代文学和中国现代文学研究领域，对中国当代文学和佛教文化的关系研究尚未充分展开。从目前已有的研究成果来看，对二者之间关系进行宏观鸟瞰式、全方位考察与分析的文献数量十分有限，但涌现出了一些对某个作家或某部作品与佛教文化之关系的个案研究。以下将从系统研究与个案研究两个方面进行文献综述。

1. 对中国当代文学与佛教文化之关系的系统研究

首先从专著方面来看，1996 年谭桂林的博士论文《佛学与人学的历史汇流——20 世纪中国文学与佛学》，（后来此论文于 1999 年由安徽教育出版社出版，名为《20 世纪中国文学与佛学》）第一次将二十世纪以来的中国文学与佛学的关系进行了一次全面梳理，同时第一次打通现当代，将研究延伸到当代文学的范畴中。虽然当代文学与佛学的关系仍然不是作者要聚焦的重点，全书十章中也只有第十章涉及当代文学，但极为难能可贵的是作者从佛学的角度提出了解读汪曾祺和贾平凹的崭新视角，同时对金庸笔下的一些佛学现象也有所涉猎。尽管对当代文学与佛学文化之关系的描摹并没有像对现代文学部分处理得那么详尽和细致，但毕竟为后续的研究打开了一个新的视野。由于该书成书较早，也不可能对后来很多作家的创作有所关注，但其筚路蓝缕，以启山林式的研究给后续的探索带来很多方法论意义上的启示。

直到 2006 年，谭桂林和龚敏律合作的专著《当代中国文学与宗教文化》一书将目光聚焦于了中国当代文学的时间维度，讨论了中国当代作家的创作和一个更大范畴中的宗教文化与文学之关系，探索了宗教对作品的主题、形象和意象等方面的影响。其中涉及佛教文化的有：第一章

"汪曾祺：佛性与人性的汇流"、第五章"史铁生：精神圣者的仰望之路"、第六章"阿来：藏地文化与中原文化的交织"、第七章"扎西达娃：坚守永恒的生命之魂"、第八章"马丽华：藏传佛教文化的诗性写意"、第九章中的"民间佛道与贾平凹的创作"部分、第十章"朦胧诗：现代禅心与诗心的结合"、第十一章"雅俗相融的台湾佛理散文"。在此书之前，中国当代文学中的宗教话语确实没有被研究者所重视，也几乎没有人系统梳理与挖掘当代文学与宗教之间的关系。诚如本书绪论所言，研究文学与宗教文化之间的关系需要"从搜集材料入手进行指证性研究[①]"，在这一方面可以说本书的贡献是巨大的且具有首开先河之意义。其所关注的文体范围也已不仅仅局限在小说的范畴中，而扩展到了诗歌和散文。但是本书的重点依然比较侧重考察佛教文化对当代文学的精神性影响，而对审美与修辞这些更为隐秘但不容忽视的命题还有待深入。

从学术论文方面来看，早在1996年季红真就发表了《中国现当代文学中的宗教意识》一文，她首先梳理了宗教与文学关系的三种类型，之后分别就现当代文学中的宗教意识从源到流地予以了概括性地阐释。在谈到中国当代文学中的佛教意识时，她认为几乎绝迹了。她以姚雪垠的《李自成》和汪曾祺的《受戒》为例，证明此时佛教文化即使偶然出现在文学中，也是作为被批判的对象来对待的。到了更年轻一代作家贾平凹那里，佛教可以解除生存的苦闷，但是到其后来的作品中，鬼神的信仰渐渐超越了佛老，甚至到了《白夜》，佛与禅的基本精神已经没有了。在藏族作家扎西达娃的作品中，佛教也"日益丧失了对民族精神的影响力[②]"。池莉的小说《心比身先老》只是借佛教表达信仰的精神力量，而对佛教本身没有什么了解。在我看来，季红真所论述的当代文学中的佛教意识主要是从文本的思想意蕴上着眼的，而并不是从艺术形式上予以考量。但她仍然提出了很有意思的话题，这篇文章启示我们重新思考佛教文化与当代文学是不是只是处于这种消极的关系中？同时她所指出的一些作品为我们进一步研究这个问题提供了文本线索。

同年，陈仲义发表的论文《打通"古典"与"现代"的一个奇妙出入口：禅思诗学》讨论了禅宗与诗歌这种特定文体之间的关系，他不仅

[①] 谭桂林、龚敏律：《当代中国文学与宗教文化》，岳麓书社2006年版，"绪论"第8页。
[②] 季红真：《中国现当代文学中的宗教意识》，《文学评论》1996年第5期。

认为禅宗对现代诗的影响丝毫不亚于古典时期,而且二者之间的关系是非常积极的,恰恰是禅宗意识可以建立一种诗歌美学且成为打通"古典"与"现代"的出入口。在陈仲义看来,禅推崇"自性本心"、悟性思维和非传统的语言方式,这些都使诗与禅达到了一致的共识,而正是五四把这种禅思香火熄灭了。随后他对洛夫、孔孚、周梦蝶和梁健的诗歌进行了详细的个案分析,阐明了禅宗思维向度对诗学方法的建构。同时他深信,随着二十一世纪以后文化的东移,禅思诗学势必会再度显身。这篇文章以禅宗为媒介试图接续中国诗歌的古典传统,试探了禅宗与现代诗结合之后所产生的微妙美学效果,不仅关涉到禅宗与诗歌意象的关系,更重要的是它发现了禅宗与现代诗意境、思维方式和语言表达之间的互动。在我看来,这篇文章对研究中国当代文学与佛学文化之关系带来了重要的启示,无论在诗歌领域,还是在小说与戏剧领域,我们都不能只停留在二者于思想意蕴上的关联,只有进一步在艺术与审美的维度上开掘,才能够更深入而全面地领会佛教文化对中国当代文学的深刻影响。陈仲义的文章无疑为我们在诗歌领域研究二者关系提供了一个可参阅学习的范本。

谭桂林发表于1998年的学术论文《佛教文化与新时期小说创作》是对其前期研究的进一步补充和完善。这篇文章将时间维度划定为新时期小说,对整个新时期的小说创作与佛教文化之间的关系做出了较为细致的勾勒。他认为在经历了几十年的断裂之后,新时期小说开始续接佛教文化传统。二者的关系在此时呈现出三种向度:第一,小说创作开始向佛教文化的神秘地带探索,这以藏族作家扎西达娃的创作和汉人(马原、马健)的西藏题材创作为代表;第二是"通过佛教人物生平经历的描写表现人性与佛性的冲突与融合主题[①]",最明显地表现在汪曾祺的《受戒》和熊尚志的《人与佛》中;第三是佛教文化成为小说中的背景或喻体,在此,他挖掘了贾平凹小说《白夜》中的"再生人"和"目连戏",而对这两个喻象的理解恰恰是理解小说文本的关键。在我看来,谭桂林对新时期小说与佛教文化的三种关系的论述是准确的,同时不仅只从题材和主题的意义上挖掘,也已深入到小说文本的内部叙事要素,使二者之间关系的研究开始向纵深发展。

樊星早在1990年的《神秘之境——"当代小说与中国文化"札记之

[①] 谭桂林:《佛教文化与新时期小说创作》,《湖南师范大学社会科学学报》1998年第5期。

三》中就已指出中国当代小说中的神秘化倾向在某种程度上与佛教文化的影响有关，直到2001年他发表《20世纪中国文学中的佛家精神》直接指出了佛教文化在中国现当代文学中的体现。涉及当代文学的部分，他认为在"伤痕文学"时期，佛家精神就已经在作品中复兴了，宗璞、礼平、汪曾祺都不约而同地阐释了佛家文化的当代意义和世俗化、民间化的佛教精神，到了贾平凹的小说《烟》，"三世轮回"的叙事结构和来自佛经启示的魔幻化表达方式已经成为其作品的奇特风格。

2005年他发表《禅宗与当代文学》一文，讨论了既是中国的，又具有世界性的禅宗文化对中国当代文学影响之深刻。它作为传统文化与文学之关系的一个组成部分，其思想和审美品格体现在很多作家的创作中。贾平凹无论在散文创作还是在小说创作中都呈现出一种"禅意"；韩少功对禅宗思想观念的借鉴是其寻根的一个面向；高行健的"探索戏剧"和小说《灵山》都以禅宗的智慧去洞察世事；范小青的小说充满禅宗的空灵和神秘意味。通过对以上作家创作的简要考察，他认为，禅宗作为寻根之旅上的发现，给予了当代作家无穷的智慧和灵感。在我看来，这篇文章将禅宗文化与当代文学的关系置于传统与现代和寻根的框架之下都是很具启发性的探索，另外，他将目光聚焦前人尚未充分关注的《灵山》和范小青的创作也为之后的研究打开了一个新的面向。

另外，同样是发表于1996年的石杰的论文《佛教与新时期文学的融合》和李俏梅的《论中国当代作家的"宗教热"》也是较早触及这一领域的研究成果。前者从思想内容和艺术形式两个方面讨论了佛教对新时期以来作家创作的影响。在思想内容方面，佛教中人生是苦、对苦难的自我超越、顺其自然的生活态度、慈悲精神等思想和主题进入到了小说和散文中；在艺术形式上"它涉及体物心态、思维方式、文体结构、语言运用等诸多方面[①]"，如贾平凹的散文中体现出以虚静体察万物、重直觉体验、语言平实自然的特点。在我看来，虽然这篇文章的讨论还不够详尽且其所指出的某些特点很难说一定是佛教文化资源的贡献，但它从思路上无疑为我们的后续研究指出了较为清晰的方向。后者针对八九十年代作家们突然转向宗教的现象进行了情形分类、原因探索、特点及问题分析，其中也涉及佛教和汪曾祺、贾平凹、马原、余华、刘震云等作家的关系，她认为他

---

① 石杰：《佛教与新时期文学的融合》，《中国人民大学学报》1996年第4期。

们或是把佛教当作一种文化趣味,或是将其融入了人生态度并希望"当代作家也应该有一种超越宗教的人文精神[①]"。石杰是对这一话题的持续关注者,他在 1997 年又发表论文《新时期作家接受佛教影响的主要形态》一文,考察了作家对佛教文化复杂的接受形态,他大致将这些作家"划分为宗教信仰型、自身修养型、人生理解型、理论研究和题材应用型。[②]"李桂红发表于 2003 年的《佛教的慈悲利他思想对当代文学发展的启示》从一个宗教学研究者的角度对中国当代文学的精神和气质提出了一些建议。石杰在 2004 年又继续发表了相关论文《佛教与文学的再度联姻——论新时期作家对佛教的接受形态》,这篇文章是在其 1997 年旧文基础上的整理和深化,他进一步将佛教文化与其他宗教相比较,探析了新时期作家之所以对佛教文化形成如此接受形态的原因。翟荣惠于 2005 年发表的《试论佛教对中国现当代文学的影响》一文,主要还是站在文学作品思想意蕴的角度,挖掘了现当代作家对佛学的领悟和理解。涉及当代文学的部分以汪曾祺、贾平凹、史铁生为例,论述了他们对"人生是苦""顺其自然""努力超越"观念的领会。张岩、靳彬在 2006 年撰写的《温暖灵魂的神圣之光——"宗教情怀"之于中国现当代文学》认为宗教情怀作为一种终极性的关怀在中国现当代文学中不可或缺,同时它可使中国文学在西方之外散发出独到的韵致。这篇文章还注意到了禅宗对高行健"探索戏剧"的影响并简要谈及了他戏剧中的"禅状态"。近五年来,关注现代禅诗的学人逐渐增多,2010 年孙金燕发表《现代禅诗的发生:当代诗歌反讽狂欢的反拨》,她认为禅的静、寂恰恰是对陷入反讽狂欢化而失去诗境的现代诗趋向的一种反拨,同时禅的悖论式语言并没有消解诗歌语言的反讽,反而能够使其增强。她发表于 2014 年的另一篇文章《否定:一个禅宗诗学的核心命题》则针对禅宗的悖论语言如何为当代先锋诗歌提供一种范式进行了探讨。张翠 2014 年的论文《中国当代禅思诗歌发生的文化阐释》分析了中国当代禅思诗歌回归本土背后的美学诉求、发展态势与功能。2015 年张雪梅的《当代大陆佛教小说中的救赎意识——以〈袈裟尘缘〉和〈双手合十〉为例》使研究扩展到佛教小说这种特殊的类型,借助格雷马斯的理论对小说中的叙事和僧人形象进行了分析,比较了

[①] 石杰:《佛教与新时期文学的融合》,《中国人民大学学报》1996 年第 4 期。
[②] 石杰:《新时期作家接受佛教影响的主要形态》,《十堰大学学报》1997 年第 2 期。

二者在对待神圣与世俗关系时的异同。

　　一些青年学人通过硕博士论文也就中国当代文学与佛教文化的关系作出了一些可贵的探索。左文 2003 年的硕士论文《二十世纪中国文学与佛教应对困难的三种方式》中涉及当代文学的部分对汪曾祺、史铁生、马原、余华、阿来、阎真等作家的作品进行了个案分析，找出其作品中对应佛教随缘、还灭和度化三种处理苦难叙事的方式，论述了佛教文化对作家创作的影响和渗透。同年，胡青善的硕士论文《世纪末文学的宗教精神》将目光聚焦于世纪末作家的创作，作者并没有区分不同的宗教分而论之，而是将宗教精神作为一种文化精神来考察其对文学的影响。2009 年孙金燕的硕士论文《中国现代主义诗歌与禅思传统在背离中整合》一文讨论了禅宗与中国现代主义诗歌相背离和可整合的因素，而正是在背离的思维方式之上孕育着整合的可能性。张海燕 2010 年的硕士论文《新时期大陆作家的宗教文化情结》梳理了作家对宗教文化的思考以及宗教与他们创作的关系。她认为汪曾祺和史铁生是具有复合型宗教情结的作家，汪曾祺的创作是佛性与人性的汇流，史铁生的宗教意识是基于苦难而产生的。而阿来和扎西达娃是有佛教文化情结的作家，他们通过作品的宿命意识、人物形象、传说和仪式等体现了佛教文化对他们的影响。王乐文 2014 年的硕士论文《新世纪以来中国小说中的忏悔意识研究》中有一部分是"宗教视阈下的忏悔意识[①]"，以《双手合十》为例谈及有一种忏悔方式是将人的忏悔归于神佛。

　　2. 从中国当代文学与佛教文化之关系视角切入的作家个案研究

　　因为本文只涉及对中国当代小说的探讨，因此仅对此一种文体与佛教文化关系的相关文献进行综述。除却赵毅衡的《高行健与中国实验戏剧：建立一种现代禅剧》（2001）这一本话剧方面的著作之外，其他的成果皆为学术论文。通过对现有研究状况的考察，以此视角切入的作家作品个案研究主要集中在汪曾祺、贾平凹、阿来、扎西达娃、莫言、史铁生、范小青、白先勇等作家的小说创作上。

　　汪曾祺小说中多涉及出家僧尼、寺庙生活以及与佛教有关的意象符号，因此研究者也较早地注意到了其小说创作与佛教文化之间的关系。加之其生活的地区深受佛教文化影响，以佛教维度来探索汪曾祺小说的题

[①] 王乐文：《新世纪以来中国小说中的忏悔意识研究》，硕士学位论文，山东大学，2014 年。

材、理念、意境的研究性文章层出不穷。早在1995年林江、石杰就在《汪曾祺小说中的的儒道佛》一文中简略论述了汪曾祺小说《复仇》《幽冥钟》《螺狮姑娘》《受戒》中的佛教思想，儒道佛的共同影响构成了其小说的和谐之美。之后文章从作家的人生经历、学问修养等方面探究了他之所以会深受儒道佛影响的原因。随后金实秋于1999年发表了《佛教与汪曾祺作品》一文，他认为佛教文化为汪曾祺的创作提供了创作素材和创作思想，甚至以此为题材和理念的作品成为了他创作中独具特色的一个系列。新世纪以后，在佛教文化视阈下的汪曾祺小说研究经历了一段时间的低潮，直到2008年杨肖，祁佳毅发表《谈汪曾祺的寺庙小说》一文，他们着眼于汪曾祺笔下以寺庙为背景、以僧人为主要人物形象的小说，以《复仇》《受戒》《庙与僧》为例，分析了佛教文化对他创作理念、人物塑造、世俗化基调和作品意境的影响。另外李金凤的《"无有众苦，但受诸乐"——从〈受戒〉看汪曾祺的佛教文化意识》（2009）针对《受戒》单篇对文本进行了意蕴阐释，认为《受戒》使佛性和人性融汇，从而建构出了一个艺术化的美好世界。彭聪的硕士论文《汪曾祺小说创作的佛教色彩》（2012）较为详细地论述了汪曾祺小说和佛教文化之间的关系。作者先挖掘了其小说中的佛教观念和禅意的人生形式，之后分析了其小说的艺术特色，作者认为汪曾祺小说中平淡和谐的意境、随缘任运的心态和虽平淡质朴却蕴含丰富的语言都是得益于佛教文化的贡献。刘珊慈的《中国佛教世俗化的一个侧面——汪曾祺小说〈受戒〉管窥》（2012）一文实际探讨的是中国佛教世俗化的过程及原因，汪曾祺的小说恰恰成为了此种现象的一个文学注脚。

贾平凹的小说创作是新时期以来佛教色彩比较浓厚的，因此也很早就进入了致力于研究小说与佛教文化之关系的学者的视野。石杰早在1994年发表了《贾平凹及其创作的佛教色彩》一文，这篇文章先探索了贾平凹创作思想中"虚静"和佛教文化的关系，之后以《太白山记》和《烟》两部小说为例，分析了其中禅宗的观念和三世轮回的故事中包含的佛理。郎小梅发表于2005年的《灵魂的依托与文学的启悟——贾平凹的佛道思想与文学创作》一文认为贾平凹的创作将佛道文化当作生活形态而予以反映、以佛道透视出真实、以佛道进行象征等。杨荣荣《清静本性的迷失与追寻——论〈浮躁〉的佛教精神及其现实意义》（2007）认为贾平凹的《浮躁》以佛教精神中的"静虚"来缓解了时代情绪。艾礼虎的硕士论文《论贾平凹小说的宗教元素》(2009) 中有一章涉及贾平凹小说中的佛教元素，它通过文本分析了贾平凹小说中的轮回观念、无常思想和众生皆苦的理念。王建军的《世俗佛曲——从〈白夜〉看佛教思想对贾平凹的影响》(2010) 对《白夜》进行了文本分析，指出其中"再生人""目连戏""文人信仰"和佛教文化的关系以及其中蕴含的佛教思想。

阿来和扎西达娃作为藏地作家的代表，于 20 世纪八十年代以带有边地色彩和藏传佛教精神的小说作品走进人们的视野，由于地域的特殊性和其与藏传佛教的特殊关系，以宗教的维度进入他们的小说创作也成为了研究者的重要视角之一。

丹珍草《行走在尘世与天堂之间——感受阿来小说中的僧人形象》(2004) 一文对阿来小说《生命》《群蜂飞舞》《行刑人尔依》《尘埃落定》中的僧人形象进行了比较分析，并认为阿来笔下的僧人形象是一种意象化的表达，他们大都徘徊在神圣与世俗、信仰与现实之间，从而带有某种悲剧色彩。刘力、姚新勇《宗教、文化与人——扎西达娃、阿来、范稳小说中的藏传佛教》(2005) 以三位作家为考察对象，分析和比较了他们作品中的藏传佛教叙事和其与人之间的关系。李建《〈尘埃落定〉与藏传佛教文化》(2007) 从佛教的精神主题、"缘起观"、信仰的终结方面探讨了《尘埃落定》的思想内涵。张智勇《浅析阿来小说作品中的宗教文化》(2008) 通过挖掘阿来作品中的藏传佛教观念、仪式与传说以及僧人形象，从而解析了其具有民族特色和独特审美意义的作品。樊义红《中国当代少数民族小说中的"宗教文化叙事"》(2014) 以扎西达娃和阿来的小说为例，提出了以"宗教文化叙事"来命名其创作的构想，并分析这种叙事的形成与作家民族文化的影响和认同有关，是文化与叙事之间的一种互渗。

对莫言小说与佛教文化关系的探究集中在《生死疲劳》上，张喜田《人生本苦与生死幻灭——论莫言新作〈生死疲劳〉的佛教意识》(2007) 认为莫言通过这部小说揭示了佛教文化中关于"苦""轮回"和"空"的思想。张舸《论莫言〈生死疲劳〉中"六道轮回"的佛教思想》(2013) 认为《生死疲劳》是在"六道轮回"的基本观念下完成的，不仅创作灵感来源于此，还在轮回转世中借助动物视角和轮回观念阐释了佛教思想和人生哲理。值得注意的是王娇娇 2015 年发表的两篇文章《从禅宗修辞角度谈莫言〈生死疲劳〉的宗教情怀》《从摹色修辞角度谈莫言〈生死疲劳〉的宗教思想》，两篇文章均以《生死疲劳》为研究对象，其独特的视角为研究中国文学与佛教文化的关系带来了有益的启发。前者对莫言的小说《生死疲劳》进行了详细的修辞学分析，也就是从语言形式的角度挖掘了其对禅宗语录、灯录中修辞手法的借鉴。后者对文本中的色彩词进行分类，从本色词、主观色词、象征色词三个方面探索了其背后蕴含的宗教理念与思想。

对史铁生创作与宗教的关系是学界关注较多的，1994年石杰就发表了《史铁生小说的佛教色彩》一文，认为佛教观念中"人生是苦""因缘和合""神秘直觉"和禅宗智慧都在史铁生的小说中有着充分的体现。洪艳《史铁生作品中的宗教倾向》（2012）在谈到史铁生作品与佛教的关系时认为他转化了佛教的"苦谛观"，将苦难看作是一种人生的必然。胡书庆的《史铁生的宗教性书写——以〈我的丁一之旅〉为例》（2012）通过对这部小说进行文本分析提出它是由基督教和佛教元素共同构造的结果。杨雪梅的硕士论文《论宗教精神对史铁生创作的影响》（2010）认为史铁生一方面受佛教影响，一方面又否定佛教的虚无灭欲，他最终是以来自基督教和佛教的"务虚"形态来追求终极意义的。另有一些从《我与地坛》等作品挖掘其创作的宗教意识的文章也层出不穷。另外刘广新《从〈我与地坛〉看史铁生的信仰探索之旅》（2013）、顾林的博士论文《信仰与救赎——史铁生思想研究》（2015）、李德南《生命的亲证——论史铁生的宗教信仰问题》（2015）是从史铁生的文学创作出发，勾勒和探究其思想发展与信仰追求轨迹的研究。

小说与佛教之间关系的维度也是一直以来范小青作品研究的重要面向之一。早在1996年，石杰就发表文章《淡与禅：范小青小说论析》，他认为范小青小说的淡然与神秘都与佛教文化有关，且淡然中给予人们复杂与深刻的智慧正与禅的精神相合。近年来，对范小青小说中佛理与禅意的探讨更是成为了学者关注的重点，李雪发表于2010年的《范小青佛理小说主题诠释》一文从主题学的角度分析了范小青的部分小说，认为其小说的主题常常围绕佛理而展开，从而也呈现出一种淡泊的风格。高美滢《范小青小说〈香火〉的禅意书写》（2011）是一篇很有趣的作品评论。作者对《香火》中的禅宗意象和禅语进行了分类归纳，从而阐释其文化含义。虽然论述还不够详尽且对其中意象和禅语的分析还有进一步开掘的空间，但这篇文章没有拘泥于思想意蕴分析，为我们从另一种有效的切入方式阐释范小青小说提供了可借鉴的范例。刘春、黄平的《〈香火〉：历史禅》（2012）是一篇较为精当的对单篇作品的评论文章。作者没有停留在文本表层所体现出的禅宗因素，而是深入到小说的内部叙事结构中，发现其"禅宗公案"的性质。并将研究置于范小青作品序列的"相关性"中，挖掘了其表达方式中"以幻除幻"与禅宗的关系。

白先勇是在大陆学界关注度较高的台湾作家之一，也有很多研究者注意到了其小说中的宗教意识与情结。如李静的硕士论文《论白先勇的宗教意识》（2003）谈到佛教的部分主要从思想意蕴的角度揭示了白先勇小说中的无常、轮回观念并从形式美学的角度指出佛教文化的影响使其小说呈现出天上—人间—超脱的叙事结构。王东庆的《白先勇小说中的宗教意蕴》（2003）分析了白先勇小说受到佛教影响很大的原因和从佛教中取法的宿命论式的神秘性、悲剧意识和深受佛家思维方式影响的朦胧性。刘素玲的《试论白先勇小说的宗教情结》（2007）论述了白先勇的创作受多种宗教因素影响，其中充分体现出了"苦"、因果报应、生死轮回的理念。吴鹏的《论白先勇小说〈孽子〉中的佛教意识》（2009）一文对《孽子》进行了文本细读，作者认为这部小说是围绕"孽"而展开的，他先考察了"孽"在佛教中的含义并分析了白先勇怎样由孽而生发出整个文本。之后对"轮回"观念和佛教意象"莲花"的文化意蕴进行了挖掘。我认为这篇文章为打开白先勇复杂多层的文本找到了一个很好的视角。苏楚然的《悲悯情怀缘何处——论白先勇小说的佛教情结》（2010）探讨了白先勇小说作品中"诸行无常""空""一切皆苦"的思想内涵。武凤华的硕士论文《白先勇小说中的佛教因素》（2010）通过考察白先勇的成长经历和写作经历，发现了佛教文化在其行文方面的重要影响，而这些正体现在他对生存之苦和冤孽爱情的理解中。

另外，还有一些关于其他作家小说作品的个案研究，篇目较少未成体系，但也不乏有些独到的见解或于资料发掘上做出了贡献。

胡河清的《马原论》（1990）中提到《虚构》近似《妙法莲华经》中的一则寓言，《虚构》和《错误》都表达出对"生命感性经验的否定性评价[①]"。而《上下都很平坦》最接近于大乘佛教，同时引入了《周易》的命相学说。胡河清的论述非常独到也对后续的研究很有启发性。他并没

[①] 胡河清：《马原论》，《胡河清文集》上卷，安徽教育出版社2014年版，第19页。

有止于对小说思想意蕴和主题的分析，而是向作品内在的精气神挖掘，找到与其相关联的文化命题。刘晓静的《韩少功的〈女女女〉与佛教思想》（2014）认为韩少功的小说"《女女女》中蕴含有佛教的缘起性空论、因果报应说、顿悟见性、即心即佛等思想。①"童芸的《论格非〈人面桃花〉的禅宗意蕴》（2007）一文认为格非小说《人面桃花》中悲悯超脱的情怀、神秘的意境和叙事的空白都和禅宗文化有关。在我看来虽然某些观点还值得商榷，但这篇文章将研究思路带入了对艺术世界内部的挖掘。周景雷的《像佛陀一样活着——论余华小说的佛教意识》（2003）探讨了余华小说中"生本不乐""顺其自然""在劫难逃"的死亡这三个主题与佛教意识之间的关系。我认为，可否将其与佛教文化相联系还有待讨论，但它提示了我们向文学作品的隐蔽处发掘，从而发现隐匿在表层文本之下的复杂关系。刘春玲的《迟子建小说中动物感恩母题的跨文化寻踪》（2009）认为迟子建作品中的这一母题是来自佛经文化和萨满文化的双重影响，孕育着劝解、敬畏和感恩的文化内涵。胡小伟的《"大地"上信仰的旗帜——解读藏传佛教信仰叙事中的苦难与关怀》（2008）以范稳的小说为研究对象，从几个人物形象出发，解读了信仰叙事在其小说中的面貌以及对民族文化的构造和对现实的反抗功能。夏培文《微妙香洁的宝莲花——读陈若曦小说〈慧心莲〉》（2002）主要是将这部小说当作台湾佛教题材小说的拓荒之作来理解的，认为它通过几位女子的故事宣扬了"人间佛教"。我认为作者的判断是基本准确的，但是《慧心莲》还有更为丰富的解读空间可供挖掘。杨菲的硕士论文《论陈若曦的佛教小说》（2003）详细分析了其佛教小说中的比丘尼形象和现象成因，并对佛教与人性的关系作出了思考。

通过对以上文献资料的爬梳，可见在中国当代文学与佛教文化之关系的视阈下研究小说创作还存在着较为宽泛的言说空间。首先从研究成果的总体情况来看，对中国当代文学与佛教文化关系这一议题的关注并非是晚近的事情，从1996年第一篇直接以此为研究对象的论文出现，至今已将近二十年。但这二十年来，相较于古代文学与现代文学，当代文学与佛教文化的关系一直没有被广大学者充分关注，且研究也没有从不同的面向、视角和方法维度广泛而深入地展开，其中对中国当代小说的研究更是如

---

① 刘晓静：《韩少功的〈女女女〉与佛教思想》，《文学教育》（上）2016年第4期。

此。从目前现有的研究成果来看，将这一论题放在文学史的"相关性"和整体框架下的研究寥若晨星，更多地是基于作家个案的研究，整体上处于零散化和不成系统的状态。与此同时，即使涌现出了不少作家作品论，整体质量也还有待进一步提升。到目前为止泛泛而谈者多，深入钻研者少；人云亦云者多，有独到见解者少。

从研究性质来看，大多数论著指向一种"指证性研究"，也即通过对小说文本的阅读与分析，证明中国当代小说中存在很多佛教文化因素，指出二者之间具有紧密的联系。在我看来，"指证性研究"是进行此课题研究的第一步也是十分必要的一步，它为这一课题的立论提供了大量文献支撑，也使其具有了可操作性。但是在充分阐明了二者并非割裂而是存在深刻联系之后，这种联系怎样建构了中国当代小说的一种独特的美学范式和它与整个中国当代文学史的关系是需要进一步探讨的，这也是这项研究的最终价值落脚点。而目前的研究成果多停留在一种相互指证上，或先阐述佛教思想，然后找到一些文学作品试图说明其表现了这些佛教思想，或先进行文本细读，然后用佛教思想阐释文本的思想内涵。在相互指证之后，研究者往往对这种指证的目的和意义不够清晰，从而使价值迷失在为佛教文化寻找一个文学注脚的过程中。

从研究视角和研究方法的角度来看，已有的研究成果明显存在着视角与方法的单一化倾向。在研究视角上，大多数研究者普遍着眼于从主题和思想意蕴两个方面切入。基本上围绕"人生是苦""生死轮回""平淡安然"几个层面来对应小说中的相关主题或思想内容，甚至存在着一些牵强的成分。不少研究者并没有对佛教文化进行深入钻研，因此也很难发现文学创作在思维方式上、内部叙事结构中、故事原型等元素中所蕴藏的与佛教文化深层而内隐的联系。对内容的关注相对充分，而忽视了佛教文化与文学的艺术和审美之间的关联。聚焦于主题和思想意蕴，那些明显涉及佛教文化的作品容易被关注，但是那些与佛教文化有着深刻隐性联系而从表层文本来看又找不到太多痕迹的作品则难以进入到研究视野。从研究方法上来看，现有研究普遍采用的方法是作家生平经历考察与文本细读相结合，且文本细读还远远不够深入和细致。在我看来，叙事学的研究方法、文化研究的方法、比较的方法都可以帮助我们更有效地打开中国当代文学与佛教关系之维。

另外，谭桂林、樊星、石杰是对这个议题的持续关注者，他们开创性的研究为后续的探索奠定了基础,也提出了很多值得探讨和颇富见解的观点。但是他们的研究多止于十年前,对新世纪以来作家一些新近作品和佛教文化的关系还没有充分关注。

由此看来,将中国当代小说放在佛教文化视阈下加以考察会为我们进一步发掘中国当代小说的审美特质和与世界对话的可能性找到一个独特的视角,而从这一角度切入中国当代小说也还存在着非常广泛的言说空间。

二 对关键词"佛教文化"的一点说明及本文的研究思路

说起"中国当代小说与佛教文化的关系"这个命题,不免让人觉得有些错综复杂和暧昧不明,其主要问题出现在"佛教文化"一词之上。所谓的"佛教文化"到底是怎样一种文化,佛教进入中国是一个庞杂而博大的历史事实,而作为本文论述体系和研究范畴的"佛教文化"的具体所指是什么?而与此同时,本文旨在探求中国当代以来,小说这种文体与佛教文化之间的关系,其所关注的核心问题是什么?这些都是亟待解决且有必要在研究开始之前阐明和厘清的问题。

"佛教文化"之所以有时让人感到难以把握它的内涵和外延,其主要原因有二:第一是佛教理论体系本身的复杂性。佛教在印度时期就根据说法对象、说法内容和境界的不同而产生了大乘、小乘之分。随着传播方式和路线的不同,又在地域上产生了一定的差异。自东汉时代佛教传入中国之后,其教规教义和修行方法都在生根发芽的基础之上而进一步庞杂起来,甚至结出了在印度时期所不曾存在过的果实。佛教十三宗的形成更使得教派林立、修行方法各异。第二是和中国文化的特殊环境密切相关。外来的佛教传入中国之后和本土的道教相互融合也相互龃龉,随着道教神仙体系的逐渐丰富,二者之间在世界观、戒律等方面也不断相互借鉴甚至开始相容共生。因此,佛教在历时两千多年的流布过程中,其根本精神中也掺杂了很多异质的成分,同时它与中国的民间信仰相混杂,甚至被予以曲解或走向了逐渐被湮没的过程。

针对普遍意义上所认为的"佛教文化"具有"驳杂""博大精深""难以把握"等特点,本文在解决研究范畴的问题时采取的基本策略是摒除宗派与修行方法上的差异性和民间信仰中的不确定性,所谓的"佛教文化"仅以正信佛教中概括性的基本理念与主张为限。这样缩小和清晰化作为研究范畴的"佛教文化"的概念不仅是为了方便研究的展开,避免使其陷入大而无当的泥淖之中，更重要地是，如此界定"佛教文化"的概念有其学理上的依据。

首先，简要梳理一下佛教历史中大小乘划分的因缘和二者之间的差异。在佛陀的时代本来并没有大乘和小乘的区分。后来佛陀根据说法对象根器的深浅而因材施教，听法者根器由浅到深，依次修行人乘（修中品五戒十善，说做人的根本道理）、天乘（修上品五戒十善，说升天的根本道理）、声闻乘（由听法修行而解脱生死）、独觉乘（不由听法无师自觉而解脱生死）、菩萨乘（既求取解脱又不舍人天）。修行人天乘者由于没有解脱生死而仍然是凡夫；修行声闻独觉乘者已解脱生死，是谓圣人，但他们只愿自己修行而得解脱，不愿回到娑婆世界救度其他众生，所以称为小乘；而上求佛道以求自己解脱，同时愿意下化众生脱离苦海的菩萨乘被称作大乘。从佛教的地理分布上来看，通常认为北传佛教，也就是以中国（包括藏传佛教）、日本、韩国、蒙古的梵文系佛教为大乘佛教；而南传佛教，以东南亚地区为主的巴利文佛教为小乘佛教，但其实并不尽然，南传一脉也从根本上否定这一划分。由于宗教史并不是本文的的研究对象，故而没有必要在此讨论所谓大乘小乘划分的合理性和二者之间的论争，但是通过梳理它们形成的历史，不难看出其实大乘和小乘的划分并没有建立在对佛法基本要义的区隔之上，而只是佛陀因材施教所形成的一个结果。它们只是根据修习者根性的不同而设置了不同的说法内容和最终所要抵达的不同境界，但其所修习佛法的根本要义是相同的。

第二，再从佛教宗派的角度来看，其实佛教十三宗的形成是其中国化之后的一个结果，而这些新兴的宗派并非源自它的发源地——印度。传入中国的大乘、小乘佛教在经历了魏晋南北朝和隋唐的黄金时代，共演化出十三个宗派。后来又渐渐融摄为八个大乘佛教宗派，也就是今天为大多数人所知的天台宗、华严宗、三论宗、唯识宗、净土宗、律宗、禅宗和密宗。天台宗整合了之前的各派教义和思想，根据教理的深浅、佛陀说法的机感提出了"化法四教"和"化仪四教"并以三种止观为修证法门；华严宗主要以《华严经》为依据，也同样根据教理深浅进行分类，以六相、十玄、三观来阐释法界圆融、一切无碍的思想；三论宗以《中观论》《百论》《十二门论》为依据，破除了真俗（空有）二谛之执，以中道观的建立来实现无碍解脱；唯识宗通过深入分析诸法性相，阐明心识因缘体用，转识成智，从而成就解脱、菩提二果；净土宗相比之下则为易行道，一心至诚念佛而求往生西方极乐净土；律宗因持守戒律而得名，这也是它的宗旨。在修学戒定慧三学的同时也重视声闻乘的戒律；禅宗是一个"摄心""禅定"的宗派，强调不立文字，直指人心；密宗修习"三密瑜伽法"，其中的"三密"正是与"身、口、意"三业相对应。通过对佛教八大宗派的考察，不难看出其实八大宗派的形成与大乘、小乘相类，只是由于环境与时代条件以及修行者资质的不同而创立的不同的修行路径，而最终不过是万法归宗、殊途同归，其所寻求的都是一条成佛的道路。同时，各个宗派在其所宗经论上也多有交叉和重叠，在当下生活的修行过程中也常借鉴各宗派理论与方法之精华。虽然如若进行细致入微地考察，以上各派之间的观点的确有所差异甚至略有矛盾，但是在具有典型性的佛教基础哲学和理念方面基本上是保持一致的。

第三，中国民间社会的信仰体系一直处于一种杂糅的状态，中国民众生活在儒释道三者混合的观念体系之中，长久以来所形成的对鬼神的恐惧与崇拜、对神仙生活的向往、对祭拜文化的依赖等都与佛教文化混杂在一起，甚至是三教文化与民间传说形成的混合体，它们经过几千年的传承而成为了中国民间文化意识的一部分，但是我们很难从中找到迷信与正信的边界，也很难将这些和传入中国的佛教文化撇清关系。作为民间信仰的佛教发展到当下，又不可避免地与时尚元素产生了联系。这与精英文化的进一步瓦解而民间文化被重新推向前沿有关，同时也与新世纪以后信仰危机以及大众文化的裹挟关系更为密切。旅游业与商业价值带动下的寺庙建设、佛教配饰产品的开发等作为一种割裂了与正信佛教关联的时尚元素也成为了民间文化的一部分，相比民间最朴素的祈求与膜拜，它们更多带有的是消费的属性。因此在我看来，民间信仰的模糊性、不确定性以及复杂性无疑都会使本文的研究边界不清，也会因一些无法坐实的传说、民俗而使研究边界无限扩大。因此，此处所讨论的"佛教文化"应以去除民间信仰的枝蔓为宜，以延续了释迦摩尼佛的言教而形成的理论体系为核心来界定"佛教文化"的概念。

在对"佛教文化"进行了较为清晰的范畴界定之后，我想简要说明一下本文所论述的"中国当代小说"以及对二者之间关系的探求所要拟解决的关键问题。"中国当代小说"是一个相对明确的概念范畴，本文基本上采取中国当代文学史普遍使用的中国现代文学与中国当代文学之间的划分，以1949年以来中国的小说创作为研究对象，但对于一些横跨现当代的作家，由于文章论述的连贯性和研究的必要性所需，本文所选取的少量作品会略微溢出这个时间范围。对于"中国当代小说与佛教文化的关系"研究，本文旨在以纵向的历史时间轴和横向的切面空间轴为线索，将当代以来的中国小说文本的功能层、结构层、符号层置于与佛教文化关系的发展脉络中，考察佛教文化给予了小说叙事哪些独特的新质以及小说创作的走向发生了怎样的变化。在这里，小说文本叙事的功能层主要包括佛教故事原型以及佛教的基本观念对故事本体的塑形以及对小说精神内涵的生发；佛教僧尼形象在文学史中的流变过程以及所形成的人物谱系。结构层主要是指佛教文化对中国当代小说叙事体例、时间及空间结构的创设意义，作为一种哲学体系的佛教世界观对建构长篇小说叙事整体性所带来的启示。符号层的考察则侧重于对形成小说文本内部符号体系，如与佛教文化有关的意象、所追求的意境以及语言表达方式的考察，挖掘其特殊的文化含义以及小说在佛教文化启发下进行艺术开掘的可能性。本文以求通过这三个层面将中国当代文学与佛教文化的关系放在历时性和共时性的维度中予以梳理，并以此为切入点揭示中国当代文学的一些独特艺术价值。与此同时，思考并探索中国当代文学中佛教文化本土性因素所带来的优势与局限以及其走向世界的可能性。

第一章

中国小说与佛教文化关系之历史考察

虽然中国小说的起源可以追溯到上古的神话传说和先秦时期的史传散文、逸史以及诸子散文中的寓言故事，但是从小说文体学的角度考察，这些最多是作为小说得以出现和形成的文献资源，而与后来所说的作为一种体裁的小说还相去甚远。甚至班固在《汉书·艺文志》中所著录的小说15家至今也全部亡佚而无从考察，很多名为汉代人所著的小说也多是魏晋南北朝以后的依托之作。若以在之前叙事经验基础上所形成的魏晋南北朝小说作为肇始，来考察其与佛教文化关系的系谱的话，可见其二者之间错综复杂的关系和持久深刻的相互影响。从魏晋南北朝的志怪小说到唐传奇、宋元话本，再到明清的神魔小说、世情小说，一直延续到近现代以及当下，佛教的思维方式和佛典的叙述与表现方法都不断影响着小说的主题与思想意蕴、人物形象的塑造、叙事结构与时空观、意象系统的构成和语言的表达方式。

第一节 传统中国小说与佛教文化的关系

一 古代文学时期：略论佛教的传入对中国小说萌芽与发展的影响

鲁迅先生在《古小说钩沉序》中谈到中国古代小说萌芽时期的原始形态时说："大共琐语支言，史官末学，神鬼精物，数术波流；真人福地，神仙之中驷，幽验冥征，释氏之下乘。人间小书，致远恐泥，而洪笔晚起，此其权舆。"[①] 由此可见，"幽验冥征，释氏之下乘"已和其他中国

---

① 鲁迅：《古小说钩沉序》，《鲁迅全集》第10卷，人民文学出版社1981年版，第3页。

文学资源一并被视作了小说形态的起源之一了。的确,汉末与魏晋南北朝,正是佛教传入中国和佛经得以广泛翻译的时期,而这些翻译大多是由印度或西域的僧侣与汉人共同完成的。在这个过程中,不仅佛教的教义与观念在思想文化领域得以广泛传播,由于佛典本身具有文学的性质,因此佛教的故事、词汇与用语以及叙事、辩论技巧也在文人士大夫阶层甚至在坊间巷里产生了深刻的影响。

首先,佛经故事的传入大大丰富了中国文学的素材资源,使得"故事性"相较之前的诗文抒情传统有了很大程度的增强。一些源自佛经的故事很快被改编成了中国本土的故事,同时也出现了很多为印证佛教思想而敷衍出的中国本土故事。第二,佛教思想开启了中国文学的想象世界。中国是一个过早理性化,或者说过早走向现实主义的国度,因此不像西方世界存在一个充满想象的神话体系和史诗时代。从孔子云:"未知生,焉知死"开始,中国文学的想象方式就被局限在了现世人生。《庄子》中的想象虽然"意出尘外,怪生笔端",往往超越时空和物我,但仍然是在中国神话资源中汲取养料,虽不完全源于现实,也不完全超乎于现实,而且并没有突破生死的界限。而佛教思想以"三世""因果""轮回""六道"等概念的引入大大丰富了中国文学的想象世界,将思维方式的时间跨度和空间向度都拓展开来。另外,佛教观念使中国的思想观念进一步多元化,语言与词汇的扩展使表达方式进一步多元化都为另一种不同于传统形态的文学体裁的出现奠定了基础。

以上这些都与六朝时期小说的出现,尤其是志怪传统的出现密切相关。六朝小说分为志人小说和志怪小说。在志怪一脉中,因"会小乘佛教亦入中土,渐见流传[①]",佛法灵异故事成为了这类小说的重要组成部分。有些故事的写作出自佛教徒之手,他们以小说的形式阐释佛教的义理,甚至被鲁迅先生称为"释氏教辅之书",如:王琰创作的《冥祥记》写幼年时期受五戒时所得到的观世音菩萨像在现实中的两次显灵;谢敷创作的《光世音应验记》于动乱时代写出了具有三十二化身的观世音菩萨应验救苦众生的故事等,在当时宣扬和强化了观世音信仰的力量。有些作者并非佛教徒,但出于对此类故事的的好奇与兴趣,搜罗和记录了大量佛教灵异故事,如干宝的《搜神记》、颜之推所撰《冤魂志》、刘义庆的

[①] 鲁迅:《中国小说史略》,中华书局2010年版,第22页。

《幽明录》等小说集中，出现了大量书写幽冥世界、人鬼活动以及宣扬佛教因果报应和灵异的故事。由此可见，佛教故事素材和思维方式为六朝志怪小说的出现奠定了重要的基础，虽然很多小说中的佛法灵异故事带有浓厚的自神其教的色彩，但作为动乱时代人们寻求救拔自身脱于苦海的一种精神寄托也是可以理解的。同时不可否认的是，在六朝时期，志怪小说第一次借助佛教故事原型和想像方式，将宗教叙事变成了可为更多人理解和接受的文学叙事。

　　佛教在唐朝时期迎来了它更为成熟的黄金时代，佛教宗派的形成预示着它在中国化的过程中已经契入到中国的思想观念和文化之中了，其对文学的影响也进入到了更深的层面，尤其是对唐代诗歌意境与趣味方面。从小说的角度来讲，佛教文化对其的影响也慢慢变得隐匿而深刻起来。从六朝文言小说传统延续而来的唐代小说中仍存在一些佛教灵异故事，如唐临的《冥报记》、道宣的《集神州三宝感通录》等，但是它们已不是叙事文学中的主流。随着唐传奇的发展，中国文言小说走向了它的成熟形态。通过对唐传奇的考察，虽然它们不再像六朝志怪故事那样直接描写佛教的显灵和幽冥故事，而是着眼于现实人生，但实际上佛教文化对其的影响较之前一朝代显得更为深入了。首先，佛教观念成为了小说的结构方式。陈玄祐《离魂记》中的张倩娘为了追求自由的爱情，思杀身奉报，灵魂与肉体相分离而追随情人王宙。五年之后，倩娘因感念父母而回到家中，又与病卧闺中数年的肉身合二为一。这篇小说通过离魂—还魂的结构模式书写了一段世俗中人的出生入死。其结构方式与佛教"阿赖耶识"的观念相类，作为第八识的"阿赖耶识"不因肉体的灭亡而消弭，它包含一切万有，从而可超越生死的界限。沈既济的《枕中记》和李公佐的《南柯太守传》都以一场幻梦来结构小说文本，与佛经中以梦领悟佛理的构思类似，从而表达一切"总归虚幻"的思想意蕴。尤其是《枕中记》，可以说这部小说虽然写了一个道士通过梦境点化卢生，但是它的叙事结构明显模仿了佛教《杂宝藏经》中《婆罗那比丘为恶生王所苦恼缘第二十四》中婆罗那出家学法未成，通过梦境中生死战斗的虚妄了解到烦恼之根本，在和尚的点化下证得阿罗汉果位的故事。第二，唐传奇对佛经故事原型进行改造，使之更为充分地表达作者的思想。如李复言的小说《杜子春传》显然对印度《大唐西域记》中的《烈士池》故事进行了创造性的改造。李复言的小说文本仍然借助了道士求仙的故事框架，但更直接地表达了佛教修行的主题。杜子春通过佛教幻游天上、人间、地狱的方式经历了各种喜怒哀乐以及难以忍受的考验,但最终不忍看到自己的孩子被杀而违背了对恩人不动不语的承诺。"幻游"暗示着"虽尊神、恶鬼、夜叉、猛兽、地狱,及君之亲属为所困缚,万苦皆非真实[1]",但是最终子春之心,"喜怒哀惧恶欲,皆能忘矣。所未臻者,爱而已。[2]"不难看出,这篇小说虽借道士之口讲出个中道理,但处处表达的却是佛教的观念与修行。同时,小说中对地狱景象的描写也明显受到《地藏菩萨本愿经》中对阿鼻地狱事无巨细的描摹的启发。第三,寺庙场景以及僧人作为小说叙事的空间和人物形象出现在文本中。寺庙在《柳氏传》和《谢小娥传》中都是为避战乱的栖身之所,寺庙也是谢小娥后来受戒出家的最终皈依之所;而在元稹的《莺莺传》中,寺庙不仅是一个暂时的安居之处,莺莺与张生的相遇也发生在那里;在《长恨歌传》和《霍小玉传》中寺庙成为了文人墨客游览清修、吟诗作赋的地方。另外唐传奇中僧尼形象的数量和类型都达到了极大丰富的状态,他们不仅承担了预言布道者以及豪侠角色,一些负面的僧尼形象也首次出现在小说中,甚至在某种程度上,唐传奇中僧尼形象的刻画为后世奠定了基本的范式与框架。

与此同时,盛行于唐代的俗讲与变文这两种新的佛教文学体裁的出现直接为后来中国白话小说的成熟开辟了道路,它也在中国小说由雅而俗的发展趋势中扮演了重要的角色。由唐代俗讲与变文直接发展而来的就是宋元的话本小说以及专门演说佛书的说经话本。不同于从魏晋南北朝志人、志怪小说到唐传奇的文言小说脉络,宋元话本标志着中国古代白话小说的发展。在这些白话小说中,佛教思想也有着各种各样的表现形式。但是由于这些话本小说多出自民间,因此现实指涉性较强,多以爱情故事和官府公案为小说叙事的重点。在宋元的一些小说话本中,作者往往会选取僧人形象作为文本叙事的主要人物之一,但是它们通常是以负面形象出现的。《清平山堂话本》中有《简帖和尚》一篇,写和尚因见皇甫松的妻子貌美,而设置圈套送匿名简帖而引起皇甫松心生疑窦休妻,最终真相大白受到惩罚的故事;《五戒禅师私红莲记》一篇中写修行多年的五戒和尚触犯

---

[1] 牛增孺:《杜子春》,李时人编校《全唐五代小说》第二册,中华书局2014年版,第1026页。

[2] 同上书,第1028页。

"不听淫声美色"戒而私通红莲,抛弃了经年清行的故事。这时也出现了一些语言质朴,于历史沧桑与日常琐事中开悟,从而走上修行慕道之路的故事,如《张子房慕道记》中汉代文臣张子房因深感"梦中富贵梦中贫,梦里欢娱梦里嗔"而决定入山修行。除此之外,还有一些话本小说中有一些叙事拙劣的图解佛教教义的故事。由此可见,宋元白话小说与明代之后的作品相比,不仅在艺术上还略显粗糙,此时的佛教文化也不断向世俗化和民间化的方向发展。说经话本并不能作为严格意义上的小说文本,而今存的说经话本也只有《大唐三藏取经诗话》,其中的故事情节平淡无奇,了无生趣,也很难说它具有多大程度上的文学成就,但其所述唐僧一行六人西天取经的故事以及神通广大的猴行者成为了后世神魔小说《西游记》的素材资源之一。

　　承接唐代俗讲、变文以及宋元话本而来的白话短篇小说的集大成者是发展到明代的"三言""二拍"。其实在"三言""二拍"中也收录了大量前人所创作的话本小说,包括之前提到的《清平山堂话本》也成书于明代,可以说以"三言""二拍"为代表的小说集是在宋元话本的基础之上所创作的一系列艺术更为圆融的白话短篇小说。通过对"三言""二拍"中文本的分析,首先不难看出其创作体例明显地受到了佛教变文的影响。佛教变文或讲经文一般采用韵散结合的叙事方式,在开篇以诗文韵语(押座文)介绍背景或点明旨意,结尾处仍以韵文形式(解座文)的赞颂结束而与开篇遥相呼应,其中还会以偈颂体简洁而深刻地阐明佛理。"三言""二拍"中近 200 篇小说无一例外地沿袭了这一创作体例,以诗词入话,然后以白话讲述故事,最后仍以诗词结尾。以《警世通言》第一篇《俞伯牙摔琴谢知音》为例,开篇道:"浪说曾分鲍叔金,谁人辨得伯牙琴!? 干今交道好如鬼,湖海空悬一片心。"[①] 结尾诗云:"势利交怀势利心,斯文谁复念知音! 伯牙不作钟期逝,千古令人说破琴。"[②] 二者遥相呼应,发出作者的看法和感慨。与此同时,偈颂体这一佛教独特的文体也被运用到小说的创作中,或于叙事的过程中借僧道之口说理,或暗示人物命运和故事发展的走向,如《李道人独步云门》一篇中李清遇仙道,

---

[①] (明)冯梦龙编:《俞伯牙摔琴谢知音》,《警世通言》第一卷,上海古籍出版社 2012 年版,第 1 页。

[②] 同上书,第 10 页。

告之"我有四句偈语,把与你一生受用,你紧记着!偈语云:见石而行,听简而问。傍金而居,先裴而遁。①"在这里,这四句偈语暗示了李清在未来所要遭遇的情境,从而影响了人物行动的方式和命运的抉择。有时,佛教偈颂也作为小说结束时的散场诗而出现,如在《月明和尚度柳翠》一篇末尾处柳翠坐化后,月明和尚向坟行礼,说四句偈而结束全文。第二,佛教思想也深刻影响了明代以后白话短篇小说的创作,与唐传奇中较为隐匿的佛教思想相比,"三言""二拍"中的佛教观念看似更为外显,但是又不同于魏晋南北朝试图在小说中图解和阐释佛理,它们显然已经成为民间日常生活的一部分了,这和佛教在中国的不断世俗化不无关系。"三言""二拍"中的大部分小说是着眼于市民现实生活题材的,因此佛教思想在这些小说中也与民间化的传统观念结合在一起。其中,最明显且表现最广泛的佛教观念是因果报应和轮回转世。佛教的三世因果观与中国传统文化中所说的"积善之家,必有余庆。积不善之家,必有余殃"的因果报应最大的区别在于它把这种因缘关系拓展到三世(前世、今生、来世),而不是仅仅局限于现世现报上。所谓的前世和来世也依然有它们自己的前世和来世,这也就把这种因果报应扩张为一种永续不断的往复循环了,正如佛所说的"纵使经百劫,所作业不亡。因缘会遇时,果报还自受。②"若对"三言""二拍"中因果报应故事的类型做一考察,会发现除了基于中国传统观念的"现世现报"故事外,也出现了大量前世造作、今生受报和今生造作、来世或几世之后受报的故事。如《喻世明言》中《闲云庵阮三偿冤债》一篇讲述了前世冤债情缘于今生以命相偿的故事;《二刻拍案惊奇》中《庵内看饿鬼善神井中谈前因后果》一篇中讲今生漂泊流离是因前世自恃才高而不愿体恤后生,使得今生不通文墨;前世妄自尊大不广结善缘,使得今生投入无着。这篇小说似乎是在以《佛说三世因果经》的内容在结构整个文本,甚至作者凌濛初还引用其中的经文:"欲知前世因,今生受者是;欲知后世果,今生作者是③"来点评和

---

① (明)冯梦龙编:《李道人独步云门》,《醒世恒言》第三十八卷,上海古籍出版社 2012 年版,第 705 页。

② 中华大藏经编辑局:《大宝积经》卷五十七,《中华大藏经》第 26 册,中华书局 2004 年版,第 918 页。

③ 中华大藏经编辑局:《现世因果经》,《中华大藏经》第 34 册,中华书局 2004 年版,第 513 页。

指出故事的意旨。佛教所说的轮回转世与三世因果紧密相连，也同样打破了现世循环的限制，消弭了生死的界限，众生在三界六道中不断流转。"三言""二拍"中轮回转世的故事也数不胜数，如最典型的《喻世明言》中《梁武帝归极乐》一篇写一只白颈曲鳝，可通过听闻《法华经》而获得人身，然后又经过累世修行而做了皇帝，最终成佛归于西方极乐净土。《警世通言》中《桂员外穷途忏悔》，《喻世明言》中《新桥市韩五卖春情》，《初刻拍案惊奇》中《金光洞主谈旧变玉虚尊者悟前身》等篇章都书写了轮回转世的故事。第三，"三言""二拍"中的僧尼形象明显增多且更加多元化。据统计，"三言"中120篇小说里出现僧尼形象共41人，"二拍"中共27人，不仅所占比重大，类型也逐渐丰富化，有圣僧形象、义僧形象、淫僧形象甚至恶僧形象。在《月明和尚度柳翠》这类故事中得道的高僧往往在叙事的关节点充当点播、度化世俗中人的形象；在一些爱情故事中，如《张舜美灯宵得丽女》等，作为侠义之士的僧尼为男女主人公的相会广行方便，也常在危难时刻出手相助。同时僧尼的负面形象也显著增多，如《醒世恒言》中的《汪大尹火焚宝莲寺》和《赫大庆遗恨鸳鸯绦》两篇刻画了道貌岸然、荒淫无度、凶神恶煞的僧尼形象。

　　明代小说领域最为杰出的成就无疑是四大奇书的完成，开启了中国长篇章回体小说之先河。其中《水浒传》《西游记》《金瓶梅》都明显受到了佛教文化的影响。《水浒传》是一部"忠义"之书，但是佛教的"色空观"和"三世因果观"使其具有了更多宿命论的悲剧色彩。《水浒传》中对众多寺庙和僧人形象的塑造，尤其是对"朝看释伽经，暮念华严咒"的裴如海却与潘巧云通奸和对喝酒吃肉的鲁智深"今日方知我是我"二者境界之不同的书写，不仅指涉了社会现实，也反观了形式律令和真实修行之间的关系。另外《水浒传》中佛教诗偈文体的运用十分广泛，它们不仅承担着推动情节和人物行动的叙事功能，也在全书的结构上起到了一定的整合作用。《金瓶梅》是一部世情哀书，作者处理和解释这个悲剧世界的方式是"色空"和"因果"。西门庆因"贪欲"而败家丧命，虽然其"由色入空"是表层意义上的由盛转衰，而并不存在哲学或形而上意义上的转化，更多地是一种世俗层面上的色空观，但是也不可忽视净土宗、禅宗甚至密宗文化此时对小说中的叙事元素和僧尼形象塑造所带来的影响。与《水浒传》和《金瓶梅》不同的是，《西游记》本身就是一部以佛教僧徒历经劫难到西天求取真经的故事。由于《西游记》故事的本事也来自佛教文化，因此它的叙事结构、叙事元素和人物形象都可以在佛经中找到原形以及小说中大量引用佛经和使用佛教词汇都是很容易理解的。但是对于《西游记》主题学的探索是值得关注的，同样是涵盖了儒释道三教的"神魔小说"《西游记》，对此三者关系的处理方式暗示着此一时期佛教文化与小说之间影响因子的变迁。在我看来，到了小说《西游记》，已出现了一部类似禅宗修行的"修心"之作，三教归一而归于佛，万法归一而归于心。

清代初年继《金瓶梅》之后的世情小说《醒世姻缘传》完全按照佛教三世因果的观念，书写了两世冤孽相报的"恶姻缘"，最后通过颂持佛经才得以消除业障，带有说教的色彩。清代与佛教文化关系密切的另一部小说是《聊斋志异》，蒲松龄本人从小受到佛教文化的熏习，熟读佛经典籍，因此佛教的思维方式也深刻影响着他的小说创作。除却因果和轮回的观念成为他结构小说的方式以及对大量僧尼形象的刻画之外，这部小说的特殊之处在于对幽冥世界的描摹和使花妖鬼狐进入世间。《聊斋志异》中有大量对幽冥世界的渲染，如《伍秋月》中女鬼讲述的冥间；《僧债》《阎王》《席方平》等通过书写地狱以及酷刑等惩戒世人的方式来作为一种威慑力量，对这些阴森恐怖的世界的想象和描写方式多取法于《长阿含经》《地藏菩萨本愿经》等。同时这些畜生或饿鬼道的花妖鬼狐突破了人鬼之间的界限而来到世间，并具有人的性情和形神。它们不像以往小说中的鬼怪和动物形象因轮回而沦落，与人道众生相遇但相隔，在《聊斋志异》中它们其实与人类无异。佛教正是把一切人、动物、饿鬼都看作有情众生且可以相互转化，鬼魅的世界本来是和人类世界并行不悖的。这种观念为蒲松龄将两个世界平行并置且使它们之间相互幻化提供了小说叙事方式上的依据，以此来批判现实政治和寄托知识分子的苦闷。十八世纪中期还出现了中国文学史上最伟大的两部小说作品——《儒林外史》和《红楼梦》。《儒林外史》虽着力于勾勒文人图谱，表达文人的人格理想和对科举制度的讽刺，但从其中众多的佛教物象和用语中，也能窥见佛教文化影响的痕迹。小说最后市井四大奇人的出现，提供了一种融合了儒释道思想，内心任运自然、自由无碍的理想人格范式。《红楼梦》不仅是中国文学史上的旷世奇书，在我看来，佛教文化与这部小说之关系的深刻与复杂程度也已达到了一种前所未有的极致状态。佛教思想和观念直接影响了《红楼梦》这部长篇小说的叙事结构。首先，《红楼梦》文本的逻辑依循了"因空见色,由色生情,传情入色,自色悟空"的过程。曹雪芹认为这本来是一个不断变化的世界(无常的世界),世俗人间的"色"与"情"最终指向一种虚幻,不过是"落得个白茫茫大地真干净"。第二,在主体故事之外,曹雪芹用一个更大的、宗教的(或者说是佛教的)离家—回家(出世俗之家)的终极性结构,从形而上的意义上建构了中国长篇小说叙事的整体性。

截至到《红楼梦》,中国传统小说叙事与佛教文化达到了浑融一体的新境界,而没有止于小说借助佛教文化实现伦理道德评判的社会功能。但是随着近现代时期的到来,二者之间的关系并没有延续着古典时期向上发展,而是在社会的转轨与小说功能的变迁中产生了新的变化。

二 近代文学时期:承前启后时代的中国小说与佛教文化

近代时期是中国佛教发展史上的承前启后时代,在经历了唐代真正的盛世之后,宋元明时代的佛教逐渐由佛入儒,理学与心学的盛行,使得佛教走向了衰落。清代以后不仅宗派没落,僧伽和寺院的性质也有所改变。1840年鸦片战争之后,西洋思想观念以及宣扬福音的传教士相继涌入中国,在西方文化侵略的刺激之下,中国文人开始反观自己的传统文化。此时因袭宋明理学和传统儒学的知识分子发现无法应对西洋唯心唯物的哲学理论,而在接触唯识法相宗之后他们意识到找到了一种可以统领东西方思想同时注重身心修证的哲学理论,从此开启了中国佛教文化的复兴之路。

虽然从清末民初,佛教文化与思想伴随着救国图强思潮和西方文化的冲击开始走向了它的复兴,也涌现出了很多研究和传承佛教文化的文人知识分子,如章太炎曾撰写《建立宗教论》,要以宗教发起信心,从而重建国民的道德。他尤其主张利用、改良佛教,佛教甚至被他认为是决定民族盛衰的关键因素。但在小说创作方面,这一时期小说作品与佛教文化的关系并不算密切。一方面由于封建衰世,小说创作的题材与内容虽然有所拓展,出现了谴责小说、黑幕小说等,但就思想境界而言产生了明显的滑坡;另一方面由于城市文化的发展,小说功能转向游戏和休闲,为适应市民阶层的需求,娱乐性成为了主导风尚。

但在这些官场和狎邪小说中,仍然能看到佛教文化影响的痕迹,毕竟文化的传承有其自足的延续性。被喻为"清末四大谴责小说"之一的《老残游记》虽首揭"清官"之恶,但在某些篇章中也可见深刻的佛教思想，尤其在其《二集》中写到的斗姥宫姑子逸云的故事时，佛教文化资源的影响可见一斑。首先从这一部分内容对佛教文化素材的取用角度来看，在男女相之辨上它显然借鉴了《佛说维摩诘经》中的观念；对地狱的想象和描摹则以《地藏菩萨本愿经》为蓝本；而人物之间的辩论经常引用《金刚经》《楞严经》等佛教经典。再从这一部分内容中所蕴含的思想来看，作者常借人物之口来讨论"破除相执""授记成佛"等问题，或是将儒释道三教放在一起来反思它们之间的关系。但是总体而言，相较于清朝前期和中期的小说作品，佛教文化对《老残游记》是一种碎片化的影响，的确像作者自己所认为的那样，它或许并不是在一种严密逻辑之下而写作的小说，其中更多的是信手拈来的成分。

对被归于"鸳鸯蝴蝶派"的苏曼殊与佛教文化的关系一直讨论不断，这与苏曼殊本人的宗教信徒身份有关。苏曼殊的早年出家与皈依系宿命使然，如若对其一生的形状进行考察，不难看出，虽然在他人生的某一时期表现出过对佛教研究的极大热情，但并没有持续很久，他最为典型的表现是作为一个孤寂飘零的苦行僧无奈地面对着世间爱欲与信仰之间的矛盾。正像学者杨联芬所说的："更多的时候，苏曼殊是一个不受羁束的自由之魂。除了袈裟芒鞋，苏曼殊的行为方式和做派，完全不像一个佛教徒。[①]"纵观苏曼殊的小说作品，从《断鸿零雁记》《绛纱记》《焚剑记》到《碎簪记》《非梦记》等，在一种哀伤的抒情格调之下追求浪漫、爱情和自由是它们一以贯之的主题，与其说他的小说蕴含了多少佛理禅蕴，倒不如说他只是借助宗教话语在抒发自己的浪漫情怀和表达对世界虚无的看法。佛教徒特殊的身份和寺庙的生活经验，的确使苏曼殊的抒情小说中出现了一些较为独特的叙述。首先，最为明显的是在苏曼殊的小说叙事中，遁入空门是一种最为普遍的矛盾解决方式。在《断鸿零雁记》中主人公三郎在父死母归扶桑而家道中落之后，聘妻雪梅之父不顾二人爱心未泯毁弃婚约，三郎在痛苦之中于海云古刹落发出家。在《绛纱记》中，梦珠离弃秋云之后，秋云出家；昙鸾在经历了乱世、灾难、破产、寻爱而不得之后出家；梦珠最终舍爱入空门，也选择了出家。由此可见，在这部小说中，人物在经历了千般劫难后普遍选择的应对苦难的方式是出家。以出家的方式来解决人生的羁绊和烦恼在苏曼殊的小说中更多的是一种逃避，这也与

[①] 杨联芬：《逃禅与脱俗：也谈苏曼殊的"宗教信仰"》，《中国文化研究》2004 年第 1 期。

他本人的人生经验有关。第二，有了出家的选择自然就会涉及对"寺庙"意象的书写。在苏曼殊的小说中，"寺庙"基本上是作为一个逃避现实的清净之所来描绘的，是小说中人物"逃禅"之后的心灵归所。与此同时，寺庙生活的孤寂、冷清、感伤以及对世俗生活的拒绝也是苏曼殊个人悲观情绪流露的展现。在我看来，苏曼殊小说与佛教文化的关系是一种经验的渗透，佛教文化以意象符号和个人情绪出现在小说的创作中。

由此可见，虽然近代以来文人志士致力于重新振兴佛教文化，但在这样一个过度时代，佛教文化的影响力已很难与其黄金时代媲美了。加之此时社会环境与小说功能的转变，佛教文化在文学，尤其是在小说中的表现形态呈现出一种明显的式微之势，而这种态势随着之后小说革命的兴起以及五四新文学的倡导而产生了新的变化。

三　现代文学时期：现代化转型之后的中国小说与佛教文化

由于近代时期文人志士对佛教文化的振兴与传承，使其并没有像儒家文化一样走向崩溃，而是不断在五四以后的新文化界扩大着它的影响力。承接龚自珍、章太炎、梁启超、王国维等一代知识分子对佛教文化的看重与推崇，五四以来的作家及其创作似乎与佛教文化的关系尤为密切。

在现代文学的第一个十年中，由晚清及近代成长起来的现代作家多自幼受到佛教文化的熏习，作为中国传统文化一部分的佛教文化此时无论在民间还是在知识阶层都保有着它本具的生命力。五四运动时期，佛教文化与外来的基督教文化和其他西方哲学碰撞与对话，使知识分子开始重新研究和反思并进一步选择、比较中国化的佛教以及东方哲学的文化价值，同时佛教文化中依靠自我的觉悟而非外在的神力或权威的理念又与五四的反抗精神、个性解放相暗合，在作家知识分子的心灵深处引起了更多的共鸣。五四退潮以后，时代的苦闷以及精神上的漂泊感使更多的作家知识分子走向了佛教，佛教文化中的无常苦空以及破执超脱的观念不仅为他们的悲观情绪找到了慰藉，也为摆脱烦恼与苦难找到了可行的道路。甚至鲁迅曾在面临着世事无常与情绪苦闷时感慨到："释迦牟尼真是大哲，我平常对人生有许多难以解决的问题，而他居然大部分早已明白启示了，真是大哲。[①]"

---

① 许寿裳：《亡友鲁迅印象记》，人民文学出版社1977年版，第44页。

佛教文化在这一时期对小说创作的影响也颇为广泛，不仅影响了小说创作的思想意蕴，一些场景、意象的塑造也来自佛教文化。首先从小说叙事的主题意蕴上来看，最明显的是许地山的小说创作。来自佛教文化的"生本不乐"和"一切皆苦"观念可以说是许地山思想的核心，他的小说创作也多表现出这样的主题。如短篇小说《命命鸟》中加陵和敏明为抗拒父母对二人爱情的阻挠，双双欢喜自在地赴水殉情的故事，犹如对佛教文化中"涅槃归真"仪式的模仿。《缀网劳蛛》中的女性形象尚洁面对世俗的闲话和丈夫的误解只任它们自来自去，泰然处之。对于无论是愉快的还是怨恨的往事都不会挂怀，因为它们就像梦中之烟，早就在虚幻里消散殆尽了。尚洁生活与处事的态度无处不体现出佛教精神中"世事无常""身心清净""少欲无为"的观念。许地山早期的小说多将明显的佛教思想烙印融入小说叙事，常常通过设置场景、以对话结构小说情节的方式来借用宗教哲理达到指导现实人生的目的。虽然在其后期小说中更加强化故事的"写实性"，但其宗教情怀却是一以贯之的。这些佛教哲学与前期相比显得更为隐蔽，它们更多地是融入到了人物的一举一动中。正像学者陈平原所说的"主人公不再进教堂，不再布道，可他们一举一动都合乎教义。宗教由外在的宣扬变为内在的情感体验，并通过行动自发地表现出来。"[①] 王统照繁丽的文字与梦幻的心情中，也受到佛教文化的深重影响，表现最明显的是他的短篇小说《印空》。这篇小说以出家法师印空作为主要人物形象，以其在参悟一切性、一切谛的修行道路上试人温柔之梦的行为以及所引发的后果作为主体故事情节。修行多年的老法师仍然无法体会众生心与根本性，在与山下女子初试云雨之后经历了一生的激荡人心与痛苦焦灼。多年后故友施团长请求印空法师收留自己的公子作为寄名儿子，在他和太太分别牺牲与病死之后，当年的寄名之子以印空法师的亲生儿子身份回到了寺庙中。王统照的这篇小说既不是基于宗教思想的说教，也不是人心的忏悔录，而是以朦胧的态度，抒情的笔调书写了一个佛家日常中的实证故事，随着对一个略带暗淡的故事讲述的完成，一切好像被更为清澈地了知了。郁达夫系统研究过佛教经典，也曾多次萌生出家的念头，这或许与其内心太多的苦闷与彷徨有关。表现在小说创作上，郁达夫多以"自叙传"的方式表达内心的孤独和忧郁，偶也见以逃禅的方式为激烈搏

[①] 陈平原：《论苏曼殊许地山小说的宗教色彩》，《中国现代文学研究丛刊》1984年第3期。

战的内心寻找出路。如短篇小说《瓢儿和尚》写到"我"当年的情敌秦国柱从一场战役以后在杭州西湖出家做了和尚，发现做旅长远没有做和尚那样自在。"我"多年后与他重逢时他已放下一切陈年旧事，二人喝茶、吃饼、赏西湖美景。"我"将二人的相遇比作宋之问与骆宾王，从中也可见对如此清净生活的向往。除却这一时期小说在主题意蕴上明显体现出佛教文化的影响之外，由于作家知识分子深厚的佛学造诣，与佛教文化的相关元素、符号、场景也经常出现在小说创作中。以深受佛教文化影响的鲁迅为例，佛教文化就是以这样的方式表现在其小说创作中的。如在《社戏》《无常》《女吊》中都出现了对目连戏演出及其中的人物形象的描写；来自佛经的概念与词汇如"三界火宅""地狱鬼神""伽蓝"等也多以意象或语言表达的方式进入鲁迅的小说中，使其具有了一种怪诞和令人惊骇的美学效果。

  从1927年大革命失败之后，无产阶级需要建立自己政权的合法性，自然也对文学艺术提出了不同于五四时期的新要求，五四时期的文学与作家也多被作为批判的对象予以否定，作家们开始了早期革命文学的创作，因此佛教文化在这一时期的文学中明显减少了，但是在上海形成的新感觉派作家那里却得到了创造性的应用。施蛰存是以心理分析的方式书写二重人格的高手，其作品中以佛教文化为素材的主要有《宏智法师的出家》《鸠摩罗什》《黄心大师》《塔的灵应》等。《鸠摩罗什》是在历史典故基础上的改编，另外三篇则是作者虚构的佛教题材故事。其中《黄心大师》因为煞有介事地谈到"我无意在一个清代著名的藏书家后裔家中发现了一些古籍，其中有无名氏著《比丘尼传》十二卷的明初钞本残帙，有明人小说《洪都雅致》二册，其中都幸而存着一些关于黄心大师的较详细地记载[①]"而达到了以假乱真的效果，后代佛教学者将其编入《续比丘尼传》中，成为了佛教历史的一部分。虽然这些小说都以佛教出家僧众作为主要人物形象，但是基本上都遵循着"还圣为俗"的理念，还原佛教高僧为一个最基本的人，考察神圣与世俗、佛性与人性之间的关系，这种思路与五四对"人性"的张扬一脉相承。《宏智法师的出家》中的宏智法师每天都在寺庙的门口挂上一盏灯照亮行人幽暗的路，但当"我"得知宏智法师出家前所经历的两段婚姻之后，认为那盏灯是可怜的和尚为他的

[①] 施蛰存：《黄心大师》，《施蛰存小说》，吉林文史出版社2014年版，第192页。

前妻所点了。宏智法师的出家和他的两桩婚姻密切相关,他的第一次婚姻是父母之命,妻子虽温柔体贴但与自己心中无话不说的佳人相去甚远。但当他抛弃妻子与佳人成亲之后,发现一切也并不尽如人意,怀着对前妻的自责与悔意他走上了出家的道路。《鸠摩罗什》以古代高僧鸠摩罗什从西域到东土被尊为国师的历程为主线,把这位德高望重、道行高深的历史人物推下神坛,还原为有着世俗爱欲的凡人。他在龟兹国时虽早已随母出家,但饮酒食荤、娶妻成家,过着与在家人没有差别的生活。对于一心向佛的鸠摩罗什来说,心灵上的折磨与纠结其实没有一刻停息过,他希望了却尘缘却又从来都无法阻挡美若天仙的表妹妻子的魅惑。当他来到东土成为国师,妻子的死亡已以一种诀别的方式让他决心放弃爱欲,但却仍旧无法逃避妓女的诱惑,他时常在妓女的脸上看到妻子的幻影。鸠摩罗什的一生都经受着这种来自信仰的虔诚和世俗的爱欲对心灵的撕扯,最终留给弟子的是无法焚化的、被针刺着的关于爱欲的舌头。《黄心大师》的确是以写史的方式书写了黄心大师一生的故事,黄心大师出家前性格乖僻,婚姻生活几经波折,即使沦为妓女也只对音乐感兴趣。在经历了一生的苦闷与幻灭后皈依佛法,而她正是妙住庵师太所要等待的那位首座弟子。黄心大师从此潜心修行,发愿建造庙宇,当一切具备时只差一口四万八千斤的幽冥钟。但八次铸造幽冥钟都不明原因地以失败告终,第九次时才了知原来铸钟的善款正是她当年拒绝合镜的第一任丈夫季茶商家施舍的。黄心大师最终舍身跳进沸滚的铸钟炉,了却一切因缘之后大钟才得以建成。《塔的灵应》虽然更多的是借佛事写历史,在一系列机缘巧合中历史呈现出了荒谬的一面,看似崇高的事物其实是被一步步推上神坛的。但是在情节的缝隙中也可见神圣与世俗、佛性与人性之间的冲突,如老和尚向佛慈悲却又偷偷吃鱼;他与行脚僧既追求内心清净又勾心斗角。施蛰存这几篇佛教题材的小说虽然在一定程度上与五四时期对"人性"的张扬一脉相承,但他通过心理分析的方式潜入到人类意识与思考的内核对这种二重人格或多重人格进行剖析之后,并没有获得一个面对灵与肉的冲突所得出的有效结论。选择高僧大德作为小说的主人公,是因为他们是一种被崇尚的理性的代表,但作者从来没有否定这种理性或谴责理性所带给肉身的禁锢;而这些高僧大德首先又是作为一个有血有肉的人而存在的,自这种矛盾与对立中,神圣并没有打败世俗,爱欲也没有打败佛性,这似乎就是作者对人本身的理解。在和海派相应而生的京派作家废名那里,佛教文化的影响更多的是成为了小说的意境。从《莫须有先生传》《莫须有先生坐飞机以后》到《竹林的故事》《浣衣母》《桃园》《桥》，无不呈现出一种禅宗任机随缘的豁达和宁静诗意的淡远。废名的小说常常有意淡化故事情节和人物角色，而重在表现感觉和情致。在朴素简练又略带晦涩的叙事中，处处闪现着禅宗的意境和智慧，废名是中国现代作家中深谙禅宗之神韵的作家之一。

随着 1937 年抗战文艺的开始，迅速反映战争及社会现实，容易发挥宣传鼓动作用的文学作品取代了之前的创作，因此佛教文化在小说中的呈现也越来越稀薄。在这一个历史时期中，只有在以普通大众为接受层且明显处于劣势的通俗小说中才可以找到一些佛教文化的痕迹，如在张恨水的《斯人记》《情女潘巧云》等作品中。张恨水的通俗小说创作深得近代以来"鸳鸯蝴蝶派"之真传，在吸收传统文化之养分的同时，结合当时的文化语境与社会现实，创造了深受市民读者喜爱的通俗小说。但是就佛教文化与其小说的关系来看，它们并没有超越当年"鸳鸯蝴蝶派"的旧制而取得突破性的发展。

第二节　革命叙事中的佛教修辞

以三四十年代左翼文学与解放区文学为基础的中国当代文学发生在一个一体化政治思潮占据主导地位的时代，新建立的政权需要依靠文学艺术来确立它的合法性，这就意味着个人的想象和创作必须服从对民族整体命运的关怀和革命宣传的需要。面对着对国家政治与民族情感上认同的差异，新中国以来的文学亟需在思想观念上、文学的想象与表达上实现高度的统一。而政治一体化思潮的哲学基础是以马克思主义唯物论、无神论为主导的，并且通过一次次政治批判运动，它达到了思想意识形态上的空前统一且成功地排斥了其他一切异于主导观念的思想。因此在新中国成立后的前二十七年中，佛教作为宗教文化的一部分是处于被压抑状态的。但是作为传承了上千年的佛教文化，不可能因为历史的突然断裂戛然而止，深入到人们意识内部的宗教无意识具有强大的稳定性和顽固性，它无时无刻不在影响着人们的日常生活和文学创作。所以即便是在一个文学创作高度一体化的时代，也依然可以在叙事的缝隙之中看到佛教文化渗透的痕迹。

从表面看来，佛教文化在二十七年文学中几乎销声匿迹了，在一个思想意识和文学表达都高度一体化的时期，讨论佛教文化如何影响了小说的思想意蕴或者作家在小说作品中对佛教文化给予了怎样的表达是不可能的，但不可否认的是它们此时是以佛教修辞的形态出现在小说作品中的，而对这些佛教修辞的叙事功能予以探究，也可窥见革命历史小说与佛教文化之间复杂微妙的关系以及它们在文学发展史上所扮演的角色。正像"符号学家说，'空白'是所有符号中最重要的符号。社会心理学家说，被打入潜意识的集体记忆，反而左右着一时代的文化民俗心态的走向。[①]"

以革命叙事为主体的二十七年文学，其首要目的是要以文学叙事的方式来帮助建构革命的神圣性和正确性，而这一场足够神圣和绝对正确的造神运动需要将革命等同于某种神学信仰才能够完成。虽然此时基督教的传播在中国已相当广泛，但是已充分中国化且被民间意识形态广泛吸收了的佛教文化，无疑是一种更容易被接受和理解的资源。如果说在中国古代时期，文人往往通过在小说中借用佛教话语来达到"自神其教"的效果，难免有"释氏教辅之书"的嫌疑，在二十七年文学中，革命叙事则是借助佛教修辞，有效地实现了"自神革命"的政治目的。以下将从革命的"离家"——一种"类出家"模式和寺庙空间在革命叙事中的转喻意义两个方面，来考察二十七年小说对佛教文化在拒斥中的有限接受。

一 革命的"类出家"模式

革命叙事中的"离家"，可以看作是一种对佛教"出家"模式的模仿。自现代文学以来，文学作品中的"离家出走"故事并不在少数，胡适创作的"娜拉出走"故事——《终身大事》中的田亚梅为争取婚姻自主而离家出走；鲁迅《伤逝》中的子君在经受了生活的威严和冷眼之后离家出走；茅盾《虹》中的时代女性梅行素为追求更宽广自由的生活而离家出走……这些作品中的离家出走是在追求一种个性解放，家庭与伦理道德在这些作品中被暂时悬置起来，它们更多强调的是对自主权利的张扬。而到了革命文学时期，任何个人的情感都需要服从一个更为高尚的集体意志，并且这种集体的意志是被高度神格化了的。如果说五四以来的"离家"是为了追求个人自由的生活，二十七年以来的"离家"则是为了进入到一个更加神圣的家，虽然其归根结底也是为了自由，但这种自由不

[①] 黄子平：《"灰阑"中的叙述》，上海文艺出版社2001年版，第88页。

是个人化的，而是全人类的。这就使革命离家的模式具有了宗教的意味，尤其是与佛教的出家相类似。

伊利亚德在《神圣与世俗》中这样描述为宗教而离家的人："那些选择了探求的人，选择了通往世界中心的道路的人，必须抛弃所有类型的家庭和社会，即是抛弃任何的'巢'，使自己能够全力地投入于对最高真理的追求中去。[①]"虽然任何宗教的离家修道都是通过离开世俗之家、烦恼之家，来通往一个更高的道业，但与其他宗教相比，佛教是不为任何神而服务的，它为了自身更好地认识世界以改变现状，从而通过自身的力量救拔一切罪苦众生，帮助他们离苦得乐。因此佛教的"出家"与革命的"离家"在形式上具有了更多相似之处，也自然成为了革命文学在书写这种为更高意义上的事业而离开家庭时所模拟和参照的模式。

在二十七年的革命历史小说中，革命战士往往通过"类出家"模式走上革命道路，在对"自我"的放弃和超越过程中，他们从凡人蜕变成英雄，通过革命的方式救度自己以及大众，从而也借助宗教的色彩使革命实现神圣化。自五四以来，"家"作为封建渊薮的象征，是对现代性以及个性解放的一种桎梏，离家出走是为了进入一个更为广阔和自由的空间，但是这种自由最终的归属是不明晰的，因此"娜拉出走之后怎样"的问题是这一时期文学中经常探索的内容。而到了二十七年文学时期，离家出走最终的归路已经明确指向了一个更为神圣的、可以救拔众苦的革命以及由革命实现的极大自由，人道主义的爱此时已被先期排除，历史被置换为了苦大仇深的阶级恩怨。因此对作为个人情感寄托的家的依恋便是对这种神圣和高尚的排斥，个人家庭和革命已经处于势不两立的紧张关系之中了。即便是基于血缘关系的家庭的反抗最终也要溶于时代与阶级当中去（《红旗谱》中两代农民的斗争模式），个人家庭在这个时代只能处于"缺席"的位置，而革命之家才是永远的在场。革命文学的造神行动首先要表明的是，只有超脱了这种比死亡还要深刻得多的深渊，才能走向以革命为象征的光明与希望。因此离家出走具有了更为神圣和高尚的意义，以被喻为关于人的信仰启示录的《红岩》为例，它塑造英雄人物的基本逻辑就是离家—不断战胜凡人的情感—成为英雄（江姐/彭松涛；双枪老太

---

① [罗马尼亚] 米尔恰·伊利亚德：《神圣与世俗》，王建光译，华夏出版社2002年版，第106页。

婆/华子良；刘思扬/孙明霞；华为/成瑶），而对与之相对应的反面人物甫志高的书写则一直是围绕着"还家"展开的，他的叛变就是以他陷入世俗家庭而无法自拔的时刻为转捩点的，"家"是守候已久的特务布下的阴险的陷阱，是温馨的灯光与亲情掩藏下的无边杀气，是比死亡更可怕的黑暗深渊。因此英雄人物首先要具备的是一种类似佛教对家的"出离心"，英雄的故事就是一个个"死不还家"的故事。在《欧阳海之歌》中，同样是踏上坚定的革命道路的欧阳海甚至说："我没有家，也用不着想。①"由此可见，就像佛教文化中的"出家"一样，此时世俗的家庭已经完全被一种更为高尚的情感和归属取代了，彻底出离一个束缚人的凡俗之家，是为了能够全身心地投入到革命同志组成的家庭中去。在这里，革命的离家就像佛教中出世俗之家以负担如来家业一样具有了神圣意义。

在离开了自己的家庭之后，佛教的出家要求出家众断绝世俗的欲望，因为使人愚蔽者乃爱与欲也，只有断欲去爱才可达佛深理。但是这种断欲去爱不是无情，而是只有去除了个人的私欲才能平等地去爱一切众生。现代性革命实际上也在要求革命者在出离家庭之后能够不断克服对世俗家庭的依恋以及凡俗的情感，如果说五四以来是对"自我意识"的崇尚与标榜，到了二十七年时期，"同志"的阶级情感是超越于自我之上并以放弃自我为前提的，实际上革命的过程中隐含着逐渐把人塑造成神的一个非世俗化倾向。因此任何个人性的、凡俗的、肉身的、游离于政治之外的爱情都是不能被接受的，而只有建立在阶级基础之上的爱情才是具有合法性的。摧毁革命者/英雄人物的精神世界的唯一武器便是用世俗生活唤起他们肉身的觉醒，所以凡俗的肉身感受、情爱、享乐都是肮脏的、需要时刻警惕的，革命者在"出家"之后要以拒绝凡俗生活为革命事业的道路扫清障碍。因此在二十七年的革命文学中，革命英雄无一不是对世俗生活采取拒斥的态度，如在《红岩》中许云峰拒绝徐鹏飞为他安排的丰盛晚宴；成岗在刚进工厂时经受住了女同事的考验；《欧阳海之歌》中欧阳海甚至以打算出家当和尚为由拒绝别人为他介绍对象。在革命文学中，这些英雄形象对欲望的抗拒并不亚于佛教出家众对戒律的遵守，也只有这样他们最终才能完成从人到神的脱胎换骨而完全投身于革命的事业。通过对佛教文化中"出家"模式的模仿，英雄人物和革命历史叙事都找到了一种净化

---

① 金敬迈：《欧阳海之歌》，人民文学出版社2005年版，第96页。

升华的有效途径,借助宗教的神圣性使革命也笼罩上了信仰的色彩,革命的合法性和崇高性被成功地建构起来了。

二 寺庙空间的转喻意义

除却通过"离家"将个人家庭和世俗情感置于革命与反革命的紧张关系中来建构革命的合法与神圣之外,充分利用寺庙空间这种宗教文化资源的转喻意义是强化革命历史叙事有效性的另一个重要方法。雅各布森在《失语症的两种症状和语言的两个方面》这篇文章中谈到语言的转喻时认为:转喻性的语言寻找句法学上的临近性,也就是选择某件与其有联系的东西来代表它,并使它们组合成某种结构,从而形成的是像现实主义的叙事传统。我们把这个命题夸大来看,实际上所谓的"转喻",是指用某一个部分或某一个元素来代表事物的整体,转喻是现实主义小说的典型模式。在这样的文学作品中,空间场景往往具有转喻的意义,它代表着一个更大的世界或者时代,而我们看法的改变是随着更换不同的转喻而实现的。

寺庙空间作为传统文化的一部分,也作为古时建筑的遗留物常常出现在革命历史叙事中。自中国古典小说以来,以寺庙作为叙事空间的作品不在少数,而在很大一部分作品中,寺庙往往成为了作奸犯科或者风流韵事发生的场所。这种书写模式一直延续到二十七年文学中,寺庙空间在这一时期的小说作品中依然常常作为败迹淫行的事发地。在《红旗谱》中地主恶霸冯兰池砸掉古钟欺压百姓的恶行发生在河神庙,而河神庙的原型正是古莲台万佛寺,其中仅存的一尊明朝大钟被毁于二十七年的动乱之中,梁斌《红旗谱》中的典故也正来源于此。到了文革样板戏之一的《白毛女》中,恶霸地主黄世仁奸污贫民女儿杨喜儿的地点正是在佛堂里,这样的罪恶行径伴随着母亲念佛敲打木鱼的声音而进行。寺庙空间作为宗教场所的转喻意义很明显是对神圣性与庄严性的象征,它代表的是一个崇高秩序世界。而发生在其中的无论是压榨百姓还是强奸犯罪无疑都是对这种神圣与庄严的亵渎,也是对这个崇高秩序的公然挑衅。如果说以寺庙为代表的佛教文化是深入到民间意识形态之中的正义和良善,那么被安置在寺庙中的反革命人物的罪行就是站在正义和良善对立面的邪恶,这种邪恶是需要靠革命的力量来铲除和惩戒的。那么革命就是绝对正确的,它的使命就像宗教力量一样具有某种程度上的神圣和崇高。此时,借助这样一个寺庙空间的转喻意义，革命的合法性与政治叙事的有效性就依靠宗教修辞建构起来了。

由此可见，在新中国成立以来的二十七年文学中，革命历史叙事对佛教文化总体上是拒斥的态度，政治化文学思潮的哲学基础是建立在马克思主义唯物论和无神论基础之上的，但是却又往往借助佛教修辞——被认为是与唯心主义相关的命题，来建构革命叙事的合法性，将正面人物形象不断神格化。历史总是充满很多吊诡和自相矛盾，事实上，影响深远广泛的佛教文化看似在这一时期被完全排斥，但是即使在最为正统的革命历史叙事中也难以摆脱其影响的焦虑，它仍然需要甚至极为必要地从中攫取合法性的资源，以取得其被广泛理解和支持的有利条件。

第三节　新时期以来佛教文化在小说中的复归

文革结束以后，随着新启蒙文学思潮的到来，八十年代的中国迎来了一场短暂的"文艺复兴"。其实无论历史的发展经历了怎样的断裂，人的情感都有其自身固有的延续性。此时对"人的文学""个性解放"等与五四文学遥相呼应的命题又被重提和讨论，九十年代以后，思想文化则进一步多元化。但是此时中国文人知识分子所面临的语境却与五四时期截然不同了，文革十年对中国传统文化、价值体系、宗教信仰的巨大摧毁性力量是无法忽视的。如果说五四时期知识分子无论是走向中国传统的道教、佛教，还是接受西方外来的基督教，他们在追求个性解放的道路上依然不断找寻着可以解释世界并使心灵得到皈依的终极性信仰，这些在 20 世纪五十到七十年代，都不可避免地被一种意识形态上专制和统一的革命信仰所置换了。类似宗教信仰的革命神话是一套完整的、共同的元话语，是那个时代的"宏大叙事"，同时也成为了文人知识分子所赖以生存的基础。因此从八十年代一开场，就伴随着一种"后革命焦虑"，也即在一个新兴的社会形态下，怎样在日常生活中维持这种政治权力的合法性。因此八十年代仍然是一个具有空前高涨的强烈共识意识的时代，表现在文学上，1985年以前出现的伤痕文学、反思文学、改革文学都在意识形态上配合了当时的政治任务，在文学的表现手法上也与二十七年文学没有多少区别。之后文学叙事不断在相对自由的言说空间中开辟新的路径，寻根文学的发生把文学拉回了对"民族主体意识"的想象，这时从思想领域到文学领域都开始反思和审视中国传统文化的优长与劣根性。而到了九十年代以后,中国人这种空前高涨的共识意识在时代的转轨中轰然倒塌,意识形态成为了一个枯竭的符号。新的信仰与价值体系还没有建构起来,中国知识分子希望重建另一个谱系,但他们却因在八十年代末与九十年代初遭到沉重的打击而迅速边缘化与世俗化,八十年代理想主义落潮之后产生的巨大的失落感让他们面对一个新的时代时虚无、绝望、无力。"后现代的多元的、破碎的语境之中,公共信仰的元话语已经不复存在,也不需要存在,那么知识分子也就丧失了其存在的意义。"[①]因此在文学中精神的消解与理想的坚守成为了文学叙事的两端,都市体验、感官欲望都成为了文学叙事主体内容的一部分。这是新时期以来中国文人知识分子所面临的一个重大问题,也是对新时期以来中国文学终极关怀缺失的批评所产生的现实依据。

一 八十年代初期小说中的佛教意识

在二十七年文学中除却借用佛教修辞来建构革命的合法性和合理性,佛教观念甚至任何宗教意识几乎都在新中国以来的文学中消失殆尽了,发表于1981年的礼平的手抄本小说《晚霞消失的时候》第一次在新时期文学中展露出可贵的宗教意识。在《晚霞消失的时候》有限的文本篇幅和并不算太曲折的故事情节中,对历史和人生思考的重量使叙事显得极为饱胀,文明与野蛮、仇恨与谅解、宗教与科学、东方与西方无一不是作者要讨论和反思的内容,这些内涵极为复杂的启蒙话语构成了一个时代知识分子的精神还乡之路。令人震惊的是,在五十至七十年代几乎完全失去了合法性的宗教话语此时以如此正面、祖露的方式回到了这一时期的小说叙事中。基督教和佛教这两种来自东西方的宗教信仰交织在同一个文本中被加以讨论,同时作者允许不同的宗教信仰者之间自由地辩论和对话。事实上,它们所共通的指向是人心的皈依之所和对善的追求。在我看来,在革命后期和新启蒙时代的早期,宗教之所以被如此具有精神深度地提及正在于经历了阶级斗争的人们亟须反思历史中爱与恨之间的关系。正如前文所论述的,革命通过一种类似宗教的形式构建了它的合法性和神圣性,而这种信仰与宗教所倡导的"爱"最大的差别在于它将阶级斗争的仇恨推向

[①] 许纪霖:《知识分子是否已经死亡》,选自陶东风主编《知识分子与社会转型》,河南大学出版社2004年版,第38页。

了历史的前台，正是这种相互之间的仇恨（亲人可以反目、朋友可以残杀）以及对反动阶级的"抄家"、辱骂、拳打脚踢才更能显示出革命精神的崇高品质。因此这一时期的历史是关于仇恨的历史，这一时期的文学是以仇恨为基本情感的文学。而作者礼平在历史中总结出来的并不是仇恨，是与中国传统文化以及五四启蒙思想一脉相承的慈悲与爱。同时面对着对科学求真精神的推崇；对文学、艺术和审美的复兴，作者思考的维度还扩展到了对善的追求——这就是宗教。无论是何种宗教，"主旨却终不过是劝导人间，使强者怜悯，富者慈悲，让人生的痛苦得到抚慰，于灵魂的空虚有所寄托。[①]"作者让一个山上的住持法师和一个共产党员展开这样的对话，二者之间的界限溶解开来，其实他们并不是截然对立的存在，而在人类追求的最终目标上是可以相互协调与对话的。一位佛家弟子之所以可以在经历了一生的沉浮与沧桑之后获得一种心灵上的安宁与和谐，恰恰是因为身心的清净使得众苦皆消。从佛教文化与这部小说的关系角度来看，《晚霞消失的时候》第一次在八十年代初期于小说文本中直面、反思和重提了佛教文化的精神深度，并以形象性探索的方式将其思想内涵召唤回了新时期的文学作品中。

　　叶文玲的中篇小说《青灯》也是八十年代较早涉及佛教的小说之一，其中尼姑庵的生活是墨莲困厄一生的一个组成部分，她当年因卖身葬父而被财主陈登魁以洗刷声名的目的送到清水庵出家，在尼姑庵中她经历了人与人的温情也目睹了世间的龌龊，被迫还俗时只留下了一盏自己执掌的青灯。之后这盏青灯见证了她苦难不幸的人生以及甜蜜温暖的短暂瞬间，以一盏青灯为线索贯穿了她多年之后与送她去清水庵摆渡的艄公和只存在于想像中的恋人的再度相逢。这篇小说实际上是以一个女人一生的经历清算了几十年来苦难的历史，而清水庵的生活不过是历史经验的一部分而已。与礼平知识分子式的对宗教的反思截然不同的是，《青灯》中并不存在任何基于信仰的成分或形而上意义上的讨论，佛教及出家只是作为民间日常生活的组成部分，随着历史的演变也经历着兴盛、衰退和再度兴盛的发展过程。无论是在革命时期还是经历了十年浩劫之后的社会重建时期，祈求菩萨的大慈大悲、救苦救难都是作为民间渴望美好生活的基本诉求而一直存在着。无论是对于传统民间信仰还是对共产党人的功过得失，作者都没

---

① 礼平：《晚霞消失的时候》，花城出版社2010年版，第124页。

有做任何道德或价值的评判，而只是将它们作为日常经验的一部分予以观照和考察。

二 八十年代中期以后小说与佛教文化关系的深化

汪曾祺和贾平凹是新时期以来在小说创作中昭示了文学与佛教文化之关系的重要作家。与只能在礼平和叶文玲的单篇小说中窥见作家对佛教文化的理解、对其资源的汲取所不同的是，汪曾祺和贾平凹在多部小说作品中都显露了佛教文化对他们影响的痕迹。但是与叶文玲类似，二者也并没有将小说中的宗教成分上升到信仰的层面，而只是将其作为乡土民风的一部分，使之成为作家对民族文化挖掘和审视的对象，这与八十年代初力求规避小说的政治意涵，倡导文学回归到日常生活和民间文化密切相关。

汪曾祺是一位横跨四十年代和八十年代的作家，为了研究的方便，本文将其放入八十年代的作家序列中加以考察。汪曾祺早在1944年创作的小说《复仇》就以蜂蜜和尚为主要人物形象，虽然在开篇引用了庄子的论断，但无论从小说的叙事逻辑、场景设置还是语言表达来看，都是一篇深谙佛教文化之韵致的作品。他在八十年代以后发表的在1944年《庙与僧》基础上改写的小说《受戒》以及《幽冥钟》《仁慧》等，皆以出家生活作为小说叙事的主体内容或以出家僧尼作为小说中的主要人物形象。《受戒》作为汪曾祺最久负盛名的小说之一，从一发表就因其对传统审美观念构成了巨大挑战而引发了争议，随后又逐渐被定义为是讴歌美好纯朴的人情、人性的作品。这篇名为"受戒"的小说实际上是"破戒"之作，小和尚明海在不明所以的情况下被家里人依照风俗传统送到了寺庙里当和尚，他在受戒之后与小英子之间纯洁朦胧、隐而未发的友谊与爱情自然而然却又不可避免地产生了，而那些在荸荠庵里修行的和尚们也似乎并不在意所谓清规戒律的存在，他们只是按照世俗人生的形态在寺庙里过着自然纯朴的日常生活。《仁慧》中观音庵的仁慧尼姑也是如此，她并不在意佛教寺庙中严苛的戒律与规则，甚至不断想突破它们的桎梏与限制，但她的一举一动又都深谙佛教文化之宗旨，无论是作为观音庵住持的仁慧法师还是作为后来云游四海的行脚僧，仁慧所追求的是一种自由舒展、随心所欲而不逾矩的生活状态。由此而引发的对汪曾祺与佛教的关系、对清规戒律束缚的排斥和对人性的赞美的讨论也随之展开了。但是在我看来，在汪曾祺诗意隽永的文字背后，并没有鲜明地讽刺什么或赞颂什么，他更多的是在传达一种美,一种被历史长期忽视了的人性与对"和谐"之境的追求。而其大量的小说作品也的确多以寺庙作为叙事的空间结构、以出家僧尼为人物形象、以禅宗任运淡远的情致为主要基调,因此与其说汪曾祺小说浸润了佛教思想或反佛教思想倒不如说其实佛教文化是通过空间、结构、意境以及话语方式来潜移默化地影响他的文学创作的。其实恰恰到了汪曾祺,小说与佛教文化的关系取得了更进一步的发展,与礼平《晚霞消失的时候》中佛教文化只处于一个被讨论的抽象层次相比,它们在汪曾祺的作品中是渗透进小说叙事的肌理的。

而在贾平凹的乡土文化写作中,小说对佛教文化的摄取相比汪曾祺显得更为普遍也更为自觉。佛教思想观念和元素在贾平凹的小说作品中较为多见,从早期的《朝拜》《烟》《太白山记》到"商州系列"、《天狗》等再到九十年代以后的《浮躁》《废都》《白夜》等,佛教中的轮回转世、因缘果报思想以及寺庙、出家僧众都经常出现在他的小说作品中,这些超乎民间日常生活经验的神秘的、形而上的元素在贾平凹的小说中具有极大的普遍性,这与他所顺承的"志怪"传统和商州地区的特殊经验密切相关。而之所以说佛教文化在其小说中表现得更为显豁和自觉正在于:首先,贾平凹的小说中出现了通篇以叙事方式阐释佛教义理的作品,如其早期的小说《烟》。它们不再是抽象地、概括地从宗教信仰方面论述佛教文化的合法性和合理性,而是将一个佛教文化概念或基本观点的内核包裹在了叙事的外壳之下,由佛教观念统摄和结构了小说的文本叙事,不是意在讲故事,而是借故事阐明佛理使之成为具体宗教观念的注脚,这显然与传统的佛教文学有了类似之处。但这或许也意味着佛教文化中的基本理念已经在一定程度上成为贾平凹所高度认可的思想资源之一。《烟》通篇所要阐明的是"阿赖耶识"及其所引申出的"三世轮回"的佛教观念,虽然难免有观念先行之嫌疑,但在我看来《烟》带给中国当代文学小说叙事最大的贡献在于它打开了由"三世"所组成、由众多因缘而相互联系起来的纵向空间结构。第二,贾平凹开始借助传统佛经中的故事原型而对其进行现代转换,使其在中国当下的文化语境中重新获得新的叙事功能。他不再像古代文人那样以小说的形式改写一个佛经故事,而是将它们的转喻意义或符号功能植入到一个新的的叙事系统之中,借传统的佛教文化资源表达现代性的主题。在这一方面表现最明显的是其长篇小说《白夜》,佛经故事中的"目连戏"和"再生人"贯穿了整个文本,它是对佛经故事原型进行有效改装和重组的圆熟之作。第三，作为智者形象的出家僧众以及作为智慧象征的佛教经文经常被穿插在小说的叙事之中，或预言叙事的走向或作为人物心境的镜像表达，他们引导着主人公在日常生活中参悟更多的道理。如在早期的小说《朝拜》中师父（运合大叔）带着小藏子扎巴上峨眉山朝拜，一路上二人的对话正是师父对扎巴的布道，尽管它们并没有对这个孩子顽劣的性格和对事物单纯的好奇心起到任何作用；小说《浮躁》中出现了和尚对"浮躁"的人们讲述"一切皆空"的道理并通过测字占卜来预知未来的命运；《白夜》中阅读《金刚经》是虞白日常生活的一部分，文本中还大量引用了其中的经文。在贾平凹看来，他对文学的追求正是要在平实朴素的故事中引人深思，从而实现小说内涵的多义性。就像学者樊星在《禅宗与当代文学》中对贾平凹小说的论断："在这方面，作家常常在作品中通过和尚谈玄和凡人读经别辟蹊径剔发人生的玄机，从而为写实的故事平添了一层空灵之气，超拔之思[①]"。

1985年随着寻根文学思潮要为中国更好地吸纳西方现代主义文化建构一个接受场，对民族文化的反思与审视在这一时期显得势在必行。对佛教文化理念、思维方式进行最有效的挖掘和剖析的小说作品集中出现在藏区的边地书写中，和汉族地区所经历的历史与信仰的断裂不同的是，在一个属于边地的藏区，藏传佛教一直是其宗教体系的重要组成部分。1985年扎西达娃以《西藏，系在皮绳扣上的魂》《西藏，隐秘岁月》等作品书写了藏传佛教与现代文明之间的龃龉，传达了他所理解的藏传文明以及对民族文化命运的深刻思考。之后马原作为一个外来者以其特有的"叙事圈套"，"虚构"了一系列关于西藏的故事，如《拉萨河女神》《虚构》等。九十年代以后，阿来继续以一个在场者创作了关于西藏的小说《尘埃落定》，虽然在这部小说中隐藏在藏传佛教背后的实质是隐形的权力，但作为一种业已形成的世界观的藏传佛教无疑也深刻影响了小说的精神命题与叙事结构。由1985年进入人们视野的的藏地文学开始，它渐渐成为了有别于汉地文学的一支不可忽视的独特脉络。作为藏传佛教徒的西部作家雪漠继他们之后发表了一系列渗透着佛教"利益众生""大慈大悲"精神的小说作品，如《大漠祭》《猎原》《西夏咒》等，甚至还写出了宗教小说《无死的金刚心》。新世纪以后，范稳以《水乳大地》《大地雅歌》

---

① 樊星：《禅宗与当代文学》，《当代作家评论》2005年第3期。

《悲悯大地》构成的"藏地三部曲"书写了在一个后工业时代来临的今天,藏传佛教文化影响下的神秘想象所具有的不可思议之力量。另外,杨志军的小说《敲响人头鼓》《藏獒》也散发着藏传佛教的神秘性和对一些形而上命题的追寻。

1989年以后,席卷世界的政治转型让人们在八十年代试图建构的信念与价值体系顷刻间分化与瓦解,这时"知识分子退居边缘,传统意义上的知识分子已经整个地失去了他们存在的合法性。因为传统意义上的知识分子所赖以存在的,是一整套共同的元话语,比如利奥塔所说的关于革命神话和真理的神话这些'宏大叙事'。但是后现代的多元的、破碎的语境之中,公共信仰的元话语已经不复存在,也不需要存在,那么知识分子也就丧失了其存在的意义。[①]"表现在文学创作上,出现了站在精神消解与理想坚守的对立两端写作的状况。如果说八十年代欲望与身体叙事以及形式实验,是对人的生存状态和创伤的描写,也是一种解放。但是发展到九十年代以后,市场价值与欲望的狂欢在文学作品中已经具有了一种商品的性质。但与此同时也有一些作家仍然在借助文字坚守着精神家园,试图通过"立言"的方式建构一种可以倚赖的新的整体性信仰体系,有人向诗意大地寻求力量,也有人又开始重估传统宗教文化的价值。从佛教文化与小说创作的关系角度来看,这一时期作家在小说作品中对佛教文化的探索是模糊、不够清晰的,如史铁生不断想通过亦佛亦耶却又非佛非耶的路径寻求对苦难人生的超脱以及对灵魂的救赎,正如他自己所说的:"由于流行,也由于确实想求得一点解脱,我看了一些佛、禅、道之类……但不知怎么回事,这些妙论一触及人生观便似乎走入了歧途。[②]"因为对于这一代作家来说,作为信仰的宗教体系已经彻底分崩离析了,除了那些与妖魔鬼神和封建迷信混淆在一起的民间信仰的残骸之外,已经很难在他们身上找到正信佛教的痕迹。范小青是一位与佛教离得很近的作家,这与流淌在她小说叙事血脉中的苏州地域色彩紧密相连。范小青所土生土长的苏州地区佛性笃深,而她早期的作品又多以苏州为叙事的地理空间,因此佛教元素也自然影响到了她的小说创作。近些年来,一些研究者在挖掘范小青

---

① 许纪霖:《知识分子是否已经死亡》,选自陶东风主编《知识分子与社会转型》,河南大学出版社2004年版,第38页。

② 史铁生:《我与地坛·史铁生散文小说选》,中国社会科学出版社1993年版,第68页。

小说创作中的佛教主题,但在我看来,其大多数小说中的佛教元素很难与正信佛教信仰产生任何联系,而它们是内化到人物善良从容的性情之中、小说平淡安然的意境之中的苏州地方文化的一部分。但范小青的确有两部小说与佛教文化有着至为密切的关系,甚至涉及了精神信仰的摧毁与重建问题。其一是写于九十年代的短篇小说《还俗》,另一部是写于新世纪以后的长篇小说《香火》。《还俗》率先在九十年代处理了"还俗"这个特殊的历史遗留问题,但小说的着力点在于对"修行"的讨论上。小说通过对两位还俗僧尼不同人生选择的书写,表达了对何谓"一意真修"的看法,两位还俗僧尼一个固守山林却始终未能了脱内心的执念,一个流落红尘却不失佛门风范,二者之间的境界高下也随着故事的讲述不言自明了。《香火》这部小说直接围绕着太平寺的摧毁与重建展开,也于小说中塑造了多个僧众和还俗和尚的形象。范小青在这部小说中勾勒出了几十年来中国人信仰被摧毁的历史,也表达出了一种对精神力量追寻和重建的渴望。《香火》是范小青小说作品中受佛教文化影响最大的作品,这不仅仅是由于它是一部毋庸置疑的佛教题材小说,更重要的是,无论是其从对生与死、神圣与世俗的理解中,还是对诸如河岸、镜子等佛教意象的大量使用中,都可见其深得佛教文化之韵致与精髓。甚至对佛教语言的运用以及禅宗话语方式的借鉴,使这部小说呈现出了"类禅宗公案"的性质。类似《香火》这样的作品的出现与新世纪以来社会环境的转轨以及小说叙事的新变化密切相连,同时,佛教文化作为传统资源的一部分继西方小说理论与叙事技巧之后对中国当代小说叙事新质的生成起到了不可忽视的催发作用。

新世纪以后多元化的文化语境使作家知识分子通过阅读文献和佛教典籍,逐渐将其作为知识、哲学、思想来接受,而并非是世界观或具有终极关怀性质的意识形态,因此佛教文化与小说的关系在此又发生了新的变化。在九十年代以后的小说创作中,除了边地叙事中对藏传佛教信仰体系的表达之外,很难说汉地作家的小说文本中传达出了佛教信仰,但是佛教文化作为传统文化或稀有知识的一部分却散溢在作家的创作中,它表现得更为隐匿但也更为深刻,与日渐圆熟的叙事技巧融为一体,以一种文化资源的形式丰富和补充了中国当代文学的形象谱系、意象系统以及叙事结构和语言表达的多种可能性。如莫言的小说《生死疲劳》借用佛教"六道轮回"的叙事结构构成了对历史独特的隐喻方式,在这部小说中,佛教文化脱去了它信仰层面上的宗教神圣感，但却为中国当代的小说叙事贡献出了技术与观念资源。格非的"江南三部曲"将佛教"轮回"的时间观念视作了一种整体性的生命哲学，成为了小说叙事中突破时间有限性和抵达永恒的有效方式，从而也从形而上的层面上完成了对长篇小说叙事整体性建构的尝试。与此同时，新世纪以后还涌现出了一个引人注目的文化现象——"佛教小说"的再度兴起。很多研究者认为郭青创作于八十年代的《袈裟尘缘》可被视作新时期以后"佛教小说"的肇始，但在我看来较为严格意义上的"佛教小说"是新世纪以后才再度出现的，主要以赵德发的一系列小说创作为代表。"佛教小说"作为一个由来已久的特殊类别创作并非新生事物，但在经历了漫长的断裂之后于新世纪的重新续接仍然可作为一个文化现象予以讨论。与高度强调作为宗教信仰的佛教而形成的"佛教小说"形成鲜明对比的是，"佛教""禅"也在大众文化的裹挟之下成为了流行文化的一部分，甚至被打造成了一种可被消费的时尚元素。当这种时尚元素和碎片成为了一个小说文本的时候，它们将被如何解读与评价也成为了当下值得思考的问题。如七零后作家卫慧发表了长篇小说《我的禅》，虽然煞有介事地借用了佛教文化中"禅"的字面含义，但并不关涉"禅"的精神实质与内核。之后又有安妮宝贝的《莲花》和八零后作家七堇年的《大地之灯》，将故事安置在一个以藏传佛教文化为主导的西部地区，相比1980年代以后致力于藏地书写的前辈作家来说，这些新生代作家们既没有对佛教文化的真知灼见，也没有扎根于藏地的深厚生活阅历，而强行将一个普通的故事拉进藏地空间的范畴，与那些遥不可及又高深莫测的佛教文化沾染上关系，似乎就意味着一种叙事的时尚。由此而形成的一种叙事类型看似与佛教文化密切相关，实则与其并无实质性内在关联，这种文学现象并非本文讨论的重点。

第二章

中国当代小说中的佛教主题话语

第一节 中国当代小说中的佛经故事原型

佛经故事或者说是佛教"本事"在中国小说的发展过程中起到了至关重要的作用，它们为中国小说提供了大量题材资源和情节模式，如地狱故事、哪吒故事、目连救母故事、西游取经故事等，这些出自佛经的故事原型在经过历代的改编与转换之后，不断幻化出新的生机与活力。在中国当代小说创作中，也仍然存在着大量对佛经故事原型的取舍，它们不再像中国古代一样偏重于对"本事"的创造性改写，而是通过对一个古老的模型和其所承载的佛教意涵进行转换，而使其具有某种现代性的指涉。

一 佛经故事原型在中国当代小说中的转换

早在 1987 年，先锋小说作家马原似乎就在无意中完成了一次与佛教故事原型具有强烈精神联系的小说创作行为。学者胡河清在谈到马原的先锋文学代表作《虚构》时指出这篇小说在"精神实质上则颇近似于佛教的《妙法莲华经》中的一则寓言。"① 马原在这篇小说的题记部分就杜撰了一部《佛陀法乘外经》，煞有介事地告诉读者即便是宗教上各种各样的创世传说，也不过是如出一辙的重复虚构。虽然这里的《佛陀法乘外经》不过只是作者虚构的一部分，它更可能的是在昭示整个小说叙事的虚构性，且并不能找到马原在写作这篇小说时受到过佛经故事启发的证据，但通读《虚构》之后，的确也能发现它与《妙法莲华经》中譬喻故事在精

---

① 胡河清：《马原论》，《胡河清文集》上卷，安徽教育出版社 2014 年版，第 19 页。

神层面上的某种联系性。

　　《妙法莲华经》卷三"譬喻品"中有关于"三界火宅"的寓言，讲到曾有一古宅，"堂阁朽故，墙壁隤落，柱根腐败，梁栋倾危，周匝俱时、欻然火起，焚烧舍宅"，① 古宅的主人—长者见火舌四起，心生恐怖，欲逃出所烧之门，但是他的孩子们"于火宅内、乐著嬉戏，不觉不知，不惊不怖，火来逼身，苦痛切己，心不厌患，无求出意"。② 佛教用"三界火宅"比喻充满生老病死等诸多忧患的世间，而世俗中的人们却往往耽溺其中，因贪图虚幻的快乐而不愿出离。《虚构》这篇小说偏偏选取了一个麻风病村作为故事的背景，而"我"是一个从另外的世界来到这个充满疾病的禁区的。很显然，当"我"刚刚来到这个村庄的时候，对它以及居住在这里的人们是没有任何好感可言的。玛曲村这个麻风病村了无生气，看上去就是一片废墟。"我"也深知生活在这里的人们是世界上的弃儿，由于病兆使他们看上去模样相似，都是一样的塌鼻梁和发亮的皮肤。甚至在我第一次遇见"她"——那个之后和"我"发生了性关系的女人时，她的面孔也同样让我感到毛骨悚然，"鼻子已经烂没了，整个脸像被严重烧伤后落了疤。皮肤发亮，紧绷绷的。"③ 但是当叙事从整个可怖且令人生畏的村庄聚焦于这个女人的房子之后，"我"对麻风病村的态度也开始由厌弃而变得逐渐眷恋起来了。由于那个女人是玛曲村中唯一会说汉话的人，"我"别无选择地留下来成为了她的房客。从山上下来，"我"远远就能看见她的房子，而每当这时，"我"的心情也开始变得急切起来，并且希望她一个人坐在门槛等"我"回来。当"我"意识到"我"的打扰可能会使她厌烦，是否要搬离她家成为了困扰"我"的一个问题。但"我"很快打算将这个问题抛给她来决定，并透过窗子开始欣赏房子中天伦之乐的画面，这其实意味着"我"的潜意识是不想搬出她家的。直到"我"和她发生了性关系之后，"我"已经完全不想从那种感觉中走出来了，"这个玛曲村之夜是温馨的……我的理智早被她的热情烧成了灰烬"。④ 这时"我"潜意识中不想离开她家的想法已经进入到意识层面了，

---

　　① 中华大藏经编辑局：《妙法莲华经》卷二譬喻品第三，《中华大藏经》第 15 册，中华书局 2004 年版，第 519 页。

　　② 同上。

　　③ 马原：《虚构》，《马原文集》卷一，作家出版社 1997 年版，第 9 页。

　　④ 同上书，第 29 页。

"我"立即否定了搬出她家的想法。随着与这个"乳头已经烂掉"[①]、"手指脚趾也都烂掉了半截"[②] 却格外温馨的女人感情的加深,我甚至可以不在乎一切而留在他们中间了,更重要的是要留在她身边。在这里,女人的房子与《妙法莲华经》中的"火宅"如出一辙,疾病的传染以及莫须有爱情所带来的对后代的不负责任,意味着潜在的灾祸和危险。而"我"经历了从对其警惕到依恋再到沉溺其中,已经处于纵然烈火逼身也要陶醉在情欲逸乐之中而怡然自得的状态了。正如《妙法莲华经》中屋宅起火却还在其中贪图玩乐的孩子一样,不知何者为火、何者为舍。

马原《虚构》中的这一场春梦没有被安置在舒适浪漫的环境中,其性爱的对象也并非是妖艳美丽的年轻女子,即便是麻风病村最终演化成了一个温柔乡,也始终都笼罩在传染病和丑陋与遗弃的阴影之下。他用这样一个疾病的隐喻暗示了烈火般情欲的"地狱性",之后又以拆解故事发生的时间与地点的方式点出了这种短暂快乐的虚幻性。我不敢说马原是受到佛经故事的启示而杜撰了这样一场《虚构》中的春梦,但他似乎的确于有意或无意中完成了一次对佛经故事原型在当代小说中的转化。

相比马原《虚构》在精神实质上以内隐的方式对《妙法莲华经》中"三界火宅"譬喻故事进行生发,贾平凹、虹影和叶弥则在小说创作中有意选取了佛经中的故事原型,对它们进行了当代性的转换和激活,他们作品中的佛经故事原型是外显的。

在贾平凹的长篇小说《白夜》中,"目连戏"的演出和"再生人"的传说是贯穿整部作品自始至终的两条重要线索。据统计,"目连戏"的演出情景与具体戏文内容共 19 次穿插于小说的叙事之中,而"再生人"和他胸前的那把钥匙更是如日常生活中的神秘元素一样不断催促和干扰着故事中人物的行动与选择。小说以"再生人"的传说和他胸前的钥匙为开端——"宽哥认识夜郎的那一个秋天,再生人来到了西京。再生人的胸前挂着钥匙,黄灿灿的一把铜的钥匙——挂钥匙的只有迷家的孩子……"[③],同时作品也以此为结尾,宽哥在目连戏的演出中仿佛看到了再生人自焚的情景,而此时那把再生人的钥匙挂在虞白的项链上。不

---

① 马原:《虚构》,《马原文集》卷一,作家出版社 1997 年版,第 40 页。
② 同上。
③ 贾平凹:《白夜》,人民文学出版社 2008 年版,第 1 页。

仅如此，再生人的传说也不断与文本的主体故事互涉，如夜郎取得那把再生人的钥匙之后每天夜里都梦游去开再生人当时寻找的戚老太太家的房门；戚老太太的乳名叫做阿惠，而夜郎的前妻颜铭原名叫做刘惠惠；再生人自焚前手里抱着一把古琴，而夜郎认识的朋友虞白也有一把同样的古琴，并且二者都传说是一个和尚留下来的。而同时夜郎与考古学家吴清朴以及他周围的亲人朋友——虞白、邹云、丁琳等人的相识也恰恰是因为吴清朴想去考察有关再生人的神秘事件。一系列的巧合不断提醒着我们《白夜》主体故事和那个西京城里的"再生人"传说之间的相似性与密切联系。

从文化资源的角度来考察，"目连戏"和"再生人"无疑都来自佛教文化传统。"目连戏"虽然经过历代的积累，成为了中国民间戏曲表演艺术的一部分，但是其戏文的蓝本是在佛教文化中"目连救母"故事的基础上敷衍而成的。"目连救母"故事最初来源于东汉时期由印度传入中国的《佛说盂兰盆经》。大目犍连（目连）始得六通之后，欲度父母以报哺育之恩。但发现其母由于生前罪根深结而堕地狱之中，不得饮食，且凭借目连一人之力无法救度其母。佛告诉目连当须十方僧众威神之力供佛斋僧，于七月十五十方佛自恣时，为过去的七世父母以及处于困难的现世父母奉盂兰盆供养十方僧众，祈愿七世父母行禅定会，解脱三涂之苦。大目犍连依佛所说，信受奉行，孝感动天，其母也于盂兰盆节当日得度，解脱本应遭受一劫的地狱之苦[①]。而"再生人"虽然严格来讲不能说是佛教中的专有词汇，但是它的产生与佛教的生死理念密切相关。民间一般称那些灵魂在人死后于另一肉体中重生的现象为"再生"，"再生人"的出现也正是基于佛教文化中的轮回转世观念。佛教文化中有"中阴身"的概念，它介于生死之间，也是生死之间的区隔。由于色、受、想、行、识这"五蕴"的积聚构成了人本身，人身体死亡之后，色、受、想、识都不存在了，而行蕴也就是所谓的"心念"，能够导致人以"中阴身"的形态存在，以寻求另一个生命的寄托之所。当人以"中阴身"的状态出现的时候，由于"心念"的作用，它可以穿越一切时间与空间的阻隔。"再生人"正是基于"中阴身"而在另一个生命体中复活的，因此没有放下的

[①] 参见中华大藏经编辑局《佛说盂兰盆经》，《中华大藏经》第97册，中华书局2004年版，第300页。

"心念"或者说"业力"、前世因果会使再生人刻上前世记忆的烙印,它也可以通过"心念"而将自己带回到所要寻找的前世情境与生活中。

从"目连戏"和"再生人"本身的意义来看,"目连戏"的故事原型"目连救母"带有浓厚的救赎意味,而再生人之所以胸前挂着钥匙是因为"迷家",它能够找到前世的记忆也是由于"中阴身"以及"心念"所致。在这部小说中,目连鬼戏不断穿插在文本的日常叙事中而显露出救赎的冲动,但故事中的人物又一次次因为自己执着的心念而"迷家"。再生人的钥匙在夜郎和虞白之间的交替是颇富意味的,钥匙由夜郎交由虞白的时候,他正处于徘徊于年轻貌美的颜铭与高贵典雅的虞白之间而不知如何抉择的状态;虞白取得钥匙后对夜郎的爱慕与期待也与日俱增;当夜郎得知颜铭怀孕而与其结婚且放弃虞白后,钥匙再一次回到了夜郎手中,而这时夜郎开始通过梦游的方式模仿"再生人"的行为,不断试图开启一扇关于前世的门;在最终一片"树倒猢狲散"的状况下,那把再生人的钥匙又被虞白挂在了胸前。面对这种"迷家"的状态,每个人都渴望着得到救赎,这种情绪恰与目连戏无时无刻、无处不在的演出相暗合。如当宽哥遭遇不幸,南丁山唱到目连母亲刘青提罪状罄竹难书时,颜铭称这段唱词不好;直到唱到在"盂兰盆"会上众佛门弟子怎样超度刘氏,大家才都改变了态度。由此可见,贾平凹对佛教故事原型的转化与借用,在这里不仅构成了结构小说的重要元素,它们也成为了人生存状态和时代情绪的象征。

虹影以三峡大坝的建设为题材的小说《孔雀的叫喊》与佛教原型故事"度柳翠"之间的关联也是显而易见的。作家虹影坦言,她一直在为这样一个故事寻找一种适当的形式,直到在元曲中读到"度柳翠"的故事,她意识到了这就是装新酒的旧瓶。作家甚至直接把明代田汝成《西湖游览志》中"度柳翠"故事的部分作为附录放置在了小说的结尾处,似乎要进一步明确二者之间的关系。

"月明和尚度柳翠"的故事有其不断丰富和演变的过程,实则发展到元代以后,它基本上是由两个部分构成的,一是玉通和尚与红莲部分,一是度柳翠部分。"红莲故事"在佛教典籍中并不能找到明确对应的原型,只能说它与《首楞严经》中的《法僧投胎》在情节上有高度的相似之处。可以说对色戒的考验是佛教故事中一个重要的母题,也是核心故事类型之一。但是纵然后来的"红莲故事"在一定程度上接续和模仿了《法僧投胎》，但叙事的走向却明显地在逆其道而行之。从在色戒的考验面前凡心不动，到宋元以后和尚在妓女红莲的引诱下，几十年的修行与心理防线全部溃败，故事的情节已发生了很大变化。而故事的后半部分，"度柳翠"的故事则来自佛教传说，它最早以俗讲的形式传入中国。据说观世音净瓶内的柳叶枝，因染微尘而下凡历劫，化为妓女柳翠。三十年后宿债已还，在月明罗汉的点化下同登佛会。淫女得度同样是佛教文化中的又一个重要母题，正像《维摩诘所说经》中所持的观点一样，"或现作淫女，引诸好色者，先以欲钩牵，后令入佛知。"[①] 后人通过引入佛教中轮回转世和因果报应的思想将这两个故事融合在了一起，大概是说南宋时期，临安府尹柳宣教因个人私怨而记恨水月禅寺的玉通和尚，遂令妓女红莲引诱其犯戒。玉通和尚与红莲私通后含羞而化，转世为妓女柳翠投胎至柳宣教家败坏其门风。后月明和尚引导其开悟，度化柳翠。这就成为了后来"月明和尚度柳翠"故事的基本框架。

　　虹影在写作《孔雀的叫喊》时是受到元曲中"度柳翠"故事的启发，而她又同时在作品结尾处附上了明代的"度柳翠"故事，不难看出，她所遵循的体例应至少是元代以后的版本。虽然虹影的"度柳翠"故事发生在几百年后的现代社会，但这部小说在人物设置和故事情节上却基本上与元代以后的"度柳翠"故事如出一辙。小说中革命时期柳专员的女儿柳璀博士在三峡大坝建造期间回到了自己的出生地"良县"，在与母亲多年前的好友陈阿姨聊天时得知，自己的出生正伴随着父亲将对其强加莫须有罪名的玉通和尚和改造妓女红莲的斩首。而陈阿姨和自己的丈夫当时正因为同情玉通和尚和红莲才付出了一生的惨重代价。回到柳璀当下所处的时代，三峡大坝的建设仍然是以一种激进、暴力的方式在推动着时代的前进，而负责三峡大坝建设工作的恰恰是自己的丈夫。几十年后，陈阿姨的后代陈月明因为在坝区参加抗议而被捕，柳璀因阴差阳错而被卷入其中，二人所被置留的拘留所正是当时关押玉通和尚和红莲的地方。在此，历史出现了惊人的相似之处，小说中又不断暗示柳璀在第一次见到陈月明时就觉得似曾相识，同时陈阿姨深信月明正是红莲转世报恩。认为月明和柳璀是否真的是红莲和玉通和尚的轮回转世有证可考也罢，荒诞无稽也罢，这

[①] 中华大藏经编辑局：《维摩诘所说经》卷八，不如二法门品第九，《中华大藏经》第98册，中华书局2004年版，第888页。

都并不是最重要的。而虹影为何将这样一个现代的故事如此确定无疑地嵌套在"度柳翠"的佛教故事原型之上,它具有哪些功能性的意义是值得进一步讨论的。

在对中国古代"度柳翠"故事和虹影"孔雀叫喊"的故事情节进行一一梳理之后,她除了借用一些"度柳翠"故事中人物名称和故事情节之外,与其说二者之间是一种化用关系倒不如说是一种借用关系。即使是隐含在"度柳翠"故事中来自佛教的转世轮回思想也并没有成为小说的叙事结构。甚至如果将"度柳翠"故事的旧影从这个全新的故事中取消,或者说根本不存在一个轮回转世,也丝毫不影响小说叙事的完成。柳璀从自己的世界走向自己出生前的世界,正是靠陈阿姨这样一个历史的讲述者和见证者来将二者连接起来的。在这里,轮回转世甚至仅仅成为了一种预设的观念,而且并没有对思想的负载和对叙事功能的承担。但在我看来,虹影之所以不断提示读者这个"孔雀叫喊"的故事与"度柳翠"故事之间的关联性的确是一种有意为之,旧瓶里装的新酒在两个文本之间以象征的方式不断相互指涉。"度柳翠"故事中的"轮回转世"无论在最初的佛教俗讲与传说中,还是在后世依据其敷衍而出的故事中都显得自然而然,那是一种中国式的因果报应。但是当作家有意将这个"轮回转世"的故事嵌套于一个现代故事之上时,在叙事效果上它带来的无疑是生硬和荒谬,甚至即使到故事的末端,我们也难免对陈月明和柳璀是当年红莲与玉通和尚转世的事实将信将疑。而与此同时,人类对基因工程的研究不断向前发展,小说中柳璀所从事的基因和克隆的研究实际上也是人类追求转世的另一种表现形式,相较于传统的"轮回转世",人类更加确信并认可这样一种以暴力方式的转世模式。虹影就在这新与旧之间错位的嫁接中让二者之间的差别显现出来了。

其实来自古老佛教文化的"轮回转世"是整个人类范畴之中的因果循环,世界是一个相互连结的整体,世世代代的接续也并不是父母个体的转世和复制,就像柳翠(柳璀)的出现并不是柳宣教(柳专员)生命的轮回一样。但是当下人类企图通过科技来进行的转世无疑只是对个体生命永续的追求,因此也就只需要对自己(个人)的下一世负责。所以,虹影在谈自己的作品《孔雀的叫喊》时提到有一个最基本的佛理中国人一直没有弄明白:"轮回转世,不是对自己的下一世负责,是对整个世界的后世负责。下一世的我,不是现在的我。主体换了。我不了解我的下一世，他不是我；下一世也不了解我，我不是他。但是我的作为，他要承受后果：可以说，这是佛教的'存在先于意识'。"① 其实，对于这个最基本的佛理不是中国人一直弄错了，而是伴随着革命和科技的暴力，激进而单向度地向前模糊了人和整个世界之间的关系。也正是因为如此，才会生发出一个"孔雀叫喊"的故事。几十年后，历史惊人地走向了令人难以置信的循环。当年柳专员用革命的暴力手段亵渎了以玉通和尚代表的神圣，并将被侮辱与被损害的人推向了不可避免的悲剧；现在柳璀的丈夫李路生用技术暴力的手段又将草民的利益推向了矛盾的风口浪尖，三峡大坝的建设不惜将一切美丽的东西都用现代性的洪水淹没。"轮回转世"渐渐变成了仅为自己的下一世负责，因此人们不断追求自我生命的永续，这就是发展到极端的现代克隆技术所隐含的内在心理动因。这是传统的"轮回转世"在中国历史发展中所产生的变化，或许这正是通过"度柳翠"故事所产生的脱节、断裂的叙事效果来思考的问题。

另外，虹影对"度柳翠"故事最大的改变在于它的结尾，通过对"度柳翠"故事源流的考察，无论它的版本如何变化，最重要的关节在于"得度"。实为玉通和尚转世的柳翠虽流落风尘，但仍喜佛法，乐善好施。于二十八年烟花迷障之后幡然萌生出家之想，在月明和尚的点化之下从所度也。但是到了虹影的小说中，虽然作家仍暗示柳璀是玉通和尚的转世，但是她并非以风尘女子来辱没柳氏家门的报怨形象而出现，相反成为了有一定身份地位却无法处理好家庭生活的基因工程博士。而充当月明和尚角色的陈月明虽然身在寺庙，但是早已失去了度化他人的能力，而仅仅是一名羸弱的乡村教育者和在寺庙卖画为生的普通草民。在传统的"度柳翠"故事中，柳翠是为了完成对一段前世因缘的救赎而出现的，而以月明和尚为代表的正是一种使其得度的精神力量。《喻世明言第二十九卷》结尾处，柳翠被月明和尚棒喝之后，留下偈语，之后又写道："我去后随身衣服入殓，送到皋亭山下，求月明师父一把无情火烧却。""写毕，掷笔而逝。丫鬟推门进去不见声息，向前看时，见柳翠盘膝坐于椅上。叫呼不应，已坐化去了。"② 而在这个现代故事所处的时代，现代性对传统的淹

---

① 虹影：《我听见美在呼救》，《北京娱乐信报》2003年2月19日。
② （明）冯梦龙编：《月明和尚度柳翠》，《喻世明言》第二十九卷，上海古籍出版社2012年版，第356页。

没已经使一个形象很难再为救赎而来,而让人彻底得度的精神力量也基本上丧失殆尽了。在小说的最后,"过去多少年代淡漠的记忆,在她心里变得清晰透明。月明伸过手来把她的手握住,她把头轻轻的靠在他的肩膀上,一切放心地闭上眼睛,哪怕只求这一刻的安宁。"① 相比柳翠以坐化的方式真正超脱和度化相比,于父亲柳专员和丈夫李路生所迷之处,柳璀的确有所悟。但是月明已失去了将其度化的力量,柳璀也失去了彻悟的契机,他们所能做的只剩下悲戚地"叫喊",像两只孔雀,叫喊之后也只能追求片刻的安宁。就像虹影在创作谈中所坦言的:"我承认,我写这个小说,无法拯救这个世界,只能在烟尘狂躁中求得一点心灵安宁的故事。"②

叶弥的短篇小说《拈花桥》讲述了"我"在居住了两年的花码头镇所遭遇的复杂的一天一夜,在这个"我"已经认识到不是桃花源的地方,每个人、甚至连地方志所记载的东西都在说谎,人与人之间相互的接触与交往都隐藏着巨大的利益动机。邪恶和欲望被天真与温文尔雅包装了起来,而当它们一旦被刺破,比直接袒露的丑陋更加令人锥心刺骨。实际上"我"所经历的复杂的一天一夜也正是复杂人生的缩影,但是在这个短小的故事或者说漫长的人生中,作者却不断穿插发生在"拈花桥"的"杨柳菩萨"的佛教传说来阻断小说的叙事与生命的发展历程。

"杨柳菩萨"的传说在文本中第一次出现在"我"家遭遇小偷而去警察局做笔录回家的路上,当走到了破破烂烂的拈花桥,"我"想起了一段拈花桥下的动人传说并为其深深感动。晚明年间此地因大旱而饥荒,父老乡亲因此而设坛长跪求雨一个月之久,这时在桥下捡破烂的独身瞎婆子化身为手持杨枝遍洒甘露的杨柳菩萨,使得枯木逢春、灾荒顿消。这个传说第二次出现在"我"发现小偷可能是裁缝老崔并决定放过老崔之后,"我"做了一个令人信心百倍的梦,"我"成为了那一个幻化升天的瞎老婆婆,以杨枝水遍洒人间。第三次是"我"重新翻看花码头镇镇志,当时隔两年之后再重读这个传说时仍然充满感动。最后一次是"我"从一直想借破案而和"我"套近乎的派出所所长赵长春那里得知"杨柳菩萨"的传说是由文化站的老刘编出来的,是为了美化其母——一个捡垃圾的瞎女人而把她写成了菩萨。

---

① 虹影:《孔雀的叫喊》,江苏文艺出版社 2013 年版,第 258 页。
② 虹影:《我听见美在呼救》,《北京娱乐信报》2003 年 2 月 19 日。

一个神圣、高尚的杨柳菩萨的故事在文本的末尾被证实不过是一个虚幻的杜撰，而这个故事之所以被作者反复提及并为"我"深深感动正在于它意味着一种救赎，就像我的爱人江吉米虽然对人类失去了信心但仍然在普罗旺斯试图重建这种信心一样，"我"也想试图去救赎这些复杂、不真实的人事。只要这个世界上还残存着感动，就必然会有生机。其实这里杨柳菩萨的故事是对佛教传说中"杨柳观音"的借用与改装，而杨柳观音的故事恰恰是依据佛经中观世音菩萨的化身以及古老的杨柳信仰敷衍而成的。早在《观世音菩萨普门品》与《楞严经》中就写到观世音菩萨根据受众根器的不同而呈现不同化身来为其说法，因此观世音菩萨的三十三身也与经文中观音应化的数目相关。而《陀罗尼集经》和《千手千臂观世音菩萨陀罗尼神咒》中，记载了观音菩萨以柳枝驱鬼治病和降服一切恶毒的神迹，这些都为观音菩萨三十三身之一杨柳观音形象的出现奠定了基础。因此杨柳观音就成为了左手结施无畏印、右手持杨柳枝的形象。他以杨枝甘露遍洒人间，即可消灾除病。杨柳菩萨在民间的有求必应可以一则最著名的传说为例，据说中州地区由于民风恶劣，百姓愚昧贪婪，以至于该地久旱不雨，灾荒连绵。观世音菩萨感应民生疾苦，便化作一穷苦乞讨的老太婆来到中州地区度化民众，解除众生苦难，但当地的民众都没有注意到她。直到有一天一位老人听到了菩萨的叹息并愿真心悔过，他告知当地百姓前来恭迎菩萨显化真身。观世音菩萨劝说点化众生后大发慈悲心，挥洒杨枝甘露而普降甘霖。很显然，叶弥在《拈花桥》这篇小说中对关于杨柳观音的传说进行了模仿和置换，在作者看来，似乎花码头镇民风的现状正与几百年前相类，而在佛教看来，一切灾难都是由人心的迷惘和贪婪造成的，而在这种情况下，需要像杨柳观音这样挽救世道人心的救度者出现或者说"我"其实就有充当救度者的内在冲动。作者通过对一个佛教传说故事的模仿来不断阻断小说的文本叙事，让一种来自宗教的神圣而又久违的感动和救拔冲动嵌入到世俗的谎言与欲望中，以企图恢复对人类的爱。

二 佛经故事原型在中国当代小说中的叙事功能

荣格在提出"原型"这个概念的时候，认为它是一种人类最原始和普遍的思维方式，作为最原初的意象，它不是遗传产物，而是人类集体无意识中的内容，这是原型产生的心理学基础。原型可以是故事、形象或者行动的过程,而对于这些原型的形成是与生活中的典型情境密切相关的。"生活中有多少种典型情境就有多少种原型。原型有数不清的副本镌刻于我们的心理结构中,但它只是形式,还没有内容填充进去。起初,原型仅仅是没有内容的形式,具有某种知觉和行动的可能性。当某种情境产生时,与之相应的原型就会被激活。"① 这些来自宗教的原型往往与人类对世界终极性的体验有关,它涉及人类对宇宙的建构以及存在的起源问题,因此在多年以后无论人类对世界的去圣化达到怎样的程度,都不可能真正彻底摆脱来自宗教的影响。佛教文化是自古以来以宗教(而不仅仅是思想)的方式影响中国最大的信仰体系之一,经由文学表达来提取这些佛经原型故事意味着对永恒性问题的再发现与再思考,而对这些原型故事的置换和变形也与具体生活情境的重复与变化有关,反映出了民族深层心理结构中的情感倾向。

通过对以上文本的分析,我们可以于这些小说作品中清晰地解读出古老的佛经故事原型,无疑作者通过对这些故事原型的当代转换,使其重新焕发出了生命的力量,它们在当下的小说文本中承担了重要的叙事功能。

第一,小说叙事依托佛经故事原型借尸还魂,从而形成一种新的故事形态。佛经故事是中国传统叙事中最基本的故事形态之一,以他们为蓝本所形成的小说或戏剧文本也层出不穷。但是自中国当代以来,这种以宗教为基础的佛经故事原型在小说叙事中几乎消失了,红色叙事最多借用"类传奇"模式对革命叙事进行包装,而不会以宗教叙事这个旧瓶装上另一个时代的新酒,因为佛经故事所形成的基础被判定为是不合法的。而在八十年代以后,佛经故事恢复了其作为资源的合法性,因此作家们也开始依托这些故事原型来借尸还魂,探索中国当代小说叙事深度与难度所能达到的新境界。如前文所谈到的虹影的《孔雀的叫喊》,就在佛经故事资源中找到了那个装新酒的旧瓶,"度柳翠"故事是已被不断重写和改编过的佛教本事,但虹影用现代故事嵌入的方式脱离了古人之窠臼,甚至有意在叙事中追求一种断裂感而达到对现实的反讽效果。同时佛教故事中本身蕴涵的神圣性与现代化叙事世俗性之间的落差在文本中试探了当下精神失落的程度,以一种新的故事形态抵达了思考的深度。

---

① [瑞士] 卡尔·古斯塔夫·荣格:《原型和集体无意识》,徐德林译,国际文化出版公司2011年版,第48页。

第二，小说文本通过对佛经故事原型的改装，实现对当下社会"去圣化"的借喻式表达。自新中国成立以来，高度统一的意识形态和宗教信仰体系的坍塌使得曾占据中国文化主导地位的佛教文化在历史的发展中断裂开来，而随着九十年代以后意识形态的进一步解体以及精英知识体系受到嘲弄，似乎一切神圣性的事物都被推下神坛了。面对历史的废墟与碎片，人们无力重新建构一种神圣性，中国社会进入了前所未有的"去圣化"时代。近些年来，这种去神圣化所滋生和遗留的种种问题也一一显现，在一个只有世俗时间而不具有神圣时间的当代社会，人们开始不断想从神圣时间中汲取一些力量来救赎面前的世界。这时的小说作品通过选取一个佛经故事并将其嵌入到现代世俗故事中，或直接以改装置换的模式来讲述一个现代世俗故事的方式，来实现在世俗时间中对神圣时间的召唤，但是这种召唤往往被证明是颓败和无力的。佛经故事原型中那些充当救赎者角色的形象在现代故事中无一例外地失去了神力，被还原成了世俗世界中的普通一员。以上文所讨论的虹影的《孔雀的叫喊》和叶弥的《拈花桥》为例，"月明和尚度柳翠"故事中的月明和尚在《孔雀的叫喊》中成为了赢弱的乡村教育者陈月明。陈月明这个角色一直有着用自己的力量去救赎社会的冲动，但是面对着复杂的人际关系他不仅无能为力，反而需要柳璀（柳翠的化身）的救助才可得以为继。作者将这个佛经故事原型中的角色进行了置换，陈月明相较于月明和尚已经不具备任何神通和度化沉沦的能力了，而柳璀相对于流落风尘的柳翠成为了一个救助者，但是这种救助也仅仅是凭借着自己的身份赢得一些现实物质层面上的优越而已。叶弥的《拈花桥》中穿插了一个"杨柳观音"的故事，这个故事本身具有神圣性，且杨柳菩萨是具有神力的救度者。但在一个充满谎言和虚伪的时代，当象征着高尚、美好的拈花桥都成为了充满自卑与痛苦的符号时，人们也失去了对菩萨最基本的敬畏和信仰。作者用两种方式对这个神圣的佛教故事原型进行了反转性的置换，一是通过一个梦境以"我"——一个意识到花码头已经不是桃花源但仍然寻求爱和感动的普通凡人充当了菩萨的角色；二是以杜撰的地方志解构了杨柳菩萨故事的神圣性，所谓的"菩萨"不过就是一个乞讨的瞎眼老太婆。作者通过对这个故事的转化，将残存的对菩萨神圣性的想象也消解掉了，菩萨转圣为凡，其所能救赎的力量也被大大削弱了。从这两个小说文本来看，从神圣世界召唤而来的僧人、菩萨在这个去圣化的世间也失去了本身的神力，变成了面对世俗世界无能为力的普通凡人了。这其实正构成了对神圣是如何通过一个去圣的过程而转圣为俗的隐喻表达，实际上如果人们对神圣还有着应有的尊重和敬畏，神圣就还依然存在，但如果这种尊重与敬畏被拆解而消失殆尽了，神圣也就不复存在了。

  第三，对佛经故事原型的化用重新赋予了小说叙事以神秘性。神秘性因素一直是中国文学中不可或缺的一部分，虽然儒家文化的主导地位使中国文化相比于其他古代文明显得过早理性化了，但是来自原始民俗与信仰的神秘性一直在民间文化中存续着。加之黄老神仙之说以及佛教入主中土，在文化环境宽松的魏晋南北朝时期，便形成了众多的神鬼志怪之书。后来在唐传奇、宋元话本以及明清的小说中，富有神秘主义色彩的叙事一直没有中断，甚至衍生出了明代的神魔小说系统。而五四以后，中国小说的传统发生了巨大的变化，小说承担了教化民众的重要功能。因此，迫于现实环境与中国社会发展的需求，中国现代小说以及后来五十到七十年代的当代小说，在西方批判现实主义以及苏俄革命现实主义的影响之下，更多地关注现实人生以及为启蒙与救亡服务，一以贯之的神秘主义文化在现代以来的小说中几乎被彻底淹没了。直到八十年代以后，文化环境的相对宽松以及寻根思潮的召唤，同时在拉美魔幻现实主义的影响之下，中国神秘主义文化才走向了它的复苏。而佛教文化仍然是中国神秘主义最重要的资源之一，从佛教文化中取材并对其故事原型进行化用是重新赋予当代小说叙事以神秘性的重要方法。但这种神秘性的复归并不是对志怪传统的简单重复，而是充满"当代意识"的对传统的续接。源自佛教文化中的故事原型从另一个维度观照人性以及生存的奥秘，揭示了人心与神秘文化之间的微妙关系。当代作家开始有意识地以艺术的方式进入到那些人性中难以言说的困惑之中，并借助神秘文化中的不同观念与见地触碰曾被无神论主导了半个世纪的社会意识与文化。如前文所讨论的贾平凹《白夜》中对"目连戏"和"再生人"故事进行当代转型，将人间的世界、阴间以及地狱的世界、阴阳之间半阴半阳的世界并置在同一个文本之中，生命的密度随着空间的扩张也相应延展开来，人物的命运被冥冥之中的神秘力量所驱使。但是小说并没有止于对神秘性的呈现，而是最终归结到了人物的内心。心灵深处的幽微曲折正如命运背后高深莫测的神秘性一样左右了每一个行动的指向，再生人为什么会再生，因何而再生，再生后要去做什么，作者并没有把这些神秘因素归结为迷信的层次或推向不可知的永恒力量，而是借此挖掘了人类心灵的深度。佛教文化最显著的特点是它不是一种对鬼神的盲目崇拜与信奉，虽然其中有神秘化的成分，但这些神秘性并不是不可解读的，它强调内心与神秘文化之间的关系，"若人欲了知，三世一切佛，应观法界性，一切唯心造"①，内心正是带来一切命运变迁的驱动力之一，可以说中国当代小说中对神秘性佛教故事原型的化用在开掘心灵的深度上远远超越了自古以来的志怪传统。

第二节 佛教三大核心观念与中国当代小说的精神内涵

"三世因果""缘起性空"和"众生平等"是佛教认识世界和看待生命最核心的三大基本观念，在佛法几千年的流布过程中，它们也对中国人的世界观与认识论产生了重要影响。表现在小说创作方面，这三大核心观念自古以来就与小说的精神内涵发生了千丝万缕的联系。虽然佛教哲学观念在当下已经不再占据社会思想意识的主导地位了，但是它们一直以一种集体无意识的形态深刻影响着作家知识分子处理当下时代命题的方式，成为了中国当代小说精神内涵的一个独特面向。

一 "三世因果"观与中国当代小说中对死亡的超越

"三世因果"观是佛教看待世界最基本的观念之一，整个世界、宇宙的形成都处于因果链条之中，一切事物互为因果，相互贯通。其实在很多哲学体系中，对事物之间的联系都以因果观解释，但是佛教与这些理论最大的差异性在于它格外强调这种因果的普遍性，突破了一世因果的界限而将时间范围扩大至过去、现在、未来的三世因果上。而对于过去世、现在世、未来世还都有它们的前世和来世，也就意味着这种因果关系是无始无终，永续循环的。在空间上，因果律也不仅仅作用于人类社会，它还延伸到三界六道，即便是佛道、菩萨道也同样在因果律的支配下运转。《涅盘经》憍陈品曰："善恶之报，如影随形。三世因果，循环不失。此生空过，后悔无追"②，在此"三世因果"理念的主导下，因缘果报、六道轮

---

① 中华大藏经编辑局：《华严经》，《中华大藏经》第85册，中华书局2004年版，第482页。
② 中华大藏经编辑局：《涅槃经》，《中华大藏经》第15册，中华书局2004年版，第99页。

回都具有了理论上的合法性。而佛教的根本目的在于了解形成这个众生世界的因果，然后指导众生通过智慧的方式破除障碍而改变现状。因此"因果论的中心问题是要阐明两种相反的人生趋向：一是作恶业而引起不断流转，在生死轮回中永不得解脱；二是作善业而引向还灭，即获得正果，归于涅槃。这也就是所谓缘起流转和缘起还灭两大因果律。"[①]

佛教的这两大因果律将生命视作了一个流转循环的过程，与此同时它们打通了生死与三世之间的界线，使它们相互连通，"欲知前世因，今生受者是；欲知后世果，今生作者是"[②]。若不能达到涅槃寂静的最终解脱，世代因果则环环相连。这实际上为处理"死亡"这个基本焦虑打开了一个新的面向。自古以来，"死亡"一直是困扰人们精神世界的重要问题之一，但是儒家文化"未知生，焉知死"的理念并未将关注的重点放在死后或者彼岸的世界，而道家文化则以寻求长生不老来缓解对衰老与死亡的焦虑。佛教三世因果观的引入帮助人们找到了另一种解决死亡困惑的方法，首先，生命的流转循环使得死亡之后还有另外一种生命形式在六道中存续，这不同于中国古老的灵魂观念，而是实实在在的生命形态；第二，万法皆空而因果不空，因果构成了一切事物的缘起，生命的终结并不能斩断因果，对于善业所引向的还灭，其面临的死后世界也并不可怕。这进一步加强了人们"善有善报、恶有恶报"的观念。因此从中国古代小说开始，就出现了很多死后报恩报怨以及出生入死追求爱恋的故事。这些文学叙事借助佛教三世因果的观念，消解了死亡带给生命的限制以及凄凉情绪，将现世生命中无法解决的问题移至在一种"虚幻"的生命中以给予其公允的处理方式。

而中国当代小说中的死亡叙事是从政治意识形态化的"牺牲"开始的，在为革命事业而不惜付出生命代价的英雄主义死亡观的影响下，新中国成立以来前三十年的文学中几乎不处理个体生命的死亡问题，凡是按照革命的叙事逻辑走向死亡的生命都是崇高的，牺牲者在主观心态上是视死如归的，因此也不存在任何有关来自生命本体意义上对死亡的焦虑。直到八十年代以后，中国当代小说中的死亡叙事开始关注个体生命多元化的死

[①] 方立天：《佛教哲学》，中国人民大学出版社2006年版，第167页。
[②] 中华大藏经编辑局：《现在因果经》，《中华大藏经》第34册，中华书局2004年版，第513页。

亡形态，同时精神世界中被遮蔽了的对死亡的恐惧和焦虑也再一次呈现出来。八十年代以后在西方现代主义思潮的影响下，个体死亡叙事显然是以矫枉过正的方式回归到中国当代文学的脉络中的。与前二十七年文学中对死亡的价值与意义的强调相比，先锋思潮、新历史主义思潮中的死亡叙事将被建构起来的崇高感彻底消解了，死亡可以是荒谬的、无意义的、微不足道的，死亡过程中令人恐惧的细枝末节也是具体可感的。当日常性的、基于生命本体意识的个体死亡叙事逐渐复归，如何以叙事的方式超越死亡所带来的遗憾与凄凉也自然成为当代作家所面临的一个问题。对死亡的超越同时是一个打破时间有限性的问题，佛教文化中的"三世因果"观作为一种传统文化资源为其提供了可借鉴的参照。但相比作为中国传统小说叙事的重要主题之一的因果轮回，当代小说在处理这一命题时它的神通性质和道德训诫功能都大大减弱了，而更多的是演化成作家看待生命形式的一种方式或小说的叙事方法。

迟子建是中国当代作家中充满"死亡意识"的作家之一，在她的每一篇小说中几乎都有生命终结的出现，而它所形成的这种死亡意识恰恰是建立在东方古老的"循环论"哲学以及佛教"三世因果"基础之上的，这与曾经主导西方和中国当代前二十七年文学的线性逻辑存在着显著差异。迟子建形成了她自己对死亡的认识：生命是轮回的，因此死亡也是可以从容面对的。就像迟子建曾说过的："我对人生最初的认识，完全是从自然界一些变化感悟来的，从早衰的植物身上，我看到了生命的脆弱，也从另一个侧面，看到了生命的淡定和从容，许多衰亡的植物，翌年春风吹又生，又恢复了勃勃生机。"① 正如在小说《逝川》中，迟子建追述了生活在这里的老人吉喜爱恨交织的一生。随着逝川一起流逝的光阴让吉喜从一个美丽能干的女人变成了一位老者，和自然相比，她看到了人类生命的渺小与脆弱。其实，吉喜的一生也随着逝川奔流不止的冰水一起慢慢流走了，但是一代一代也正像这些每年如约而至的泪鱼一样生生不息。迟子建那一份被冷静和从容节制了的情感，从不会把一个死亡的故事推进绝望的深渊，她从黑土地的自然生灵中看到的是轮回的生命与人世间质朴的良善与温情。在《向着白夜旅行》中"我"和死去丈夫的幽灵结伴出行，由

---

① 迟子建：《生活并不会对你格外宠爱》，选自《精品励志文摘心灵的感悟》，湖南人民出版社 2010 年版，第 158 页。

于"我"至今仍无法接受丈夫马孔多的死亡，于是丈夫的灵魂在"我"的想象和思念中复活了，无人能看见的马孔多与"我"共同完成了生前未尽的北极之旅和琐碎日常。在这篇小说中马孔多的存在就像佛教文化中的"再生人"或"回阳人"，但这就是迟子建看待生命和死亡的方式，生命轮回的性质可以让他们在温情中得以维系和存续。《额尔古纳河右岸》是最能显示作者思考的深度与参悟生命的气魄的小说之一。在神秘而苍凉的额尔古纳河右岸，一个古老的民族安闲而宿命地生活在那片神奇的黑土地上。百年来的沧海桑田，死亡与诞生，完成了一个又一个鄂温克人生命的轮回，也完成了一个民族命运的轮回。迟子建小说中死亡的出现无疑给她的作品笼罩上了忧伤的色彩，但是她参悟生命形式的方式使叙事变得并不绝望，死亡带来的恐怖气氛与悲痛之情也被一种平和与从容冲淡和超越了。

在"三世因果"理念的基础上处理时代精神与个体死亡命题，且在艺术上抵达了纯熟之境的作品是格非的"江南三部曲"。王国维认为：悲剧的产生是死亡的出现和精神追求的失败与沦落。三部曲中，每一部都以知识分子的死亡和精神追求的沦落告终，这种死亡的出现不仅仅是个体生命的消逝，也是知识分子精神的失落。在每一部中，生命的退场是人生的大凄凉，同时也是一种失败的象征。三部小说都以主人公死亡的出现而终结，悲剧性也便由此而生。但是格非在无情的指出个体生命和知识分子精神的衰败与颓废的同时，他始终想找到一种方法来阻碍死亡的发生。早在《人面桃花》中陆秀米翻看祖父陆侃的日记时就读到了有关梦中"前世""来世"的景象，到了"三部曲"的收官之作《春尽江南》中，格非用一个梦幻结构使在现实中普遍认为不具有可能性的"三世轮回"变得清晰和确凿起来了。他不仅让这部小说自身呈现出梦幻的性质，也让三部曲连接起来，共同完成了对梦幻结构的叙述。家玉在临终前向端午讲述了她做过的奇怪的梦：

> 她梦见自己出生在江南一个没落的高门望族，深宅大院，佣仆成群。父亲的突然出走，使家里乱了套。时间似乎也是春末，下着雨。院中的荼蘼花已经开败了。没有父亲，她根本活不下去……直到不久以后，一个年轻的革命党人来到了村中……①

---

① 格非：《春尽江南》，上海文艺出版社2011年版，第323—324页。

第二章　中国当代小说中的佛教主题话语　　　　　　　　　　63

　　之后家玉又谈到她梦到自己被人追杀，端午说这或许对他正在写的小说有帮助。这无疑回到了《人面桃花》中陆秀米和《山河入梦》中姚佩佩的故事，他使三代人的故事最终变成了家玉的一个梦。家玉死后，端午开始写小说，"因为家玉是在成都的普济医院去世的，他就让小说中的故事发生在一个名叫普济的江南小村里。"① 而这个地方也正是《人面桃花》故事发生的地点与开端。三部曲最终完成了一个循环，使这三部小说具有了一种循环往复的时空叙事性，也使整个故事出现了一种"虚构性"和"梦幻"的性质。梦是一种最为接近死亡体验的特殊经验，因为在梦中我们无法左右自己的存在，它最为真实又最为虚幻，由于梦的结局是永恒的颓败与虚无，它既迎接死亡的到来又在某种意义上阻碍了死亡的发生。格非用一场梦完成了对死亡的救赎，其实家玉死亡之前的梦境暗示了陆秀米和姚佩佩似乎就是她的前世，如果生命可以通过这样的方式往复循环，那么知识分子的精神就不会消亡。在以梦幻击碎了现实时间的逻辑之后，循环往复的流转使知识分子的死亡与失败得以虚化，突破了现实中生命的有限性。在这样一重时间结构中，一切都有可能自由穿梭，世界不会最终令人绝望，因为在梦中我们随时可以回到人类未入世以前，就像《春尽江南》结尾的诗歌《睡莲》中所说：

　　　　这天地仍如史前一般清新
　　　　事物尚未命名，
　　　　横暴尚未染指②。

　　由此可见，格非虽然用一场幻梦的方式处理了现实的死亡问题，但其仍然是在传统三世循环论的基础上完成对死亡的救赎的。他将人类的前世、今生和来世连接在一起，在其中自由穿梭是格非反抗绝望的一种方式，如果死亡在这种循环中可以被不断超越，那么知识分子和他们的精神追求就永远不会走向消弭。

---

① 格非：《春尽江南》，上海文艺出版社2011年版，第372页。
② 同上书，第376页。

二 "缘起性空"观与中国当代小说中对心灵的救赎意识

龙树中观学派所提出的"因缘所生法,我说即是空"①的"缘起性空"论后来成为佛教认识世界本体的重要观念。所谓"缘起性空",是指世界是由"缘起"而产生的,也就是因缘和合、条件推动而形成的。但这因缘和合的一切事物的自性是空的。自性空是一种毕竟空,不是不存在,而是对其独立实在性的一种否定。我们所能够看到的存在的事物是"幻有",随着条件的变化就不存在了,这种依赖的存在不是真正的存在,因此其本质上是空的,世界不过是空性和短暂的组合。而世界之所以能够运转下去恰恰是因为"缘起",也就是条件的推动。因此条件的熄灭正是解脱的关键,而最重要的条件来自起心动念。由此可见,"心"是佛教修行要解决的重要问题,正如《华严经》中所说:"若人欲了知,三世一切佛,应观法界性,一切唯心造。"② 心所造出的幻相究竟也是空的,诸法空相不是真实永恒的存在,一切法如梦幻泡影,以一切法自性空故。因此心不可执着,一切法不可得,一切空不可得,非空非有、是空是有的中道亦不可得。

当意识到"心念"作为一个最重要的缘起,一切事物的"幻有"性质也就容易理解了。但是这种观念与自新中国成立后主导意识形态的"唯物论"思想显然存在着很多迥异之处。因此相对"心"来讲,"物"是我们这几十年来所关注的核心,或者说在一个救亡压倒启蒙的时代、在一个迫切建立新政权的时代,"物"的问题以及现实人生的一切是更加亟需解决的。具体到小说创作方面,几十年来,小说中对心灵的观照和精神出路的寻求一直处于创作的边缘地带,这也造成了中国当代小说创作中"灵的文学"的匮乏。发展到九十年代以后,当统一的价值体系、崇高的道德情感在物质利益的冲击下已变得支离破碎,新一代的作家成为了无根的一代,他们抓不住任何东西。这也使作家知识分子在面对巨大的精神困惑时开始反观自己的内心世界,因此心灵的救赎问题成为当下小说创作中一个较为显豁的命题,他们也重新思考"缘起性空"观念中所暗含的对

---

① 中华大藏经编辑局:《维摩诘经玄疏》卷三,《中华大藏经》第38册,中华书局2004年版,第534页。

② 中华大藏经编辑局:《华严经》,《中华大藏经》第85册,中华书局2004年版,第482页。

"心念"的阐释在当下转移世道的功能。

对于忽视心灵这样一个历史遗留问题，早在八十年代初期就引起了一些作家知识分子的注意。礼平的中篇小说《晚霞消失的时候》第一次在新时期文学中涉及对心灵的救赎问题。面对后革命焦虑中人心沉重的负累，李淮平在泰山上遇到的住持法师在经历了复杂的人生之后仍保持着心灵的安详与和谐。宗教本为人心所设，正如佛教中所说的即心即佛。五十到七十年代，中国社会经历了前所未有的变革，人们经历了战争的残酷、饥荒的肆虐、反右与"文革"的荒谬，在生与死的边缘，人性的底线不断遭到质疑，基本情感支离破碎。但是一个社会为了自身的生存必然会排斥与之不相容的思想与情感进入社会意识的范畴，由此人心的安宁问题成为了后革命时代的一个历史遗留问题，人们也开始在中国传统的佛教文化中寻找精神的出路。

范小青写于新世纪的长篇小说《香火》用一个意味深长的中国故事再一次重提了这样一个问题。从内容上来看，《香火》这部长篇小说的故事线索很简单，它围绕着饥荒年代、"文革"时期和"文革"结束后太平寺的被摧毁与重建展开。故事简单到几乎没有故事，但是由此为触角而生发出来的故事又复杂到处处充满玄机。借助一个佛教故事实际上范小青勾连起的是一个复杂而又意味深长的中国故事，中国这一时期的历史通过一座寺庙的兴衰被清晰地勾勒出来了。香火在饥荒年代因为吞下了一只坟上的青蛙而被死去的赛八仙灵魂附体，于是父亲把他送到庙里做了香火，和太平寺里的三个和尚生活在一起。"文革"时期由于"破四旧"，凶神恶煞的革委会来砸菩萨像，大师傅在缸里坐化；二师傅被迫假装"还俗"；小师傅因寻找自己的生身父母而一去不知所踪；只剩下一个不信菩萨的香火留守对抗，而他又阴差阳错地保住了佛教《十三经》。但这也难以抗拒太平寺摇摇欲坠的命运和日渐衰微的香火。"文革"结束之后，当年的少年香火竟鬼使神差地倾尽一切家财重建太平寺。当一切恢复如初，香火的儿子却带来了开发商，准备挖掘太平寺的商业价值。范小青曾在创作谈中明确表示，《香火》的写作关注的是人们的"敬畏之心"。而不难看出，中国20世纪60年代以后的历史就是一段丧失"敬畏之心"的历史。范小青之所以会选择以佛教故事的角度去打开中国庞大的历史传统，正是因为佛教是中国传统文化中的一个重要关节，无论是寺庙中正信的佛教还是作为民间信仰的佛教，它都是中国人，或者说中国民间文化小传统的一个重要组成部分。它关乎的是人们的心灵世界和一种对生命的敬畏之情,当这种小传统被外在革命的大传统试图摧毁甚至全盘击碎的时候,人们的内心生活也就彻底断裂了。尤其在范小青生活的中国南方苏州地区,以寺庙以及其中威严而慈悲的菩萨像所象征的是内心世界的一切依托和全部敬畏感,它远比革命传统根深蒂固得多。这也正是太平寺恢复重建之后,寺庙中的香火又逐渐恢复旺盛的原因。而当经济利益促使人们将内心的依托转化为商业价值时,实际上是将精神的信仰再一次连根拔起了。佛教在这里只是一种精神信念和敬畏心的象征,它从被摧毁到被重建再到又一次被摧毁,也是对几十年来中国人所经历的信仰坍塌到试图重新建构到再一次迷失的隐喻。

如果说礼平和范小青对佛教中"心念""心灵救赎"的理解还止于一种观念性的探讨或完成对历史遗留问题的隐喻的话,在贾平凹和格非的小说作品则深入其哲学的层面,以小说叙事生动呈现了"缘起性空"观的精神内涵。

贾平凹的小说《白夜》以象征救赎与迷家的"目连戏"和"再生人"贯穿文本,小说中的每一个人物都不断地为自己的"心念"所迷,这也导致了每一段感情和家庭关系的破裂。他们就像一个个"再生人"一样,由于执着于自己的心念而"迷家",神秘的"再生人"不过是他们的命运的象征。其中虞白是最想通过一种超乎世间的力量让自己得到解脱的,她被问及最想去的地方的时候,冲口而出的是西藏;她在等待夜郎未果而心烦意乱的时候开始阅读《金刚般若波罗蜜经》,读罢第一章佛在祇树给孤独园着衣持钵,入城乞食,甚感惊讶,原来《金刚经》这最高深的一部经竟然是从吃饭开始的。"虞白遂醒悟了平常就是道。最平凡的时候就是最高的,真正仙佛的境界,是在最平常的事物上。"[①] 因此虞白制作了一幅名为《坐佛图》的布堆画,意为随地可做佛,本来想送给自己,后来又打算送给夜郎。其实在作家看来"救赎""迷家"的方式正在于日常生活中最平常的事物中,这或许也正是贾平凹全部用日常琐事来结构《白夜》全篇的用意所在。但当自我的"心念"仍旧无法在日常最平常的事物中得到救赎,那把再生人的钥匙最终还是会回到虞白的脖子上。因此目连戏演出的最后一个折子戏"精卫填海"具有了某种"寓言"的性质,而这一次夜郎恰恰没有扮演云童或打杂师,而是扮演了叫精卫的鸟鬼,象

---

① 贾平凹:《白夜》,人民文学出版社 2008 年版,第 264 页。

征着救赎的目连恰恰是在寻找母亲的路上遇到这只鸟鬼的,精卫衔木终古不仅是一种徒劳,也是恩将仇报,自寻烦恼。无论是夜郎还是虞白,以及故事中出现的每一个人物实质上都如同戏中精卫鸟,没有摆脱心念的执着,他们依然像再生人一样是一个走在寻求救赎路上的迷途者。

从基本观念的角度来看,格非的"江南三部曲"不仅仅是"救世"之作,也是"救心"之作。三部曲在对中国现当代社会的发展史与知识分子的精神史予以把握的背后,隐含着一种"安顿人心方可转移世道"的观念。在三部曲中每一位主人公无不想从一片颓败的末世中找到一个清净的心灵安放之所,但最终为自己的"念头"所缠。每个人都无法抛弃自我的"执念",人心难以测度,而世乱恰恰源于心乱。"每个人的心都是一个小岛,被水围困,与世隔绝。"① 这句话在三部曲中反复出现。第一次在《人面桃花》中王观澄托梦给陆秀米劝说其继续他的事业。人心被水围困而与世隔绝,但当人心一旦突破这种围困,与世相连,就会被心所产生的执念纠缠,一切肮脏与邪恶就会像瘟疫一样滋生与蔓延,却不知一切由心生的万物不过是梦幻泡影。由此看来,花家舍这样一个四面环水的孤岛似乎已成为了人心的象征。它从一个如同世外桃源的大同世界变成了一个土匪窝;之后从社会主义的花家舍人民公社变成了一个人人郁郁寡欢的专制社会;最终由一个设想中与世隔绝的独立王国成为了现实中合法而隐秘的销金窟。在花家舍的整个演变过程中可以看到:《人面桃花》中,王观澄来到花家舍,本为隐居清修,但最终却要"花家舍人人衣食丰足,谦让有礼,夜不闭户,路不拾遗,成为天台桃源。实际上还是脱不了名、利二字。"② 在被自己的执念纠缠之后,王观澄无法找到心灵的安放之所。他身在官场时心在桃源,是为了个人现实的"利",而身在桃源时心在青史留名,这又是为了个人的"名"。如果说王观澄的花家舍是把陆侃的桃花源梦想直接付诸实践的话,张季元与蜩蛄党的革命不过是以另一种方式实现桃花源梦想。陆秀米是这三个人的直接继承人,父亲的血脉、表哥的爱情、王观澄的梦境使陆秀米不过是重复了一代代人的桃源幻梦而已。而桃花源、花家舍和革命的失败都源自人们内心的执念。在《山河入梦》中,谭功达想要建立一个乌托邦的蓝图盛景,姚佩佩想找一

---

① 格非:《人面桃花》,上海文艺出版社 2012 年版,第 115 页。
② 同上书,第 150 页。

个孤岛隐居，郭从年的忧虑在于即使是在一个真正的社会主义社会，人的欲望与好奇心也是永远无法得到满足，更是无法约束的。而且世界最终运行的规则将是欲念的规则，这在《春尽江南》中可谓有了一语成谶的效果。正是因为欲念的主导法则，花家舍作为一个乌托邦被永远地拆解了，它最终只能按照这种法则的逻辑重建它的模样。在《春尽江南》中，主人公谭端午、庞家玉、王元庆无一不在寻找清净之所，但他们依然无法放弃自己的欲念。绿珠为求一个心灵的安放之所与孪生兄弟来到云南龙孜投身于乌托邦项目，但是最终实施的计划被一点一点证明不过是为兄弟二人建造一个用来息影终老的私人居所。绿珠与陆秀米的一生似乎有一种隐秘的暗合，包括她们最终的选择，秀米出狱之后，在庭院里照料花草，摊书自遣，这种无所用心的自足生活反而恰恰使她找到了一直以来想象中的宁静。而绿珠在奔波于 NGO 和乌托邦项目之后，结束了她的漂泊与寄居，开始了踏实朴素的生活。正像文本中所说："只有简单、朴素的心灵才是符合道德的。"①

在弗洛姆与铃木大拙合著的《禅宗与精神分析》中比较了二者对世界把握的不同向度，这也代表了东西方在解决人类精神困境时观念的不同：尽管从最终极的意义上来看，二者要达到的目标是相同的，但的确是一条殊途同归的道路。显然，西方文化是外向型的，他们与东方禅宗式的向内观照不同，无论是作为科学的精神分析还是作为宗教的基督教，它或者从客观方面去调和知性层面上的二元对立，或者寻找一种外在于人类自身的至高无上的力量引领人类的精神世界，都是一种客观的或离心的努力。而作为东方文化的禅宗逻辑不仅仅是主观的而且是向心的，从内心深处的心性中获取力量，而一切万物皆由心想而生。格非虽深受精神分析的影响，但他对世界的整体把握还是禅宗式的，或者说是东方的。格非认为："这里的心，应该有两个层面的含义，一是心物关系之心，另一个则是欲望之心。当然，两个心都有问题。前者之心，过多关注外部世界、物理世界，世界愈变愈奇，人心则摇摇相迎，亦步亦趋。生活多为自动化的惯性所驱使。后者则无需多谈。"由此看来，格非不仅关注世道，他更加关注的是人心，而"安顿人心才可转移世道"是他贯穿在"江南三部曲"中的基本理念。

---

① 格非：《春尽江南》，上海文艺出版社 2011 年版，第 372 页。

三 "众生平等"观与中国当代小说中恩怨的解决方式

"平等观"是佛教文化中的重要理念之一,"佛教的平等,是指一切现象均平齐等,无本性、本质,乃至高下、浅深的差别。"① 它不仅仅强调众生平等,十法界众生与无情之间的平等,还强调众生与佛的平等,在成佛的可能性和基础上平等,这就是"众生皆有佛性,皆当做佛"。其中"众生平等"思想对近代以来人类中心主义的盛行提出了质疑和反思。所谓"众生平等",是指"十法界"的众生,也就是指佛、菩萨、缘觉、声闻、天、人、阿修罗、饿鬼、地狱的各种生命形态的本质和生存是平等的,而不仅仅局限于人与人之间的平等。正是基于这样超越于人与人之间关系的"众生平等"观,才形成了一切众生不起冤亲差别的平等慈悲心。正如《大智度论》中所说:"住众生等中,怨亲、憎爱皆悉平等,开福德门,闭诸恶趣;住法等中,于一切法中忆想分别、着心取相皆除灭,但见诸法空,空即是平等。"② 佛教文化中的"众生平等"观为仇恨与恩怨的解决方式提出了一种思考就是"等心悲悯",以此心离分别,用慈悲和宽容来救拔众苦,了断恩怨。

在革命文学时期,苦难与恩怨的解决方式脱离了传统宗教中"因果循环"或"罪与罚"的核心观念,与佛教文化中的"等心悲悯"反其道而行,是以"剑"或"火"的暴力形态对历史进行清算。但是清算的结果从来不是恩怨的彻底终结而是又一次进入新的循环之中,这便是对人间苦难与恩怨进行政治解决的必然结果。当这种循环再次重复时,人们又开始了新一轮的复仇,这或许是以复仇为主题的小说在新时期之后仍然不断出现的重要原因。八十年代以后,余华以其寓言性质的小说《现实一种》反思了这种暴力形态的恩怨解决所带来的后果,从形而上的角度清算了历史的荒谬性。《现实一种》无疑具有寓言的性质,它用一个极为残酷的家庭内部连环谋杀的故事揭示了人性深处的黑暗和"冤冤相报何时了"的主题。这篇小说在书写人性之恶的过程中可谓极尽铺陈之能事,无法得到了结的恩怨在复仇的循环中一次比一次更残酷。每一个人内心阴暗的爆发

---

① 方立天:《佛教哲学》,中国人民大学出版社 2006 年版,第 350 页。
② 中华大藏经编辑局:《大智度论》卷一百,释昙无竭品第八十九,《中华大藏经》第 25 册,中华书局 2004 年版,第 681 页。

都成为因果链上的重要一环，从而直接引发了更为血腥的下一次复仇。从文本结构的角度来看它是一部极为"完整"的小说，但是从抽象的意义或寓言性的角度来看它是永远无法完结的。这种恩怨的解决方式其实与革命中的"剑"与"火"并没有本质区别，只是作家把这个故事从大的历史恩怨中剥离开来，将其封闭在一个家庭的狭小空间中并聚焦在日常琐事上了。当这些恩怨褪去意识形态的外衣，成为日常生活中"可能"发生或者说在人类潜意识中"经常发生"或"已经发生"的现实时，这种"不真实"中的"真实性"便具有了更为典型的寓言意义。

而早在20世纪40年代，深受佛教文化影响的汪曾祺就基于"等心悲悯"的观念，在革命文学"剑"与"火"之外提出了另外一种解决恩怨的方式。汪曾祺的短篇小说《复仇》是一篇处处充满禅机的作品，尽管作者在创作时并没有刻意为之甚至根本没有意识到。因此他对台湾把他的这篇小说编入"佛教小说选"感到颇为好奇，最终才意识到自己或许在其中表达了"冤亲平等"的思想。

"冤亲平等"是《复仇》这部小说中所提出的，不同于二十七年文学中处理苦难和恩怨的复仇方式。在《复仇》这部小说中，替父报仇的旅人是一个遗腹子，他从来没有见过他的父亲，但是父亲的仇恨一直镌刻在他的手臂上，当他从母亲手里接过父亲留下的剑，复仇就是他生命中唯一的事情了，尽管他并不知道父亲的仇人长什么样子，也不知道到哪里去寻找父亲的仇敌。直到有一天他于途中的一座寺庙中借宿并喜欢上了寺里那个白发的和尚，他感觉到与那个父亲的敌人一天天临近了。在一次开垦绝壁的偶然瞬间，他发现了和尚的手臂上赫然刻着父亲的名字。他险些晕倒然后拔剑在手，但最终他的剑落回鞘里，拾起另一把锤錾，与和尚一起把它们凿在了虚空里。

佛教中讲"无缘大慈，同体大悲"[1]，也即是以平等一如的心不分亲疏地对待一切众生。因为在一切众生之中，《菩萨戒经》云："一切男子是我父，一切女人是我母。"[2] 从三世因果的角度来看，一切众生之间的相互联

---

[1] 中华大藏经编辑局：《大乘本生心地观经》，《中华大藏经》第67册，中华书局2004年版，第2页。

[2] 中华大藏经编辑局：《菩萨戒经》，《中华大藏经》第24册，中华书局2004年版，第562页。

系皆有各自的因缘，善缘积聚就成为"亲"，恶缘积聚就成为"冤"。而《慈悲道场忏法》云："一切怨怼皆从亲起，若无有亲亦无有怨，若能离亲即是离怨。何以故尔？若各异处远隔他乡，如是二人终不得起怨恨之心，得起怨恨皆由亲近，以三毒根自相触恼，以触恼故多起恨心。"[①] 当因缘变化时，"冤"和"亲"就会相互转化，其实二者之间并没有本质的区别，因此冤亲平等。若在"冤"或"亲"中执着，最终导致的则是冤冤相报，终无善果。汪曾祺在《复仇》这篇小说中，提出了不同于以往以"血"与"火"报仇伸冤的方式，而是最终以"冤亲平等"作为一种解决问题的终极法门。《复仇》通篇是在通过叙事来协调"冤""亲"二者的关系，最终把它逼向了"平等"的窄门，同时也是宽阔的天地。《复仇》中"冤""亲"关系之间的龃龉与平衡如下图所示：

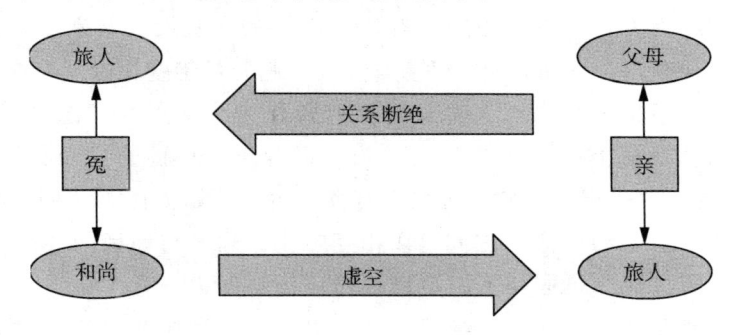

从上图不难看出，《复仇》这篇小说是围绕着"冤"和"亲"这两条关系线索展开的。小说一开篇就道出了旅人和和尚类似是"亲"的关系，旅人小住之后正准备道别，他想亲切地称和尚为"蜂蜜和尚"，并想像着和尚称呼他为"宝剑客人"。和尚喝蜜摘花，既不拘礼，又似有情，他是喜欢这个和尚的，他想像和尚如果没有剃光头该有多好的一头白发，进而由和尚的白发想到了母亲的白发。在这里和尚和母亲之间产生了一种微妙的联系，经过母亲的转喻，亲情在和尚和旅人之间彻底展开了。但是母亲的故事又类似一个"突转"，从而交代了一层"冤"的关系。旅人与父母的关系为"亲"毋庸置疑，也正是因为这"亲"的关系，才使旅人从小就背负了替父报仇的重任，尽管他根本不知道仇人是谁也没有见过自

---

① 中华大藏经编辑局：《慈悲道场忏法》，《中华大藏经》第105册，中华书局2004年版，第532页。

己的父亲。当镌刻在和尚手臂上的父亲的名字暴露在旅人面前的时候,他才意识到一直被自己视为"亲"的和尚实际上就是他一直寻找的杀父仇人,他们之间的关系实质上是处于"冤"的链条上。虽然旅人对这个"冤"了解并不多,且当他出生的时候父亲已经去世了,但这个"冤"的关系通过母亲"亲"的链条紧紧地缠绕在旅人身上了,因此他能想到的唯一的解决方式就是"有一天找到那个仇人,他只有一剑把他杀了。他说不出一句话。他跟他说什么呢?想不出,只有不说。"① 虽然旅人在不断质疑这一段"冤情",但他不断用"但是我一定是要报仇的!"② 和"即使我一生找不到你,我这一生是找你的了!"③ 这样的誓言来强化自己报仇的信念。这时,旅人与和尚"冤"的关系,与父母"亲"的关系之间的冲突与对立也正是处于众生的境界。若此时旅人杀死了和尚,则与革命文学以暴力方式"有冤报冤、有仇报仇"的方式没有差别了。旅人的剑最终落回鞘里,反而拿起了锤錾与和尚一起开垦绝壁,也就在这里旅人与和尚的关系从看似"亲"实则"冤"转化为了真正的"亲",而和父母的关系从实质上的"至亲"沦落为了以背叛为代价的"至冤"。但若"冤""亲"关系仅止于此,仍然没有彻底解决问题。因为按照故事的逻辑,既然"冤"与"亲"之间可以相互转化,旅人与和尚的"亲"以及他与父母的"冤"也同样可以再继续循环流转回去,有"亲"又会招致"冤",仍然处于一个相对、缘起的世界里。汪曾祺在《复仇》这篇小说中处理"冤亲"关系的高明之处正在于当旅人拔剑在手然后顷刻间又让剑回到了鞘里的时候,"忽然他相信他的母亲一定已经死了"④。母亲是处于他和父亲之间冤情的传递者,旅人一生行走找寻仇敌的动因也是因为母亲在他的手臂上刻下了仇人的名字。但如果母亲已经死了,旅人复仇的动力来源就失去了,同时他与父母之间无论是"亲"还是"冤"的关系也都断绝了。而"有一天,两副錾子同时凿在虚空里"⑤,他和和尚的合作也并没有执着于之前的"冤"和之后的"亲",而最终凿向一片虚空。无所谓爱憎,"冤亲"关系就达到平等一如了,这种平等基于"寂灭"。旅

---

① 汪曾祺:《复仇》,人民文学出版社 2013 年版,第 11 页。
② 同上。
③ 同上书,第 12 页。
④ 同上书,第 13 页。
⑤ 同上书,第 14 页。

人和和尚共同开凿绝壁也具有了隐喻的意义，绝壁是不给人生寰余地的陡峭空间，就像冤情最终要把人引向的境地，而两个仇人共同开凿绝壁，正是要摆脱这种仇恨的绝境，绝壁经过开凿就可成为一片广阔的天地。但与此同时，绝壁也是虚空，无论是"亲"的关系还是"冤"的关系在此都化为了乌有。旅人在这里不仅离开了"冤"，同时也离开了"亲"，因为离亲便是离怨。这也就真正实现了"冤亲平等"，从而超越了众生的境界而抵达了佛的境界。虽然汪曾祺创作《复仇》这篇小说是有感于国共两党血与火的争斗和残杀，但不免将其看作是他为全人类的未来提出的一种希望和出路。

余华在八十年代以另外一篇类似的小说《鲜血梅花》继续探讨了同样的问题。

《鲜血梅花》对古典式武侠小说进行了抽象和概括，按照学者张清华的说法它是一个"逃避为父复仇"[①]的故事。虽然在写作风格上与汪曾祺抒情式的笔法截然不同，但是这个故事仍然会让人想起汪曾祺创作于1944年的《复仇》。如果说《鲜血梅花》是一个"逃避为父复仇"[②]的故事，那么《复仇》可以概括为是一个"放弃为父复仇"的故事，这两个故事叙述的逻辑具有某种相似性：

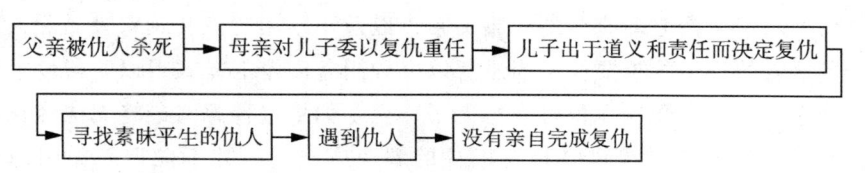

父亲被仇人杀死 → 母亲对儿子委以复仇重任 → 儿子出于道义和责任而决定复仇 → 寻找素昧平生的仇人 → 遇到仇人 → 没有亲自完成复仇

虽然故事的叙事逻辑以及最终的结果具有极大的相似性，但是我们也不能忽视二者之间的显著差别。首先，《复仇》中的旅人和《鲜血梅花》中的阮海阔在被委以重任时对复仇的态度是大相径庭的。《复仇》中的旅行人虽然没有见过父亲，也不认识仇人，但自他从母亲手里接过那柄剑，他每日都舞剑没有停息过。虽然有时也会有荒谬的感觉，但他认为他的一生就为寻找这个敌人了。可见旅人并没有排斥完成复仇任务，甚至是在积极地去强化自己的武艺与不辞辛劳地寻找仇人。而《鲜血梅花》中的阮

[①] 张清华：《精神分析：三个实验细读的案例——在海德堡大学的一次演讲》，《天堂的哀歌》，山东文艺出版社2005年版，第155页。

[②] 同上。

海阔从一开始就处于"逃避"替父报仇的状态，阮海阔的虚弱不堪与父亲阮进武的英勇叱咤相比，已经走向了父权强力的反面。阮海阔寻找仇人的征途其实不过是一段漫不经心的游荡，正是因为他对复仇一直抱有犹豫不决的态度，才在他遇到青云道长的时候，问了胭脂女和黑针大侠的两个问题而完全忘记了问自己的杀父仇人是谁。由此可见，对于阮海阔来说，寻敌复仇并不是一件很重要的事情，甚至他自己本身也从来没有具备替父报仇的能力。《鲜血梅花》的叙事是在阮海阔的"延宕"中完成的，他的动机和行为都在以"延宕"的方式试图实现对父权强力的"去势"。第二，虽然两篇小说中复仇最终都没有由子辈亲自完成，但矛盾的解决方式是不同的。《复仇》中的旅人找到了父亲的仇人，但是爱与恨最终都消解在了一场虚空中，当无所谓爱恨的时候，也就不存在敌与友了。而在《鲜血梅花》中，由于阮海阔的犹疑和延宕，他没能寻找到杀父仇人，而杀死他父亲的刘天和李东恰恰死在了曾拜托他打探此二人下落的胭脂女和黑针大侠手下。他也正是由于曾经帮胭脂女和黑针大侠询问消息而遗忘了打听父亲仇人的消息。在命运的戏谑与捉弄下，父亲与仇敌之间的恩怨以一种巧合的方式得到了解决并成就了阮海阔的逃避，但同时新的一轮恩怨与复仇又在冥冥的命运之中开始了。余华用一个看似荒谬却又令人震惊的结局揭示了事物之间真实的因果关系，以及不断用犹豫和延宕来质疑人类一贯执着的恩怨的重要性。当恩怨以一种阴差阳错的方式得以阶段性了结时，它在虚实之间也显得可有可无了。但是如果这种恩怨最终无法像汪曾祺的《复仇》那样提供一种终极性的解决方式，就并不能把人类引向我们之前想像出的乌托邦，而是使人类陷入了一种无穷的循环之中。其实这样看来，这两篇"复仇"故事所给予的问题解决方式看似走向了各自不同的路径，实则是一体两面。命运中的报应与因果本来是大多数中国古典小说情节中的基本线索，但是到了革命文学时期，恩怨以及报恩与报仇都不再与终极思考产生任何关系，而是成为了历史必然性的一部分。但是到了八十年代余华的小说中，他以一种现代性简洁与戏谑的叙事方式再次将思考方式拉回到人性与事物的本质上，甚至是宗教视角下对终极性问题的探索。与汪曾祺面临的境遇不同的是，余华所处的时代若要做出这种思考方式的转变，必须先对其面前强大的革命父权进行全面"去势"。

在阿来的长篇小说《尘埃落定》中，自从麦其土司因为霸占查查头人的妻子央宗而引发了与其管家多吉次仁之间的仇恨之后，一条复仇的线索就随着叙事展开了。这一段复仇是因"杀"而引起的，也因"杀"而结束，和前面所讨论的两篇小说相比，这是一个真正完成了的复仇故事。按照从复仇故事中抽象出来的叙事逻辑，《尘埃落定》中的复仇线索与前两篇小说最大的不同在于最终的结果，多吉次仁的妻子在死后将复仇的重任交给了两个儿子，两位兄弟潜伏多年而最终以分别杀死了麦其土司家的两位继承人而完成了复仇。这次复仇虽然出现了死亡的结果，但仍然是在不断延宕中完成的。弟弟多吉罗布被仇恨和胆怯纠缠着，他不是没有机会下手，而是不断思考为什么要下手，从而导致了迟迟不能下手。弟弟下手杀死土司家大少爷是借助着一件"我"从行刑人家里拿来的附着着冤魂的紫红色衣服来完成的，因为"他本来就没有足够的仇恨，只是这片土地规定了，像他这样的人必须为自己的亲人复仇……是的，复仇不仅是要杀人，而是要叫被杀的人知道是被哪一个复仇者所杀。"① 弟弟在完成了第一次复仇之后就走上了逃亡的道路，后来加入了红色藏人的队伍，由于红色藏人身份的特殊性，复仇的任务又转移到了哥哥身上。哥哥在面对麦其家仅剩的继承人"我"时，他也与"我"并没有什么仇恨，而正是"我"忘记了他家族的姓氏才真正使仇恨的火焰燃烧起来了。在兄弟二人的延宕中，其实他们与麦其家的仇恨已经被消解了，这种被消解了的仇恨不足以支配复仇者完成自己的使命，因此他们才需要借助其他的器物或新的仇恨来实现复仇的可能性。仇恨在复仇的过程中此消彼长，傻瓜儿子作为土司纷争中唯一的胜利者被复仇者所杀后，一切都成为飞扬的尘埃而失去存在的可能性了，而唯一可以传承下去的就是新生的仇恨。但是麦其家的两位继承人都没有留下子嗣，多吉次仁的儿子也没有留下后代，这也就不会再产生新的复仇者和仇家了。仇恨其实和倒塌下的麦其土司官寨一样，随着腾空而起的尘埃落定，大地上就什么都不存在了。《尘埃落定》提供了另一种仇恨的解决方式就是一了百了。对于这部小说中的复仇者来说，冤情并没有被引向汪曾祺《复仇》中的境地，而是通过它的完成来指向它本身的空无。

---

① 阿来：《尘埃落定》，作家出版社 2009 年版，第 292 页。

第三节 中国当代小说中佛教经文的叙事功能

佛教经文是佛陀徒众在经过几次重要的结集之后,所留下的对佛陀四十九年传法的详细记录。佛教经文除"起信"功能之外,还有一个重要功能便是根据众生不同的根器而因材施教、随缘说法。但是佛陀所说之法都是站在佛法圆融无碍的基本理念之上而传授修持的方法,其最终目的是要将大众引导到对世界实相和佛法真相的认知上来。这也就意味着佛教经文所说虽不是世俗之法,但却从日常生活的境地出发,围绕着众生在世俗生活中遇到的各种烦恼境遇而慈悲开示;另外佛陀所说法的终极目标是要引领众生抵达真实的境地,而从其所执着于的幻想中解脱。因此当中国当代小说在叙事中引入佛教经文,它们也主要依据其自身的基本属性而承担了精神困境的镜像表达和直抵真实的谶语叙事功能。

一 顿现一切相:精神困境的镜像表达

"镜像"这个概念出自法国精神分析学家拉康对自我意识的阐释。他认为一个儿童在照镜子的时候看到了自己在镜中的成像,然后就把镜中的自己当作了真实的自我。这种自我意识实际上是在想像性的认同之下而产生的概念,它其实不过是一种幻象。拉康理论的颠覆性在于它开始怀疑、动摇人文主义以来的关于自我的空想,认识到一贯被我们认为的实体性主体的虚无性质,批判性地揭露了自我建构虚幻的真相。其实在某种程度上,佛教经文在小说中所承担的镜像表达功能与其具有类似性。正如前文所述,佛教经文正是从日常生活中的种种烦恼出发,将众生引向抵达真实的境地。因此在佛教经文中很容易找到众生在日常生活中的精神困境,它们就像是精神困境在镜子中的成像,可使众生依据经文而观照自己的内心世界。而佛教经文用以救度众生的最重要方法便是刺破镜中之像的虚无面纱,阐释其真正的虚妄本质。因此在佛教经文与中国当代小说叙事的关系中常常与其镜像表达功能相联系。

在礼平的小说《晚霞消失的时候》中,"我"在深山中遇到潜心修行、面对历史的风云变幻处变不惊的僧人时感到无比震惊,在经历一场天翻地覆的政治运动之后,"我"不知于何处安放自己的内心,也不知这位坚持出家的和尚是如何看待过往的一切并保持平和从容的心态。这时出家人用一首人们耳熟能详却又不求甚解的四句诗偈解答了"我"的疑惑,"古人云:菩提本无树,明镜亦非台,由来无一物,何必惹尘埃。话虽玄奥,终有透解,无奈世中人不肯深思!①"僧人因体悟了个中真理,所以能于一切境遇泰然处之;而世中人多不肯深思其中的道理,因此心性轻浮且自寻烦恼。在这里,佛教经文的镜像功能是显而易见的,它于关键处以形而上的姿态照见了世间万象,同时指出了世界和人生的实相。

在贾平凹的小说《白夜》中,虞白在思念夜郎至心不能安时,她总是要读《金刚般若波罗蜜经》,佛经中的经文也多次穿插在小说叙事中。其中有这样一段较典型的描述:

> 忽地想:总是认作夜郎会来的,怎不想到夜郎是不会来的呢?——一股凉意就上了身。决心定了,要读《金刚般若波罗蜜经》。这本书购买得早,因为难读,迟迟不敢开卷,如今心烦意乱,硬着头皮去啃,说不定还能守挨着心性。于是窗帘拉开,拂去案尘,净手焚香,端坐了桌前翻开经卷,第一页的第一段,默声念道:
>
> 如是我闻。一时佛在舍卫国。祇树给孤独园。与大比丘众。千二百五十人俱。尔时世尊。食时。著衣持钵。入舍卫大城乞食。于其城中。次第乞已。还至本处。饭食讫。收衣钵。洗足已。敷座而坐。②

由此可见,虞白在思念成疾选择阅读佛经是为了守住自己的心性,此时她正感慨自己竟会因为这种日常的情感琐事而心烦意乱。佛经在她心中的神圣和艰深一直让她迟迟不敢开卷,但是当她第一次阅读这些文字时,她发现原来佛菩萨说法也是从日常生活的穿衣吃饭开始的。小说并没有引用《金刚般若波罗蜜经》的核心要旨,而是按照阅读的顺序自然引入了经文开篇的一段话。这些有关日常生活的经文接续在对虞白日常情绪流的集中书写之后,看似是用陌生化的文言语言将叙事转向另一种风格,但其所描述的内容和虞白的日常生活在实质上并无二致。在这里,佛教经文的引用就像是对她烦乱情绪的镜像表达,令她欢喜的是她体会到该如何安住其心,于何处降伏其心了。

---

① 礼平:《晚霞消失的时候》,花城出版社 2010 年版,第 112 页。
② 贾平凹:《白夜》,人民文学出版社 2008 年版,第 263 页。

《楞严咒》是在张忌《出家》这部小说中反复出现的佛教经典，方泉自从在阿宏叔的寺庙里做佛事空班时第一次听闻了一个字听不懂但却让他眼眶湿润的《楞严咒》后，就一直手不离《楞严经》，对其中的楞严咒熟读直到成诵。《楞严咒》的经文反复出现在这部小说中，而每次它所充当的角色都是在方泉于现实生活中烦躁时而能够使其平静下来的密码。"南无萨怛他，苏伽多耶，阿啰诃帝，三藐三菩陀写。南无萨怛他，佛陀俱胝瑟尼钐。南无萨婆，勃陀勃地，萨跢鞞弊。南无萨多南，三藐三菩陀，俱知喃[①]"这一段经文至少三次于不同场合出现在小说的叙事过程中，作者不惜将这些由梵语译音组成的文字安置在汉语小说文本之中，可以说，它并不在意涵上承担任何叙事功能，而只是作为一种单纯的文字符号，但是这种陌生化的、使人无法通过其而解读出任何内涵的符号在这里却有效隔绝了现实生活叙事，而将人的思绪引向一种无边无沿、无始无终又虚实相生的境地。因此每当方泉在日常生活中走向绝望的处境时，《楞严咒》经文就会以看似毫无意义的形式阻断叙事，从而将叙事带往另一个方向。从佛教的角度来讲，《楞严咒》每一个字都有它的奥妙，诵持它才会有不可思议之破除一切黑暗的力量。文本中的经文正是这种不可思议之微妙的象征形式，通过它可将烦恼无尽的世俗现实世界与神圣的虚幻世界隔绝开来，同时也是一种感应道交的联通，借助其不可思议之力量而超拔于正在经历的世俗人生，寻找到一种可以使内心真正平静下来的可能。而这种真正平静下来的可能性正是方泉所看到的生活本来应呈现的面貌以及自身本具的自性。《楞严咒》中的这些神秘符号于文本中的叙事功能正是阻断日常生活叙事，而使主人公于虚幻之中反思并照见生命的实相。

二　明心见性：直抵真实的达摩"谶语"

"谶语"是中国传统文化的一部分，也是中国古典文学作品中常用的一种叙事和语言表达方法。从《说文解字》对"谶"的解释来看，所谓"谶"，即"验"也。"谶，验也。有徵验之书。河洛所出之书曰谶。[②]"简言之，"谶语"是指之前无意中说出的话在之后得到了应验，早期迷信色彩较为浓厚。当谶语逐渐被中国古代文人创造性地运用到小说创作中之

---

① 中华大藏经编辑局：《楞严咒》，《中华大藏经》第101册，中华书局2004年版，第81页。
② （东汉）许慎撰，段玉裁注：《说文解字注》，上海古籍出版社1998年版，第90页。

后，它的类型、形式以及表现手法也逐渐丰富起来。宗教思想以及中国传统的天命观念也渗透进谶语的使用中，同时它作为文学作品尤其是小说作品中的重要表达方式，也承担了推进情节发展、塑造人物形象、结构小说叙事等功能。随着小说发展到现当代，来自古典文化中的诗谶、灯谜、戏文的谶语表达逐渐减少了，但梦谶和语谶仍然大量存在。从佛教文化与中国当代小说关系的角度来考量，佛教经文常以语谶的形式在当代小说中承担谶语的表达功能。

在格非"江南三部曲"的第一部《人面桃花》中，一段取自佛家的经文暗示了故事最终的结局，"佛家说，世上万物皆由心生，皆由心造，殊不知到头来仍是如梦如幻，是个泡影。①"虽然这一句佛家所说没有直接引用佛经原文，但实际上是对《华严经》中"应观法界性，一切唯心造②"和《金刚经》中"一切有为法，如梦幻泡影③"的改写。无论是单独考察《人面桃花》还是将"三部曲"作为一个整体来看待，它都可被视为是对小说叙事逻辑以及人物命运的谶语。在这一段韩六引用的佛家所说中，就已经暗示了"一切唯心造"和世界如"梦幻泡影"的空幻性，小说中"乌托邦"世界的倾塌、知识分子家族的幻灭、甚至个体生命的终结，恰恰显示出了一种被谶语所暗示过的从无到有再到无的叙事逻辑。

在《人面桃花》中，陆秀米出狱后翻看父亲的遗稿，她的父亲曾经写道：

今日所梦，漫长无际涯。梦中所见，异于今世。前世乎？来世乎？桃源乎？普济乎？醒时骇然，悲从中来，不觉涕下。④

时过境迁，秀米想回到花家舍，但是花家舍也像梦中的浮云一样，遥不可及。花家舍的岁月是不是就是秀米新婚途中做的一个梦？秀米临终前，在瓦釜的冰花中，看到了父亲捋须微笑。那么，桃源设想、大同世

---

① 格非：《人面桃花》，上海文艺出版社2012年版，第151页。
② 中华大藏经编辑局：《华严经》，《中华大藏经》第85册，中华书局2004年版，第482页。
③ 中华大藏经编辑局：《金刚经》，《中华大藏经》第97册，中华书局2004年版，第362页。
④ 格非：《人面桃花》，上海文艺出版社2012年版，第286页。

界、王观澄、张季元和陆秀米是不是又是父亲的漫长无际涯的梦中的一部分？《山河入梦》本身就有天下山河都入梦的意味，谭功达对梅城的所有规划带有一种海市蜃楼般的乌托邦梦幻性质。谭功达被调职到花家舍，可以说是他梦幻的实现。最后，姚佩佩的梦境与谭功达的梦境相交织，小说回到了开头处佩佩与谭功达下乡的画面，使谭功达一生的故事变成了一场春秋大梦。在《春尽江南》中，谭端午对妻子庞家玉最后的记忆永远定格在了二人离婚后家玉离家当天的小区监控录像中。二十年来的夫妻生活被压缩在了那个灰暗且寂静无声的黑白画面中，使一切都变得那么真实又那么虚幻。作为"江南三部曲"的收官之作，格非不仅让这部小说自身呈现出梦幻的性质，正如《红楼梦》的悲剧叙事展现了一个到头来被证明是一场空无一物的'梦幻'一样，《春尽江南》最终也使三部曲产生了一种无尽的丰富之后不过梦一场的味道。或许人生和历史就正是一场幻梦，我们只不过在不断的虚构中一点一点找回失落的记忆。①"通过梦幻，格非在现实时间之中找到了另外一重超越性的时间结构，这重结构让整个中国一百年的历史变得虚幻而迷离，让整个一百年三代知识分子故事发生的物理时间变得不堪一击，打破了过去、现在、未来之间的界限，或许我们只是一直醒在一个梦中，一百年只是我们打的一个盹，当我们追忆梦中的时光，早已不知今夕何夕，大有麦秀黍离之感。

贾平凹小说《浮躁》中的佛教经文贯穿文本始终，它常常伴随着一个扮演着命运预言者的和尚形象而出现。这些佛教经文是和尚口中所念诵的，他或者面对着浮躁的世象独自感慨，如他曾在在一个难得风调雨顺的丰收之年大发感慨："法本不生，因心起见，见无可取，法则常如。世之至人，有证于此，得无漏不尽漏，度有为非无为……②"；或者在算命的过程中暗示人物的命运与事物的发展逻辑，由于他在算命方面的灵验似乎显示了他对命运预言的准确与神秘，因此镇上的人们往往会在现实生活中遇到困惑或迷惘的时候去找和尚算命。第一次预言了金狗去州城报社的事情成功；第二次预言了小水在婚姻上运气比别人多却抓不住；第三次韩文举觉得霉气而去找和尚看五官；第四次预言了金狗会转危为安，娶妻生

---

① 褚云侠：《丰富与丰富的痛苦——谈格非的小说〈春尽江南〉》，《名作欣赏》2014 年第 2 期。

② 贾平凹：《浮躁》，漓江出版社 2013 年版，第 43 页。

子。在和尚算命的过程中也常常引用佛教经文,如韩文举自感诸事不顺来到不静岗找和尚看五官,和尚认为尘世如沙场,世事皆空,但他却将一切都看得太认真,其实是自寻烦恼。由此而引发了一段对"空"的讨论。"空者,所谓内空、外空、内外空,有为空、无为空、无始空、性空、无所有空、第一义空、空空、大空。"①

很显然,这些佛教经文在之后的故事中被证实了其判断的正确性,而每一次叙事都会顺承和尚预言的方向发展,有些直接应验,有些虽暂时还未应验,但从叙事上已经展露端倪,这就使得和尚的形象在冥冥之中神秘起来,甚至成为了命运的预测和言说者。而这不禁让人想起古典小说《红楼梦》中出现的一僧一道,命运的发展脉络恰恰是早已被和尚和道士提前预言了的,故事的起承转合也是在这种言说中完成的。但是和《红楼梦》中一僧一道预言的命运给小说赋予了一个形而上的结构不同的是,贾平凹的《浮躁》中和尚的言说并不具有整体性,而是片断化的。它潜隐在主体叙事背后而又时常在恰当的时刻逸出主体故事而对浮躁的时代发表言说,以佛法融合了民间根深蒂固的穷通有数、顺天知命的思想观念,试探着现代性变革与传统思想相碰撞时所产生的效果。当叙事顺从着和尚所预言的情形发展时,世事与人情都没有逃过冥冥之中命运的安排和"一切皆空"的最终结局。

因此在金狗出狱之后,七老汉怂恿金狗将大空生前记录的送给县上干部的黑食账作为他们行恶的证据时,和尚又论述了一番有关"空"的道理。"佛门里讲摩诃般若波罗蜜,摩诃的意思是大,般若的意思是智慧,波罗蜜的意思是到彼岸,到彼岸就是讲终极和究竟。以此行法,心量就广大,犹如虚空,虚空了就能含日月星辰、大地山河、一切草木、恶人善人、天堂地狱尽在空中啊!"②由此可见,其实"一切皆空"和"因心起见"正是统摄人物命运和事物发展的终极观念,虽然和尚算命的逻辑融合了民间的神秘文化,但其始终是处于佛教经文所预言了的总体框架之下的。《浮躁》中的人物正是不懂得"空"和"起心动念"的道理才招致了生活中的烦恼,具有穷通有数性质的宿命论不是要将叙事带向不可预知的神秘,而是把它引向并未被我们领悟到的真实。

---

① 贾平凹:《浮躁》,漓江出版社2013年版,第151页。
② 同上书,第274页。

佛教经文在以上文本中承担了谶语的功能，它们与叙事一同在小说中创造了一种"预言"的声调。引用福斯特在《小说面面观》中对预言的界定，"我们现在所谈的预言，既非狭义的预见未来之言，也非修心养性之道。我们今天感兴趣的（'兴趣'这个词现在是太滥用了）和必须回答的只是在小说家言词中所强调的那种声调，一种"幻想"的萧笛曾为我们吹奏过的声调。①"的确，预言在小说中具有幻想的成分，但是佛教经文作为谶语既成就也限制了这种幻想的成分，因为"这种声调会反映出萦绕着人们的那些信仰——如基督教、佛教、二元论、撒旦主义，或人们对某种力量所产生的爱憎感。我们虽不直接说是哪种力量，但还须介绍其对宇宙的独特观点。因为这种独特观点将表现在和流露于预言小说家的文章转折之中。②"佛教经文所指向的真实体现了作家对宇宙的独特观点，以至于其预言的方向和想像方式是被其所提前预设了的，但这种预设是为作者所认可的，是其思想观念在小说文本中的体现。

基于佛教经文所构成的预言类似直抵真实的达摩"谶语"，"预言，一个在现在或以后被认作有宗教权威的人——即使那时候从形式上来说它没有受到认可——通过它来表达关于未来可能发生的事件的信息，经常警告人们为了避免灾祸，应该改善他们的行为举止。③"由此，这种指向世界终极真实的谶语也将小说叙事指向了未来。

---

① ［英］爱·莫·福斯特：《小说面面观》，苏炳文译，花城出版社1984年版，第109页。
② 同上。
③ ［英］凯特·洛文塔尔：《宗教心理学简论》，罗跃军译，北京大学出版社2002年版，第44页。

第三章

中国当代小说中的僧尼形象谱系

作品中的人物形象作为文学形象之一，具有形象的本质特征。佩列韦尔泽夫在对其创作的基础以及形成机制进行分析之后得出以下定义："形象是人类情感向外部世界的投射，是在技术表达器官中体现并因此具有社会性的人类性格，它与现实存在的人类世界联系密切，通过技术表达器官体现的有关人类感情具有激动人心的作用。"[①] 因此，小说中的僧尼形象序列作为虚构作品中的人物谱系之一，也必然借这一角色体现了人们精神世界的形式。

第一节 僧尼形象在中国小说中的演变

一 中国小说中的僧尼形象序列源流

一种新的文学形象的出现首先离不开客观存在的现实，现实引发人类的共感，一个形象谱系才于这种共感中相应而生。同样，中国文学中僧尼形象的出现也与佛教东传、中土出现第一个比丘僧、比丘尼以及出家人数逐渐增加的客观社会现实密不可分。佛教于东汉传入中国，中土第一个出家僧、尼分别出现于曹魏和西晋时期，随着之后出家蔚然成风，当僧尼逐渐成为了一个社会群落，他们也开始走进了中国叙事文学的形象序列之中。

中国文学中僧尼形象几乎是伴随着六朝志怪小说和那些出自佛教徒的"释氏教辅之书"一同出现的，在这一时期，佛教经过一段时间的传播后

[①] [俄]瓦·费·佩列韦尔泽夫：《形象诗学原理》，宁琦、何和、王噶译，中国青年出版社2004年版，第16页。

而蔚为大观，出家僧尼也已成为了一个特殊的社会阶层。因此他们也相应地出现在了那时的文学作品中，如《冥祥记》《幽明录》《世说新语》等。前文在梳理中国文学与佛教文化的关系问题时已经提到，这一时期佛教几乎是在借助小说这一文学形式阐明佛理，达到宣扬教义的作用。而佛教中的僧尼作为被人敬重的"三宝"之一，旨在上求佛道、下化众生，他们正是要通过自己的修为在世间弘扬佛法。因此这些作品中的僧尼形象几乎都是作为弘法者而出现的，虽然很多时候他们并不是小说叙事中的主要人物形象，但是但凡出现的僧尼形象都多与某种神异现象相连结，最终的旨归在于通过他们彰显佛教的基本观念或者佛法的灵验与神通。可以说，这时的僧尼形象比较单一，小说作品不过是在借助他们特殊的身份来实现其叙事的"功利性"而已。

从唐传奇开始，可以说僧尼形象才真正以一种文学形象序列的形式进入小说作品。无论是从人物形象的数量上还是从类型的丰富性上，唐传奇对僧尼形象的塑造都具有开创性意义，它甚至在一定程度上为后世于小说作品中塑造僧尼形象奠定了最基本的范式与模型。虽然在这一时期的小说作品中，仍然有很多僧尼形象与魏晋南北朝时期一脉相承，继续扮演以其特殊身份来宣扬教理，或作为见证者来确证一段符合佛教义理的故事的角色，从而达到弘扬和传播佛法的目的，但他们的形象类型已经远远不再局限于这一种了，其他类型的僧尼形象也普遍出现在了唐传奇的文本中，甚至在其中承担了重要的叙事功能。首先，一些唐传奇作品中的僧尼以命运预言者的形象出现，他们在小说中占卜凶吉、预知祸福，掌控了叙事的逻辑走向。如吕道生编撰的《定命录》中常有这样被僧尼一语道破命运的轶事，给小说增添了神秘主义色彩，这对后世小说的影响极为深远。在中国古代思想文化中，命定观念始终笼罩着人们的日常生活和看待事物发展的方式，而这种对命运的预言需要借助僧尼于宗教上所取得的法力来获得一种权威性，因此选取僧尼作为预言者与他们的宗教背景和修为密切相关。第二，还有一种重要的僧尼形象类型将宗教元素与民间的侠义精神相结合，被塑造成了一种豪侠形象。在《聂隐娘》一篇中，教授隐娘神奇剑术和除暴安良的是一位不知姓名的女尼。从这位女尼狠毒决绝的处事方式和教导隐娘的观念来看，在她身上除却承继了佛教中所向披靡的武侠剑法，并没有任何宗教信仰的痕迹，甚至和佛教主张的基本观念背道而驰。但是从其除暴安良的主观动机来考量，其一切行为似乎也是可以谅解的。

在这类僧尼身上，他们往往脱去了宗教特征，而更多地呈现为一个民间豪侠的形象。但是佛教所赋予他们的特殊身份，似乎使他们掌握了更多神秘的剑法与功力，在行侠仗义的过程中体现出不同于凡俗英雄的传奇色彩。另外值得注意的是，这时一些负面形象的僧侣已经出现在小说作品中了，但集中表现在胡僧身上。他们无恶不作而有违佛法，欺压善良且戏耍众生，如《金刚仙》中的胡僧形象等。唐代是佛教发展的黄金时期，其在蓬勃发展的同时也必然会涌现一些问题，这一现象与政府鬻卖度牒而导致的僧人素质良莠不齐以及大量胡僧进入中原有关。宋元以后，佛教进一步向世俗化和民间化发展，除却说法论道的僧尼形象之外，这一时期小说作品中的谈怪说异者和负面形象的僧尼大大增加了。由于《夷坚志》中出现了大量涉及僧尼形象的小说作品，自然他们也成为了怪异奇闻故事中的一个重要角色。与此同时，负面僧尼形象已经不仅仅集中在胡僧这个人群中，而是普遍性地出现在这时的话本小说中，僧尼素质的分化此时已经更加深刻地影响到这一时期的僧团形象了。

　　有唐以来小说作品中僧尼谱系的形成不仅为后世叙事文学在对其形象塑造上提供了基础性的范式，也大大丰富了僧尼形象的类型。僧尼不再只是充当宗教思想文化的传递者，同时也注意到了他们是从血肉丰满的世俗凡人演化而来。他们理解世俗人间的七情六欲，也在寻求超脱的过程中难以割舍凡尘烟火，僧尼形象这个特殊的谱系在发展过程中呈现出了更多的立体性与复杂性。明清以后文言小说和白话小说的共同繁荣和明代以后心学社会思潮的兴起使更多的僧尼形象进入这一时期的文学作品中，虽然他们在前世累积的基础之上产生了新的变化，但其基本类型的框架是延续前代而来的。通过对明清小说中的僧尼形象进行简要梳理，不难看出，他们基本上呈现为三种类型：第一，超凡脱俗、对宗教有着虔诚信仰和卓越修为的圣贤僧尼形象。这一类僧尼形象自古而有之，到了明清时期，除却弘扬佛法，救人于困苦危难之中，他们的性情也渐渐成为一种被文人所赞赏和追求的审美品格。如"三言"、"二拍"《月明和尚度柳翠》一篇中一尘不染、最终度化柳翠的月明和尚；《显报施卧师入定》一篇中入定诉冤的卧禅师；《金瓶梅》中云游四海、讲述因果的报恩寺老僧等。第二，身在方外、心在凡尘，追求世俗人情的凡俗僧尼形象。这一类僧尼形象或自愿出家，但是仍然无法了却世俗的情感欲望而使得他们的内心承受着巨大的矛盾与波澜；或由于某种不可抗力因素而被迫出家，从而始终无法释怀在世俗人间所经历的一切。因此这样的僧尼形象往往理解和通融世俗情感，也多成为小说中的出谋划策者或协助收留者（包括侠僧）。如"三言"、"二拍"《张舜美灯宵得丽女》《崔俊臣巧会芙蓉屏》《宿香亭张浩遇莺莺》等篇目中，主人公在危难之中无一不是受到僧尼的救济与帮助。他们更像一个凡俗的慈悲之人乐善好施，而并不强调信仰的力量与佛教修为。《红楼梦》中妙玉一生都难解出世与入世之间的矛盾，她年幼多病而出家，经过多年的修行已产生欲入空门之心，但是仍然无法了却尘缘，这种无法克服的撕裂感代表了一部分出家僧尼矛盾的心态。第三，道德败坏、欺凌众生，对宗教带有明显的亵渎和不恭的邪恶僧尼形象。值得注意的是，虽然这一类僧尼形象自唐有之，但到了明代后期，其普遍性与规模都达到了前所未有的高峰，甚至他们成为明后期僧尼形象谱系的主要组成部分，直到清代以后才有所反转。这些僧尼形象只徒有僧侣之名，而行尽贪财好色等一切邪恶之事，正是在这种宗教的神圣外衣之下，他们的所作所为才更加令人谴责。如《张淑儿巧智脱杨生》中对僧人邪恶群像的书写、《金瓶梅》中薛姑子因贪财好色而做尽一切损人利己之事，这些都与那些高僧大德和虽未修成正果但心怀善良慈悲的凡俗僧尼形成强烈反差，而这恰恰在明代后期成为了僧尼形象谱系中的主体部分。这些都与明代后期佛教世俗化倾向以及佛教界的堕落有关，到了清代以后，随着佛教的逐渐复兴，小说作品中的僧尼形象也产生了相应的变化。

近代时期，小说中的僧尼形象基本上承接了明代以后所形成的这三大类型模式，其中邪恶僧尼仍然占据了形象谱系的绝大部分而成为小说所讽刺的对象，如《佛无灵》《瑶光情泪记》等小说作品中对弃清规戒律于不顾而为非作歹的邪恶僧尼的谴责。与此同时，修成正果的贤圣僧与行侠仗义的凡俗僧尼形象也是近代小说中的重要组成部分。如《桂林复仇记》中师徒二人不仅具有盖世神功，也是匡扶正义、协助复仇的行侠者；《断鸿零雁记》中的三郎即便出家为僧也终究难断情缘。而此时对于贤圣僧的书写，其传奇性与神秘性都大大削弱了，更多的是描写一个凡俗之人如何看破红尘而决心遁入空门，又经历了怎样的精进修行而使生命得以升华，如《鬓影经声》与《换巢鸾凤》等作品中所书写的僧尼出家故事。在这些作品中，僧尼形象是具有"成长性"的，出家的过程是他们逐渐开悟并获得新生的过程，与此同时，在这个过程中他们心灵深处的微妙变化与意识流动也成为作者所关注的对象，出家已经成为了一种寻求心灵寄托的方式或生活选择。

现代文学以来的僧尼形象仍然高度呼应着之前的文学传统，但也有其时代特殊性的烙印。通过对现代文学中的僧尼形象进行考察，不难发现他们几乎仍然延续着历史上所形成的基本类型。这一时期专心修佛的圣僧形象多不再谈禅说法，和古代文学相比他们已经几乎不是佛法教义的宣扬者了，而是与时代环境结合了起来或在日常生活中实践着佛法的精神。如许地山《女儿心》中救助他人和被感化而来的和尚都经历了辛亥革命的风云变幻，在曾经的残酷和血腥面前他们通过修行而一心向善，甚至以大慈大悲之心舍弃一己生命而救拔火灾中的众生；郁达夫《瓢儿和尚》中的秦国柱在经历了留洋和战争之后，以心为净土，自由自在地做起了和尚。这些僧尼形象相比古典小说中的那些得道高僧已相去甚远，但是仍然秉持着佛教文化的精髓，一意真修，参禅悟道。此时的凡俗僧尼是小说中最重要的宗教人物形象类型，甚至一些历史上的高僧大德也被作家们推下神坛而还原其人性深处的情感与欲望，如施蛰存的《鸠摩罗什》《黄心大师》。再如王统照《印空》中的印空和尚也是这一类型的代表，它们无一不指向了在五四时期所激烈争论的有关"人性"的问题以及灵与肉之间的冲突。现代文学中的邪恶僧尼数量大大减少了，而僧尼不持戒律、无视佛法也多表现在对性欲的贪求上，如施蛰存的《石秀》等。其实这三类僧尼形象在现代文学中产生了一定的趋近倾向，一心修佛者大多还未达到证得菩提正果的境界，仍然存在凡俗的一面；邪恶僧尼其实也并无大恶，作者显然对他们没有歪曲丑化或讽刺的主观意图，而归根结底"人"的问题是绕不过去的永恒命题，这些佛教人物也都具有最基本的人性，当中国传统的宗教观念遇到来自西方的个性解放思潮，神性与人性之间的冲突如何解决是这一时期作家们借助佛教僧尼形象来思考和试图阐释的问题。

二 中国当代小说对僧尼形象序列的继承与变迁

中国当代文学中的僧尼形象序列在继承的基础上发生了显著变化，这与建国以来特殊的文化环境和几十年来的历史变迁密切相关。若按照文学范式的转型将中国当代文学时期分为五十到七十年代的政治化文学时期、八十年代的新启蒙文学时期和九十年代以后的多元化文学时期的话，僧尼形象在三个历史时期承担了不同的角色并具有其相应的特征。

在政治化文学时期，僧尼形象于小说作品中发生了一次与历史共振的断裂。一是从僧尼形象的数量上来看他们几乎从小说作品中消失了；二是仅存的零星的、边缘的、次要的僧尼角色全部以负面形象出现，僧尼形象再一次呈现出了单一化的表现形式。其实在这一时期的小说作品中，很难找到真正的僧尼形象，革命的类宗教情怀已经用革命者的形象将以僧尼为代表的拯救者形象取代了，同时当无神论的一元世界观与意识形态被置于一尊，已不可能期待僧尼形象以主要人物或具有重要叙事功能的角色出现在小说作品中了。如果将这时的僧尼扩大为佛教形象符号，可见在《林海雪原》中座山雕的八位副手被冠以"八大金刚"之称。"八大金刚"这个来自佛教文化的词语本是指代八位护法菩萨，而在这部小说中他们无疑是在护持着以恶霸为代表的非正义事业，夸大了其凶神恶煞的一面。同样是在这部小说中，还出现了一个"妖道"的形象，在少剑波剿匪过程中对一撮毛审问时，一撮毛曾将"妖道"谎称为和尚，虽然这个和尚形象是被想象出来的，但足以看出作者对僧道的妖魔化倾向，无论是道士还是和尚，都是土匪穿着的一件伪善的外衣，僧道作为形象符号已经完全失去了他们的神圣性。

八十年代以来，僧尼形象重新回到了新时期的小说作品中，并且这一形象序列被逐渐赋予了更为丰富的现代性内涵。与此同时，讨论八十年代以后小说作品中的僧尼形象时，还面临着一个历史性遗留问题——还俗。对这一问题的澄清，便于为本文后续所讨论的僧尼形象划出清晰的范畴边界。"还俗"原本是指出家僧尼由于各种原因而离开僧团，返回俗家。它包含因破戒而被逐出僧团的负面含义，也因佛家本着出家和归俗的自由自愿，而允许获准的出家众自愿离开僧团以及其他不可抗力因素导致的被迫离开僧团。各种还俗的情况皆有发生，但是大规模的还俗多与政治因素而形成的"法难"有关。中国历史上曾经有多次的灭佛、反佛运动，如"三武一宗"法难，致使大量出家僧尼被迫还俗，同时寺庙建筑与文化遗迹遭到了空前的破坏。但是历史上的灭佛运动多与宗教之间的纷争和政治利益有关，于不久之后，佛教传统很快又得以恢复和重建，因而在此期间还俗僧尼的形象并没有成为小说作品所关注的重点。而新中国成立以后，"文化大革命"对佛教连根拔起的破坏力远远超过了中国历史上的四次灭佛，对僧人的迫害也最为严重。僧尼在这一时期不仅仅大规模被迫还俗，甚至遭到了红卫兵残酷的杀害。这种对传统的彻底破坏致使其重建的难度大大增加了，那些当时被迫还俗却仍然在内心坚守着佛教信仰的特殊人群的生存状态成为之后审视历史时所必须正视的现象。如果从身份上来划分，实际上他们已经不属于僧尼形象的范畴了，但是这只是由于历史的特殊性造成的，他们在本质上仍然是一个僧侣，甚至在修为上远远超越了一些徒有其表的僧尼。他们灵魂与身体之间所形成的巨大断裂造成了这一类形象的特殊性，因此在我看来，他们也可被视作僧尼形象之一种而置于八十年代以后的文学环境中予以考察，这不仅是出于对一个形象谱系完整性的考量，也是一个重要的文化命题。

随着九十年代多元文化格局的形成，佛教文化传统在一个信仰坍塌的时代再次试图重建，正信传统除在中国个别地区外，已经几乎失去了其系统的传承性，但是作为民间文化的一部分仍然深刻影响着人们的思想观念和认知方式。之前很长一段时间，出家为僧尼并不具有意识形态上的合法性，而当这一行为重新合法化之后，中国的经济与社会也已开始飞速发展，因此由于贫穷或其他生活问题而被迫出家的僧尼大大减少了。寺庙以及僧尼也并不再必然作为庇护之所或行侠仗义之人，僧团的发展与之前相比产生了很大变化。随着信仰困惑和精神危机的出现，出家与在家问题随着新世纪的到来又回到了人们的思考范畴中，但是高度一体化的意识形态仍然在人们意识深处留下了难以驱除的痕迹，念佛修禅可作为一种心灵化的生活方式或审美品格被人们接受，却难以作为被高度认同的世界观或人生观，出家也很难被看作是人生的道路选择之一。由此而形成了一系列徘徊于神圣与世俗之间的亦僧亦俗者，他们一直处于"在路上"的状态，实际上这一现象也是对宗教信仰坍塌之后，一种新的信仰尚未建构起来时人心漂泊感以及复杂心理状态的影射。通过前文的分析，在现代文学时期，僧尼形象类型已经由泾渭分明而逐渐趋近，其实这种"暧昧"与交错正是其内涵复杂性的表现。而八十年代以后小说中的僧尼形象则越来越不仅仅具有单向度的特征，也很难再以非圣即恶的标准来进行类型划分了。在这一时期，出家已经不再像中国古代那样被认为是一种常规行为，而是成为了难事，也是往往不被理解的事。因此，八十年代以后僧尼形象谱系的建构可以说是围绕着僧俗身份之间的摆荡展开的。在讨论他们时，本文不再试图采用之前的分类方法，而是以僧俗身份的边界为依据。

不难发现这一时期小说中的僧尼形象围绕着僧俗之间的关系可大致分为三类：出家僧尼、还俗僧尼、徘徊于僧俗之间的亦僧亦俗者。出家僧尼有着对信仰的守护或瓦解，他们或是佛教的坚定信受奉行者，于一个宗教被彻底割断的时代承担着阐教利生的角色,如《晚霞消失的时候》中山上隐居的和尚等;或仅仅将佛教当作一种谋生的手段,从而成为徒有其表未有其实的宗教职业者。还俗僧尼是一个由于历史遗留问题而产生的特殊人群,他们有些在还俗后维持着质朴的简单生活,但其中也不乏一意真修、方得始终的圣贤人士,如范小青《还俗》中已经被迫还俗却一直精进修行的女尼形象等。而亦僧亦俗的僧尼是在路上的探求与徘徊者,他们更真切地影射了当代人面对灵肉关系、圣俗关系时最基本的心理真实,也是当下面对信仰坍塌、精神危机所作出的一种应激性反应。如范小青《香火》中"香火"这一角色,我们很难说香火是和尚还是只是一个俗家人,正如他每一个行为的动机也来自僧俗之间的缝隙中一样。自八十年代以来,文化语境呈现出前所未有的复杂性,政治后遗症、信仰解体、商业浪潮的侵袭都深刻影响了这一时期僧尼的道路选择,因而小说作品中的僧尼形象也比建国以来的任何一个阶段都更具有丰富的文化内涵。

第二节 中国当代小说中僧尼形象的类型与特征

一 出家僧尼:对信仰的守护或瓦解

中国当代文学中的出家僧尼形象是在八十年代以后才回归到小说创作中的,他们在经历了历史与时代的沉浮之后,有的依然保有着对佛教的坚定信仰,一意真修,成为了青灯古佛虔诚的守护者。在这样一个时代很难找到像古代小说中的高僧大德形象了,同时他们自身的神异性质与超凡禀赋也在当代小说中消失了,但是他们的精神气脉确是沿袭了圣僧形象而来。有的虽然仍然保有着佛教僧尼的身份,但却消解了对其信仰的成分,成为了清规戒律的瓦解者。这些瓦解者并不一定是以负面形象出现的,其中一部分僧尼形象承载着自五四以来广为人们深思的佛性与人性之间的冲突,他们用瓦解的方式抵抗着佛性对人性的束缚。而另一部分僧尼形象则在财富与欲望的勾牵之下放弃了对信仰的追求,堕落为只见色身而不见法身的沉沦者形象。

礼平在八十年代初的《晚霞消失的时候》中率先树立了一个虔诚的佛教信仰者形象。这位出家僧众遗世高蹈、隐居深山,面对几十年历史的风云变幻心如止水,对于他来说"佛不弃我,我不弃佛,……青灯古佛,经幢宝卷，我已经相守多年了。"① 当"我"一个曾经的红卫兵面对这位青灯古佛的坚定守护者时，"我惊呆了，我从来也没有见过和尚。当我开始懂事的时候，这些在人间传播迷信和膜拜事佛的人就已经销声匿迹了"②。的确，对于这一代人来说，佛教僧众是被时代塑造为"传播迷信"、"膜拜事佛"形象的，这些显然与封建迷信和愚昧落后联系在一起。但是站在"我"面前的这位内心自在圆融的老人却与时代的描述相去甚远，他是一位"本来无一物，何处惹尘埃"的真正修行者，他的一举一动、一言一行都深得佛禅真昧，甚至面对时代情绪的躁动和历史境况的荒谬，他比"我"这样坚定的马克思主义者更懂得如何修持自己的内心。虽然这位佛教信仰的守护者形象在小说中并不是作为主要人物出现的，但却是几十年来对僧尼形象进行丑化、侮辱之后第一次使其以正面形象复归，作者将那些在历史中被侮辱与被损害者重新拉回到文本叙事中，对其审视、重构并反思佛教等宗教信仰的精神力量。

汪曾祺在八十年代初期创作了一系列以佛教僧尼为主要人物形象的小说作品，其中《仁慧》一篇中的仁慧尼姑看似不拘小节、性格乖张，虽然对佛教僧团中的清规戒律并不完全遵守，但实际上她任运自然的心态与生活选择，以及所做的每一件事处处都在践行着佛教的基本理念。即使面对土改对观音庵的摧毁和僧尼的被迫还俗，仁慧既无怨怒也不愿妥协，她在住持之位时就振兴观音庵，不在住持之位时就选择云游四海，并将功德事转移到民间。但她从来不执着于自己所创下的基业和立下的功劳，面对众说纷纭的流言蜚语也不过一笑置之。仁慧的一生随心所欲而不逾矩，虽不是出家僧尼中的贤能圣明，但也是以自己的行动恪守佛教信仰的真正修行者。

在佛教信仰守护者的僧尼形象序列中，贾平凹笔下的和尚显得更具有传奇性，虽然贾平凹在刻画僧侣时，常不时融合民间神秘文化的元素，但他们也不失为一意真修之僧众形象。在贾平凹的《浮躁》中，不静岗的和尚虽不是小说的主要人物之一，却是贯穿文本始终的重要形象。据统计，和尚在这部小说中共出场 13 次，或与韩文举吃酒说法，或独自为世事感慨，或因镇上的人们有所求而算命卜卦。这位不静岗的和尚第一次出

---

① 礼平：《晚霞消失的时候》，花城出版社 2010 年版，第 113—114 页。
② 同上书，第 113 页。

场，就颇有遗世高蹈、仙风道骨之况味，"喝到醉时竟一脸高古，满身神态，口诵谁也听不懂的经文，爬到河边一巨石尖上枯坐如木，一夜保持平衡未有坠下"①；"寺院重建后，这和尚倒一心念经，待人十分和善，常被村民作践，也不生恼。"② 与此同时作者将和尚、神仙、阴阳师的角色进行有意混淆，诵经念佛的和尚与冉冉而至的神仙、小水拜访的阴阳师看似不是同一个人，但又有着相似之处，而作者每每到此都语焉不详，更渲染了和尚形象的神秘幽玄。但是对于这样一个和尚形象，除却略通文墨的韩文举相好了他，常与他吃酒谈经，最后被镇上人认为跟和尚学了一腔歪调之外，其他的人都是有事才去找和尚，而他们找和尚最大的目的便是去算命测字。算命测字似乎成为了和尚与世俗人间的众生所发生联系的最主要途径，和尚也几乎成为了明了和预示人物命运的重要角色。

贾平凹在这样一部代表着时代"浮躁"情绪的小说中设置一个身虽在尘世，却性情高古的和尚形象是以对比和警示为目的来完成的。《浮躁》代表了改革开放初期整个时代的浮躁以及表面热闹的浮躁背后的空虚状态，因此小说中几乎每个人都是不安分的。人们很快在时代的步伐下看到冲破传统质朴安稳的乡镇生活所能够迅速带来的巨大利益，一种亢奋与躁动使人的内心摇荡在脱贫致富与腐化堕落、挣扎奋斗与钻营算计、情感需求与欲望释放之间，也通常因此而迷失了心性。和尚的形象正以反时代情绪的姿态而出现，与构成整个文本情绪流的浮躁构成一种逆其道而行之的紧张关系，制衡着浮躁的人们并提醒他们在恰当的时刻反观自己的内心和选择。正像樊星在《禅宗与当代文学》中所说的："小说中那个多次出场的和尚常常对浮躁的世人们讲'一切皆空'的佛理，提醒人们'各自养性念佛，都能成果，何必心强气盛争争斗斗'？尽管众人听不进他的告诫，但小说中那些人们斗去斗来却总是落得一场空的结局却似乎又在冥冥中印证了古老的真谛。"③ 和尚的角色本身是一个布道者，作者借一个布道者理性的声音，不断干扰着时代非理性的声音，其中所形成的巨大张力便是历史与人心的复杂性。

与此同时，出家僧尼的形象中也出现了对信仰的怀疑甚至瓦解者。一

---

① 贾平凹：《浮躁》，漓江出版社2013年版，第12页。
② 同上书，第45页。
③ 樊星：《禅宗与当代文学》，《当代作家评论》2005年第3期。

些僧尼的出家并不是建立在信仰的基础之上，而是出于谋求生计或遵循某种风俗。在社会环境的影响下，虽然有些人于修行中有所领悟，成长为虔诚的信仰者，但更多的是在佛性与人性的冲突中始终无法了却世间世俗的情感而成为了信仰的怀疑者。还有一些人于商业浪潮与民间信仰的驱使下，将佛事变成了谋取钱财和利益的手段，变成了一个信仰的否定者。佛性与人性之间的关系是自五四以来作家知识分子常常于小说作品中思考和讨论的问题，八十年代初期汪曾祺顺承这一思路而来，创作了短篇小说《受戒》。《受戒》以明海小和尚和小英子之间隐而未发的纯洁情感为主线，由此而引发的对寺庙生活以及其他僧侣形象的书写是脱去了神圣性而走向日常化的，可以说其中的出家僧众是以一个个"破戒"的形象出现的，他们只将出家当作一种谋生的职业，而对佛教的信仰与对戒律的遵从则无从谈起。明海在少不经事的时候就被送去出家当和尚，然而即便是受戒这样的神圣规训行为也无法抑制其自然纯朴的人性中对美好朦胧爱情的向往，人性与佛性之间的矛盾再次回到小说作品中。但汪曾祺任运淡远的追求将一切矛盾都溶解在和谐之境中了，对于那些对信仰产生了犹疑或违背的僧众，他只想书写他们身上美好的人性，而并不想做任何道义上的评价。

　　熊尚志的《两面佛》是以出家高僧为主要人物形象的中篇小说。这篇小说中的懒月大和尚和懒空大和尚分别是两座禅寺的住持和尚，懒月大和尚不仅佛法造诣深厚，已达明心见性之清净寂灭的境界，被尊为一代宗师，而且研习丹青，作品远渡重洋，在他住持之下的西风禅寺，可谓是上求佛道、下化众生的一方净土。而同为一代宗师的百灵禅寺的住持大和尚懒空则乘坐伏尔加轿车，由全副武装的大兵左右护持，他既是因常常外出讲经说法而驰名中外的高僧，又是政协副主席，还常常应酬络绎不绝的书画界朋友。"我"作为为禅寺雕塑佛像的世家后代，目睹了两位高僧真正的生活情态和心志上的变化。令人震惊的是懒月大和尚到了晚年之后沦为一个杂役僧，吃酒唱曲，甚至临终只愿作个凡夫俗子，拒绝进入极乐世界。懒空大和尚虽身在空门，却无一日不在为功名利禄奔波，虽以清净自居，却无一日不在被俗事纠缠。两位所谓的"高僧"最终都被推下神坛，而症结正在于神圣佛性与世俗人性之间的纠结与冲突。懒月大和尚去世之后，给他曾劝说过放下虚妄的懒空大和尚留下一尊两面佛，这尊两面佛的正面是一张精雕细刻的乳儿的脸，"在乳儿的眼睛面前，人的本性那么纯洁、善良，值得信赖……"①而在另一面用简单的阴线粗粗塑了一张醉鬼的脸，他的眼睛"怀疑一切，欺骗一切，仇视一切，汇集了人世间的全部邪恶、丑陋、虚伪、凶残、狡诈、贪婪、淫欲……"②

两面佛在这篇小说中是作为一个象征物而出现的，人本性的纯良和邪恶、神圣性与世俗性正如同两面佛一样是一个一体两面的存在，而世俗的一面虽然在诞生的那一刻起是一条由暗线所勾勒出来的，但随着乳儿逐渐变成一个成人，人性中幽暗的一面是不断试图遮蔽人性最初的神圣与纯良的，因此才需要不断修行，放下对虚妄的执着与贪婪，回到人性最本源的状态。小说中的两位高僧为此而付出了自己的一生，却仍然无法真正超凡脱俗。懒月大和尚晚年的癫狂使他重新回到了世俗世界，虽然看似身在樊笼但内心超脱了，可他仍然觉得自己的一生是苦的。佛教的修行没有能够让他离苦得乐，反而是痛不欲生，他认为所谓无上正等正觉并非依靠人力所能抵达。这位所谓的得道高僧并没有以"欢喜"结束自己的一生，在向人性最本源状态回归的过程中，佛教的修行不但没有征服世俗的强大力量，反而昭示了世俗人性的胜利。在这篇小说中，作者遵循着一种"转圣为俗"的叙事逻辑，就像小说的另一条线索祖父—父亲—"我"作为一个佛像雕塑世家对如何塑造佛像的争论一样，"我"厌恶祖父所塑造出来的不男不女的没有性别意识的观音像以及父亲塑造出的带有封建色彩的"三寸金莲"观音像，而"我"要按照现实生活中妻子或斋婆这些女性的脚、乳房以及隐密处的形态塑造自己的观音像。根据世俗女性的形象模拟出观世音菩萨的样貌，实际上也是一个"转圣为俗"的过程。而懒空大和尚从一开始似乎就离佛很远，一生的修行仍然没能使他摆脱世俗所带来的负累。他看到懒月大和尚留下的两面佛之后哭出了乳儿的声音，从此失踪杳无音讯。直到若干年后百灵寺的僧人无意间发现了石洞中涅槃的高僧和一尊两面佛。懒空大和尚最终的抉择逆其道而行之，他在若有所悟之后抛弃了世俗的人生"转俗为圣"，从此他成为了供人瞻仰的菩萨，"我"却为他感到深深的悲哀。在作者看来，世界上最悲哀的事情是作为一个被人瞻仰的菩萨，实际上这也正从反向确证了对"转圣为俗"观念的认同。佛性是否在某种程度上对人性产生了"异化"？如果佛性在人性回归的道

---

① 熊尚志：《两面佛》，《中国作家》1989年第1期。
② 同上。

路上阻碍或扼杀了人性的发展，它能够作为对人性本源真正的回归吗？而在"转圣为俗"之后，心灵和肉身都能得到自由吗？这是熊尚志抛下的问题，也是佛性与人性不断纠缠着的问题。

《两面佛》中的思考顺承汪曾祺在佛性与人性的龃龉中，对人性的肯定与张扬而来，但相比汪曾祺以和谐之境对人性圆融的表达，《两面佛》的处理方式和立场更加模糊且对人性也明显抱有着质疑。可以说《两面佛》中的两位出家人形象正代表着从两种向度对佛教信仰的瓦解，但其又没有停留在一种简单的呈现，瓦解也并不是单向性的结构，他在思考这一问题时充分考虑的是佛性与人性之中各自所蕴含的复杂性。

相比之下，张忌《出家》中那些以做佛事为生计，且不惜一切代价谋取利益的出家和尚则在瓦解信仰的这一条线索中走得更为极端，这也与时代环境和人们价值观的变化不无关系，张忌在《出家》中以塑造一系列信仰瓦解者形象的方式来呈现的普遍社会现象是值得我们深思的问题。小说一开篇就说："当和尚能赚钱，能赚白布包洋佃的钱，这是阿宏叔亲口告诉我的。"[①] 这里的阿宏叔是宝珠寺的当家住持，住在一座比皇帝的宫殿还恢宏的寺庙里，靠做佛事维持生计。可见对于这样的寺庙和出家人来讲，出家并不是一种信仰的追求或荷担如来家业的使命，而是一种职业，或者说是赚钱的行当。在寺庙里做佛事，学习法器和念经，甚至谋求晋升为乐众或维那，都只是为了让钱自己找上门来。无论是宝珠寺的阿宏叔、油盐寺的长了师父、山水庵的慧明师父还是后来接手了山水庵的方泉（广净师父）都很难算作是真正的出家人。一方面他们诵经念佛，定期做佛事，另一方面他们像经营一个企业一样经营着寺庙。甚至在人前他们是德高望重的高僧大德，而在人后不过是追逐着世俗利益的芸芸一众生而已。在几十年来对宗教和信仰的瓦解中，佛教其实已经失去在当代生活中存在的根基了，但是民间"信菩萨"的传统始终影响着人们的普遍心理。婚丧嫁娶、升学求职、投机发财都要去找菩萨，通过佛事来祈求得到诸佛菩萨的庇佑，这也就促成了寺庙市场的形成。而为获取做佛事的机会以谋求更多的利益，寺庙的出家住持就和"护法"之间形成了相互利用与制约的关系，从而构成了这一行当之中的隐形规则。因此小说中的一系列出家人、甚至寺庙的当家住持，不过是在以从业者的身份维系着这一行当的

---

① 张忌：《出家》，中信出版集团2016年版，第1页。

运行与盈利。

通过对以上出家僧尼形象的分析,不难看出,中国当代小说中的僧尼形象渐渐走向了对信仰守护与瓦解的两端。中国当代以来的政治环境对宗教信仰的破坏力比任何一个历史时期都要强大,这使得这一阶段小说作品中的贤圣僧尼形象数量大大减少了,而但凡成为了对信仰坚定的守护者,他们对佛教文化体悟之深刻、对精神世界虔诚的守望都显得格外弥足珍贵。而作为佛教信仰瓦解者的出家僧尼形象,虽然有一部分承继五四传统而来,仍然以个性解放的姿态抵抗着佛教戒律对人性的束缚,但是随着八十年代以后人性的逐渐复归,肉身的觉醒迅速过犹不及地朝着它的反方向发展了。当人性从意识形态的紧密钳制之下解放出来之后,"一个极端压抑的时代在社会剧变之后,必然反弹出一个极端放纵的时代。就像是荡秋千一样,这端高了,荡到另一端必然也很高。"① 因此小说作品中作为佛教信仰瓦解者的僧尼形象并没有止于对佛性与人性冲突的思考,而更多地是走向了借一张僧侣的神圣袈裟而遮掩其媚俗面目的向下一路。一些不同于古代时期恶僧的"佛教职业者""狮虫"形象等此时大量出现在中国当代小说作品中,这与时代环境的巨大变迁密切相关,这种经历了工具理性、机械复制、财富物质残暴封杀的人性是被异化了的人性,最终仍然是对人性的漠视与不尊重。这些新近出现的出家僧尼形象折射出了社会环境的变化,也是人们精神世界逐渐没落和坍塌的表现形式之一。

二 还俗僧尼:佛性在世俗人间的沉与浮

正如前文所论述的,被迫还俗的僧尼是一个历史遗留问题,面对历史对佛教和僧尼的戕害,佛性也在世俗人间经历了几十年的沉浮,僧尼在还俗之后的选择与坚守问题也是中国当代小说关注的一个要点。

叶文玲小说《青灯》中的尼姑墨莲因生活所迫而出家,多年之后又因历史所迫而还俗。在这篇小说中,出家和还俗的生活都只是墨莲困厄的生活史中的一部分,作者似乎也并没有想从信仰的层面上讨论出家和还俗的问题。墨莲所有的是无法由自己掌控的命运,在生活的驱使下出家为尼,然后又还圣为俗。她在还俗的时候只留下了一盏自己在尼姑庵执掌的青灯,它意味着僧俗身份的转换和对岁月的铭记,一盏青灯实际上是被一

---

① 余华:《十个词汇里的中国》,(台北)麦田出版社2011年版,第148—149页。

个还俗尼姑高举的历史。

范小青的长篇小说《香火》是一部具有"禅宗公案"性质的小说，在荒唐年代，太平寺和其中的出家和尚难逃摧毁和被迫还俗的命运。二师傅对佛法有自己的理解和坚守，他本不愿还俗，但在听了香火父亲"参禅何须山水地，灭却心头火亦凉"的点播后意识到只要守住自己的一颗心，任何地方都是成就佛法的道场。因此他顾全大局假意还俗，几十年来身在俗世而心在方外，于红尘闹事中继续精进修行，从而在多年以后得以协助香火重建太平寺。

如果说《香火》的写作呈现出了某种"禅宗公案"的性质，那么范小青的另一部小说《还俗》恰恰写出了公案所没有表达的悟后修行的部分。按照禅宗的修行次第，第一步是要开悟本心，禅宗公案正是以直指人心的方式让人开悟，而之后的第二步便是悟后修行了。而悟后修行的部分是"公案"不涉及的部分。在我看来，这部小说虽然名为"还俗"，但是实则仍在"修行"，这是一部关于"修行"的故事。《还俗》中结草庵的住持尼慧文和师姐慧明在五十年代寺庙被迫关闭时做出了不同的选择，慧文选择了还俗但一生维持着清净而独身的生活，她善待送煤的小师傅、帮助经济困难又性格古怪的王桂花、提携有绘画才华的残疾青年王恒、几十年默默雕刻师父传承下来的莲心佛珠，也正是她的莲心佛珠为结草庵的重建寻找到了可能性。而师姐慧明当年拒绝还俗而上山清修，决定一生一世修禅念佛，不问世事。但慧明一直无法参透的是究竟是何原因当年师父选择了慧文继承他的衣钵，而不是自己来做结草庵的住持。直到她潜心念佛多年之后，对此中道理却依然没有领悟。

慧文和慧明这两位尼姑在小说中作出了看似相悖而行的选择，一个"入俗"，一个"出世"，但其实二者都在修行。只是一个在红尘闹市中修，一个在世外桃源中修。慧文虽身在红尘，但每一个行为都不脱离佛教的准则，正所谓"在尘不尘真佛子，在俗不俗是真修"。慧明身在世外，但是红尘世事却不断地去打扰她，她甚至几次起了自杀的念头。虽然凭借着对佛的坚定信念坚持了下来，但是直到她下山接手结草庵，当年师父选择师妹慧文做住持而不是自己的陈年旧事依然让她耿耿于怀。慧明也的确在修行，多年以来也的确了悟了很多，但是与慧文相比个中高下是显而易见的，一直困扰慧明的问题的答案也是不言自明的。范小青的《还俗》用徘徊于僧俗之间的微妙关系探索了何谓真正的修行。

塑造了最多还俗形象的小说作品可以说是郭青的小说《袈裟尘缘》，在这部作品中，几乎所有的出家僧尼最终都回归到了世俗，小说所强调的似乎也是回归到世俗生活之后如何救世的问题。从目前现有的研究来看，首先创作于1986年的《袈裟尘缘》是鲜有人关注的一部作品；其次《袈裟尘缘》几乎被研究者理所当然地视为了佛教小说。但在我看来，《袈裟尘缘》并不能当然地被视为真正意义上的"佛教小说"，对于其艺术水准先暂且不论，仅就题材而言，这部小说的确是继五十年代到七十年代佛教题材小说沉寂了二十几年之后，对这一题材领域的开拓之作。正像《袈裟尘缘》的出版说明中所说的："本书即是对此一独特题材领域的切实的新开拓。作者谙熟佛家生活，深知个中真味，十分真切地为我们展示了这一群鲜为人知或曾为世人误解的神奇世界。"[①] 不仅如此，它也的确在礼平《晚霞消失的时候》之后以长篇小说的形式探讨了信仰和如何救度众生的问题。但这也正是我认为将这部小说放入佛教小说的序列进行讨论略显不当的原因。当然对于这样一个并没有定论的"佛教小说"概念，不同的研究者有其自己的界定标准，而在我看来它并不符合我对"佛教小说"的认识。它只是借助佛教文化或者说并不为大多数人所熟知的佛家生活，在八十年代这样一个具有热忱理想和开放胸襟的时代，来探讨信仰以及出家僧众如何找到一条救赎之路的问题，具有明确的现实关怀和问题意识。从某种程度上讲，它沿袭了五四时期对社会和人性的关注，不过是将其以艺术化的方式在新启蒙时期有意重提而已。

这部小说之所以塑造出一系列的还俗僧尼形象正是基于它这种强烈的社会关怀意识，相比特殊历史时期所带来的"被迫"还俗，《袈裟尘缘》中的还俗皆是自愿的，是出家僧众自主做出的选择。《袈裟尘缘》的故事跨度有三四十年，在文本写作的八十年代，因佛学研究院的建设和去国已久的居士夏慧莹作为美籍华人回国拜谒佛教高僧，当年出家受戒的戒兄和在家居士再度聚合，从而追溯了他们的皈依师父慧明破戒之后几年内所发生的事情。其中慧明法师和他的两位皈依弟子心慧、真谛是这部小说中最重要的三个僧众形象，而这三者在命运的关卡处无一例外地选择了还俗，致使三人还俗的重要因素是源自世俗人性的爱情和世俗社会的责任。

佛教禁欲与世俗情爱之间的冲突是涉及佛教文化题材的小说中一直关

[①] 郭青：《袈裟尘缘》，四川文艺出版社1986年版，出版说明。

注的问题，从现代文学中施蛰存的一系列小说到汪曾祺的《受戒》，人性中的情爱在出家僧众心中所产生的冲突感与撕裂感始终是小说着力呈现的内容，但如果说之前的小说还只是在心理的层面上表达或于质朴悠远的人情中引而不发，《袈裟尘缘》所做出的一个最大胆的处理就是将慧明法师在情欲上的破戒直接推向了叙事的表层，使其成为了慧明和尚还俗的直接原因。慧明法师本已成为了一位德高望重的高僧，虽然出家前的情感仍然未有一刻停息地牵动着他的内心，但他多年来说经弘法，一直恪守着清规戒律。直到有一天，他在私人经堂——鹿野精舍讲经期间与独身多年的古潭太太发生了男女关系而破戒，他意识到自己虽修行多年却仍是凡夫，没有必要欺世盗名假装圣贤。与古潭太太的关系使他重新思考人间的爱情，因不愿辜负等待了他二十年的同学白颖，他决定还俗娶妻，并由一个出家法师变成了大学里的佛学研究者。对世间情爱的渴望和对西方极乐世界的怀疑使慧明放弃了多年的出家生活而重新回到人间。但尽管如此，慧明仍一直致力于著书立说，并在自己的皈依弟子真谛因加入共产党地下游击而被捕后，再现法师相以鼎力相救。他坦然面对自己的情感世界和精神世界，为追求内心的澄明和坦荡而绝不做道貌岸然的伪君子。

慧明法师的破戒还俗是这部小说叙事的转折点，他的抉择深刻影响了其两位皈依弟子心慧和真谛。心慧一直是勤学精进的好弟子，但也同样面临着爱情的困惑和对信仰的犹疑，慧明法师的还俗更是坚定了其在出家之外另寻经世济民路径的选择。心慧最终也走上了还俗的道路，成为了一名医生并在三十年后娶了从美国归来的夏慧莹。而真谛不仅以慧明法师为师，也常由戒兄心慧来答疑解惑。在一个穷困的年代，真谛的出家是对其个体生命的救赎。当他渐渐意识到佛教是救度众生、了脱生死的信仰并为此克服了情欲的缠绕时，师父慧明和戒兄心慧的犹疑使他遇到了一次真正的精神危机。真谛本计划另寻修行道场并重新拜师学习，但一个偶然的机缘他遇到了共产党的地下游击队，在共产党主张的救度众生只有靠自己、靠此生的理念感染下，真谛改变了信仰而成为一个为崇高事业牺牲的共产主义烈士。共产主义解决了始终困扰他精神世界的难题，由此他从一个誓不还俗的出家和尚而成为了正视爱情并努力承担社会责任的共产主义战士。

《袈裟尘缘》中的三个主要僧众形象最终都以还俗来面对自己未来的人生，但却始终不离研佛理、救度众生的佛教精神，宁可做一个俗家弟子也拒绝成为佛教职业家。虽然他们都不再具有出家人的身份了，但似乎佛教精神的流布是不以出家/在家为限的。相比那些身在清净佛门，心却一刻也不离世俗红尘，甚至将佛教作为稻粱谋手段的出家僧尼，他们显得更加真诚且不失君子之风。如何救度众生的问题是困扰和纠缠这三位出家僧众精神世界的重要问题，也是他们不断思考且不愿放弃的责任。面对历史的转折，他们虽然做出了不同的道路选择，但其选择的依据都是怎样更好地投身于救度众生的事业当中。当宗教信仰问题经历了几十年的沉寂而于八十年代再度回归到知识分子考察和思考的范畴中时，郭青用一部《袈裟尘缘》以及几个出家又还俗的僧众形象讨论了以佛教为代表的宗教信仰的精神价值和宗教与人生的关系问题。

中国当代小说中的还俗僧尼形象是这一人物谱系中较为特殊的序列。对他们的刻画与塑造并没有围绕着其在历史中所遭遇的迫害与苦难展开，而是集中于对他们还俗之后的道路选择进行书写。他们是最具有复杂性的一个群体，有坚守到底的一意真修者、有还圣为俗的小人物、也有裹挟进历史潮流的革命者。这些僧尼形象是佛性在人世间几十年沉与浮的象征符号，而他们自身的抉择问题也与历史、信仰、人生之间展开了对话。

三 亦僧亦俗者：永远的"在路上"

中国当代小说中还常有亦僧亦俗者形象，之所以将这一类形象归入僧尼形象的序列是因为他们或保有着僧侣的身份，但却心系着凡尘的生活；或暂时还没有成为僧侣，却不断涌现出成为僧侣的冲动或践行着僧侣的生活。很显然，他们并没有明心见性、见性成佛，但又同时追求着不同于世俗人生的生活。他们既不断想通过寻求到一种精神上的信仰而脱胎换骨，又由于种种原因无法彻底出离世俗之家。他们似乎永远处于一种既难得舍弃，又难得皈依的"在路上"的状态。

范小青的小说《香火》中的香火形象是一个典型的亦僧亦俗者。香火在饥荒年代因为吞下了一只坟上的青蛙而被死去的赛八仙灵魂附体，于是父亲把他送到庙里做了香火，香火显然不信佛，他来到寺庙是因为父亲，因此香火曾三番五次声明自己不是和尚，甚至要逃离太平寺而结束无聊的香火生活。但是香火又确实和太平寺里的三个和尚生活在一起，和尚的修为和佛教《十三经》潜移默化地影响着香火。到了破四旧的时代，因为阴差阳错和机缘巧合，寺中唯独不信菩萨的香火成为了唯一留守寺庙的人。在经历一场信仰的浩劫之后，当香火鬼使神差地愿意倾尽一切力量来重建太平寺的时候，他也为自己这个不是和尚的香火的行为感到震惊。虽然在重振太平寺香火的过程中，香火自始至终也没有成为一个真正的出家人，但他的所作所为和对佛法的认知与参悟已经渐渐趋近于一个和尚了。

　　香火这种亦僧亦俗者的状态其实构成了对信仰解体后的中国人普遍心态的影射。如果说荒唐年代，一种极端化了的意识形态暂时占据了人们精神世界的全部，但九十年代以后"理想坍塌了，禁忌废除了，信仰被嘲弄，教条被搁置，上帝已死，神变成了凡人。"[1] 这似乎把精神世界的重建问题推向了一种无法完结的状态。香火重建太平寺这个民间求神拜菩萨的空间，其实是在追寻一种精神上真正可以依赖的力量。这也同时解释了为什么还有一条"寻父"的线索始终贯穿在《香火》这部小说中。小说中写到的太平寺中的小师傅一直在寻找生身父母，这是一个显性的"寻父"故事，而在我看来，一个隐形的"寻父"故事——香火寻父的故事显得更为意味深长。小师傅从小说的一开始就走上了执着的寻父之路，即使"本身是个空，找到了也是空"[2]，他还是义无反顾地寻找下去了。而香火本身不需要寻父，因为他有一个父亲，但之所以说香火实际上一直在隐性实践寻父是与父亲在整个故事中扮演的重要角色有关。首先是由于父亲香火才来到太平寺；也是因为父亲才保住了镇教之宝《十三经》；更是因为父亲香火才知道了怎样重建太平寺；甚至二师傅的假装还俗也与父亲的托梦有关。而更重要的是，父亲是每次香火遇到困难时所寻找的对象，父亲也每次恰恰都是解决问题和困境的关键。正因为如此，文本才会生出这样的疑问，父亲是不是就是佛？小说文本中也多次做出这样的追问和暗示。例如二师傅在面临被迫"还俗"时，梦见了香火爹，不禁感慨道："奇了，我是应该梦见佛祖的，可是佛祖没来，你爹倒来了。"[3] 而且当香火爹告诉二师傅"参禅何须山水地，灭却心头火亦凉"[4] 之后，二师傅立刻知道该如何抉择了。又如香火梦见他爹在敲钟，二师傅立刻质疑说不可

---

[1] 邓晓芒：《灵魂之旅——九十年代文学的生存境界》序，湖北人民出版社 1998 年版，第 1 页。
[2] 范小青：《香火》，江苏文艺出版社 2011 年版，第 203 页。
[3] 同上书，第 154 页。
[4] 同上。

能是香火的爹,因为敲钟的人应该是佛祖。于是香火疑惑道:"可我明明看到我爹在敲钟,难道我爹就是佛祖?"① 从小师傅真正意义上的寻找到香火的每一次对"爹你怎么还不来"的感慨和"我找我爹"的寻找行为,不难发现其实这里的"父亲"蕴含着它最初的原型意义。因为"父亲象征着道德律令和诫命的世界。父亲是精神的代表,其作用就是抵御纯粹的本能性。这是他的原型角色。"② 所以他们朝着"父亲"的足迹奋力追赶,尽管父亲是谁,父亲在哪里他们无从得知,但是却会听从着来自心灵的召唤去不惜一切代价地寻找父亲。小师傅最后认了香火的娘为母亲,但是到底谁是他的父亲作者语焉不详;而香火一直求助的爹到底是否是他的亲生父亲也无从可知。但这些都并不重要,重要的是"爹"在这里已经变成了一种象征,一种成熟的,充满了力量、理性,可以源源不断给予帮助或支持孩子走下去的精神象征。而"这孩子的父亲是某个神祇,父子俩生的一模一样,分毫不差——用心理学语汇讲,这意味着一个核心原型,即神的意象,已经自我苏新("被重生")并"化身"成为能被意识辨识的角色。"③ 了。在这部小说中,父亲就是"佛",或者说是一种如佛一样的精神力量。小师傅和香火的"寻父",其实也是一代人的精神"寻父","在路上"的状态已经成为了当下的一种时代情绪,而面对着被不断重构的宗教——这种终极性的精神力量,我们也仍然处于难得舍弃也难得皈依的游移状态。

　　叶弥的小说中常出现亦僧亦俗者形象,他们虽居住在寺庙中但其实并没有正式出家,而是过着如在家居士一般的生活。《明月寺》中的罗师傅和薄师傅,虽然名为明月寺住持,实则俗家打扮,种花种菜,游湖吹笛,偶尔下山为村里人驱鬼作法事,如同世俗夫妻一样有着简单而明朗的乐趣,但实际上这一份简单和明朗背后却隐藏着复杂与暧昧不清。罗师傅和薄师傅于1970年来到明月寺,从此隐居不出,不会说话的明月寺以最大的隐忍与包容承载着他们那年春天不可告人的秘密和巨大的心理伤痛。二人选择以逃避的方式在寺中共度余生,从此过上世外桃源一样的生活而不

---

　　① 范小青:《香火》,江苏文艺出版社2011年版,第255—256页。
　　② [瑞士]卡尔·古斯塔夫·荣格:《转化的象征:精神分裂症的前兆分析:an analysis of the prelude to a case of schizophrenia》,孙明丽、石小竹译,国际文化出版公司2011年版,第222页。
　　③ 同上书,第341页。

再被世事纷扰，因此他们才与无功利、无目的的看花人——"我"惺惺相惜，而当"我"试图触碰罗师傅和薄师傅内心深处隐藏多年的秘密时，仍然造成了二人情感上巨大的波澜。其实几十年来罗师傅和薄师傅并没有真正逃离，他们想讲出多年前的秘密却又不可言说，想从往事中摆脱出来却又终究不可释怀，身被心所困的生活使他们无处可逃。

《桃花渡》中的居士清定穿着和尚的衣服，在寺庙里和和尚们一起吃斋念佛，徘徊于想出家和一直没有出家之间。他一直觉得自己会遇到梦中的那个女人，而当他真正遇到了那个女人时，不知不觉把那些莫名奇妙的话给说完了，他也才真正把心中的尘念放下了。在这个故事中，"我"自认为爱上了"僧人"清定，而清定也的确在同一时间地点爱上了一个女人，但是"我"是不是就是那个女人是始终无法确证的，但是一段虚无飘渺却令人感动而美好的爱情确实在想象中发生了，而且它唤起了"我"久违的初恋的感觉和对一切事物的热爱。在这个虚幻的爱情故事之中，还嵌套着一个现实的爱情故事——"我"与崔先生的相亲。在"我"爱上清定的同时崔先生爱上了"我"，没有一段爱情随之充分展开，但崔先生和清定都觉得自己的人生圆满了。《桃花渡》中的每一个人都在寻找着那个能给自己的内心带来最大慰籍的人或事，而这个人或事恰恰是可以召唤回他们美好感觉和对事物的热爱的。在他们看来，尤其是作为亦僧亦俗者的清定看来，只有这些世俗的事物极度饱满之后，他才可以放下世俗的追求而走向一个远离尘嚣的世界。他既向往僧众的神圣，又难以割舍掉世俗的魅惑，这也成为了他虽然早就穿起僧袍、常驻寺庙却又始终在出家与在家之间延宕的原因。

张忌《出家》里的主人公方泉也是一个亦僧亦俗者。小说中的"我"——方泉，也就是后来接手山水庵的广净师父与那些一心赚钱的出家人略有不同，但也仍然无法超越在路上的亦僧亦俗者范畴。方泉是这部小说中最主要的叙事主人公，《出家》的故事也是围绕着方泉在世俗与方外之间的徘徊展开的。跟阿宏叔去寺里做一次空班，就能赚到六十元，这对于已经在家赋闲一年而又急需补贴家用的方泉来说无疑是具有莫大吸引力的，这也是他决定出家的初衷。但从他第一次出家，就被毫无关联和逻辑性的《楞严咒》感动了。从此之后，叙事便是在僧俗两个世界中交错展开的，白天他瞒着妻子儿女在寺庙里做空班赚钱，晚上又成为了维系着一个完整家庭的好丈夫。但每一次在寺庙里做空班的经历都会给方泉新的感受，直到他下定决心接手山水庵而成为了自己寺庙的当家住持。方泉每一次协助做佛事都是一次"出家"的过程,但实际上他于一个寺庙住持和送奶工、送报工、拉车的以及秀珍的丈夫、三个孩子的父亲这些角色之间的反复轮换与龃龉的过程,才是方泉真正的漫长出家之路。但这不是一个止步不前的永恒重复,一次又一次的神圣经历和世俗纠缠,方泉是一步一步靠近佛门的。他虽然也成为了这个行当中的一分子,但是显然与那些把佛事只当作赚钱职业的僧尼是有区别的。正因为如此,他在得知做空班的和尚只对嘴形而不会念经,以及阿宏叔用占有女性护法身体的方式来保障她们能够忠心不二地为寺庙拉来源源不断的斋主与香客之后而感受到了末法时代的悲哀。方泉觉得自己似乎是真得了佛法的,但又无法割舍掉世俗中的情感与责任,他最终真正走上出家的道路了吗?作者把叙事推向了模糊地带,"'尘世'的烂漫与苦哀中自有'僧袍',生活的意义就在它各种可能的纹路中展开和呈现。"[①] 方泉仍然是一个在路上的亦僧亦俗者,五个人家庭的城市生活与金光灿灿的佛殿交织在一起,叙事的理路游走于生活和复杂人性所衍生出来的无法化约之中,这便是当下人们活着的现实。

从以上对中国当代小说中亦僧亦俗者形象的梳理,不难看出,这些处于一种既难得舍弃、也难得皈依的"在路上"状态的僧尼形象几乎是伴随着新世纪的到来而集中出现的。社会开放程度的加深使佛教文化和僧伽体系渐渐为人们重新熟知,同时世俗权威崇拜幻灭后所带来的心灵之空荡使人们迫切地寻求一种精神依托之物,出家以及类似出家的行为成为了人们日常生活中躲避世俗侵扰和寻找清净安宁的路径选择之一,因此对这些亦僧亦俗者形象的塑造几乎都是围绕着"躲避"与"寻找"展开的。他们为了逃离一个巨大的噩梦或日常琐碎却沉重的生活而要抵达以寺庙为象征的清静之所,而最终由于心不能真正逃离以至于他们并无法真正抵达那个地方,甚至连该如何走向那个地方都无从可知,他们寻找的长旅依然在路上、在途中,而没有真正完成。

第三节 中国当代小说中僧尼形象塑造的文化因缘

一 政治意识形态对僧尼形象塑造的影响

自古以来,文学作为一种话语方式与时代政治环境的关系至为紧密,

[①] 金理:《尘世落在身上——张忌〈出家〉》,《上海文化》2016年第9期。

无论是文学依附于政治还是远离于政治，实质上都是它与政治之间关系的体现。尤其是政治中的意识形态，它对文学虽没有强制性，但其长期渗透会使文学产生一种习惯性的审美表达。因此它对一个时代文学精神特征的影响是深入且隐蔽的，而这些精神特征往往是通过文学形象传达出来的。

小说作品中的僧尼形象来自从印度东传的佛教文化系统，因此一个时期的主流意识形态与佛教文化之间的关系以及佛教文化在整个文化结构中发展的历史因缘都对僧尼形象塑造的模式、特征与变化产生了深刻影响。

佛教文化于西汉至东汉时期传入东土，当时的中国正处于经学时代的国家大一统格局。面对早已形成的儒家正统和土生土长的道家文化，此时的佛教文化并没有成为主流意识形态之一。直到经学的衰落和佛教在魏晋南北朝时期的兴盛，佛学借助玄学开始融入到了中国文化之中。在东晋时代，佛教僧尼还保持着由印度传承而来的"沙门不敬王者"的传统，因此这一时期文学作品中的僧尼形象也具有较高的社会地位并多以尊者的形象出现。

但来自上层建筑的权力体系很快意识到了佛教文化对原有意识形态的冲击，佛教文化在隋唐以后逐渐壮大的同时也经历了三武一宗的灭佛运动。同时佛教在自身发展的过程中，也遇到了自内而外的很多问题。如在武则天和唐玄宗时代，政府出于对财政收入和对宗教控制的考虑，曾经使用鬻卖度牒的方式来扩充财政经费，使得出家僧众的素质开始出现了良莠不齐的状态，佛教徒的作风也引起了一些人的反感。大约自唐朝以后，中国小说中僧尼形象也变得多元化了，有不求佛法但讲道义的行侠之士，也有借佛教之名作恶多端甚至为自己谋取利益的邪恶僧尼形象。

宋元以后，随着密宗势力逐渐渗透于全国，西藏喇嘛政教合一的政治诉求使得汉地的佛教除禅宗和净土宗之外，几乎一蹶不振。在对待密宗的态度上明承元制，直到清朝为笼络与边疆统治者的关系，对密教的尊崇使其成为了国家统治思想的组成部分。佛教各宗派的衰落以及僧尼的越发良莠不齐，导致了佛教很难再找回盛世时期的威望。文人知识分子也看到了佛教人物内部的分化与差距，因此小说作品中出现了作为讽刺和批判对象的僧尼形象，这也是对当时社会政治关系的真实写照。

清末民初是佛教文化复兴的开始，这与中国历史上遭受的丧权辱国的外来入侵密切相关。政府意识到了了解西方并重新审视传统文化的必要性，并希望以佛学的振兴来获得救世的力量。以杨仁山、欧阳竟无先生为代表的佛教弘法知识分子从此立志于传承佛法、应化众生，影响了自民国以来一大批国学大师和知识分子，如章太炎、梁启超等。章太炎谈"建立宗教论"，康有为、梁启超、谭嗣同创立的挽救世道人心的言论都是建立在佛教思想基础之上的。佛教文化在清末民初甚至五四之后都被认为是一种可以用来救国图强的文化资源，小说作品中一意真修的僧尼形象也又开始逐渐增多了。直到外来入侵以及政治意识形态上的再度分歧使救亡逐渐压倒启蒙，陈独秀站在佛教"虚妄""凭空构造"的角度谈论"宗教问题"、甚至"再论宗教问题"，并以此来"敬告青年"。尽管陈独秀的言说充满自相矛盾，其越发坚定的态度也无法掩饰他对佛教文化的敬畏，但这毕竟昭示着时代环境和政治诉求在此时已经发生了明显的变化。

当一种政治意识形态被定于一尊，其所依赖的哲学基础也成为了时代的主导性文化时，新的政权需要借助文学来构建它自身的合法性。而佛教思想并非新的意识形态的哲学与理论基础，甚至其很多观念与新的意识形态背道而驰，其对新政权的巩固也并没有多少建设性的意义。因此，佛教文化成为了被政治意识形态所打压的文化形态，从革命文学时期到新中国成立以后的二十七年文学时期，小说作品中的僧尼形象几乎消失殆尽了，残存于文本边缘地带的极少数佛教僧尼也成为小说中一笔带过、无足轻重的负面角色。也正是因为政治意识形态对佛教僧众的打压，在历史上出现了大量被迫还俗的僧尼，他们也随之成为新时期意识形态松动之后文学作品中僧尼形象的一种特殊类型。

在新中国成立后的前三十年，中国文化中几乎没有了佛教，这也导致了八十年代以后人们对佛教认识的变化以及出家僧众之间佛学见地、道德修为的再度分化。而随着九十年代以后经济在社会生活中所占据地位的逐渐提升，商品与市场对社会发展趋势的引领，本来就曾被斩断根基和传承的佛教文化也在市场经济的浪潮中难逃其咎。佛教可以演化为一种赚钱的职业，那出家僧尼的形象也逐渐从一个布道者变成了行业从业人员。这些政治意识形态的变化使中国当代小说中的僧尼形象产生了不同于历史任一时期的新变化与新特征。

二　民间文化对僧尼形象塑造的影响

民间文化中所形成的民间信仰一直与宗教的关系密切，虽然对于"民间信仰"的概念在学界众说纷纭，但是论争的焦点都是围绕其与"宗教"的关系展开的，也即它到底是属于宗教的、准宗教的还是与宗教有着根本不同。在我看来，通过对中国民间信仰的考察，它们显然不具备宗教的制度性，也就是没有一个整一的理论体系、神学系统和基本仪式，但它们又多不可能与宗教脱离干系。民间信仰所信奉的对象具有超自然的性质，而且多从宗教的核心教义中取法并挪用其神明系统。与此同时，民间文化也对这些来自宗教的文化要素进行了融合与改造，使其能够满足普通百姓最迫切的心理需求。由于其生成动因上的功利性和哲学支撑的匮乏，都致使民间信仰不可能像真正的宗教一样具有终极性，而更多地是在为现实人生中利益的实现谋求一种心理上的保障。

但是民间文化辐射的广泛性却使其往往远大于正信宗教理念的影响力，甚至人们渐渐把民间信仰中的宗教因素与正信宗教中的原生教义完全混同在一起，并将民间文化视为了真正的宗教文化。和其他宗教文化相比，本文所论述的"佛教文化"在这方面的表现尤为明显，这主要是由于佛教文化的基本理念与民间的信仰诉求之间存在着很多契合之处。首先佛教的产生本来就是由于诸佛菩萨不忍众生苦而愿度人出离苦海，这正与民间求神拜佛的心理倾向暗合，人们正是以此来祈求风调雨顺、福荫加被，摆脱来自现实人生的一切困厄苦难的。因此佛教传入中国之后，立即与道教原有的神仙体系相融合，在民间形成了可被人们日常礼拜供养的信仰对象。例如在社会动荡与流离失所的历史时期，民间文化中演化出"三阳劫变"说，也即无生老母分别于青阳劫、红阳劫、白阳劫派燃灯佛、释迦佛、弥勒佛三佛出世度化众生。再如由于中国人特有的对现实人生的格外关注，在民间产生了最为广泛流传的观音信仰。在《观世音菩萨普门品》中，佛讲述了观世音菩萨不可思议之神力，并列举了其于婆婆世界中帮助一心称念的无量众生解除诸种灾难与烦恼的事实，这位菩萨可谓是大慈大悲救苦救难者的化身。于是民间依据佛经的记述又敷衍出了各种各样观世音菩萨显灵的故事，渐渐地人们在日常生活中无论是祈求多子多福还是化解艰难困苦都要叩拜供养观世音菩萨。第二，佛教的核心义理被中国民间的传统观念认同并与之融合。无论是来自印度的佛教还是中国儒家、道家以及民间的传统观念，都生发自东方哲学与文化体系之中，因此佛教东传也相对容易被民间文化认同和接纳。另外佛教在中国化的过程中不可避免地被作为中国原生文化的儒家和道家思想改造，同时它也在通过自身的不断变化来适应中国传统观念与民俗。如佛教中的《佛说父母恩重难报经》就是一部为适应中国人伦观念和民间"孝道"文化所出现的伪经,但是经过几千年的唱诵与传承,它已经被认为是佛教文化的一部分了。再如佛教三世因果的观念与中国文化中业已形成的善恶观念相类,佛教文化只是将这种因果循环的范畴扩大到了三世六道。先秦以来的中国传统儒家学说本不对死后的世界做过多探讨,但是自古以来生死问题一直是困扰人类的重要命题,对死亡的焦虑和永生的希冀也存在于中国的民间文化中。而佛教对生死和死后问题做出的解释有效缓解了人们的焦虑并将诸恶莫作、众善奉行的理念植入到了中国民间文化中,从此人们深信生命是有所从来也有所去往的存在形式。

可以说以民间文化为依托的佛教民间信仰是伴随着佛教的传入而逐渐形成的,虽然很难找到它形成的确切时间节点,但的确产生了一条与佛教文化紧密联系又迥异有别的线索。这条线索始终是民间文化的有机组成部分,并以其强大的生命力和传播能力影响着广大普通大众的心理结构与思想意识。而产生于坊间的小说作品更是多从民间文化中取材,佛教的民间信仰就必然会深刻影响着其人物形象的塑造。从中国古代开始,小说作品中的僧尼形象就形态各异,而高僧大德只是其中比重并不算很大的一部分,那些具有强烈世俗感情或者以帮助信众获得现实利益为名而巧取豪夺的僧尼形象多以民间文化中对僧尼的塑造为蓝本。在佛教民间信仰中,他们并不是像正信佛教中的出家僧尼一样是通过修习佛法正念来引导众生的导师形象,而是充当了帮助普通民众通过礼佛敬香来实现求嗣祈福的现实目的的角色。这些僧尼形象并不以弘扬正法为己任,而是根据民间信众的心理需求来为自身或寺庙谋取利益。举例来说,中国民间信仰中一些不同于正信宗教的特征早在古代思想中就已经有所表现,并延续下来影响了最广大群众的思想意识和行为方式。唐君毅先生在阐释中国古代最早的宗教精神时提到其中一个重要特征是"神意与人意之不相违"[①],这正是中国天人合德思想的具体表现。中国人自古愿占卜吉凶,但是这其中的神意与天命都是可以按照人的意志来改变的,因此人需要自求多福。具体到敬神礼佛的行为中,也就变成了一种叩拜文化。这种叩拜文化与佛教中"拜自性"的理念毫不相关,而只是一种单纯地求财得财、求子得子的许愿还愿行为。人敬拜神佛,神佛也就没有不助人之道理,一切都可以按照人

[①] 唐君毅:《中国文化之精神价值》,广西师范大学出版社2005年版,第24页。

的意愿而有所改变。这种只建立在功利获取和人神不相违的基础上的民间信仰使得宗教在普通大众的心里很难具备独立、崇高而超然的文化地位。因此出家人形象也很自然地变成了一种为佛事服务的职业者，而非具有神圣性的修道与度化众生者。到了国家意识形态高度统一化的时代，民间信仰的脉系成为了小说创作唯一可加以利用的资源，这种在社会大众内心深处所形成的根深蒂固的思想观念即便在无神论被至于一尊的历史情境下，也以潜意识的形式延续下来。当正信佛教的历史走向它的断裂时期，佛教的民间信仰具有相对的延续性。当这种正信的信仰体系没有被重拾之前，小说作品中的僧尼形象可以说几乎是按照民间文化的模式来进行塑造的，这也成为一个特殊历史时期人们想像僧尼形象的唯一方式。因此可以说，民间文化不仅大大拓展了小说作品中僧尼形象的类型范畴，也维系着僧尼形象谱系的连续性与完整性。

三 信仰诉求对僧尼形象塑造的影响

这里所说的信仰诉求当与前文所述民间文化中的佛教民间信仰相区别，如果说民间信仰是人们为满足心理上的现实需求而求神拜佛的行为，那么真正意义上的信仰诉求则更多的是一种精神旨归。虽然很难对"信仰"做出一个精准的界定，但是这里所谈论的信仰一定是具有终极性意义的。也就是说当一个信仰主体决定将一种宗教或主义作为自己的信仰时，它就成为了对信仰主体具有高度约束力和指导意义的人生最高标准。真正意义上的信仰主体不是只单纯地依靠其所倚赖的信仰体系作为精神上的慰籍，以此来获得取得成功或谋求现实利益的心理保障，而是以它作为生活的最基本也是最终极的指导原则，从而实现肉体与灵魂的高度和谐与统一。

正信佛教作为一种宗教信仰，也是人类世界信仰体系的一个组成部分。它虽然于两汉时期就已传入中国，同时经历了隋唐时期的高度繁荣，无疑是传入中国最早且影响最深广的一种外来文化，但是若从信仰的层面上去考察佛教文化，虽然它不仅将一种宗教观念带入中国，还植入了僧团这种新的社会组织形式，而对于中国人来说，正信的作为信仰的佛教始终都是僧人的佛教，佛教在民间只是以观念形态融入到了中国原生的民间文化之中，中国人很难把它当作一种真正的宗教信仰予以信受奉行。这与中国文化中信仰意识、宗教观念之淡薄密切相关。

很多人在讨论中国文化的特征时认为中国人始终处于一种信仰缺失的文化体系之中，其实如果从真正的宗教信仰角度来考虑，这种论断不无道理。自中国古代时期，占据中国文化主导的无疑是儒家思想，土生土长的道家文化因缺少经世致用之功能而不可能成为主流，佛教文化传入后面对上层建筑中对其的拒斥倾向也不断调整、融合以适应原生文化环境。儒家文化纵然博大精深，但最大的问题在于它没有为中国文化提供一个形而上的维度。而中国地大物博，环境优渥，务实与理性精神的过早觉醒似乎也使中国人注重现世人生而不愿过多思考前世或来世的幸福与苦难。加之中国人深重的伦理、孝道观念，因此不重个人而更加看中世俗家庭。虽然人们也渴望死后灵魂的不朽，但这种不朽是建立在生前的所作所为之上的，也就是生前的世俗人生越充实，所肩负的道义责任越重大，死后才能越得到尊重，是一种积极入世的思维模式。因此，中国人更多地是在思考现世人生的问题而无暇顾及生死与鬼神，这就使得中国文化中始终没有出现一个像西方基督教一样能够主导社会生活的宗教信仰。

中国古代时期的佛教僧侣一直在以各种形式进行宣教弘法，表现在文学上则是创作了大量佛教文学，很大一部分佛教文学，尤其是叙事文学必然需要以塑造僧尼形象的方式来承载其思想蕴含。虽然出于信仰的诉求，佛教也借助文学塑造了大量高僧大德以及贤明圣僧形象，但是当佛教宣化到民间，仍然被演化为各种形式的教派或民间信仰，甚至要主动去适应和融合民间文化。中国的确存在正信的佛教宗教信仰，但是无疑它们更多存在于僧侣的层面，是所谓僧侣的佛教信仰。而佛教在民间仍然是以一种哲学观念或思想意识而呈现，很难上升为宗教信仰的层面。这是中国传统文化的基本状貌，它维系了几千年无疑有其不可磨灭的价值，但当它于二十世纪初期面对西方文化中的科学民主及自由精神时，自然也显露出了不可忽视的缺陷性，其中信仰缺失和对宗教信仰的重建问题一直是文人知识分子近百年来思考的重心之一。所谓的重建，是相对于中国古代以来融合了哲学智慧、道德实践而近乎超化于无形的那个宗教传统，其实更多的是一种新建。晚清至五四以后的一代知识分子在西方文化的烛照之下开始思考中国文化的走向，他们中的一些人研究佛学甚至走上了出家的道路，也为僧尼形象立传以传播和致敬他们的嘉言懿行，但这时所谓的"佛教征服中国"仍然像许理和提出的"士大夫佛教"一样停留在社会的上层。紧接着这种试图自上而下的对宗教信仰的重建还没有充分展开就被"救亡"

的迫切压倒了，面对国家的生死存亡问题，形而上的思考与建构即刻就被严峻的现实置换了。

　　新中国成立后的几十年，虽然中国几乎完全没有了宗教信仰，但革命以一种类宗教的形态成为了人们精神世界的全部，但是这种完全不包含形而上结构的类信仰体系势必不是一种永恒的、终极性的存在。当这些暂时性地发挥了统领精神世界的作用之后，宗教信仰的重建问题在二十世纪九十年代显得前所未有的迫切。因为在这个时期一切"元话语"都解体了，甚至连曾经主导民间社会的、最重要的家庭伦理关系都变得不堪一击了，呈现在人们面前的是历史变迁与社会转型留给我们的碎片。一方面，人们在物质得到了基本满足之后，心灵的流离失所问题凸显出来。宗教可作为对情感凄苦寂寞的慰籍，并为其寻找一个安放之处；另一方面，人们存在着把握客观而绝对的生命实在的冲动，这也是对科学真理追求的一种表现形态。因此，唐君毅先生早就断言，"吾理想中未来之中国文化，亦复当有一宗教。宗教之创立，亦必俟宗教性之人格，不可由哲学以建立。"[1]基于这样的信仰诉求，文学创作中的僧尼形象也渐渐丰富起来，甚至有些小说作品正是要通过建构一种具有宗教性人格的僧尼形象来达到召唤信仰力量的目的。尤其在当下的社会环境中，可以说信仰诉求在很大程度上影响着小说作品中僧尼形象的塑造。

---

[1]　唐君毅：《中国文化之精神价值》，广西师范大学出版社2005年版，第385页。

第四章

佛教文化与中国当代小说叙事中的时间与空间

康德早就对"时间"与"空间"的概念进行了哲学性的阐释,在他看来,作为一种"先验的感性形式"的时间与空间是相互为基准才能够得以考量的存在方式,"时间"是"内形式",将空间规整过的外物发生顺序进行排列,而"空间"作为"外形式",来规整外物映射到我们心中的形式。从叙事学的角度来看,任何一种语言叙事也都是在时间序列和空间规整的统一之下得以形成文本中的感性认知的,而这种不可分割的时空统一体的出现也与时间化和空间化的思维方式有关。佛教文化对中国小说叙事中时间与空间的影响自古代时期就已显现出来,且小说叙事中的时间与空间会随着社会的变迁而不断嬗变。以二十世纪初期城市化发展对其的影响为例,在那时"文学作品对空间和时间的处理出现了一个重要的转变,城市的地理空间开始碎片化,随着城市生活的节奏加快,时间似乎也在加速,人们感到了 20 世纪的来临。"[①] 同理,同样是在佛教文化的影响下,中国当代小说中的叙事时间和空间也产生了不同于古代时期的变化,源自佛教文化的传统时间观与突破了现世人间的空间结构在此都与现代性联系了起来,在为中国当代小说贡献了新的叙事可能性之外,也成为了社会与历史变迁的时代映像。

第一节 佛教文化与中国当代小说叙事中的时间观

佛教文化对中国当代小说叙事时间观的最大贡献在于它再次为其引入

---

① [英]迈克·克朗:《文化地理学》,杨淑华、宋慧敏译,南京大学出版社 2003 年版,第 70 页。

了轮回的时间结构。佛教中轮回时间观起源于印度古代哲学中对宇宙时间无限性与循环性的认识,佛教作为一种宗教对其体系性的发展使其逐渐呈现为一种此消彼长同时又无始无终的时间观念。在佛教看来,世界正是在成、坏、苦、空这样的往复消长中不断演化的,"在无限的时间里,有无限的世界相继消长。前因后果,因果相续。因前有因,永永不能知其始;果后有果,漫漫不能测其终。"① 在这种轮回的时间体系中,生命也是不断生死轮回的过程,如果不能通过修行打破无明而跳出轮回,生命以及苦难的循环往复也是不会停息的。虽然在佛教的时间观中,也通过谱系和列传认识到了时间的线性发展,但是这种线性发展是处于循环论的大框架之下的。其实这种时间观与中国农耕文明的认知与思维方式存在着某种程度上的契合,因此很容易被中国古代的哲学系统所接纳和吸收。在中国古典小说中,叙事的时间观念基本上是轮回的,《三国演义》中开篇的一首《临江仙》:"滚滚长江东逝水,浪花淘尽英雄。是非成败转头空……古今多少事,都付笑谈中"以及"话说天下大势,分久必合,合久必分"② 几句话就已经道出了整部小说叙事的时间秘密;《水浒传》中"天罡尽已归天界,地煞还应入地中"③,一切最终只不过回到了各自应在的位置而已。在这里历史并没有向前发展,而只是在一段完整长度的时间中完成了它本来的循环。

而这种轮回的时间结构被基于西方传统的线性时间结构所取代是随着现代性在中国的生发而开始的。在中国传统的或者说是东方原发的时间观念中,是没有现代性因素可言的,而以海洋文明为主导的西方世界从文化传统上就奠定了其以线性方式认识时间的基础。他们对时间感受的敏锐度与不可逆性使他们倾向于将时间分为过去、现在、未来这三个纵向且不可退转的维度来予以把握,与此同时,基督教的文化传统认为时间是有始有终的,而上帝对人的拯救也是靠方向明确的单向性时间来赋予意义的。无论是上帝创世还是最终的末日审判,无疑都指向了一个明确的时间节点,这与佛教中无限的时间长度里,无法知其始,无法测其终的观念截然不同,它显然是一种线性发展的时间观。因此,这也在一定程度上解释了为

---

① 方立天:《佛教哲学》,中国人民大学出版社2006年版,第156页。
② (明)罗贯中:《三国演义》,中华书局2018年版,第1页。
③ (明)施耐庵、罗贯中:《水浒传》,上海古籍出版社2015年版,第1482页。

什么之后黑格尔会提出"把历史当作是一种在时间中发展的逻辑过程"①的观念;达尔文会提出"物种进化论";基于二者思想基础之上会产生马克思主义的革命观念。实际上,现代性所持有的正是"不断进步论"的时间观,其本质在于使人类的实践活动能够得到整体向前,持续而广延的发展,而革命就是基于这种时间观念所形成的一种极端形式。

二十世纪初期,当现代性观念与中国的传统观念第一次剧烈碰撞时,在启蒙的推动下,中国古老的循环论轮回时间观被现代性的线性时间观成功置换了。随着救亡压倒启蒙以及之后革命的冲动与必要性都促使中国遵循着这条线性时间线索一直发展下去。时间是向着未来进步的方向开放着的,一个旧的落后时代总会毁灭,而新的先进的世界总会来临,这是中国革命文学,尤其是二十世纪五十到七十年代被意识形态化了的小说,以及八十年代初小说中时间结构的基本逻辑。直到八十年代中后期先锋小说的出现,才突破了统摄中国现当代文学几十年的线性时间结构并去除了西方进化论所带来的深刻影响,小说的时间修辞重新从过去传统的轮回观中汲取了有益成分而回到对时间永恒性的探索中来。从此之后,对传统时间观念的续接与进一步创设,产生了中国当代小说叙事美学的新质。

一 "轮回"时间观对线性时间结构的突破

中国当代小说中"轮回"时间观对线性结构的突破是伴随着先锋小说的兴起而出现的。作为汉人的马原在来到西藏之后虚构出了先锋小说的代表作品《虚构》,在这篇小说中,时间的错乱感和无法计算是一个值得注意的问题。小说一开篇就说"我"这个叫马原的汉人要把脑袋掖在腰里在玛曲村待上七天,以这七天的观察结果来杜撰一个故事。"我"记得自己是五月一日从拉萨出发的,路上走了两天大约是五月三日到达玛曲村的。但是自从我来到玛曲村,失去电子表上日历的可靠凭证之后,我就彻底失去时间感了,因为"时间没法计算,昨天跟今天一个样。今天跟明天一个样。你记不住重复了许多次的早上或晚上。山绿了又黄。"②玛曲这个世界与"我"生活的世界是完全不同的,依赖电子表的现代时间观念在此完全失效,而被日复一日的循环往复所取代。不仅这种被精确计算

---

① [英]柯林伍德:《历史的观念》,张文杰、何兆武译,商务印书馆1997年版,第177页。
② 马原:《虚构》,《马原文集》卷一,作家出版社1997年版,第4页。

的时间刻度呈现出一种轮回的性质,若将玛曲村的有无放在更大的历史时间维度中考察,它也在日复一日的变迁中完成了一次巨大的循环。根据文本的叙述,玛曲村处于泥石流砾石滩的边缘,看起来好像刚刚发生过天翻地覆的变化,但实际上那是千百年以前的事情了。这里首先暗示了无论是发生在千百年前的山川巨变还是新近发生的地理变化,其实并没有太多实质上的区别。在小说的结尾,当"我"离开了玛曲村之后,一场泥石流的铺天盖地使这一个村落伴随着漫天的砾石而彻底灰飞烟灭了。类似千百年前或其实就是类似新近发生的地理变迁使砾石滩又回到了原初的状貌,时间没有必要对此做出精确的处理,因为后续的时间并没有给前设的时间带来任何事物的新质,而不过是在轮回中完成了一次循环的叙事而已。也正因为如此,当"我"在重新回到有电子表精确计时法的世界时,作者刻意将时间混淆了。"我"在玛曲村生活了七天,但回来之后时间却是五月四号。可以说从五月三号到达玛曲,到"我"回来睡醒一觉之后,时间仅仅过去了一天。而"我"在那里的另外五天时间随着玛曲村的灰飞烟灭也一起神秘消失了。这样看来,一方面作者通过摧毁时间和空间的方式强化了小说"虚构"的意味;在另一方面作者也使主导叙事的线性时间彻底沦为一个没有任何意义指涉的空洞符号了,从而彻底取消了它的有效性。马原一反常态的时间叙事打破了主导性的线性时间,这不仅使他的小说产生了强烈的先锋实验性质,也在时间处理上为之后的创作带来了丰富的启示。

和汉地作家思想观念经历了重要的转轨所不同的是,轮回的时间观念在藏族作家扎西达娃那里,由于藏传佛教的传承而表现得更为根深蒂固,这始终是他们认识宇宙和历史最重要的基础。因此对于扎西达娃来说,轮回的时间观念成为了他结构小说的重要方式,而这种结构方式又与线性的纪年方式交织在一起,融入到了古老而神秘的西藏文化与信仰体系之中,共同承载了叙事的复杂性和思想表达的重量。

在讨论扎西达娃最具代表性、将轮回时间结构运用最为纯熟的《西藏,隐秘岁月》《西藏,系在皮绳结上的魂》等作品之前,有必要先简要分析其早期的短篇小说《朝佛》。与扎西达娃在 1985 年之后所写的先锋小说相比,《朝佛》的写实主义风格和被意识形态赋予的观念性都使其与之后的作品产生了较大的差异。但是在我看来,《朝佛》这篇小说的意义在于它是作者在面临轮回时间和线性时间时的取舍之作,它也奠定了其之后作品对这种古老的时间结构与带有现代性色彩的、不断向前发展的时间观以及二者所指涉的文化传统的进一步思考。《朝佛》这篇小说的文本叙事不是发生在一段完整的时间长度之中的,而很明显它采取了深受政治因素影响的典型的断裂式时间修辞。"朝佛"故事发生的时候西藏人已经完成了对菩萨从信仰到不信仰再到信仰这样一个否定之否定的过程,毛主席的去世是叙事的第一个关键性节点,由此发生在两个时间维度中的故事便展开了。毛主席的去世让这些曾经准备依靠互助组而改善生活的人们失去了依靠,于是他们不得不再次回到了本来的信仰体系和思维模式当中去了。当西藏人从不准信菩萨到重新开始转经,小说对藏族姑娘珠玛和以磕长头的老人为代表的众多善男信女的叙事进入了轮回的时间结构中,他们的行动方式、思想观念不过是对几十年前的模仿与循环。正像几十年前珠玛的奶奶在拉萨大昭寺一个长头磕下去就再也没有起身一样,几十年后珠玛在大昭寺遇到的朝佛老人重复了奶奶的行为;当珠玛拾起奶奶的绛红色檀香木佛珠再次来到拉萨大昭寺朝佛时,也不过是一次历史的循环。他们认为生命也是一个不断往复的循环,为了来世的幸福今生可以不辞辛苦,甚至以虔诚之心牺牲掉自己的生命。在这里轮回时间结构不仅是这一条线索中故事的叙事方式,也是支配人物行为的基本观念。而小说的另一条线索则是在线性时间结构中得以展开的,当磕长头的老人倒下时遇到了刚好路过的开着北京牌越野车的西藏姑娘德吉,她不仅救助了倒下的老人还接济了无家可归的珠玛。这个姑娘的祖祖辈辈依靠转经并没有得到幸福,于是抛下了传统的信仰而来到内地读书,从此获得了幸福。她家的每一代人都是不断向前发展的,在这一条线索中,历史总是进步的,德吉告诉珠玛她的家乡也是有希望的。文本中中央领导终于来到西藏是另一个重要的时间节点,由此历史时间是敞向美好的未来的。这是典型的革命线性时间观念支配下的叙事,而它背后的主导因素便是与西藏传统文化相对立的现代性,在此,两种时间观念相遇并产生了一次激烈的碰撞。

  从整篇小说来看,对于朝佛老人生命的终结与幸福的虚妄以及珠玛与家乡人民的穷困潦倒施以拯救的,是开北京牌越野车的西藏姑娘德吉,小说至此也用线性的时间结构取代和置换了轮回的时间结构,这似乎昭示着现代性对传统文化的征服与收编。但是意味深长之处在于扎西达娃仍然为线性时间所昭示的胜利留下了一串象征着传统信仰的佛珠。佛珠在这篇小说中一直贯穿始终,这一串绛红色檀香木佛珠是从珠玛的奶奶那里传承下来的，佛珠在朝拜的过程中沾满了血迹。为感激德吉的救济，珠玛想把自己唯一的佛珠送给德吉，当珠玛在佛珠中看到的只有幻灭与麻木时决定扔掉佛珠，但是正在这时，作为扔掉佛珠的家族后代的德吉却帮珠玛拾起了一个象征着逝去了的时代的佛珠。虽然在小说的结尾，线性时间观最终决定了故事发展的走向和趋势，但扎西达娃仍然不忍割舍掉主宰了西藏上千年的思维方式和世界观，他留下了一串念念相续、往复不断的佛珠来试探深植于这片土地的历史观念的自足性，也为之后思考传统藏传佛教文化之于西藏的意义，以及将一种既是观念、又是叙事方法的时间修辞运用于先锋小说的创作留下了一个重要的切口。

如果说扎西达娃早期的《朝佛》在面对现代时间猛烈的冲击和侵袭时表现出了一种犹疑，但他毕竟还是给西藏这片土地留下了一串象征轮回的佛珠。在之后的《西藏，隐秘岁月》和《西藏，系在皮绳结上的魂》中，他的思考更加深入，表达方式也更为纯熟了。在扎西达娃笔下，精准、线性的现代时间对于看似行将崩溃的古老传统时间结构的入侵与瓦解，终究没有走向真正的胜利。

《西藏，隐秘岁月》的主题内容是岁月，是"容纳着漫长的历史，容纳着千千万万的男人和女人"[①]的岁月河流，而西藏岁月的真正隐秘之处在于源自其藏传佛教文化血脉之中的轮回时间观念。和《朝佛》不同的是，《西藏，隐秘岁月》将这一段岁月放在了一个相对完整的时间长度中去考察，而且采用了编年史的叙事方式。文本叙事被分成三个时间段：1910—1927；1929—1950；1953—1985，这恰恰是二十世纪以来我们叙述历史的线性逻辑和脉络。且不谈闯入西藏的英国军官、美国军用运输机、"进军西藏"的红旗、中国人民解放军、修水库的民工队以及普查高原病的医生等于这一时间段之中进入廓康的新生事物和人群，单单这样一种现代科学线性、精准的纪年方法就已经是对西藏的入侵了。精确数字的逐年推进强行置换了系在皮绳扣上的轮回纪年法，但是这些在西藏文化中充当的仅仅是一个像咒语一样看不懂的符号，就像《朝佛》中的珠玛不明白 1980 和 2000 的涵义一样。对于生活在这里的人们，他们的时间意识仍然是十分模糊和淡薄的：例如"旺美一家在中午太阳往西偏移时离开此地了"[②]；"年

[①] 扎西达娃：《西藏，隐秘岁月》，《扎西达娃小说集》，中华书局 2011 年版，第 398 页。
[②] 同上书，第 368 页。

轻的次仁吉姆姑娘叹口气，转身进屋，她平静地生活在没有时间概念的永恒的孤独中"①。对于线性时间的推进，除却它是外在这个地域但不断入侵的历史事件所遵循的时间轴外，并没有对廓康以及来自廓康的人们的日常生活产生任何作用。这就形成了这篇虚构文本对叙事时间的有趣塑形，如图所示：

```
        第一个次仁吉姆        第二/三个次仁吉姆          第四个次仁吉姆
       ←─────────────────────────────────────────────→
         1910         1927  1929         1950  1953          1985
```

若将一个两端可无限延伸的数轴作为这篇小说叙事的时间坐标，小说叙事起始于1910年，结束于作者创作时的年份1985年，但实际上它也向前追溯了1877年时的故事。而对于廓康的历史来说，纵然现代性如何入侵，在这样一个相对完整的时间长度中，它也只是完成了从第一个次仁吉姆到第四个次仁吉姆的轮回转世。数字纪年法在这个坐标轴上虽然可以向两端延伸，但最终可以找到它的起始点。而对于轮回的时间来讲，向两端的延伸指向了正负无穷，它是一种无始无终的时间观念。就像文本中所说的，第一个次仁吉姆出生以后就显示出了种种不同于凡人的迹象，最后才从天启中得知她原来是瑜伽空行母的化身，由此可见第一个次仁吉姆本身就是由不断转世而来的。而到了第四个次仁吉姆，从天而降的佛珠和老人的幻象说出了世人所不知的真谛，"这上面的每一颗就是一段岁月，每一颗就是次仁吉姆，次仁吉姆就是每一个女人"②。第四个次仁吉姆也并非是历史的完结，她还将一代一代轮回转世下去。四个次仁吉姆生活在不同的世代，有着不同的命运，但她们却都有相同的名字和外表，也注定会来到廓康并和这里发生千丝万缕的联系。这就意味着即使现代性不断入侵，即便第四个次仁吉姆要出国留学，也仍然无法打破这种古老的循环时间逻辑，而且这是从不为人知的隐秘，由此也不难看出扎西达娃对这种轮回的圆形时间结构自足性的认同。正像学者张清华所说的："在《西藏，隐秘岁月》中，他使用了一种与'现代文明'的主流历史叙述完全不同的叙述方式——他的历史叙述中的'时间概念'，完全是来自藏族自己古老的文化传统，是一个'圆'，而不是像'现代史'那种'线性'的时间观，

---

① 扎西达娃：《西藏，隐秘岁月》，《扎西达娃小说集》，中华书局2011年版，第377页。
② 扎西达娃：《扎西达娃小说集》，中华书局2011年版，第398页。

虽然他表面上使用了三个'公元纪年'的时间，但这只是标出历史的一个外部参照尺度，而非小说要真正表达的目的。他所要真正认同的，是藏族人自己的历史和时间，那就是在变动中的'永恒轮回'的本质——每一个女人都是次仁吉姆，次仁吉姆是每一个女人"①。

扎西达娃的另一篇小说《西藏，系在皮绳结上的魂》直接在叙事中突出了时间感。对于帕布乃冈的人们来说，纵然现代物质文明怎样冲撞其古老的传统意识，那些早已深入骨血的古老表达方式仍然主导着他们的生活和命运。在这篇小说中，作者有意混淆了桑杰达普活佛临终的遗言和"我"虚构的一篇小说，讲到塔贝和婼一路寻找"人间净土"的同时也在不断遭遇着现代科技和观念冲击的故事，他们最终的归路被指向喀隆雪山莲花生大师的掌纹地带，但是塔贝却由于中途对现代机器的好奇而导致受伤丧命。"我"此时闯入文本的虚构世界来寻找小说中的两位主人公并与他们不期而遇，在见证了塔贝的死亡之后"我"取代了他的位置，带着婼开始一路往回走。

时间感一直是这篇小说所突出强调的主题。皮绳结本来就是西藏传统文化中计量时间的方式，每过一天在腰间的皮绳上打一个结，有多少个结就表示过去了几天。每一个皮绳结不过是对上一个的重复，而并不存在现代科学计数法的推进感与进步性，但这种不断循环的时间观念恰恰是西藏文明的魂之所系。就像文本中所说的"全世界最深奥和玄妙之一的西藏喇嘛教（包括各种教派）在没有了转世继位制度从而不再有大大小小的宗教领袖之后，也许便走向了它的末日。"② 轮回的时间观念是西藏文化存续的根基所在，当现代文明的线性时间概念侵袭并破坏掉这种转世与循环时，或许也意味着一种以藏传佛教文化为主导的文明的衰落。但是正像扎西达娃从来没有让线性时间观取得最终的胜利一样，在这篇小说中，活佛桑杰达普并不认同"我"对文明衰落的判断，这也才有了他临终之前讲述的一男一女来到帕布乃冈山区的故事，虽然看似他在一字不落地背诵"我"写的小说，但二者最大的区别在于活佛指出了莲花生的掌纹之地正是他们所要抵达的地方。在这里，两种时间观念又展开了它们相互的龃龉。对于出走而去寻找净土的塔贝和婼来说，他们存在的世界是没有任何

---

① 张清华：《从这个人开始——追论1985年的扎西达娃》，《南方文坛》2004年第2期。
② 扎西达娃：《扎西达娃小说集》，中华书局2011年版，第4页。

时间感可言的。时间对于他们来说不过是一个个往复循环的皮绳扣,"走了九十二天还是八十五天","是不是今年已经十九岁"在这个时间结构中都不存在任何意义。因此对于塔贝与婼行走的这一段叙事,时间是被不断有意混淆或者本身就是暧昧不明的。而对于他们一路所遭遇的现代性科技来讲,生活在这个现代世界中的人们不断需要获得一种时间感,他们以精确的数字年份为界标纪年;用计算器测算天数和路程……因此这一部分的叙事几乎是遵循着时间线性流动的方式的。二者之间的摩擦是随着塔贝、婼闯入到这个线性时间结构当中,或者说是线性时间结构入侵到古老的时间概念之中而发生的。两种时间观念不断碰撞、对话也不断龃龉,一直坚定行走去寻找净土的塔贝最终没有抵抗住现代工具拖拉机的诱惑,不仅由于好奇而将婼留给了酒店喝酒的老头做儿媳妇,摆弄机器甚至直接就让他丧了命。"我"以寻找小说主人公为由来到了塔贝们的世界,但是"我"是以一个手带精工牌全自动太阳能电子表的现代人身份而进入喀隆雪山的,因此一进入这个地带,"我"的时间就错乱了,精准的时针刻度在此完全失效,"我"通过估计和计算得出了如下结论:"翻过喀隆雪山以后,时间开始出现倒流现象,右手腕上这块精工牌全自动太阳能电子表从月份数字到星期日历全向后翻,指针向逆方向运转,速度快于平时的五倍。"[①] 随着时间感的消失自然景象也产生了异变,直到"我"听到空中传来被塔贝认为的"神的声音"的美国洛杉矶第二十三届奥运会开幕式的广播,才终于又获得了时间感。但是我这个现代人却代替了塔贝,带着婼往回走,而时间又从头重新算起了。最终时间仍然是完成了一次最古老的循环,而"我"的身份也相应变得暧昧起来。"我"一开始就和活佛桑杰达普讲述了同一个故事,而桑杰达普明确不同意"我"所提出的以藏传佛教为核心的文化走向没落的观点,"我"这个现代人在迷失时间之后竟然充当起了塔贝的角色。在这里,活佛桑杰达普、"我"和塔贝三者身份之间的边界变得越来越模糊了,是不是桑杰达普和塔贝就是"我","我"就是桑杰达普和塔贝?或者是否可以把"我"看作是桑杰达普与塔贝生命的轮回?这些都不可能在文本中找到明确的答案,但是确凿无疑的是"我"与桑杰达普和塔贝之间存在着内在的共通性,而故事发展的走向与时间结构最终都回到了原初的循环。在这篇小说中无独有偶的是,结

[①] 扎西达娃:《扎西达娃小说集》,中华书局 2011 年版,第 17 页。

尾处又出现了一串象征循环的佛珠，嫁腰间皮绳的扣结刚好达到了一百零八个，与塔贝手腕上佛珠的颗数刚好吻合。佛珠的循环往复和皮绳上的时间观念相一致，它们就是西藏传统藏传佛教文化的灵魂。

从扎西达娃小说中两条交缠不清的时间线索来看，其实它们隐含的是作为世俗时间一部分的历史时间与以宗教为基础的神圣时间之间的较量。在八十年代初的小说中，线性历史时间是文学叙事主要的时间线索，而原始的轮回时间几乎只靠藏传佛教区这样对宗教几乎完整保留的边地叙事来承载，但无疑这种时间结构也遭到了线性时间的冲击。对于宗教徒来说，他们看待时间不同于非宗教徒，他们既有普通持续的线性时间，也有基于信仰的神圣时间，显而易见的是，神圣时间对他们的生活来说更加重要，因此神圣时间也渐渐变成了他们看待生命与存在的重要参照。按照宗教学家伊利亚德的观念，"神圣的时间是可逆的。确切地说它是一种被显现出的原初神话时间……因此神圣时间可以无限制地重新获得，也可以对它无限制地重复。[1]"

这是小说中轮回转世的时间结构产生的宗教学基础。而对于现代的、完全去圣化时代的人们来说，他们只生活在世俗时间中，现代性只存在于世俗时间的历史时间中。但是"宗教徒拒绝孤立地生活在一个叫做历史的存在中，他尽力重新获得一种神圣的时间。从某种意义上而言，这种神圣的时间即是一种永恒。[2]"而现代时间是一种转瞬即逝的延续性，它不可能从时间序列中逆出或无限制地重新获得，因此而不具有永恒性。二者之间的矛盾是造成宗教徒世界与非宗教徒世界所认同的两种时间观在小说中形成张力结构的原因。在这里，时间已经不仅仅是时间，而是成为了一个人类学命题，即当生命在一种线性时间的框架下向前发展时是否还需要一种永恒性。从人类的起源来看，其实万事万物的生发——劳动、居住、节日、性交、生育都是处于原始的、神话的神圣结构之中，包括随着历史发展而出现的现代性、被认为是进步的、比轮回时间更加高明的历史时间也是由神圣时间创造并支持的，神圣时间正是现代历史时间产生的根源和前提条件。

---

[1] ［罗马尼亚］米尔恰·伊利亚德：《神圣与世俗》，王建光译，华夏出版社2002年版，第32—33页。

[2] 同上书，第33页。

二 "轮回"时间观对小说叙事结构的启示：以莫言《生死疲劳》为例

莫言的长篇小说《生死疲劳》直接以源自《佛说八大人觉经》中第二觉悟的"觉知多欲为苦，生死疲劳，从贪欲起；少欲无为，身心自在"[①]中的经文作为题目，甚至这句话作为题记出现在了小说的开端，似乎在有意昭示着这部小说和佛教文化之间的关系。但是读罢全文，却很难看到文本本身与佛教意义上"生死疲劳"之间的联系，作为题记而出现的佛教经文在这里也似乎显得煞有介事了。而这部小说的创作也的确与佛教文化不无关系，作家莫言也曾提到"西门闹转世灵感来自佛教的轮回概念"[②]，其创作灵感的源泉正来自庙宇里关于六道轮回的壁画。而与其说佛教文化中的"六道轮回"是以一种像作者有意昭示的观念形态来影响其小说创作的，不如说更重要的是它为新世纪以来的长篇小说找到了一种独创性的叙事结构和对历史的隐喻方式。

从叙事的技术层面上来看，佛教中的"六道轮回"无疑是这部小说叙事结构的核心，是讲述新中国五十年来历史的基本框架。作家莫言坦言："西门闹的故事在我的头脑里酝酿了很长时间，没有动笔是因为没有想好结构。看到六道轮回我一下想到了小说的结构。通过动物的眼睛来看人类社会，一定是个非常新鲜的视点。"[③]《生死疲劳》正是把佛教中的"六道轮回"变成了一部长篇小说的结构方式，通过西门闹的六次转世勾连起了长达半个世纪的历史。所谓"六道轮回"是佛教重要的世界观，它认为一切众生因因缘业力的不同，将生死流转于天、人、阿修罗、畜生、饿鬼、地狱六道中，而佛教修行的目的是要消灭业障而摆脱轮回、出离生死。实际上，莫言在这部小说中所写的六次轮回并非流转于六道，而只是轮回在人与畜生二道。西门闹经历了五十年的"生死疲劳"，在五次转世畜生之后终于得以重新做人，而在他转世为驴、牛、猪、狗和猴的过程中，他以动物的视角观察着和其前世西门闹的人生有

[①] 中华大藏经编辑局：《佛说八大人觉经》，《中华大藏经》第 24 册，中华书局 2004 年版，第 362 页。

[②] 莫言：2012 年 12 月 9 日与瑞典斯得哥尔摩大学学生的交流。

[③] 同上。

着千丝万缕联系的众生世界，同时他对前世记忆中的烦恼和仇恨也渐渐淡化和消弭了。

其实这种以佛教"六道轮回"来结构小说篇章的方式在中国古代文学中早已出现，如"三言"、"二拍"中的《月明和尚度柳翠》《闲云庵阮三偿冤债》《梁武帝归极乐》《金光洞主谈旧变玉虚尊者悟前身》等；《聊斋志异》中人与花妖鬼狐之间可以相互幻化并平等相处；《红楼梦》中贾宝玉和林黛玉也可看作是"绛珠仙人"和"神瑛侍者"在现世的轮回。中国传统的六道轮回故事基本上是在佛教理念的主导下完成叙事的，因此它们大致可分为两种类型：一种是"两世报怨（德）型"，一种是"累世上升型"。中国古代的大多数轮回故事为"两世报怨（德）型"，即人或其他众生由于前一世的恩怨或情缘，于下一世再次相遇并发生联系，报德抱怨或再续前缘而了结上一世的业障。但实际上依照佛教的观念，三世因果与六道轮回是一组循环往复的概念，这一世所发生的任何起心动念仍然会影响到下一世，这样就会导致故事无法结尾的问题。而古典小说中大多只写两世，最后以作者的唏嘘感慨或在"善有善报，恶有恶报"观念的表达与彰显中结束小说的写作。如若追求故事的完整性，尤其在长篇小说中建构一种叙事整体性，往往会采用"累世上升型"的叙事而给予其一个终极性的结构。《梁武帝归极乐》是"累世上升型"的典型代表，梁武帝通过佛教的修行经历了从畜生道到人道的转世，最终突破轮回而悟道成佛。当他进入佛道后就摆脱了这种循环，而小说的叙事也就至此完成了，但这一篇小说仍然是观念性较强的作品。在长篇小说《红楼梦》中，曹雪芹通过在文本主体家族叙事之外设置一个终极性叙事的方式，把这种"逐世上升型"叙事发展到了极致。贾宝玉的遁入空门，实际上预示着经历了从天道到人道的轮回之后而进入了上升性的佛道。故事情节由此获得了完整的结局，中国传统叙事的整体性也被建构出来了。

而莫言所处的时代，中国传统叙事在先锋文学退潮的过程中又渐渐显露了头脚，虽然无论是作为其根基的传统文化的信仰体系还是革命传统的意识形态体系此时都坍塌了，但它们毕竟都已经成为了民间思维方式的一部分。当作家面临着时代空场中这些无法安放的历史碎片时，或许他感到的正是一种非常疲劳的状态。所以当他看到六道轮回的壁画和《佛说八大人觉经》时，"恰好心里碰撞了火花，好象突然心里面开了一扇窗户一样，感觉到六道轮回完全可以变成一种小说结构的方法，应该通过六道轮回这种结构的方式表现出来"①。同样是从"六道轮回"取法，这个佛教概念所表达的思想内涵已经越来越弱化了，可以说和中国古代的文人相比，莫言把"六道轮回"变成了更为彻底的方法论了，就像他自己所说的其实对佛教并没有什么深入的研究，而只是望文生义罢了。因此对于莫言这部小说来说，它不可能采用传统的"两世报怨（德）型"，或"累世上升型"，而是在其基础上进行了自己独创性的改造。首先《生死疲劳》中西门闹的转世并没有停留在两世，从地主乡绅西门闹被枪毙转世为畜生到大头儿蓝千岁的诞生，他一共经历了六次转世，历时整整五十年。其实这个时间跨度并不算长，但西门闹（或者说那个名为西门闹的灵魂）却经历了六次生与死，同时也目睹了其他人的生与死。他把中国古典叙事中没写完的故事继续讲下去了，但是经过了两世的报怨之后怎么办？无疑如果对前世的仇恨与痛苦念念不忘，他只能在六道轮回中继续循环下去。莫言要处理的是庞然而复杂的历史，因此他不可能停留在道德评判的层面上来结束故事。第二，西门闹的转世也并没有经历一个"上升"的过程，西门闹从人到驴其实是一次下降的轮回，之后变成牛、猪、狗、猴，一直徘徊于畜生道中进行平行的轮回。最后由猴转世为人，从表面上看是一次上升，但是如果把六世结合在一起来考察的话，实质上转世为人只不过是又回到了轮回最初的原点。《生死疲劳》的故事并不像中国古典叙事中的"累世上升型"那样实践逐渐上升的转世，最终通过出离六道轮回而抵达更高的境界来为故事的发展寻找到一个可靠的走向，这也就意味着它不可能借助终极性的结构来使叙事实现一种完整性。而似乎面对这样一个残破却又无法绕过的历史情境，莫言也没有想从形而上的角度为故事和人物找到终极的归宿，他首先要处理的是世间、是民间、是大地和大地上的一切生命，正像伍尔夫所说的，"小说家与小说家的不同，在于面对世界时他们所使用的透视法。"② 在我看来，佛教文化中存在着两种时间观，一种是圆形的，也即是前文所讨论的轮回与循环的时间；而另一种是直线的，也即超越轮回之后永不退转的时间，《菩萨璎珞本业经》中说："若一劫

---

① 莫言：《莫言谈〈生死疲劳〉》，http://book.ifeng.com/yeneizixun/detail_2012_11/07/18924267_7.shtml。

② 转引自张莉《重读〈生死疲劳〉："发生过的事情都是历史"》，《小说评论》2015年第1期。

二劫乃至十劫修行十信得入十住,是人尔时从初一住至第六住中,若修第六般若波罗蜜正观现在前,复值诸佛菩萨知识所护故,出到第七住常住不退。"① 可见其所追求的是一种直线上升,修行是要用这种直线的时间打败圆形的时间。而莫言的叙事并不关注这种直线的时间,他只想试探在那个圆形时间秩序中的众生抵达了怎样一种"疲劳"的状态。因此六道轮回就是时间,在这个时间的长河里,他让西门闹一次又一次地面对生死,也一次又一次改变对人生和社会的看法。所以《生死疲劳》这部小说在对传统的六道轮回叙事借鉴和致敬的同时,开创了新世纪文学中一种新型的六道轮回结构,他摒弃掉了传统轮回结构中的神圣时间,却把世俗时间的容量大大扩充了,使叙事在有限的物理时间中变得饱胀和丰富起来。

为便于进一步分析莫言《生死疲劳》中轮回结构,以发现其在小说中承担的叙事功能和其所承载的文化意涵,在此先依据文本对其轮回的线索加以梳理:

《生死疲劳》中轮回叙事的基本框架

轮回主体	历史时期	人与土地的关系	死亡方式	仇恨记忆
西门闹	乡绅时代	地主单干	枪毙	牢记
西门驴	土地改革、人民公社早期	集体化倾向	饥民残杀	萦绕
西门牛	人民公社时期	高度集体化	杀身成仁	难忘
西门猪	"文革"、为革命"大养其猪"、改革前期	集体制的分化与动摇	救儿童时溺水身亡	犹念
西门狗	改革开放时期	个人承包开发利用	自沉墓圹	
西门猴	新世纪前后		击毙	
大头儿蓝千岁	新千年以后			

从上表中可以看出,从二十世纪初的乡绅时代到新千年伊始,在轮回主体西门闹所经历的从人—畜—人的六次轮回的大框架中,实际上还隐含着人和土地关系、主体死亡方式和前世仇恨记忆的轮回。这三者其实构成了对历史的描述方式,因此可以说在大的生命轮回结构之中,还镶嵌着一

---

① 中华大藏经编辑局:《菩萨璎珞本业经》,《中华大藏经》第 24 册,中华书局 2004 年版,第 853 页。

重历史的轮回结构。

　　首先西门闹生命的六次轮回无疑是《生死疲劳》中最显豁的叙事结构，西门闹、驴、牛、猪、狗、猴和大头儿蓝千岁分别对应不同的历史时期而依此出现，参与并见证了西门闹死后这个家族在之后五十年内的变化与遭遇。五十年内西门闹的亲人以及一切和他相关的人所经验的是所有人在今生有且只有的一次性的生命，而西门闹所经验的是纵贯六世的一段生命流，实际上这是对一次性生命的纵向拉伸，有限的生命时间和无限的生命时间在此展开了对话。蓝解放和大头儿蓝千岁分别是两个时间维度里经历了五十年历史变迁的角色，因此它们也就自然成为了讲故事的人。曾经五世都在畜生道里流转的大头儿蓝千岁在具备人的叙事声音的同时，他还分别以驴、牛、猪、狗、猴的身份作为叙事主体而出现，这就通过一个轮回的结构召唤出了动物叙事的视角。而这里与中国传统叙事《聊斋志异》和西方叙事《动物庄园》中的动物视角有相似之处又不尽相同，东西方的动物叙事都以人性（神异）写动物性，《聊斋志异》中的动物是作为一种幻化的寄托来缓解作者无法在现实中找到一个确凿的情感载体的苦闷，《动物庄园》实则借动物世界写人类世界，具有强烈的现实政治指向性，因此二者都存在着人性绝对性地压倒动物性的倾向。而在莫言的《生死疲劳》中，作为叙事主体的动物最大程度地保留了它们的动物性，如驴的野性与活泼、牛的勤恳与倔强、猪的聪慧与贪婪、狗的忠诚与敏锐、猴的机敏与滑稽等。另一方面，因为这种动物视角是六道轮回的结构赋予的，没有在畜生道的轮回，也不可能出现这里的动物叙事视角，因此一种类似佛教"阿赖耶识"的元素在轮回转世中扮演着关键的角色，这时西门闹的情识、记忆都已深深植入了动物角色的血脉中。经过西门闹轮回转世的动物可以自由穿梭在人的世界和动物的世界，形成不同的观看姿态而进入到更多的维度。动物参与了人类历史的叙事，也作为一个"他者"观看着人类的世界。如在饥荒时代，农民抢劫分食单干户蓝脸的粮食和牲畜；猪的命运与人类社会的政治风向紧密相连；狗小四以敏锐的嗅觉发现了蓝解放的婚外情等，牲畜的历史也是革命史和文明史的一部分，莫言第一次用动物这样一个独特的视角去反观存在的合理性与荒谬。在第二十三章"猪十六思旧探故里"中，猪十六在"文革"末期逃离猪场四年之后因思念故里而回到西门屯，小说以猪的视角用散点透视的方法描摹了毛泽东时代之后农村所发生的变化。这里猪十六与西门屯的日常生活隔离开来了，它以一个相对客观的他者视角对历史的变迁给予了多维度的呈现。除却形成多种观看的姿态之外，《生死疲劳》中牲畜的动物性所形成的"狂欢"与沉重的历史构成一种张力，以戏谑、幽默的方式消解着历史的沉重性。小说经常将富有张力结构的内容放置在同一个章节中，用"重"与"轻"两种方式讲述发生在同一时间范畴内的故事，如第三章"洪泰岳动怒斥倔户，西门驴闯祸啃树皮"；第十四章"西门牛怒顶吴秋香，洪泰岳喜夸蓝金龙"；第二十五章"现场会高官发宏论，杏树梢奇猪炫异能"；"黄合作烙饼泄愤怒，狗小四饮酒抒惆怅"等。牲畜的世界也在用戏谑的方式不断指涉和隐喻着人类的世界，和人类的历史互为补充。就像学者陈晓明所说的："莫言通过动物变形记的戏谑来打破历史的线性固定和压制。这些动物走过历史，它们的足迹踏乱了历史的边界和神圣性，留下的是荒诞的历史转折和过程"[1]。

在这个生命轮回的叙事框架之下，隐藏的是历史的轮回。可以说莫言《生死疲劳》中的历史是人与土地关系的历史，而这段人与土地的关系也同轮回主体西门闹的命运一样，经历了从单干—集体化—单干的轮回。如果说中国传统的家族叙事是民间历史的重要组成部分，随着革命使家族分崩离析，尤其是进入中国当代以来，民间的历史变成了人和土地关系的历史。西门闹在地主乡绅的革命中被枪毙，随着妻子迎春和秋香的改嫁，传统家族的基本伦理已经被彻底瓦解了，这就预示着《生死疲劳》中的历史叙事不可能延续家族叙事的模式展开。中国的土地革命要求农民放弃血缘的家族而加入人民公社，建立一种以革命利益为导向的"类家族关系"，但是随着改革开放以后，土地政策的变革使得私人承包开发利用成为可能以谋取最高的经济价值，从而这种以土地为核心纽带的"类家族关系"再一次分崩离析了。作为中国当代民间历史一部分的人和土地的关系在经历了从单干走向集体化，然后再回到单干的状态，虽然其内涵发生了变化，但是在表现形态上无疑又回到了原点。

西门闹在畜生道轮转时每一世的死亡方式也和历史与时代息息相关，西门闹被枪毙的死亡方式和消灭地主走向集体化有关；西门驴在饥荒时代由于是单干户家的生产资料而遭到抢夺，然后被杀分食；西门牛因为忠于主人，也是唯一的单干户——蓝脸，在西门金龙残酷的对待下依然依靠意

---

[1] 陈晓明：《莫言研究》，华夏出版社2013年版，"序言"第4页。

念而行走到蓝脸的土地上死去；西门猪为挽救西门家的后代而溺水身亡，昭示着一个旧时代的结束和新时代的开启；面临着西门家族的再一次分崩离析，西门狗与蓝脸一同自沉墓圹；西门猴在蓝开放得知他与庞凤凰的亲缘关系之后于绝望之中被一枪击毙。由此可见，西门猴被击毙的事实又回到了西门闹当时的死亡方式，历史经历了无数个轮回，但在死亡方式上并没有比几十年前更有尊严。如果说为人充饥、杀身成仁、见义勇为和自沉而亡使得死亡还具有或具体或抽象的意义的话，西门猴与历史上西门闹惊人相似的死亡方式已经完全沦为了一种在个人私欲指使下毫无意义的牺牲。

  西门闹对仇恨的记忆不如说也是对历史的记忆，西门闹始终在与自身对历史的记忆对抗，从第一次轮回转世开始，面对幽冥世界可以将痛苦烦恼和仇恨忘记的孟婆汤，"我挥手打翻了碗，对鬼卒说：'不，我要把一切痛苦和仇恨牢记在心，否则我重返人间就失去了任何意义。'"[①] 经过了几世的轮回，西门闹仍然无法忘记仇恨"殿下，我也想忘记过去，但我忘不了。那些沉痛的记忆像附骨之疽，如顽固病毒，死死地缠绕着我，使我当了驴，犹念西门闹之愁；做了牛，难忘西门闹之冤。"[②] 直到西门狗死亡后，它认为自己已经恩仇并泯，阎王不愿意让太多怀有仇恨的灵魂转世为人，他之所以让西门闹转世为猴是因为从他的眼睛里仍"看得出还有一些仇恨的残渣在闪烁……"[③]。可见，西门闹在五次转世轮回中，对前世的仇恨记忆是从牢记到无法忘怀、再到逐渐泯灭的过程，当他把这些仇恨真正发泄殆尽之后，他终于转世为大头儿蓝千岁得以再度做人。但是当他再度转世做人时，蓝千岁成为了整个故事的讲述者之一，他具有超强的记忆力，开始从 1950 年的故事讲起。这就使对历史的记忆（包括前世的仇恨）也完成了一次轮回，回归到了西门闹最初牢记历史的基本状态。这就预示着对历史的讲述将永远不会完结，历史就是这样一个自足的循环与重复。

  对于莫言来说，这样一种"六道轮回"的叙事也和古典小说家所面临的状况一样，也就是故事如何结尾的问题。《生死疲劳》并不旨在阐释

---

① 莫言：《生死疲劳》，作家出版社 2012 年版，第 6 页。
② 同上书，第 203 页。
③ 同上书，第 543 页。

轮回之中的因果道理和对形而上的追求，他就让叙事耽搁在往复流转的轮回之中。自始至终，无论是轮回主体的形态还是历史的发展趋势都回到了故事的起点，并且准备好了下一次的轮回。"六道轮回"不仅为小说叙事提供了一个不同的观看视角，同时形成了一种对历史的隐喻方式，暗示了五十年来中国民间大地上一切生命发展的历程和历史的荒谬性。可以说"六道轮回"在此褪去了它的道德说教性和宗教神圣感，更为纯粹地变成了一种可为中国当代叙事所摄取的技术与观念资源，在成功结构了一部长篇小说之外，也成为了作家处理历史的一种方式。

三 "轮回"时间观对小说叙事整体性的建构：以格非"江南三部曲"为例

前文已论述过建构中国当代长篇小说"整体性"问题是当下文学写作的困境之一，而只有当这种对世界认识的整体性思维建构起来，才能使中国当代的长篇小说叙事呈现出一种整体性。格非曾说："我认为，中国文化对于时间有限性的思考和处理方式，启发了一种整体性的生命哲学：既有对现实时间的享受，亦有对超时间的豁达和自在；既重视现实利益，也重视生命的圆满（而非权宜）；既有建立功业的愿望，也有立德和立言这样的超越意识；既有匡生救世的现实使命，也有'不为无益之事，何以遣有涯之生'的趣味。而具体的文学写作，叙事的思维也是整体性的。"[①]

胡河清在他的以《易经》文化为基础研究先锋文学的论文《论格非、苏童、余华与术数文化》中就已从先锋作家身上窥见到了来自古老的中国文化深处的气息。他把这种带有中国特有的整体性思维的现实主义称作"全息现实主义"，并且预言："这个流派将具有雄浑深厚的中国文化底气"，使"雅文化和俗文化水乳交融、息息相关"[②]。可以说到了二十一世纪的今天，不能说所有的文学都趋向于这种"全息现实主义"，但格非的小说相较于其早期实验性较强的作品，其近年来的长篇小说无疑是越来越接近于这种"全息现实主义"了。在二十世纪八十年代叙事的总体性，

[①] 格非：《麦秀黍离》，选自《文学的邀约》，清华大学出版社2010年版，第151页。
[②] 胡河清：《贾平凹、李锐、刘恒：土包子旋风》，选自《灵地的缅想》，学林出版社1994年版，第196页。

也即一种共同的革命乌托邦叙事彻底崩溃之后，中国当代长篇小说的整体性丧失了，对世界的认识成为了一种破碎的、虚无的、无所皈依的状态。我们一直都在试图重建这种整体性，以求找到一种连续的可被理解的对世界的认识。中国长篇小说也在试图建构这种整体性，不仅从结构布局上，也从作为叙事动力的内在意义上。在我看来，格非长篇小说对整体性的建构是靠从中国古典思维中找回一种类终极性的结构，以此来支撑起历史意义。但是，虽然这种整体性的哲学基础是中国的，又能明显看到西方文化的影响。由此看来，胡河清早年的预言可以说在格非二十一世纪以后的小说创作上得到了全面应验。如果说格非在八十年代先锋文学时期的创作是对西方文化及文学影响的第一度响应，到了二十一世纪以后的"江南三部曲"，可以说他已经走上了"弘通西方文化的精要的基础上复归本宗"[①]的全息现实主义道路。胡河清认为，在中国传统文化中，神秘主义与理性主义这两种对世界图景的感知方式是以全息主义的形态呈现的。以此作为文化传统的后援，在此基础之上注入西方文化，二十一世纪的中国文学将开启一个崭新的美学建构。

相比于莫言将"轮回"时间结构变成了小说的叙事方法和对历史的隐喻方式来说，格非更多的是从哲学、审美和形而上的层面上来处理具有着东方古典情调和气韵的"轮回"时间观的。

若对"江南三部曲"的文本进行具体分析，首先可见格非对时间有着一种特殊的感受和自己独到的美学观念，用他小说文本中经常出现的一个词语"麦秀黍离"来表达似乎显得更为恰当。在格非的文学理论著作《文学的邀约》中，他曾专门以"麦秀黍离"为题探讨了文学中的时间与空间问题，这种麦秀黍离之感正是格非小说中弥漫着的一种情绪，他的小说文本也正是对这种审美观念的真正践行。"麦秀黍离"一词出现在《人面桃花》第三章的结尾处对三十二年后的故事的叙事中：

> 三十二年后，也就是1943年夏末，老虎作为新四军挺进中队的支队长，率部队进驻普济的时候，喜鹊已经是年过六旬的老人了，她一生未嫁，记性亦大不如从前，与她说起以前的事，她只是微微摇头

[①] 胡河清：《中国全息现实主义的诞生》，选自《灵地的缅想》，学林出版社1994年版，第201—202页。

或颔首微笑而已，大有麦秀黍离之感。①

在《山河入梦》中，谭功达在听到普济卖艺瞎子吟唱的关于母亲陆秀米的故事时，又产生了这样的感觉：

可这些事迹到了卖艺的瞎子口中，不知不觉就变了味，令人有麦秀黍离之感。②

谭功达被免职后被迫搬家，发现一封姚佩佩写于一个月前的信，这时他已与张金芳结婚，

谭功达痴痴地望着窗外幽幽的蓝天，心中大有麦秀黍离之感。③

"麦秀黍离"一词，在现代成语词典中多被解释为"哀伤亡国之辞"，格非在《麦秀黍离》一文中对这个成语的两个出处《史记·宋微子世家》和《诗经·王风》中的典故进行了考察，他得出的结论是从出典来看，虽有一定的亡国之痛，但更多的是将"麦秀"和"黍离"这两种物象作为一种时间的寄托之物，其最为动人心魄处在于借物象让逝去的时光再现，表达着人类对时间流变、沧海桑田的绮思。《人面桃花》与《山河入梦》中用到"麦秀黍离"一词，恰恰是在老虎谈及往事、瞎子吟唱往事时，这造成了一种强迫回忆的效果，仿佛让时间倒转，几十年前的故事重现，对于一切颓败与无常，让人大有麦秀黍离之感。由此看来，格非理解的"麦秀黍离"一词以及他用来书写这种情感的文本，都不是用来表达亡国之痛，而是源于一种对于时间的敏感。同时，他在思考和处理这一问题时，也正是遵循着中国文化的逻辑和生存哲学。"对中国人的生存而言，时间确实具有某种终极裁判的意味，也仿佛带有某种宗教性的功能：正因为时光和命运之流转，未来不至于彻底

---

① 格非：《人面桃花》，上海文艺出版社2012年版，第266页。
② 同上书，第10页。
③ 同上书，第243页。

绝望；正因为现实时间有一个终点，所有的悲剧的皱褶终将被烫平。"①正是因为时间的有限性，人类都在寻找时间被穿越和永恒化的途径，中国人没有天堂，他们只能在现实时间之中寻找另外一重结构，把这种对时间的忧伤升华为一种审美的对象，这或许也正是中国文学中多麦秀黍离之感的原因之一。

格非的"江南三部曲"不仅是对一段具有历史长度的时间进行的完整叙事，它象征了百年来知识分子的精神谱系，同时作家也一直试图在故事结构的整一性之外构建一种超越性的结构，以此修复和回应了曾被打碎与破坏的传统，也是对传统的一种延伸。在我看来，在格非的小说中，这种现实时间之内的可被穿透的第二重结构是借助梦幻完成的。最明显地表现在"江南三部曲"中，分开来看每一部都有着其自身梦幻的性质，合并起来，三部小说更是一个万里长梦，也是一场春秋大梦。从小说的整体结构来看，"江南三部曲""复活了中国传统'循环论'的时间美学模式，无论是从历史命题还是从整体结构修辞上都散发出一种传统美学意义上的悲剧意蕴，它的整体逻辑是有如《红楼梦》一样的从盛到衰、从生到死的经验轨迹。"② 在《人面桃花》中，王观澄曾说：

> 花家舍迟早要变成一片废墟瓦砾，不过还会有人重建花家舍，履我覆辙，六十年后将再现当年光景。光阴流转，幻影再生。一波未平，一波又起。可怜可叹，奈何，奈何。③

后来陆秀米的革命与谭功达的改革也不过是要在重建另一个"花家舍"，其实"谭功达一直有一种隐隐的恐惧：自己不管如何挣扎，终将回到母亲的老路上去，她所看到的并理解的命运会在自己身上重演。"④ 虽然二人都没有实现最终的目的，但"花家舍"在郭从年的蓝图中意外地得以重现，可是最终"开到荼蘼"，沦为了一个销金窟。到了《春尽江南》中，绿珠依然没有放弃建立一个乌托邦的想象。在《春尽江南》中，

---

① 格非：《麦秀黍离》，选自《文学的邀约》，清华大学出版社2010年版，第149页。
② 褚云侠：《丰富与丰富的痛苦——谈格非的小说〈春尽江南〉》，《名作欣赏》2014年第2期。
③ 格非：《人面桃花》，上海文艺出版社2012年版，第115页。
④ 格非：《山河入梦》，上海文艺出版社2012年版，第61页。

每一件事都发生过两次，不断循环往复而取消了事件发生的偶然性。在小说最后，家玉向端午讲述了她做过的奇怪的梦，也就回到了《人面桃花》中陆秀米的故事，使三部曲最终完成了一个大循环，人类的命运依然无法走出既定的轮回。正如《金刚经》所说："凡所有相皆是虚妄"①；"一切有为法，如梦幻泡影，如露亦如电"②。这是三部曲中每一部所传达的内蕴，也是整个三部曲叙事的逻辑和节奏。在对一个知识分子家族进行叙事的背后，显现出一种从无到有再到无、从生到死再到生、从色到空再到色的叙事结构。格非的"江南三部曲"一半指向现代经验，一半指向永恒。它试图为支配人类生存的欲望结构寻找一种终极性的升华方式，从而为破碎的废墟世界、碎片式的经验世界找到一种整体性结构来加以统摄。而这种超越性的整体结构正是从佛教文化中"轮回观""循环论"的时间美学那里找到的。

在我看来，这种"整体性"的美学建构是使长篇小说面向未来的一种形态。每一部小说在创作的时候都是一部"当代"小说，它与史诗最大的区别在于它与当代生活最大限度地进行交往，"现时"是没有完结的，同时也是一个开放的系统，正像巴赫金所说的："没有内在的完结性和完满性，便导致对外在形式的，特别是情节的完结和完满急剧地提高了要求。"③ 历史是已经完结了的过去的一部分，"以史为镜，可知兴替"，但它并不必然地揭示未来。而一部当代长篇小说所要蕴含的是一个指向未来的东西，"要对现实的未来给与预测和影响，而这个现实的未来是作者和读者的未来。小说的特点是永无止境地重新理解、重新评价，那种理解过去和维护过去的积极性，到这里便把重心转向了未来。"④ 当代史的无法完结使长篇小说的故事有无限延伸的可能性，如果不建构一个外在结构的整体性，中国当代长篇小说则无法解决叙事上的难题。作者和读者都存在一个隐约的期待，他们期待文学带给我们的不仅仅止于一种对现世挣扎的呈现，而且还可以瞻望未来之生活的方向。"它所代表的正是一种人类所要努力以赴，挣扎通往的永恒……因此真正的未来是某种我们所要止

---

① 中华大藏经编辑局：《金刚经》，《中华大藏经》第 97 册，中华书局 2004 年版，第 362 页。
② 同上。
③ [俄] 巴赫金：《史诗与小说——长篇小说研究方法论》，选自《小说理论》，白春仁、晓河译，河北教育出版社 1998 年版，第 535 页。
④ 同上书，第 534 页。

于，止住的'至善'。"①

格非正是依靠建构长篇小说叙事的整体性来寻找这种通往永恒的途径的。格非早期的作品更多的追求形式上的先锋性，捕捉瞬间的感受，从而消解掉叙事的整体性。学者张柠认为："叙事整体性的成熟，应该建立在社会或个人对'人'的整体性的理解不断深化、不断变化而趋于成熟的基础上。如果'人'不能成为叙事的目的，而只是某种外在物的符号、工具（比如历史、社会、某一特定的观念等），那就根本谈不上叙事整体性（一种新的审美形式结构）的成熟。"② 如此看来，格非前期小说的形态也是历史发展的一种必然结果。不同于西方的是，在中国，"人"之价值的中心地位始终没有建构起来，精神创伤以及历史的暴力始终压抑着"人"作为一个个体的存在价值。先锋文学出场之际，格非、马原、余华等人虽然采取了不同的创作方法，但他们无一不在寻找一种方式来解构宏大的历史叙事。格非早期的小说《迷舟》《褐色鸟群》等作品，包括《唿哨》《镶嵌》《陷阱》《赝品》等，直到长篇小说《边缘》，作者都不是讲述一个前后连贯，完整的故事，而是刻意地消解叙事的整体性，拾取一些历史的碎片来拼凑出一段历史记忆。可以说，这个时期，格非的很多小说是寓言化的，本雅明认为寓言的形式所对应的是废墟，历史的记忆必须从这些碎片中得以整理。"格非通过揭示集体与个人记忆在不可调和的叙事碎片中的缺陷来挑战主流话语赖以构成的宏大历史的总体性。在格非的叙事中，主体的声音颇为清晰；但是，它并不是用另一种绝对的声音取代宏大历史话语，而是展示了其自身游离分散的表述。"③ 若想对"人"的价值予以重新建构，首先要对历史遗留的问题进行清理，格非用其叙事技巧上的无限可能性对这些问题给出了一个回应。在此之后，面临的将是重建一种新的叙事整体性，以期建立一种更高意义上的人的完整性。到"江南三部曲"为止，格非已经对长篇小说叙事整体性的建构进行了尝试。

---

① 柯庆明：《现代中国文学批评的意义》，选自《现代中国文学批评述论》，（台北）大安出版社2005年版，第3—4页。
② 张柠：《论叙事的整体性》，《文艺理论研究》1998年第1期。
③ 杨小滨：《中国后现代——先锋小说中的精神创伤与反讽》，愚人译，（台北）"中央研究院中国文哲研究所"2009年版，第173页。

第二节　佛教文化与中国当代小说叙事中的空间

从中国小说叙事的宇宙空间层次上来看，现世人间是故事发生的最重要场域。而佛教文化丰富的想像力为中国小说叙事引入了不同于局限于"世间事"或最多上天入地的空间概念，大大拓展了中国小说叙事的空间维度。尤其是对已经失去了神秘性的中国当代小说而言，叙事空间的拓展为小说文本负载更多的历史内涵和现代性命题发挥了重要作用。

与此同时，佛教文化也为中国小说叙事贡献了事件发生的特殊地域场所。在中国当代文学中，这些由来已久的场所空间相比古代时期发生了重要变化，多叠加、互在其中的共时性特征使他们在一个新的时代产生出了独特的精神向度。场所并不是一个简单的地点概念，它们是融合了事件、历史、语言甚至思维的共同体和综合性场域，经由空间形态与结构变迁所折射出的是历史和人类精神的状貌。

一　"三界""六道"对中国当代小说空间维度的拓展

佛教中"三界""六道"等概念的引入对中国文学叙事空间维度的拓展产生了重要影响。佛教文化对中国文学想像力的开发从上古时期就表现出明显的迹象，而它最大的贡献在于，中国文学想象的限度借佛教观念突破了现世的时间局限和天地之间的空间阻隔。胡适在《中国文学过去与未来》中说："吾民族可谓极简单极朴实之民族，如'离骚'之想象力，尚称较为丰富，但其思想充其量亦不过想到上天下地而已，印度就大不然了，如《般若经》等等，不惟想到天上有天，以至三十三重天，而且想到大千世界，以至无数的天，……他们这种想象力之解放与奔腾，实为吾简单朴实之民族所不能及。"[①]

佛教中所谓"三界"的概念是根据因果善恶与修行程度的不同而对众生世界进行的划分，按照高下次第可从低到高依次分为欲界、色界和无色界。欲界顾名思义是指大多数还经受着欲望控制和煎熬、仍未脱离生死苦痛的众生所居住的空间；色界是欲望已经断绝了的地方，但是在那里仍

---

① 胡适：《中国文学的过去与未来》，《胡适文集》（12），北京大学出版社1998年版，第29—30页。

然有如身体、居所等这些色相的存在，这个高于欲界的空间是要依托修持的功德才能出现的；无色界是三界中级别最高的空间，在那里色相也消失了，是既摆脱了欲望生死又离开了各种形体和物质性的佛陀净土。在这三界之中，欲界又由低到高被分成了六个居住空间，就是常说的"六道"，即地狱、饿鬼、畜生、阿修罗、人、天。这六道并存在这个世界中，也就是欲界之中。它们平行并置且可依靠生命的流转而相互贯通与穿梭。依照佛教的观念，作为不同等级次第空间的"三界"以及欲界中的"六道"并不是彼此隔绝而存在的，众生可以在"三界"之间穿梭，也可通过"六道轮回"的方式往来流转于不同的空间结构中。这与中国本土的空间观念明显不同，无疑它也对中国文学的空间想像方式产生了重要的影响。

　　在中国古代时期，小说创作中已经通过在文本中并置不同的空间来实现叙事的神秘化以及道德伦理审判功能。但是到了中国当代小说中，建国以来的前二十七年文学显然只关注现实人生的"人道"空间，除此之外，其他的空间结构都不具有合法性，这就造成了中国当代小说叙事空间的单维度化。但是在八十年代以后的小说创作中，作家们逐渐重新激活了佛教资源中"三界""六道"的概念，并在这种空间观念的启发下将生与死、人间与地狱、前世与来世生存的空间并置在同一个文本中，以几个不同维度空间交织的艺术方式承载更为深刻的历史和文化内涵。在这些小说中，空间的变化也不断翻陈出新，脱去了古典小说中以空间负载的道德伦理批判，而是借用传统文化资源来探讨和指涉现代性的命题。

　　贾平凹在《白夜》这部小说中成功地运用了"目连戏"和"再生人"这两个源自佛教文化的原型，暂且不论它们在这部小说中有什么独特的意旨，仅从叙事的整体结构的角度考察，首先会发现二者对小说叙事最突出的贡献是它们打开了叙事的平行空间，而不是仅仅局限于"人间""现实世界"这样一个一维空间维度中。显而易见的是，"目连戏"中的大目犍连可往返于世间与冥界的地狱之间；"再生人"以类似"中阴身"的状态存在而可通过"心念"回到前世生活过的世界。因此贾平凹在《白夜》的后记中说："不管我穿插目连戏的意旨如何，而目连戏对于许多读者可能是陌生的……在近千年的中国文明史上，目连戏以其独特的表现形式，即阴间阳间不分，历史现实不分，演员观众不分，场内场外不分，成为人民群众节日庆典、祭神求雨、驱魔消灾、婚丧嫁娶的一种独具特色的文化现象。"① 的确,贾平凹借助"目连戏"鬼戏的演出,消解了阴间与阳间、舞台与现实之间的边界,让人物在二者之间穿梭。如夜郎第一次看目连戏剧本时就发现随着人物依次出场演出也需要"打游台"。所谓"打游台"即是演出正式开始之前,观众和演员要在临时搭起的"阴台"上行走,也就是戏是先给鬼看,再给人看的。再如再生人的儿子黄长礼因为在戏班演出了"目连救母"中的地狱情境,才知道了真的有一个阴间。这就通过目连戏的演出把阴间的世界置于了一个和阳间平行的结构中了。而在阴间(舞台)和阳间(现实)之间还存在一个"中阴"的形态,这就是"再生人"的世界。可以说贾平凹的这部小说中存在着三个平行的空间结构:以夜郎、宽哥、南丁山、祝一鹤、颜铭、吴清朴、虞白、邹云、丁琳等普通市井小民的日常生活所构成的现实空间;以戏班在舞台上通过演出"目连救母"所展开的戏剧空间和介于二者之间的由"再生人"传说和夜郎梦游为代表的半明半昧、半真半假的幽灵化的空间。当这三个不同维度的空间平行存在于故事文本中时,它们便可以自由地相互指涉和象征了。在我看来,三个空间并置的主要功能在于:第一,阴间(戏剧空间)作为阳间(现实空间)的映像,通过阴阳的置换来指涉阳间的社会现实。第二,通过阴阳两界之间的幽灵化状态消解二者之间截然的对立。小说也借助目连戏的演出来讨论人鬼之间的关系,以人鬼之间的相互托生来消弭二者之间明确的界限。而这种人鬼之间的界限是通过"幽灵化"状态的心念相连的。人于不同空间结构之间的穿梭恰恰就在一念之间。

如果说贾平凹的小说《白夜》是将三个不同维度的世界横向平行地并置于一个现世的故事中,那么短篇小说《烟》则从纵向的角度打开了中国当代小说"三世轮回"的空间结构。之所以说这里的"三世轮回"是一个空间结构,是因为小说引出"三世"的概念不是为了强调生命于时间意义上的延续与循环,而是要将"三世"人物存在的不同空间通过某一种事物联系在一起,以三种空间并置的可能性来思考生命的本体性问题。

《烟》这篇小说讲述了一个年轻现代军人石祥正在参与一场战事,终日守候在赛鹤岭的山洞里,不离手的是从来到军队就带来的一只烟斗。石

---

① 贾平凹:《白夜》,人民文学出版社2008年版,第415页。

祥七岁那年就莫名地知道古堡中有这样一只烟斗，因为他声称那只烟斗是他的。八十年前，在赛鹤岭的一群英武人物中，有一个统治群雄、长相俊秀的大王。新大王每天决定哪位镇落里的女人可以陪伴其左右，但是他唯独冷落了一个最漂亮的姑娘。姑娘企盼成疾，在倾尽全部感情为新大王制作了一只烟斗后离世。新大王从此戴面具巡逻，但嘴上总是噙着那只烟斗，后来新大王被另一个大王所杀，烟斗留在了古堡的乱石中，而七岁的石祥在八十年后准确地指出了烟斗所在的位置。石祥如今在驻守阵地期间常常梦到自己的来世，他在梦中银铛入狱，成为了一名囚犯，但是仍然不能离开烟斗，直到最终被执行死刑。当梦里的石祥死去的时候，醒来的石祥被飞进洞里的石块击中了脑袋，最后吸了一口烟后就死去了。

在我看来，《烟》这篇小说的实验性质非常强烈，贾平凹在中国当代文学的书写中开启了一个三世轮回的结构，作家似乎并没有想展开一个三世的故事或者在其中引入"因缘果报"或其他道德观念来阐释小说的意旨，而更重要的仅仅是以小说叙事的方式探索了打开一种三世结构的可能性，甚至他在小说的末尾借助石祥的死亡引出了"古赖耶识"的概念。其实若将这部小说的叙事结构抽象出来，就显得非常清晰而简单了：

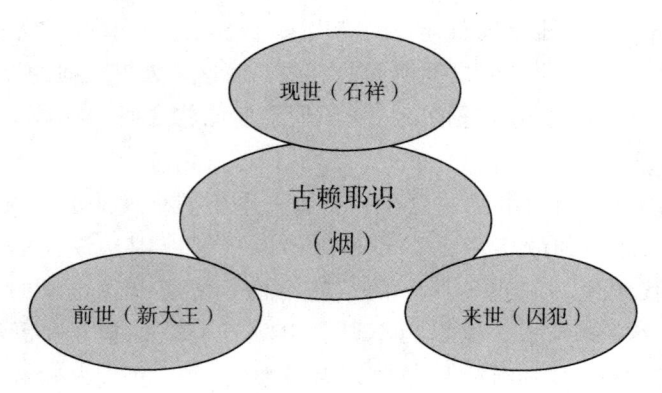

（现世（石祥）／古赖耶识（烟）／前世（新大王）／来世（囚犯））

小说通过现世的石祥因一个具体的物象"烟"来展开一段关于三世的故事，而抵达前世和来世的方法恰恰是通过回忆与梦境。"烟"虽然在小说中是一个勾连起三世的具体物象，但其实可视作是对阿赖耶识的一种象征。三世的轮回被证实是通过阿赖耶识来得以延续和实现的，就像小说中石祥用以抵达前世和来世的回忆和梦境都与"烟"有关一样。另外"烟"从形态上也与阿赖耶识具有极大的相似性。佛教中的"阿赖耶识"

是人的八种意识中的第八个，是本性与妄心的和合体，也是一切善恶种子寄托的所在。在人的肉身死亡后，阿赖耶识并不消失，而像"烟"一样不生不灭、飘忽不定，寻找新的因缘和合而附体其他的生命。当另一个生命死亡之后，它又再一次飘离而去，如此循环往复。因此也正是因为阿赖耶识的存在，才能变现万有。小说在结尾处说："火葬场里，躯体装进炼尸炉，立即化为灰烬，一部分留下来，一部分顺着高大的烟囱冒上天空。古赖耶识彻底要与一个石祥永别了，它顺着巨大的烟囱而上，它突然感到失去了一件什么东西，想了好久，是那个小小的烟斗。[①]"这里，"烟"对佛教文化中阿赖耶识的象征已经不言自明了。

而阿赖耶识从印度语翻译成中文为"我"，它其实是一种"自我"的指称。它是自我的真心本性，可以随着我们流转五趣六道，不因其他七识的毁灭而消亡。这会使人联想起在西方异质文化中以"自我"标榜而闻名的诗人惠特曼。惠特曼在《我自己的歌》中开篇就写到："我赞美我自己/歌唱我自己/我承担的你也将承担/因为属于我的每一个原子也同样属于你。[②]"惠特曼反对历史上的那些健谈者——或者是哲学家，或者是政治家，或者是行家或者是传道者——他们总是谈论"始与终"，生与死，所有的生命形式该怎样分类并拆分成独立的、互不包含的部分。他借助西方自然科学中"原子"的概念在某种程度上阐释了类似佛教中的阿赖耶识：在生命的每一个层面上，我们不断转移和交换物质、观念、情绪和情感。昨天构成一只活生生的母牛或一株正在生长的植物的原子，今天成为了我们的一部分，因为宇宙中永恒的原子在永不停息地相互作用与重新排列。由此看来，惠特曼与贾平凹虽然处于不同的文化语境中，但他们对"生命原子论"和"古赖耶识说"的思考具有某种互文性，甚至用诗歌和小说这两种不同的文体展开了一场跨越时代的对话，而这场跨越时代的对话是围绕对"生命本体"的思考展开的。

贾平凹的《烟》实际上是一篇观念性较强的作品，它并没有着重于对生命历程的细密铺展，而是以寓言的方式在阐释着作者对生命本体思考的结果。尤其在小说末尾处引入"古赖耶识"的概念之后，不难发现整个故事其实是围绕着对这个观念的诠释展开的。而依靠"古赖耶识"连

---

① 贾平凹：《贾平凹作品精选》，长江文艺出版社 2013 年版，第 185 页。
② [美] 惠特曼：《我自己的歌》，赵萝蕤译，上海译文出版社 1987 年版，第 1 页。

接起来的是不断循环和接续或相互影响的前世、现世和来世。而抵达前世和来世的途径是小说中人物的回忆与梦境。"回忆"不过是将过去的时间以召回的方式使其回到现在得以复现，同时我们也不断地用当下的生存经验对回忆的内容进行改写。而对于"梦境"，荣格在《分析心理学的理论与实践》中认为"梦包含一种原型意象，做梦则不再完全是个人的事情，而是触及一般人类的问题了，把个人的病患提到相应的普遍情形中去。[①]"因此无论是在"回忆"中还是在"梦境"中的生活都并不一定是现在石祥在过去世真正经历过的或在未来世必将经历的，但是它又和现在的石祥不无关系，这就是人类的历史，将前世、现世、来世打通之后，它们毫无疑问相互关联着且存在着很大的相似性。贾平凹在《烟》中将对生命本体问题思考的深度推向了打破了局限于现世的一维结构，而将整个宇宙看作一个往复循环的整体的层次。

　　同样是并置三世空间的小说，扎西达娃的《世纪之邀》采用了"倒退"的书写方式，将过去、现在、未来三世并举，并相互交叉和对话，使一切都发生在虚幻与真实之间。在佛教"三界""六道"观念引入之前或西方进化论占据主导地位时，生命是以出生为起点，以死亡为终点的，世界是线性向前发展的，因此小说的叙事也不可能倒退到出生以前，而佛教"三世"的理念恰恰为多维度的空间提供了理论依据，而使得叙事可以倒回到出生以前的那个空间结构当中去，使三度空间交织在一起来展现对历史与文化的反思。

　　在这篇小说中一只被割断了线的黑眼睛风筝是贯穿全文的意象，这只风筝是桑杰在现代的拉萨放飞的，而最终它又出现在五十年前的村庄，这同一只风筝象征着不知飘向何方的命运，同时它的存在也确证了不同空间维度之间的贯通性。失落风筝的飘然坠去，也让桑杰想起了家乡小村庄中的过去，而如今的城市生活变得虚幻起来。新世纪就是一个轴点，由此而展开多面向的时间和空间。这时已经不存在一个时间的线性轴和与之相对应的互不交涉的过去世、现在世、未来世的空间结构了。而它们都是围绕着新世纪这个点来旋转的镜像，前进就是倒退，倒退也同时是前进。在两面相对而立的镜子中，它们相互交织、相互指涉。桑杰终于在寻找朋友加

---

① ［瑞士］荣格：《分析心理学的理论与实践》，成穷、王作虹译，译林出版社 2011 年版，第 112 页。

央班丹的路上于这种类似轮子的循环中走回了他前世的世界。加央班丹是一个从不和朋友谈历史的历史系讲师，他的前世是一个因刺杀摄政王而被捕的贵族少爷，而村民一直牢记和津津乐道的始终是他的前世。如果说偶然来村中游说的桑贝顶珠所呈现的世界是一个未来世的空间，也是村民拒绝进入的空间，加央班丹前世生活的世界就是一个过去世的空间，也是人们一直依恋的空间。桑杰和加央班丹本来都是生存在现世空间中的人，当他们踏入过去世的空间时，加央班丹选择以退回到婴儿的状态而获得再生的机会来告别被人念念不忘的过去，而桑杰则替代加央班丹被关进了前世世界中准备终身监禁贵族少爷的囚室中。当这三重空间被看作一个贯通的结构时，历史的荒谬正在于它会在现在和未来继续重演，而即便是拒绝进入的未来，也会因轮转而被卷入那一个场域。

　　范小青长篇小说《香火》的故事是在僧与俗、人和鬼两个看似对立实则相通的空间结构中完成的。太平寺组成了一个"僧"的世界，孔万虎等人所在的民间组成了一个"俗"的世界，"僧"的世界在此是了脱了生死的色界，"俗"的世界是受各种欲望勾牵的"欲"界，而不断穿梭于其中亦僧亦俗的香火把两个世界勾连起来了。"僧"的世界在维护和坚守这种精神力量，相反的，"俗"的世界在拆解和摧毁这种精神力量。而香火这个人物是具有"成长性"的形象。更为显而易见的是《香火》这部小说打通了"人"和"鬼"之间的界限，或者说它模糊了"生"与"死"之间的界限。对香火和香火爹身份的第一次质疑是香火在阴阳岗迷路找不到爹而遭见起毛叔，起毛叔对见到香火和香火在阴阳岗看到了爹的事件心存畏惧；之后不难注意到香火经常鬼使神差地就走到阴阳岗，而且也常常在阴阳岗遇到爹以及寻找自己孩子的烈士陵园主任；而游离于整个故事线索之外的第五章不仅追溯了香火（孔大宝）来到太平寺做香火的缘由，同时交代了在去太平寺的路上他和爹以及一个找孩子的人同乘老四的摆渡船而不小心落了水，生死不明。但是香火又不断与家人和村人发生各种各样的联系，似乎在太平寺被封之后还结婚生了孩子，后来又重建太平寺。小说的最后由于城市化的需要，人们犹豫要不要拆寺的时候又讨论起了关于香火的各种传说。有人说前两天才看到香火，有人说香火早就死了，但对他的死亡方式众说纷纭；也有人说香火是和他爹当时从老四的船上落水一块淹死的。香火是人是鬼始终无从解答，作者似乎也在不断模糊人鬼之间的界限，或者说其实在这里生死之间的区隔变得并不重要了，因为按照《维摩经》的说法："若见生死性，则无生死，无缚无解，不然不灭[①]"，生死本来一如，从这个意义上来讲，生又何尝生，死又何曾死。因此香火可以穿梭往来于生死之间，人和鬼的世界，也并不显得牵强或诡谲。范小青如此构建一个文学的想象世界很明显受到佛教文化生死观以及三界、六道空间观念的影响。

二 "藏地"作为中国当代小说叙事空间的精神向度

所谓的"藏地"，不仅包括西藏地区，也涵盖了四川西部、北部以及甘肃、青海的南部，为藏族少数民族群落的聚居地，普遍信仰藏传佛教。以"藏地"作为叙事空间的小说作品，自马原、扎西达娃、阿来、范稳、雪漠以来，呈现出与内地文学不同的精神向度，这种精神向度是由"藏地"这个独特的地域空间带来的。而将藏地与现代文明为主导的内地相区隔的最主要因素是来自其古老信仰体系中的藏传佛教文化。藏传佛教文化几乎决定了绝大部分藏地的风物、习俗、思维方式，与此同时，藏传佛教信仰更是藏区人们赖以维系几千年的生活信念，是他们从苦痛中解脱、获得精神救赎的唯一可靠途径。

藏地叙事也正是从这种区隔而来，它使其成为了区别于内地的一个异质空间。因此两种不同文化在边界之处所形成的入侵/对抗的紧张关系，也恰恰是藏地空间维持其独异性的基本前提。若这种关系由冲突变为妥协，那二者之间的差异性也就逐渐消弭了，从而也就不存在藏地叙事了，因此藏地空间的独特性首先引发的是源自入侵/对抗边缘处的叙事。

扎西达娃的小说中处处以寓言的形式反思藏地传统文化、信仰和现代性文明之间的冲突与对抗，以及自己民族生存方式的未来出路问题。在早期的短篇小说《朝佛》中，入侵/对抗就是贯穿整个文本的基本线索，来自传统的朝佛习俗及听天由命的理念和与之相对的放弃古老的生活方式及信仰随着现代性的入侵而成为了两种对抗的力量，而拜佛倒地的老人以及受家庭之命前来朝佛的女孩都在生命或前路无以为继时得到了开着汽车的现代西藏姑娘的援助，这是对现代性在传统面前取得胜利的转喻。而这种外来入侵的现代文化真的能将几千年延续下来的藏地文明彻底征服或全盘

---

① 中华大藏经编辑局：《维摩诘所说经》卷七，佛道品第八，《中华大藏经》第98册，中华书局2004年版，第879页。

置换吗？扎西达娃在这篇小说中留下了一个开口，而怎样面对这种入侵以及传统的未来出路在哪里也是他之后要继续思考和讨论的问题。在之后的《西藏，隐秘岁月》和《西藏，系在皮绳扣上的魂》等作品中，都存在着这样一种张力结构。《西藏，隐秘岁月》以廓康人在外来者到来后因各种原因一个个离开，而最终只剩下米玛老人一家，象征了在现代性冲击与影响之下，传统文化与生存方式的日渐式微。但是这种传统有其强韧的自足性，只要山洞中神秘的大师还在隐居修行，米玛一家就因要供奉他而不会离开廓康，即使米玛夫妇过世之后也会有他们的女儿次仁吉姆于一生孤独中继续供养。实际上，这种传统观念是以薪火相传的方式延续下来的，虽然作者似乎对二者之间的龃龉还没有表达出明确的态度，但是文本中讲到从廓康离开而不再回来的人都是摔着跟头下山的，这显然意味着当他们离开自己世代相传的生活方式后是失去了根基的。在《西藏，系在皮绳扣上的魂》中，传统文明的代表塔贝和婄在一路的行走中不断与现代文明相遇并被它们诱惑或驱使，他们也于这个过程中对自己文化的坚守产生了犹疑，而这一次与《朝佛》不同的是，现代文明并没有再次充当一个拯救者而是成为了破坏者，塔贝由于难以抵抗好奇而在驾驶现代拖拉机的过程中重伤并导致了死亡。但是这种传统文明仍然不会在现代化的冲击下就轻易走向消弭，"我"这个说故事的人穿越虚构中的虚构而与这两个主人公相见，"我"这个"现代人"从此充当了塔贝的角色带着婄往回走，而这正应和了活佛桑杰达普对"轮回不会消逝"的预言。

　　阿来《尘埃落定》的故事虽然发生在四川，但是也是以"藏地"（也即藏传佛教文化区）为叙事空间的小说作品。这部小说以"我"这个麦其土司家"傻瓜"儿子的视角，叙述了藏区土司制度是如何在本土文化的失落与外来现代文明的入侵之下一步步走向灰飞烟灭的故事。这部小说在叙事上的核心动力是权力，对权力竭尽全力的追逐使一切战争的发动和相互残杀成为了可能。因此，众多神佛在这片土地上的代表——活佛和喇嘛们把信仰忘记了；一心弘传教法以代替邪见和罪恶教派的僧人翁波意西却被关入牢房甚至两度失去了他的舌头；而汉人所带来的罂粟花种子和现代化枪炮却在康巴地区真正取得了胜利。藏区土司制度形成的历史根基是藏传佛教文化，后来成为麦其土司家书记官的传教僧人翁波意西早就为土司们指出了西方那个精神领地的方向，而权力的驱使使他们不断向东拓展自己的疆域和权势。"向西，是翁波意西所属那个号称最为纯洁的教派的领地。土司们从来都倾向于东方俗人的王朝,而不是西方神祇的领地。①"最终失败的土司于无奈之中只能以逃难的方式被迫走上通往西方的道路,而作者在这里并没有留给一触即溃的土司任何救赎自新的途径。"我"在去往西方逃难的过程中停了下来,于枪炮声中回到麦其家的官寨接引"我"的父母,父母的死亡以及由于外来的粉红避孕药片而未能生下一个孩子的妻子变节逃跑,使"我"这个傻瓜儿子成为了麦其家仅剩的骨肉。随着"我"这个土司最后的传人死在仇人锋利的刀子下,一切如官寨倾倒时扬起的大片尘埃,落定之后就什么都不存在了,但是尘埃带来的朦胧与模糊让人们只看到一个时代的幻灭,却看不清任何未来。就像这一个含混的时代,康巴土司不仅在被动承受着汉地文化势力的攻击,也由于权力扩张的欲望而主动接受着外来文化摧毁性的输入。罂粟花(鸦片)和现代武器都是瓦解精神世界以及传统文明和发动战争的渊薮,它们把土司制度传承的基础"阉割"了,每一位土司都感染了梅毒,而"我"这位唯一没有感染梅毒的土司继承人却因自己的妻子被药品烧干了阴部而不能留下一个孩子。这种"阉割"所构成的隐喻,召示着土司制度的土崩瓦解和一种以传统文化为根基的时代走向了它的终结。在这部小说中,作者写到两次大地的摇晃,第一次发生在麦其土司在领地上种植罂粟的那一年;第二次发生在妻子塔娜投入哥哥怀抱的那一天。按照佛教的观点,地,也就是五大之一的地大是最为坚实和可靠的,它是万法所赖以存在的基础。而当最为稳固的大地一次比一次更强烈地晃动时,居于其上的至高无上的土司王权也开始摇摇欲坠了。万法之基的晃动意味着藏地文化存在的条件已经遭到了自内而外的摧毁,当一个地方的文化失去了自己所属的根基,是无法抵御任何来自外在的侵袭的。在一个冲突与对抗的张力结构中,阿来用《尘埃落定》打破了这种二元对立,"反魅"的力量最终没有抵抗住权力意识的牵引而寻找到救赎的可能性,而是建构了一种预示着最终将走向颓败与虚无的藏地叙事。

第二,藏地空间的神圣性续接了信仰叙事的传统。相比中国内地地区而言,藏地是在经历了一系列社会变革之后仍然保有着自己原初信仰体系的地区,藏传佛教信仰是藏区人民日常生活中重要的一部分,也正是这种坚定不移的信仰和敬畏,使得这一地理空间在"诸神正离我们远去"的

---

① 阿来:《尘埃落定》,作家出版社 2009 年版,第 367 页。

时代显示出了神圣性的特征。信仰正是藏地文化得以维系其本身的自足性且能够对抗现代性入侵最重要的前提条件，从而强调这种精神上的力量也成为藏地叙事中不可忽视的一部分。

信仰叙事的传统自中国古代而由来已久，除却那些受到佛教、道教思想影响深刻的小说作品之外，也有专门的信仰叙事。在这些作品中，宗教不只是内化于人们文化结构之中的传统观念或散落于叙事之中的文化元素，它是被作为一种信仰来加以阐释的，是支配人物行动和叙事走向的内在逻辑。而自中国现当代以来，这种宗教信仰的叙事被"类宗教"的革命信仰叙事置换了，但它同时也是一个历史时期中人们最赖以为继的"元话语"。而当革命叙事走向终结之后，随着"元话语"的瓦解和信仰体系的坍塌，人们成为了这个大地上孤独行走的人群。而藏地由于其地理空间的相对隔绝与文化自足性带来的抗拒力量，使得支配人们思维与生活方式的宗教信仰最大程度地保留下来了，因而它也必然在汉地之外承接了古老的信仰叙事传统。

在扎西达娃的小说作品中，面对现代性对藏区传统信仰文化的冲击，作者虽然早期也对其古老的宿命与价值观产生过犹疑，但仍然可在他的意识深处看到对这种信仰体系的深刻认同和对其遭遇挑衅的深重忧患。因此在扎西达娃的小说作品中，他是不断强调这种信仰与精神的力量的。就像他在《冥》中所说的"只有柜子上供在佛像前的那盏豆大的酥油灯花始终保持不变的火苗，凝固似的纹丝不动，尘世空气的流动在它面前失去了活力。"[①]这是对西藏藏传佛教的信仰系统与尘世生活之间关系以及信仰力量永恒性的生动写照。在《西藏，隐秘岁月》中，七十五岁的老人米玛和他忠实的老伴察香几十年来一直供奉着山洞里隐居修行的大师，这也是当全廓康的人们都离开了这个地方而米玛一家坚定留守的原因。两位老人在年迈之年竟意外怀孕，生下了被认为是"瑜伽空行母"转世的女儿次仁吉姆，在米玛老人知道自己将不久于人世之后，全家将女儿次仁吉姆送去受戒加持并出家为尼，从此继续供奉洞中修行的大师。而米玛与察香去世之后其尸体一个坠入雅鲁藏布江，一个飞升天界，这样的命运也与他们生前积累的德行密切相关。对于坚守廓康的米玛一家和这些作为传统信仰象征的人物形象，宗教是主导其行动、选择和命运的重要一脉，也是藏

---

① 扎西达娃：《冥》，《扎西达娃小说集》，中华书局 2011 年版，第 22 页。

地根深蒂固的生活和思维方式。

范稳的小说《水乳大地》讲述了一百年来滇藏交界处鲜为人知的多民族相处与融合的故事，而他去观看和建构这些故事与人物是以宗教之间的衍变与对话为依据的，因此信仰是进入这部小说的一条重要线索。虽然在这部小说中涉及了藏传佛教、基督教、东巴教等多种民族的信仰，它们之间也经历着斗争与冲突，但是在历次灾难面前，宗教都以它的慈悲与包容承担着对秩序和精神重建的关键角色。显然藏传佛教是藏地的主导性文化，正是由于它的博大与包容，才使得外来的宗教文化最终能够与其和平相处，正如面对着西方基督教的外来入侵，活佛对神父所说的："我们都是替神说话的僧侣，尽管我们各自供奉的神是多么的不一样。但是我们对众生怀有同样的悲悯。[①]"在这部小说中，宗教，尤其是藏传佛教，不再是作为民俗或哲学思想或神秘文化的一部分被予以呈现，而是被高度认同和充分践行的一种最重要的信仰体系，它是可以庇护一切的精神力量。

藏地小说中这种特有的信仰叙事脉系不仅续接了中国传统叙事中的精神传统，也使其因形而上的思考与对一种价值体系的执着追求而呈现出了与汉地小说不同的精神风貌。

第三，藏地空间的母性特征决定了女性的类"度母"形象和区别于男权叙事的女性叙事。在藏地的佛教信仰体系中，密宗是其最为重要的组成部分，而作为其演化原初形态的密教正源于以母性崇拜为主导的雅利安文化。若从语言学词根的角度来考察，密教其词根的含义甚至直接就与生殖和繁衍有关。当密教与佛教文化相结合形成佛教密宗之后，它直接由印度传入了中国西藏，这就导致了西藏藏传佛教文化从一开始就具有了鲜明的母性色彩。也正是由于密宗对佛教诸佛菩萨体系的影响，才出现了度母这样的女性菩萨形象。藏文典籍认为，所谓的"度母"是从观世音菩萨的泪水所浇灌的莲花中化生或直接由其泪珠化现，总之是如同慈母一般，集大慈大悲、平等怜悯与救度众生的大愿于一身，被认为是藏地的保护神。度母是"三世诸佛之母"，也是"一切众生之母"，她为了救助不同根器的众生，又化身为二十一度母等各种度母形象。因此在藏传佛教的文化系统中，度母具有了至高无上的地位，也几乎成为了藏传佛教每一个教

---

① 范稳：《水乳大地》，人民文学出版社2004年版，第30页。

派所尊崇的女性菩萨。女性在藏传佛教中代表了超越性的智慧，它是本体，而相应的男性所代表的仅仅是获取智慧的方法，是一种方便法门。这里女性的形象成为了终极性的力量，而男女两性的交合也并不存在二者性别上的不对等，而是被当作一种神圣的仪式来完成，它意味着借由身体这一中介，通过方便法门的修习来抵达智慧与慈悲。就像藏传佛教中独特的"双面佛"形象，男性与女性的拥抱"不是要在外面寻求与一位女子结合，我们应该在自身寻找这个结合……在冥想时实现男性与女性特质的融合。①"在心理学家看来，度母可被视为女性原型的最高形式。她是"最伟大的女神，在她显露的完整性里，包含了整个世界——从最低的基本相到最高的精神转化。②"

　　藏地空间中由信仰文化所带来的母性崇拜特征使叙事中类"度母"的女性形象随处可见。在《西藏，隐秘岁月》中，次仁吉姆被认为是"瑜伽空行母"的转世化身，空行母与度母相类，也是藏传佛教密宗文化中的女性神祇，代表了慈悲与智慧。她们在具有神圣特质的同时也存在着魔性的特征。小说以四个次仁吉姆的转世轮回贯穿了情节的时间线，每一颗佛珠代表的岁月就是次仁吉姆，而次仁吉姆就是每个女人。由此可见，藏地的历史是一部关于女性的历史，这是其不断生存与繁衍的基础。

　　扎西达娃另一篇小说《世纪之邀》中的下巴长颗黑痣的姑娘央金显然也扮演了类"度母"的形象。在这篇小说中央金的出场就具有神性特征，她虽然衣衫破旧且满面污垢，但却有着异乎寻常的美丽和端庄；在她白嫩的皮肤上纹上了"请别碰我"四个字；当村里人在等待观看贵族少爷被捕押解回村的过程中慢慢变老时，她是唯一一个仍然还是少女的村民。当加央班丹完全变成胎儿的状态而准备重新降生时，央金姑娘把胎儿遮进了裙袍里，她成为加央班丹——这个曾经的贵族少爷、现在的历史系讲师的母亲了，这里不仅意味着生命返回母体之后的再孕育，也意味着对历史和岁月的繁衍。"就这样，把她当度母也罢，当作妖女也行，总之，

---

① 转引自［美］拉德米拉·莫阿卡宁《荣格心理学与藏传佛教：东西方的心灵之路》，蓝莲花译，世界图书出版公司2015年版，第24页。

② Erich Neumann, *The Great Mother*, Princeton: Princeton University Press, 1963, pp. 332 - 335。转引自［美］拉德米拉·莫阿卡宁《荣格心理学与藏传佛教：东西方的心灵之路》，蓝莲花译，世界图书出版公司2015年版，第78页。

人们再也不能碰她身体了，她将离开这个村庄去远方流浪。①"至于这个孕育着生命和历史的类"度母"形象的去向问题，扎西达娃希望甚至确信她是跟随着曾经来到村里为村人展示外部世界的疯癫老头——浪迹天涯的桑贝顿珠而离开的。相对于原始和封闭的西藏社会，桑贝顿珠所呈现的世界象征着现代化与开放。类"度母"的神祇属性使其具有了永不衰老的特征，这也就意味着源源不断的繁衍和再生能力，作者希望西藏文明的进步和生命的存续是伴随着这种现代化与开放来完成的。在藏地叙事中，观照和反思藏地历史及文化时，对所面临的精神困惑的解决不是依靠"寻父"，而恰恰是通过回到母体以获得再生。

阿来《尘埃落定》中对麦其土司的傻瓜儿子"我"和侍女桑吉卓玛第一次交合的描写有着对创世神话的模仿倾向。"在关于我们世界起源的神话中，有个不知在哪里居住的神人说声：'哈！'立即就有了虚空。神人又对虚空说声：'哈！'就有了水、火和尘埃。再说声那个神奇的'哈！'风就吹动着世界在虚空中旋转起来。那天，我在黑暗中捧起卓玛的乳房，也是非常惊喜地叫了一声：'哈！'②"世界起源的神话是对佛教中地水火风空形成的描摹，它们既是所造也是能造，是构成这个世界的物质基础。而在这里，"我"和桑吉卓玛的交合模仿了神祇开天辟地的过程，是被当作具有着创世神圣性的仪式来完成的。桑吉卓玛在这部小说中不仅仅扮演着对麦其土司家傻子少爷在性意识上的启蒙者，同时也被当作一个开天辟地者来书写的。二人两性交合的过程显然是对佛教中创世神话的模仿，"我"在其中扮演了神祇，而桑吉卓玛则是能够产生一切的"虚空"。在佛教中虚空就是包容了一切并可以产生一切法则的存在，早在《奥义书》中就论及了虚空是包容了地水火风的场所。而在此桑吉卓玛被用来指代虚空，她就具备了可以产生一切的"世间母"的特征。

《尘埃落定》虽然是一部以男权政治为故事核心的小说作品，但女性形象在其中也占据了重要的地位，甚至女性始终决定着男性统治者之间权力关系的变迁，而这些女性形象也逐渐从神圣跌入了世俗的深渊。如果说小说对桑吉卓玛的刻画是明显带有神圣化的类"度母"特征的，虽然她

---

① 扎西达娃：《世纪之邀》，《扎西达娃小说集》，中华书局2011年版，第84—85页。
② 阿来：《尘埃落定》，作家出版社2009年版，第15页。

一直对傻瓜少爷忠贞不渝,那么这些神圣性是随着下嫁银匠、后来又跟随了跛脚管家而走向终结的。而另外一些女性从一开始就不像桑吉卓玛这样扮演着世间母的角色,麦其土司因贪恋央宗的美貌而结下世仇;傻瓜少爷"我"因对塔娜的爱恋造成了土司之间的纷争,而塔娜与哥哥的苟且以及最后的离开证明了她自始至终都不是一个忠贞的女人;加速土司们灭亡的重要因素竟然是染病的妓女使他们无一例外地患上了梅毒。对于一直保持着女性崇拜的藏地文明来讲,女性的堕落无疑意味着对其文化根基的拆解。女性由圣转俗、甚至成为一个罪恶的渊薮,暗示着藏地空间中具有自足性的文化一步步走向了它自身的毁灭。

这种独异地理空间所带来的叙事上的特点与主导中国的男权主义叙事截然不同,男权主义的形成有其生理学基础,因此所形成的不平衡的性别关系也是可以理解的。中国当代文学中的男权主义叙事与色情幻想一直从五十年代贯穿到现在,虽然在革命红色叙事中,以两性为基础的情爱与家庭叙事一直被遮蔽,但这种性别的不平衡关系实际上是被政治权力置换了,男性形象往往成为了权力和政治的化身,也是追求独立自主的女性最终势必要皈依的对象。

八十年代政治意识形态松动之后,男权主义叙事更是成为了小说普遍的叙事结构与基本模式。而藏地叙事中由于女性与男性的性别并不存在这种不平衡性,女性的"般若佛母"地位使密宗不论在教义上还是在戒律上都强调对女性的尊重,因此在藏地叙事中也呈现出了和传统男权主义叙事不同的特点。女性在藏地叙事中是历史,是孕育者也是引导者,是最可依靠的精神力量。

三 "寺庙"空间在中国当代小说中的文化意义

寺庙是佛教文化中重要的敬顺仰止之地,也是世间众生与诸佛菩萨沟通的场所。由于佛教在中国古代的兴盛,寺庙成为了人们日常生活中的重要公共空间,因此在中国古典小说中,它们也多作为故事的发生地点。近现代以后,随着西方异质文化和现代性观念的引入,寺庙作为公共生活空间的重要性逐渐降低;建国以后,随着寺庙被逐渐拆除,其在人们生活中渐渐被如公社等空间取代了,以其为小说叙事空间的作品也在逐渐减少。但八十年代以后,随着寺庙的重建和再次合法化,它们也又渐渐回到了小说创作的文本中,并且相对古典小说而言衍生出了新的文化意义。在八十年代以后的小说叙事中，它们多被作为"世俗之家"、情爱发生之地和救赎空间来书写。

作为"世俗之家"的寺庙

在中国古典小说中，寺庙的神圣性与尘世生活的世俗性是截然分开的，虽然很多作为对传统信仰和伦理道德挑衅的败迹淫行通常发生在寺庙中，但它与尘世生活中的空间形象始终是由一条清晰的界限划分开来的。同时正是这种发生在佛教宗教场域的行为却恰恰以另一种方式肯定了寺庙的圣洁性。

因为只有神圣性存在，才会有对其玷污与败坏，如果神圣性消失了，所谓的"败迹淫行"也就无从谈起。在这一点上，十七年文学中的革命叙事所借用的佛教修辞与古典文学如出一辙，佛堂寺庙通常成为了作奸犯科的空间场域，通过对佛教圣洁性和正邪观念的确认，革命与政治的合法性也就借助于此而被顺理成章地建构起来了。

而到了八十年代以后的汪曾祺小说中，集中出现了大量以"寺庙"为叙事空间的小说作品。自己本人也坦言相比儒家文化来讲，所受到的道家以及禅宗文化影响都很少的汪曾祺却创作了一系列与寺庙生活相关的小说，如《僧与庙》《受戒》《复仇》《仁慧》《幽冥钟》《螺蛳姑娘》等。这与汪曾祺成长和生活的高邮地区寺庙的香火旺盛有关，因此汪曾祺很多小说中故事发生的主要空间场景为寺庙也不足为奇。而汪曾祺却将"寺庙"这种中国古典文学中常见的空间结构在其小说中进行了一次在新的历史语境下的自我重组。

在汪曾祺的小说作品中，信仰与尘世空间形象之间的界限被逐渐模糊化了。如果说寺庙是一个神圣的"家"，那普通人的居所就是世俗的"家"。所谓"出家"是指出离世俗的家，也是无明的家、烦恼的家，而来到一个可以彻底安放众生恐惧和希冀的家，从而荷担如来家业。但倘若作为信仰的空间形象——寺庙的神圣性被不断试图拉低甚至彻底抹煞，以世俗之家的形态书写神圣之家，宗教的圣洁性也就不复存在了，同时"出家"也就失去了它本身的意义。到了八十年代以后的汪曾祺小说，正是按照世俗之家的样态描写了寺庙的空间形象，以《庙与僧》《受戒》《仁慧》三篇作品为例，其小说中对寺庙场域的外观与内设、人物活动和运作机制的书写如下表所示：

汪曾祺小说中的寺庙空间形象分析

	庙与僧	受戒	仁慧	结论
寺庙场域的外观与内设	雕花木床；一大块咸肉挂在梁上；只有一次显得极其庄严，他们给一家拜梁王忏的那一次	荸荠庵不大，大者为庙，小者为庵	不大的庵；败落景象；气象兴旺，生机蓬勃（仁慧当家以后）	不成规模；佛家与俗家陈设相结合
寺庙场域中的人物活动	吹起水烟袋；杀猪；飞铙；唱百种时调小曲；与师母同住	清闲，不兴做早课、晚课；经常打牌；吃肉不瞒人；年下也杀猪；有家眷	办斋，也可以用酒；不大守本分的年轻尼姑放焰口	不讲究戒律；将俗家活动迁移至寺庙中
寺庙场域的运作机制	长日清闲	无所谓清规	家庵；走动施主家；类似素菜馆	当家制；清闲

通过对以上文本的分析，在汪曾祺笔下的寺庙场域中，这些寺庙皆不成规模，除一些固定的佛事活动外，与俗家的生活别无二致。同时在运作机制上模仿俗家的家庭结构以及生存维系方式，宗教的神圣性在此已经逐渐消弥在对俗家日常生活细节的效仿中了，它们虽不能被视为完全不复存在，但其与世俗之家之间的差异性已经大大减少了。当这种神圣与世俗之间的界限变得模糊不清时，所谓的"出家"失去了其本来的意义。在汪曾祺的小说中，出家是一种职业，它与其他职业之间的差异只在于社会分工的不同。例如《受戒》中的明海"是从小就确定要出家的"，因为"他的家乡出和尚"，"就像有的地方出剜猪的，有的地方出织席子的，有的地方出箍桶的，有的地方出弹棉花的，有的地方出画匠，有的地方出婊子，他的家乡出和尚。[①]"作者在此将出家当和尚与剜猪的、织席子的、箍桶的、画匠甚至婊子并列置之，似乎要故意拉低出家的神圣性而抹煞出家与其他在普遍社会认知范畴中地位并不算高的职业之间的区别。同时，在一个并不讲任何戒律甚至这两个字都没有人提起的空间范畴中，所谓的"受戒"也失去了其应有的神圣含义，既然无所谓"受戒"，也就无所谓"破戒"。《受戒》中小明子的家乡出和尚，因为家里田少不够种，就派最小的儿子去当和尚。小明子受戒是因为不受戒就是野和尚，受了戒就可以云游挂褡。小和尚明海的出家与受戒似乎都与其行为本身的神圣意义相去

---

① 汪曾祺：《受戒》，《汪曾祺小说》（上），广西人民出版社2006年版，第163页。

甚远，因此他与小英子之间纯洁而质朴的爱情也就自然而然发生了，这便是《受戒》中一个小和尚与女孩小英子之间爱情故事生成的可能性。在汪曾祺一系列以寺庙为故事空间场域的小说中，总是存在着一个"出家"与"在家"、"受戒"与"破戒"的二元结构，但是作家又不断用模糊二者界限的方式消解着这些相互对立概念之间的张力关系，消除它们之间的紧张性而使其达到一种和谐的状态。

"和谐"正是汪曾祺小说的本质所在，他试图在神圣与世俗之间寻找到一种平衡。虽然将寺庙空间场域世俗化，但却俗中带雅，即便是书写僧俗之间的风流韵事，也饱含着一种节制而质朴的美。与前二十七年文学中追求事物的"绝对正确性"大相径庭的是，在汪曾祺笔下，其实本无所谓"出家"与"在家"，也无所谓"受戒"与"破戒"。因此《受戒》中明海与小英子之间纯洁而朦胧的爱情显得含蓄而又发生得自然而然，乃至无法用"破戒"来对小和尚的行为予以道德上的评判。在《仁慧》中，仁慧当家以后，不在意任何人的评论与反对，办素斋，请男客，用酒，放焰口，在一个并没有戒律的寺庙里，这些行为也全都合情合理。仁慧在解放之后对任何谣言一笑置之，自由自在云游四海，一切显得随心所欲而不逾矩。在这样一个寺庙场域之中，是取消了所有冲突与矛盾性的，任何职业与行为之间其实并没有本质的差异，消解了"人我"与"对错"之间绝对对立的界限之后便可抵达一种和谐从容的叙事状态，而这种状态正与禅宗所追求的圆融无碍的境界相得益彰。汪曾祺这些以寺庙为空间构型的小说在表面上否定了宗教的"神性"而肯定了普通众生的"人性"，实质上却在暗中深得禅宗精神之致。

对汪曾祺小说中寺庙空间构型的研究还关涉到另外一个问题就是寺庙空间的世俗之家性质是怎样出现的，这种书写有着怎样的意义。首先，这与汪曾祺生活和成长的独特地理空间有关。正像他自己所说的："我的家乡没有多少名胜风景。我们小时候经常去玩的地方，便是这些庙。[①]"因此，寺庙自然就成为他小说中很多故事发生的地点。"一个偶然的机会，我在一个乡下的小庵里住了几个月"。"庵里的人，他们的日常生活，也就是我所写的那样。[②]"由此可见，佛教在民间的世俗化正是那个历史时

[①] 汪曾祺：《汪曾祺文集：文论卷》，江苏文艺出版社1993年版，第225页。
[②] 汪曾祺：《晚翠文谈》，浙江文艺出版社1988年版，第2页。

第四章 佛教文化与中国当代小说叙事中的时间与空间　　153

期最基本也是最真实的状况。更为重要的是，正如巴什拉曾指出的："空间是既在内又在外之物①"，寺庙实质上也是"家宅"的一部分，任何有人类居住且作为安放恐惧的庇护之所都可以视作为家宅。而在革命文学时期，革命意识形态一方面借助宗教修辞的神圣建构了革命本身的合法性，另一方面从无神论的角度取消了寺庙作为家宅应有的性质而将其悬置起来，只保留其神圣性使革命获取一种转喻的力量。同时世俗之家也被革命所剥夺了，革命叙事是"去家庭化"的叙事，革命英雄的故事同时也是一个"死不还家"的故事。而唯一存在的是一个介于二者之间的、暂时的、无关伦理关系和终极精神联系的所谓的革命之"家"。但是当革命退潮以后，这种暂时的革命之"家"不复存在了，人类却又同时失去了世俗之家和信仰之家，就意味着身体和精神上双重的流离失所。这便是革命意识形态与"家"之间令人窒息的紧张关系所带来的创伤。因此汪曾祺曾在《关于〈受戒〉》中这样说："我们有过各种创伤，但是我们今天应该快乐。一个作家，有责任给予人们一分快乐，尤其是今天。②"到了汪曾祺的时代，人们要做的第一件事就是"再家庭化"，而信仰之家"再家庭化"的第一步就是要使其与世俗的日常生活产生某种联系，将被革命意识形态虏获的冰冷的"神圣性"解放出来，因此对寺庙世俗化的书写构成了与意识形态松动性的隐喻关系。而在一个佛性与人性遭遇空前未有的双重践踏的时候，首先要复归人性，才能复归佛性。所谓"佛出世间""人身难得"，不难看出人在众生中的重要地位。在一个人性还没有被得到充分肯定的社会形态中，佛性也很难得到展现。因此从汪曾祺的一系列以佛教为背景的小说中，不难窥见到中国社会文化转型的特殊历史进程。

在人性逐渐地得到充分肯定之后，中国当代小说作品中的寺庙空间也相应地产生了变化，如果说将世俗性与神圣性作为寺庙空间存在的两端形式的话，在汪曾祺之后，寺庙空间的性质是沿着"世俗性—神圣性"的坐标轴不断位移的。这就涉及对寺庙空间意义重新确证的历史过程。前文已经论及，寺庙也具有家宅的性质，相比世俗之家，它更重要的是作为精神与信仰之家，但也同时具备普通家宅所承载的心理意涵。"没有家宅，

---

① ［法］巴什拉：《空间的诗学》，张逸婧译，上海译文出版社 2009 年版，第 238 页。
② 同上书，第 5 页。

人就成了流离失所的存在。家宅在自然的风暴和人生的风暴中保卫着人。它既是身体又是灵魂。它是人类最早的世界。①"当人们经历了革命对世俗家宅的破坏,如果说在八十年代初汪曾祺的小说中是要按照世俗之家的形态描写寺庙空间,实际上仍然是对世俗之家的重建的话,在之后的小说作品中,寺庙的空间意义也逐渐开始向其本源而复归,这也折射出历史的变迁与人们内心与精神世界流变的脉络。

作为情爱发生之地的寺庙

在格非的小说《人面桃花》和《春尽江南》中,都将寺庙作为了情爱或风流韵事发生的地点。在《人面桃花》中,皂龙寺是陆秀米的春梦所发生的地点:秀米梦见自己独自在深夜跑向皂龙寺,在那里碰到了表哥张季元。张季元要将她绑起来并说出了下流放荡的言辞。从此,她和张季元在感情上便真的好像有一些说不清道不明的东西了。张季元死后,秀米在他的日记中确证了二人之间微妙而又隐秘的情愫以及内心深处不为人知的黑暗与色情想象。《春尽江南》中谭端午与李秀蓉的风流韵事也发生在寺庙中。小说的第一部分甚至直接以"招隐寺"作为标题,因为它不仅是二十年前的故事发生的地点,更是一切故事发生的起点。谭端午本来是为了躲避北京的政治风暴而来到招隐寺的,"他所居住的那个行将坍塌的小院,名为听鹂山房,是古招隐寺的一部分。吉士说,1700年前,昭明太子萧统也曾在这个小院中编过《文选》。竹篁清绝,人迹罕至。院外有一方宽阔的池塘,养着睡莲,四周长满了芦荻和菖蒲。白天,他在炎炎夏日的蝉鸣和暴雨中酣睡。晚上的时间,则用来阅读他心爱的聂鲁达和里尔克。②"在这里,虽然寺庙空间的神圣表征已经退却了,但是它的精神内涵仍与中国古老的知识分子传统相联系,代表着一种仙风道骨、与世无争的生活方式。可作者偏偏将徐吉士出于色情动机而带来的两个年轻女大学生也安置在这样一个叙事空间中,使谭端午不负责任的、无力承诺近乎要流氓式的风流韵事同样发生在古老而破败的招隐寺中。在招隐寺的夜晚,一边是池塘、莲花和月光,一边则是对纯洁或爱情肮脏的亵渎。

其实将寺庙空间作为情爱的发生之地并不始于当代,在中国古典小说

---

① [法]巴什拉:《空间的诗学》,张逸婧译,上海译文出版社2009年版,第5页。
② 格非:《春尽江南》,上海文艺出版社2011年版,第23—24页。

和戏曲中，从唐传奇到元明戏曲、话本小说，寺庙作为男女相遇幽会、私定终身之地的传统由来已久且比比皆是。如《莺莺传》中崔莺莺与张生于普救寺中相遇、《玉合记》中妓女柳氏与韩翃在法灵寺中相识、《双烈记》中韩世忠与梁红玉于甘露寺中建立盟约等。但是若将中国传统小说戏曲与中国当代小说中作为情爱发生之地的寺庙空间进行对比，不难发现，虽然都是将一段风流韵事安置在寺庙这种象征着佛教文化与承担信仰传递功能的空间中予以表达，但中国当代文学却并非是对传统叙事的有意模仿或全盘挪用，其在中国当代小说叙事中的文化意涵和叙事功能都产生了很大的变化。

　　首先，从寺庙空间的基本性质与社会功能角度来看，寺庙无疑是佛教文化与信仰的传递空间，因此它具有与世俗生活或世俗空间相隔离的出世性。与此同时，它又是中国民间社会重要的公共场域，尤其是在中国古代封建社会时期，是女性可以合法出入的公共场所。它不仅作为信仰上的一个纽结连接起广大信众，它所承担的劳顿中的休憩、困厄中的救助功能也为人们在日常生活中的交汇与沟通奠定了基础。所以寺庙不仅是一个相对封闭和隔绝的空间，也是与世俗社会广泛联通的场所。善男信女来到寺庙祈求庇佑、进香拜佛，是怀着崇高的目的走出厅堂来到这样一个公共场域，且并无任何伤风败俗之嫌疑的。因此，寺庙空间为封建社会时期男女两性的相遇提供了现实的可能性。加之很多寺庙所处的地点远离尘世喧嚣，环境清幽，更为才子佳人的浪漫幽会创造了有利的条件，男女情爱的发生多萌芽在寺庙中也是可以理解的了。但是到了中国当代文学时期，寺庙空间的基本性质并没有发生改变，但是它所承载的社会功能却大大削弱了。随着公共场域的范畴和选择性逐渐扩大，封建社会解体之后对女性权利和个性解放意识的张扬，女性已经完全融入了更为宽广的社会空间。寺庙早已不是男女两性相遇的仅有合法性场域和人们在此聚集与交流的重要空间了，因此寺庙空间作为情爱发生之所的必然性与可能性都大大缩减了。如果说在中国古典文学创作中，寺庙中情爱关系的产生具有更大的可被理解的普遍性，且很多并非作者的有意为之的话，到了中国当代文学中，这些以寺庙作为风流韵事发生地点的文本叙事，更多的则是作者的有意安排，借助寺庙空间的文化意义去丈量一种溃败或确证出时代的精神症候。在格非的这两部小说中，寺庙空间显然仍然保有着它应有的神圣性与庄严性，但作者偏偏将最世俗甚至有些猥琐的行为安排在了寺庙中，在我看来，这样的安排是对现实图像的一种镜像反映，人类已经进入了一种从在神圣与世俗之间摆荡到以膨胀的世俗欲望去亵渎神圣的状态。

第二，从寺庙空间的形态状貌和生存状况来考察，在中国古典文学中作为情爱发生之地的寺庙从外表来看大多恢宏考究、香火鼎盛，延续着可以接济救助他人的社会功能。寺庙中有和尚、尼姑常住，因此他们也经常成为小说叙事中的一个重要角色。这也正是古典小说、戏曲中男女两性情爱发生的现实基础与可能性的依据。寺庙空间的外部形态和生存情况实际上象征着一种社会秩序和对社会世俗生活的管控，寺庙是世俗大众和诸佛菩萨沟通的场所，它使人们在世俗时间之外同时享有了神圣时间，这种秩序的稳定性意味着人心的平衡状态以及社会关系的可调控性。而到了中国当代文学中，这种现实依据彻底改变了，只有当寺庙空间变得破败不堪与徒有其形而精神内核不复存在的时候，情爱才可能真正发生。由此看来，在格非的这两部小说中，春梦和风流韵事发生的地点一定是在一间早已颓败和荒芜的寺庙空间中。在秀米发生春梦的寺庙中，皂龙寺的基本形态大体如此："一路上，她看见天王殿、僧房、伽蓝殿、祖师堂，药师殿、观音殿、香积厨、执事堂都是空无一人，而观音殿和大雄宝殿都已屋顶坍陷，墙基歪斜，瓦砾中长满了青草。[①]"端午和秀蓉发生风流韵事的地方更是一座废弃的破庙，"他们要去的地方是一座废庙。招隐寺。徐老师领着她们穿过一个采石场，招隐寺那破败的山门就近在眼前了。[②]"这种颓败的寺庙形态和空无一人的徒有其表象征着调控人心和精神世界的秩序的坍塌，当这种秩序不复存在的时候，人心也失去了任何禁忌和敬畏心。

第三，从寺庙空间所唤醒的知觉结构的角度来考察，寺庙空间不仅仅是情爱故事发生的地点和场域，无论是在中国古代还是在当下的文学叙事中，作者还试图借助寺庙空间来建构起另外一重知觉结构。寺庙空间本身代表着一种理性的认知，甚至承载着对欲望的调控功能。但是"梅洛—庞蒂在谈到知觉时，身体知觉是作为一种根本性的体验而出现的，他把人身体的知觉当作一切理性、认知和判断的前提。它的激荡与热烈直接诉诸

---

① 格非：《人面桃花》，上海文艺出版社2012年版，第47页。
② 格非：《春尽江南》，上海文艺出版社2011年版，第134页。

于人类的身体，以至抵达欢乐与癫狂而可以泯灭一切道德与人伦。①"在中国古典小说和戏曲中，寺庙空间的确为才子佳人的相遇和摆脱父母之命、媒妁之言而追求婚恋自主提供了现实上的前提条件，但当这种男女两性的情爱一旦发生在象征秩序、信仰甚至禁欲的寺庙中时，也自然会对这种理性认知构成一种冲突。这种冲突是来自身体知觉的根本性体验，它所形成的与理性结构相对立的知觉结构一定不是在肯定形而上的神圣性或被奉为圭臬的伦理道德。从《莺莺传》到《西厢记》，作者借助这样一个故事"愿普天下有情的都成了眷属"；提出"至情论"的汤显祖认为"生可以死、死可以生"的才能称之为"至情"。中国古人强调的是"情"，这种男女两性之间自然流露的情感是值得肯定的，它不会因清规戒律的存在而丧失或消灭。不难看出，在寺庙空间的理性结构中产生的是一个与之形成张力的情感结构，使寺庙在一定程度上成为情场不过是对这种理性防线的试图突破以及对人性力量的张扬。而到了中国当代文学中，处于寺庙空间中的行为已不仅仅是停留在情感的层面上了，从中析离而出的不是情感结构而是一个欲望结构。格非在《人面桃花》和《春尽江南》中，偏偏将人无意识中欲望的流动和纵欲的行为安排在禁欲的圣地。如果说秀米的春梦还只是存在于一个无意识结构的范畴中，到了秀蓉的时代，它已经突破无意识而进入到意识当中，并且以行动的方式将其加以确证。而这也是一切故事发生的起点，每一个人内心的执迷与不安推动了故事的发展，成为了小说叙事的动力。

作为救赎空间的寺庙

寺庙是被佛教信仰与文化神圣化了的空间结构，因此自古至今，它一直承担着对人类世界救赎的功能。这种救赎可分为两个层次，一是对秩序的救赎，一是对灵魂的救赎，但实际上二者也是一个问题的两个方面。

首先从对秩序的救赎角度来看，自古以来，人类世界就存在着一个秩序的宇宙和无秩序的混沌之间的对立，而世界秩序的更替总是伴随着"灾难"或者说是原有秩序的毁灭。对新的秩序的重建必然要伴随着神圣化，证明一种新的秩序是符合天意、神意的才是取得合法性的前提，就像殖民者占领和征服南美洲时也是以基督耶稣的名义。虽然中国近现代以来，社会思想以无神论为基础，但是仍然需要借助寺庙这样的神圣空

---

① 褚云侠：《"酒"的诗学——从一个文化人类学谈〈酒国〉》，《小说评论》2016 年第 1 期。

间获取一种转喻性的力量，革命也需要被神圣化才能建构其合法性。由此看来，人类不可能抵达完全纯粹的状态，即使是去神圣化达到它的最大程度，人们也不可能根本摆脱原始宗教性的或者说是"类宗教性"的行为。因为每一次对行为或空间的神圣化都是对宇宙起源的重新秩序化，这必须借助模仿宇宙生成的神圣性空间和可不断重复的神圣性时间来完成。

　　前文已讨论过范小青长篇小说《香火》中，半僧半俗者香火在路上的"寻父"，"寻父"和太平寺的摧毁与重建看似是两个故事，其实它们所阐释的是一个问题的两个方面。无论是建寺庙拜菩萨还是寻父，都是在追寻一种精神上真正可以依赖的力量。如果说荒唐年代，一种极端化了的意识形态暂时占据了人们精神世界的全部，与曾经主宰民间生活的力量发生了较量，随着"现代性"的不断激进，人类似乎找到了更为先进的生存方式，无止境追求的文明以一种敌意的形式对抗着本土的、传统的、古老的，也是最为贴合人类自性的生活。却忽略了恰恰是这种民间的小传统才更具有稳定性和秩序性，因此当这种极端化的"现代性"产生了些许松动时，这种传统的诉求便会再一次成为社会生活中的显性成分。因为纵然历史的发展是断裂的，但人类的心灵世界是延续的存在。而从80年代后期开始，意识形态权威进一步失落，统一的价值规范几乎解体。学者邓晓芒在《灵魂之旅——九十年代文学的生存境界》一书的前言中，集中谈论了自己对九十年代社会与人类精神状况的概括："理想坍塌了，禁忌废除了，信仰被嘲弄，教条被搁置，上帝已死，神变成了凡人。[①]"这似乎把精神世界的重建问题推向了一种无法完结的状态。人们不断寻求对精神世界的重建实际上是在寻找一种存在的确证力量，从而于混沌之中重新建构一个新的世界。在《香火》这部小说中，各种力量无疑都在不断试图占领太平寺，太平寺是一个神圣空间，也是精神世界的象征物，"通过对它的占领，更主要的是通过在这块土地上的定居，通过从仪式上的对宇宙起源所进行的重复，人类便象征性地把这块土地转变成了一个宇宙。[②]"

[①] 邓晓芒：《灵魂之旅——九十年代文学的生存境界》，湖北人民出版社1998年版，"序"第1页。

[②] ［罗马尼亚］米尔恰·伊利亚德：《神圣与世俗》，王建光译，华夏出版社2002年版，第8页。

这就解释了对太平寺的摧毁与重建，或者说是一种象征意义上的"占领"为什么贯穿了中国近几十年的历史，因为每一个新的社会形态的建立都是对混沌的终结和一个新的宇宙的开启，当这一片被圣化了的土地可以居住时，它也就被重新秩序化并成功转化为一个世界了。

与此同时，寺庙空间也同样承担着灵魂救赎的功能。宗教徒若要完成精神上的重生与生命形态的转换往往需要通过仪式与之前的世俗生活产生隔绝（如基督教的受洗仪式、佛教的皈依仪式等），从而得到再生。这也就是说，"对精神生命的进入总是需要对世俗状态的中止，这样一个新的出生才会紧随其后而生。①"而作为一个世俗世界中的人若要获得灵魂上的救赎，无疑也要经历这样一个与世俗隔绝或在世俗中止的过程。在他们看来，若有机会和诸神在一起，就可以永远避免堕落。但是对于并未想通过仪式彻底隔断与世俗联系的非宗教徒来说，获得一个相对隔绝的神圣空间就足以使他们暂时中止世俗生活而获得灵魂上暂时的解脱了。加之中国传统文化中从诸佛菩萨处获取力量的民间信仰传统，寺庙便几乎成为了他们所能首先想到的用以救赎的神圣空间。如在张忌的小说《出家》中，"我"在第一次走进寺庙就被其陈设的神圣和诵经的庄严感动了，以至于"我"在之后日常生活的焦头烂额中时时会怀想寺庙的清净生活。这时寺庙空间存在着原初意义，它以及发生于其中的仪式本来就是从一种存在方式到另一种存在方式的通道，和诸佛菩萨在一起的神圣时间以及佛殿的神圣性足以抵御一切世俗堕落。"我"之所以对寺庙想往是因为寺庙作为一个灵魂的救赎之地能够以它的神圣将世俗隔绝开来，它是世俗之外的清净之处，满身尘俗的"我"可以在那里得到心灵的净化。

而这种对秩序和灵魂的救赎往往是联系在一起的，前文之所以说寺庙作为神圣空间对秩序和灵魂的救赎是一体两面的问题，是因为一个新的宇宙（世界）的建构必然伴随着经济基础和上层建筑两个方面，当一种秩序的合法性通过神圣性转换而重新确立之后，人类的精神世界也需要寻找到恰当的安放之处。因此，寺庙空间既生产秩序，同时也生产灵魂。在格非的小说《人面桃花》中，陆秀米在叩击瓦釜时仿佛来到了寺庙中，"她用手指轻轻地叩击着釜壁，那声音让她觉得伤心。那声音令她仿佛置身于

---

① ［罗马尼亚］米尔恰·伊利亚德：《神圣与世俗》，王建光译，华夏出版社2002年版，第117页。

一处寂寞的禅寺之中。禅寺人迹罕至,寺外流水潺潺,陌上纤纤柳丝,山坳中的桃树都开了花,像映入落日的雪窗。游蜂野蝶,嘤嘤嗡嗡,花开似欲语,花落有所思。有什么东西正在一寸一寸地消逝,像水退沙岸,又像是香尽成灰。再想想人世喧嚣嘈杂,竟全然无趣。①"在这里禅寺的清净与世俗的喧嚣构成了强烈的对比,实际上,他们几代人追寻的桃花源也好,类似一个现代社会的乌托邦也罢,不过是想于这种嘈杂之外重建秩序或者以另外一种社会形态取代原有的秩序并为心灵找到一个皈依之所。而寺庙空间所蕴含的恰恰最为接近理想中的桃花源或乌托邦,同时也为灵魂的救赎寻找到了可能性。

但是近年来,随着社会环境的变化,寺庙在承担救赎功能的过程中也涌现出了一些新的问题。仍以前文谈到的张忌的小说《出家》为例,可以说寺庙空间基本上是一个做佛事的场所,也是通过佛事将神圣和世俗两个世界连接起来了。但是在这部小说中,虽然寺庙空间仍然承担着它最基本的功能,但却与其原始含义相去甚远了。以小说中阿宏叔当家的寺庙为例,宝珠寺由破败不堪到金碧辉煌是仰仗护法的财力与威望来实现的,为了获得护法持续不断的帮助,住持和尚不惜和护法发生肉体关系并不时回馈给护法相应的利益。当方泉也成为了寺庙当家的时候,护法周郁和周老太太的出现,将一个新的寺庙空间再次转化为这个行当运作模式中的一个环节了。"只有这些人,才是真正跟寺庙连在一起的。村里人家,无论婚丧嫁娶,还是出门营生,都不会绕过寺庙,只要有事,都会去庙里问问师父。②"无论是周郁极尽吹嘘之能事而把寺庙变成一个旅游场所还是周老太太把寺庙变成一个老年人活动中心,借寺庙空间从中获得利益是他们共同关注的核心要素,而寺庙在神圣—世俗结构中所本具的超验模式也被世俗模式置换了。

寺庙空间功能的这一转化发生在当下人们对神圣空间的基本体验被强行割断和经济社会的畸形发展的现实之中。在一个寺庙被强行拆除的时代,至于一尊的高度统一的意识形态以及无神论观念,已经通过拆解的方式完成对其成功的去圣化了。寺庙的重建本意味着对世界的重新神圣化,但随着对经济以及世俗利益偏狭的追求,这个重新神圣化的过程是依靠另

---

① 格非:《人面桃花》,上海文艺出版社2012年版,第78页。
② 张忌:《出家》,中信出版集团2016年版,第215页。

一种藏污纳垢的方式进行的，从而形成了神圣与世俗两种力量之间的牵制关系。在信仰普遍缺失的状态下，再度神圣化不可能充分彻底地完成，反而通过寺庙功能的转换成为了市场价值的一部分。这与范小青《香火》中太平寺的重建与最终的沦落指向了同一个问题，香火不断想重建太平寺的冲动或许并不完全纯洁，但是世界依然可以因为一个神圣空间的重塑而得到净化。但是这种再神圣化并没有能够抵御世俗的所有堕落，信仰体系的坍塌使人们不再渴望与诸神同在的神圣时间和空间，而是将自我置于绝对现实的境况之中。

第五章

中国当代小说中的佛教美学

第一节 中国当代小说中的佛教文化意象系统

一 钟磬、莲花、镜子等佛教文化意象的象征意义

中国当代小说中常借用很多佛教文化中的意象来表达人物性格或故事情节的突转。最常见的有钟磬、莲花、水、镜子以及河岸等意象。

钟 磬

钟磬是佛教文化中最重要的法器之一，钟磬本身的构造和形态决定了其声音深沉、洪亮且具有绵长的穿透力。因此在《敕修清规》法器章里说："大钟，丛林号令之始也①"，它的特点决定了其可被用作发号施令，且具有醒人耳目的作用，以达到惊醒鞭策的目的。另外撞钟还与悔罪祈福相联系，正如《增一阿含经》云："若打钟时，愿一切恶道诸苦并皆停止；若闻钟声及佛经咒，得除五百亿劫生死重罪。②"可以说钟磬承载着消除苦难、救度众生的功能，众生也常在其之上寄予美好的期望。

汪曾祺的小说《幽冥钟》是以半夜敲"幽冥钟"的承天寺的民间传说、历史以及如诗如画的敲钟场面为主体的小说作品，虽无任何小说的情节可言，但却着力于营造小说的含蓄淡远之意境。而这种悠远的境界恰恰是借助对钟声的极力表现来实现的。

---

① （元）德辉主编：《敕修百丈清规 法器章第九》，中州古籍出版社2011年版，第210页。
② 中华大藏经编辑局：《增一阿含经》，《中华大藏经》第32册，中华书局2004年版，第1页。

钟声是柔和的、悠远的。

"东——嗡……嗡……嗡……"

钟声的振幅是圆的。"东——嗡……嗡……嗡……",一圈一圈地扩散开。就像投石于水,水的圆纹一圈一圈地扩散。"东——嗡……嗡……嗡……"

钟声撞出一个圆环,一个淡金色的光圈。地狱里受难的女鬼看见光了。她们的脸上现出了欢喜。"嗡……嗡……嗡……"金色的光环暗了,暗了,暗了……又一声,"东——嗡……嗡……嗡……"又一个金色的光环。光环扩散着,一圈,又一圈……

夜半,子时,幽冥钟的钟声飞出承天寺。

"东——嗡……嗡……嗡……"①

汪曾祺在这里事无巨细地描摹了幽冥钟发出的声音并借用通感想象了它的振幅和扩散方式。拟声词的排列与重复惟妙惟肖地勾勒出幽冥钟洪亮、深重和绵长的声音而使人如同身临其境,并且沉浸在一种慈悲庄严的氛围之中。幽冥钟是"专门为难产血崩而死的妇人而撞的。不知道为什么,人们以为血崩而死的女鬼是居处在最黑最黑的地狱里的,——大概以为这样的死是不洁的,罪过最深。②""幽冥钟"在佛教文化中正是承担了超拔幽冥的苦难这样一种功能,它的声音震动与传播之深远,可以上天入地,使三界六道的众生都能够解脱烦恼,尤其是三途恶道的罪恶悉皆消除。因此这种由幽冥钟的声音所形成的慈悲庄严感也同时有效救赎和抚慰了小说前半部分张士诚传说中杀戮的罪恶和紧张氛围,作家悲天悯人的情怀也随着幽冥钟一圈圈圆形的振幅以及深稳而极具穿透力的声音播散开来了。

在范小青的小说《香火》中,当香火在爹的协助下准备与二师傅重建太平寺时,"钟"的意象频繁出现在文本叙事中。二师傅不断跟香火确证是否听到敲钟声和看到有人敲钟,以及敲钟的人到底是谁等问题,是因为作为一个多年的修行者,二师傅深知钟磬在佛教文化中的意义和重要性,钟声在这里意味着一种发号施令,是对佛门众弟子的的重新聚集。小

---

① 汪曾祺:《幽冥钟》,《中国当代作家选集丛书》,人民文学出版社1992年版,第165页。
② 同上。

说在将叙事转向到太平寺的重建之前，先用钟的意象昭示着情节的转换，太平寺的重建要开始了，这也是聚集僧众之力量开启了对精神信仰的重建。钟的意象不仅在情节的转换上承担了叙事功能，它也暗示着时代的转换和历史的变迁。

在格非的小说《人面桃花》中，陆秀米被掳花家舍，花家舍因内部争斗而发生火灾时，秀米曾生出世之念，想拜尼姑韩六为师，到庙里修行以了此生。在忧患重重、人心惶惶的革命年代，一个反复出现的意象是父亲陆侃留下的那个"瓦釜"，它曾一度被认为是使一代代知识分子发疯的根源所在，也由此成为了一个神秘的象征。"她的目光仍在盯着那只瓦釜。她用手指轻轻地弹敲着瓦釜，并贴耳上去细听。那声音在寂寞的雨夜，一圈一圈地漾开去，犹如寺庙的钟声。[①]"

小说中曾几次描写"瓦釜"所发出的声音类似钟磬发出的声音，让人想到寺院旷寂，仿佛尘世之外有一个更为洁净之所。而在远古时期，钟磬一直是人沟通神灵的工具。在现代以前，钟声所指向的也是那些杳不可见、只有用声音才可沟通的存在。当陆秀米选择"禁语"之后，"瓦釜"的声音又一次凸显出来，它远比任何人类的语言都更为纯净悠远。这使它不仅成为了一个桃花源梦想的象征符号，也具有了某种形而上的意味。

莲　花

莲花是佛教文化中的重要意象之一，它也在某种程度上代表了佛教世界以及清净圣洁的状态。首先，莲花在佛教中具有"化圣母胎"的孕育性质。在印度早期的史诗中，大梵天就是在毗湿奴大神肚脐上的莲花中诞生的。而佛教经典《大智度论》卷九中的叙述与印度早期史诗相类："尔时世尊从脐边出诸宝莲花……从是佛脐中，辗转出宝花，花花皆有座，座座各有佛……[②]"《佛地经纶》卷一中说："于一切法，一切种相，能自开觉，亦开觉一切有情。如睡梦觉醒，如莲华开，故名佛。[③]"由此可见世尊也像毗湿奴大神一样从肚脐生出了莲花，而诸佛正是从莲花之中化生而来。与此同时，佛的世界以及一切智慧也正是从莲花中应运而生的。因

---

① 格非：《人面桃花》，上海文艺出版社 2012 年版，第 300—301 页。
② 中华大藏经编辑局：《大智度论》卷九，《中华大藏经》第 25 册，中华书局 2004 年版，第 254 页。
③ 中华大藏经编辑局：《佛地经论》卷一，《中华大藏经》第 27 册，中华书局 2004 年版，第 1 页。

此,《无量寿经》卷下指出了众生的成佛之路"若有众生,明信佛智,乃至胜智,作诸功德,信心回向。此诸众生,于七宝华中,自然化生,跏趺而坐。①"其实佛也就是得道的众生,若完成由众生向佛的生命转化,必然要经历一次在莲花中化生的过程。这也是佛教的世界与众生的俗世在生命繁衍上最大的差别——从胎生转化为化生,而莲花在化生的过程中恰恰扮演了生命母胎的角色。莲花之所以可以作为庄严佛国的化圣母胎,正与其自身微妙香洁的属性有关,这是莲花作为佛教文化意象的第二个特征。莲花的生长环境造就了它出淤泥而清净无染的高贵品格,正如《维摩诘经》所言:"譬如高原陆地不生莲花,卑湿淤泥乃生此花。是故当知一切烦恼为如来种。譬如不下巨海,不能得无价宝珠。如是不入烦恼大海,则不能得一切智宝。②"莲花在淤泥中不染,滋养莲花的淤泥正是世间的诸种烦恼,而烦恼也是成就佛道的菩提。莲花的母体特征和清净无染特征都决定了它意味着生命形式从世俗到神圣的转换过程,是对佛教本质的象征。

在格非的小说《春尽江南》中,睡莲是一个显而易见的意象。在二十年前的招隐寺,谭端午居住在 1700 年前昭明太子编过《文选》的听鹂山房,院外有一开满紫色睡莲的池塘。小说曾停顿在不同的时间点,以端午和秀蓉两人不同的视角回忆二十年前招隐寺的那个夜晚,但他们都会谈到池塘中一朵挨着一朵的紫色睡莲。二十年后,端午从哥哥所在的精神病院穿到招隐寺公园,那里的情境是这样的:

> 门前的那处池塘似乎比原先小了很多。池塘四周的柳荫下,支着几顶太阳伞。一个大胖子光着上身坐在帆布椅上,一边抠着脚丫子,一边在那儿钓鱼。浑浊的水面上不时有鱼汛漾动。
> 没有睡莲。③

后来端午到花家舍参加诗歌讨论会:

---

① 中华大藏经编辑局:《无量寿经》,《中华大藏经》第 9 册,中华书局 2004 年版,第 589 页。
② 中华大藏经编辑局:《维摩诘所说经》卷七,佛道品第八,《中华大藏经》第 98 册,中华书局 2004 年版,第 879 页。
③ 格非:《春尽江南》,上海文艺出版社 2011 年版,第 84 页。

吧台对面，是一个巨大的水车，它并不转动，可潺潺的流水依然拂动着水池里的几朵塑料睡莲。①

最后小说以题为《睡莲》的诗歌作结：

> 我大声地朝你呼喊
> 在梦的对岸，睡莲
> 你听不见
> ……
> 假如注定了不再相遇
> 就让紫色的睡莲
> 封存在你波光潋滟的梦中
> ……②

莲花自有纯洁之象征，在《春尽江南》中，紫色睡莲是端午与秀蓉共同的回忆，也有清新美好的象征。随着时代的变化，环境与人心都变得越来越庸俗和恶劣，当端午二十年后穿过招隐寺公园时，那里的池塘不仅变小了，而且作者特意另起一个段落强调："没有睡莲"，所逝去的不仅仅是二十年的时间，而更重要的是那些纯洁与美好的东西一去不返。端午在参加诗歌讨论会时，沦为销金窟的花家舍试图用人工的塑料复制出一支睡莲，原初的存在被忘记了，而只剩下模制出的毫无生气的东西。因此，在小说最后的诗歌中，端午呼喊梦中彼岸的睡莲，如果说曾经的秀蓉是睡莲的话，她听不见；如果那些生命中最本真的初心是睡莲的话，它也听不见。所以，如果注定无法再相遇，端午希望可以让紫色的睡莲封存在梦中。这首题为《睡莲》的诗，写给端午自己，写给他死去的妻子家玉，也写给这世界上所有的芸芸众生。这是对一种清洁无染的品格与精神的召唤，也是对世界和人心秩序重建的召唤。

水

水几乎在任何宗教中都被赋予了象征意义，虽然略有差别，但也呈现

---

① 格非：《春尽江南》，上海文艺出版社2011年版，第316页。
② 同上书，第375—376页。

出了一定的共通性。"无论在什么样的宗教系统中，我们都会发现这种现象，水总是保有着它的功能。它能瓦解形式或者破坏结构，也能'洗去罪恶'，同时也有净化力量和再生力量。[1]"具体在佛教文化中，"水"意象所构成的象征结构也是以一体两面的形式存在的。正如龙树菩萨所言："夫水也者，随器方圆，逐物清浊，弥漫无间，澄湛莫测。[2]"作为佛教四大之一的"水"是构成世界的基本物质之一，明显具有了生命源泉的性质。但生命源泉中也自然包含着欲望等这些将世界引向毁灭的破坏性力量，正如《楞严经》明确指出贪欲是水，也是招致水灾灭世的根本原因，从而破坏和毁灭一切形状。但是灭世也意味着一种再生的力量，"水中的浸礼都不是一个最终的灭亡，而是一个暂时重新进入不确定的状况。[3]"在这种不确定中，新的造物或生命也就产生了，所以"水"的意象也一直与洗礼和再生有关。《大般若波罗蜜多经》中指出："又如水大性本清洁无垢无浊，甚深般若波罗蜜多亦复如是。[4]"也就是说在佛教看来，水的本性是清净无浊的，水中的洗礼是可以达到一种净化作用的，同时它也是清净佛性的象征。而洗礼往往不仅仅意味着净化，也会产生对诸佛菩萨的皈依从而完成生命的新生过程。佛教极乐佛国中有"八功德水""杨枝水"，以此浇灌皆可普度众生。因此可以说"水"在佛教文化中可以被一切所包容，也可以包容一切，可以是围困众生之烦恼，也可是成就众生之菩提。

在迟子建的小说《清水洗尘》和《空色林澡屋》中，水意象就是具有净化和包容属性的象征物。这两部小说都是关于"洗澡"的作品，而洗澡在她的叙事中也渐渐从一个优美诗意的故事演变为散发着普遍宗教情怀的思考了。《清水洗尘》中的洗澡是礼镇人在每年的腊月二十七所要遵循的风俗，礼镇人每年只洗一次澡，正是在每一个年关，用清水洗去肉体、精神和情感上的尘埃。在这里，日常生活中的怀疑、猜忌、嫉妒与冲

---

[1] ［罗马尼亚］米尔恰·伊利亚德：《神圣与世俗》，王建光译，华夏出版社2002年版，第72页。

[2] （北魏）杨衒之：《四库家藏洛阳伽蓝记》，山东画报出版社2004年版，第168页。

[3] ［罗马尼亚］米尔恰·伊利亚德：《神圣与世俗》，王建光译，华夏出版社2002年版，第72页。

[4] 中华大藏经编辑局：《大般若波罗蜜经》，《中华大藏经》第1册，中华书局2004年版，第1页。

突都在清水中被一一化解了,在清水的涤洗下,呈现给我们的是质朴而美好的人性和即将到来的通透舒畅的新生活。年关的一次洗澡,也意味着在清水中除去一年的风尘而完成一次生命的新生。在迟子建新近发表的中篇小说《空色林澡屋》中,她延续了这样一个洗澡的故事,但这个故事已经不仅仅满足于《清水洗尘》的清新与温存了,迟子建将一个神秘而不可坐实的"空色林澡屋"嵌套了一个坐实的现实主义叙事中。在这篇小说中,"洗澡"显然已经不仅仅是在为旅途劳顿中的人洗去尘埃与疲乏,更重要的是,它帮每一个受过委屈的人洗去了满心的烦恼和困惑,照亮人性最暗淡的角落,从此让人生寻找着光明而去。在这里,洗澡已经具有了神圣的洗礼意义,而给人洗澡的虽然相貌丑陋但却一生善良洁净的皂娘也被塑造为一个略带神性色彩的人物了。但是这个所谓的"空色林澡屋"不过是在山民向导关长河的讲述中存在的,当人们想去寻找这样一个精神的净化之所时,关长河与"空色林澡屋"却一同神秘失踪了。或许正如这间澡屋的名字"空色"所暗示的,空色不离,照见包括色在内的五蕴皆空,才可度一切苦厄。"空色林澡屋"在现实世界中的有无其实并不重要,重要的是在每个人的心里是不是有这样一汪洗涤心上尘埃的野菊花瓣水,能收获辽阔的天空和漫天的繁星以及照见内心黑暗之后的自在与澄明。"不管空色林澡屋是否真实存在,它都像离别之夜的林中月亮,让我在纷扰的尘世,触到它凄美而苍凉的吻[①]",这便是一个不知虚实的"空色林澡屋"存在的意义,这样的清水就是成就众生之菩提。

镜　子

镜子也是佛教文化中较有代表性的意象之一,虽然早在《四十二章经》中就有以磨境比喻磨练心性的修行,后慧能大师又以"明镜亦非台"喻心之无挂碍,但通过对这些文献的考察,可以说镜子的象征意义最终都可归结为"空性"。由于镜像与所谓的万物"实有"之间的关系可最为恰到好处地阐释佛教思想中"空无自性""万法皆空"的道理,因此"镜子"的象征含义也变得相对典型和清晰了。《维摩诘所说经》卷上《弟子品》中明确指出:"诸法皆妄见,如梦如焰,如水中月,如镜中像,以妄想生。[②]"《大

[①] 迟子建:《空色林澡屋》,《北京文学》2016年第8期。
[②] 中华大藏经编辑局:《维摩诘所说经》卷三,弟子品第三,《中华大藏经》第98册,中华书局2004年版,第829页。

乘起信论》也认为"与虚空等,犹如净镜。①"镜子可以说是佛教中喻空的最重要意象之一,其基本意涵主要可归纳为镜中本无相;镜中所成之相为虚幻之相;而人们往往将虚幻之相当作实相而沉湎其中;真正的实相正是究竟空。

格非早期代表作《褐色鸟群》很少被人理解成一个历史文本,而在我看来,它实际上是对格非新历史主义观念的一个最为简洁凝练的寓言化阐释。小说中用"画夹""镜子"这样的意象隐喻心理真实与客观真实的关系,人们选择不同的方式去记忆历史,无论是画中之物还是镜中之物都有它的虚幻性,它与真实都已产生了距离。当我们叙述一段历史时,就像小说中"我"对棋讲述的故事一样,夹杂了太多自己的愿望与想象,有多少种叙述的方式,便有多少种历史,这些在主观因素影响下而虚构出来的故事参与着对历史的编码。

扎西达娃的短篇小说《世纪之邀》中将桑杰眼前一切的城市景观比喻为镜子里映出的幻象,而他的处境正是在两面相对的镜子之间。"……一切如同镜子里印出来的幻象,有一种不真实的幻觉感。记得一位朋友讲过,两面镜子相对时,从中可以看到无限。现在他才体会到置身于两面镜子中间这种趋于无限的迷失感。②"之后桑杰就在去往朋友加央班丹婚礼的路上走失了,城市消失而荒蛮大地现前,时间也由现在穿梭到过去,自己的朋友加央班丹变成了被流放甚至要被终身监禁的贵族少爷。在这里,镜子的意象无疑将小说的叙事带向了混沌迷茫同时又不可预知的巨大虚幻之中,生命的过程就像永恒轮回循环的车轮不停转动,而在镜子中往复呈现出幻象一样,两面相对的镜子可以让这些过去、现在、未来的虚幻景观交错重叠出现。这篇小说不仅借用佛教文化中镜子的虚幻意义指出了历史与现实的虚构性,同时也将它衍化成了一种寓言化、象征化的表达方式,以一种边地的神秘叙事指涉了难以言明的真实。

再谈范小青的长篇小说《香火》,"镜子"意象在香火抛弃世俗生活而重回太平寺并不惜一切代价重建和振兴太平寺的转捩点上扮演了重要角色。太平寺封寺多年之后,当年的小香火已经成家并有了自己的孩子。但

---

① 中华大藏经编辑局:《大乘起信论》,《中华大藏经》第92册,中华书局2004年版,第988页。

② 扎西达娃:《世纪之邀》,《扎西达娃小说集》,中华书局2011年版,第77页。

是有一天，从来不照镜子的香火鬼使神差地走到了女儿的镜子面前，从而第一次通过镜子照见了自己。佛教中常以"镜子"喻空性，因为镜子本身也具有强烈的主观虚幻性。以镜照人，就像《楞伽经》中所说："譬如明镜，顿现一切无相、色像，如来净除一切众生自身现流亦复如是。[①]"这就是香火一开始不确定镜中人是不是自己，然后相信是自己，最后"心里却备不落实，空虚虚的，不知少了什么，又闷堵堵的，也不知多了什么[②]"的原因。香火当然知道是什么东西在牵挂着他，通过镜子照见了这种心灵上的空虚之后，他径直就往太平寺跑去了，从此开始了他振兴太平寺的艰难历程。镜子在这里昭示着对香火世俗生活叙事的中止和对精神世界重建的开启。

河 岸

河岸是佛教文化中另一个重要的意象，常听说"苦海无边，回头是岸"之语，这里的"岸"指的是彼岸，如果说众生所生活的有生有死的地方是此岸，那么无余涅槃所抵达的就是无生无死的彼岸。如果将生死比喻成一条河，下河的地方是此岸，上岸的地方就是彼岸。而渡河需要乘船，圣道也即佛法就是船，通过这条圣道的船，众生才能通过生死的河流而到达彼岸。

范小青的《香火》中另一个重要的佛教意象就是河岸。在这部小说中，经常出现的就是"此岸"和"彼岸"的意象，同时在两岸之间河水上摆渡的小人物老四也贯穿在整部小说中。香火多年前因吞食了坟上的青蛙被爹带到吕大夫处抓药然后送到寺庙里就是搭乘老四的摆渡船渡河，当时爹见到老四的时候就质疑他是不是被淹死了；小师傅失踪以后，香火和二师父寻找小师傅，走到河岸，又遇到了船工老四，这次老四自称是鬼，在夜里给鬼摆渡；当太平寺重建以后，香火爹告诉香火"念佛如同救命船[③]"，让香火借船开方便之门帮帮河对岸的人，而摆渡的仍然是船工老四。在这里，河岸和摆渡都明显蕴含着佛教文化中的比喻含义。《智度论十二》中解释到，"以生死为此岸，涅槃为彼岸[④]"，也就是说生死之境界为此岸，无生无死的境界为彼岸。而要抵达彼岸需要智慧，这也就是念

---

① 中华大藏经编辑局：《楞伽经》，《中华大藏经》第97册，中华书局2004年版，第81页。
② 范小青：《香火》，江苏文艺出版社2011年版，第220页。
③ 同上书，第269页。
④ 中华大藏经编辑局：《大智度论》卷十二，《中华大藏经》第25册，中华书局2004年版，第309页。

佛，所以说念佛如同救命船，而摆渡是在为此岸的人抵达彼岸而广开方便，因此是在普度众生。在小说中，无论是香火还是河对岸的众生从俗的世界进入僧的世界，都需要渡河从此岸到彼岸。正是从渡河落水这个节点上，范小青有意模糊了人和鬼、生和死之间的界限，因为到达一个无生无死的彼岸世界之后，其实并无所谓生死，因为此时生就是死，死就是生。

二 "西藏"：作为一种新生的独特地理意象

近年来，"西藏"作为一个新生的独特地理意象频繁出现在中国当代作家的小说创作中。这里的"西藏"意象与前文所论及的边地作家以小说的形式展开对西藏的想象与建构不同的是，它们不是一个在地者或闯入者以西藏为地理空间，在其中以西藏文化与日常生活为主体而展开的小说叙事，而仅仅是一个穿插于小说主体故事之中的意象符号。文本中的西藏可能是具体而实在的，也可能只存在意念之中；有可能是最终抵达了的，也可能是永远无法抵达的。

西藏之所以成为了当下文本叙事中一个新生的独特地理意象，与政治、经济、社会的发展不无干系，但是它能够成为文人知识分子不断想象和寄托精神与心灵的意象符号，更重要的是与藏传佛教从民国后期开始在汉人地区的广泛传播密切相关。自印度文化传入西藏之后，藏传佛教影响了西藏的政治制度、宗教信仰、生活习俗等方方面面，并成为了西藏地区主导性的文化。因此，当提到西藏这个地理概念的时候，很容易与藏传佛教联系在一起，西藏的形象几乎是被藏传佛教所塑造出来的，它也成为了藏传佛教文化的指称与象征符号。

首先，藏传佛教的信仰体系使西藏成为了灵魂的皈依之所。西藏是中国唯一一个几乎是全民信教的地区，即使西藏和平解放使一些人成为了无神论者，也并没有破坏掉藏传佛教的信仰体系，显然到目前为止藏传佛教依然是西藏文化的核心。这种信仰体系的完整性具有极强的辐射力，虽然信众在信仰程度上略有差异，但是宗教意识与信仰观念却深入人心。传统智慧中的古老教法是信众在生与死的每一个不同阶段从中汲取帮助的重要资源，他们可以通过修持佛法来缓解现世人生的痛苦并寻求心灵的皈依之路。藏传佛教的信仰体系建构出了一个迥异于朱光潜所提出的正统中华"乐感"文化的系统，而"乐感"文化无论相比西方的"罪感"文化还是独特的西藏地域文化，最大的缺陷正在于没有一个外力可供依靠。而藏传佛教是佛教文化系统中最为重视师师相传的教派,因为在密宗看来,上师就是最可敬仰、依赖与追随的,只有依赖上师才可以达到最终的证悟,"我们尊敬上师,因为他们甚至比一切诸佛还慈悲。虽然一切诸佛的慈悲和力量永远存在,但我们的业障却阻止我们与诸佛面对面相会。①"这就为与我们最基本的自性相结合、对生死执着的超脱、心灵与精神的皈依找到了一个不同于抽象的诸佛菩萨的、现实而具体的依靠力量。因此,西藏逐渐成为了灵魂皈依之所的象征,无论是到西藏参访、游历还是孤独行走等这些暂时离开自己的文化传统而经历信仰洗礼的行为,都被赋予了一种神圣的光晕。

第二,藏传佛教的修持方法使西藏成为了神秘性的象征。从佛教史的发展来看,自宋元以后,藏传佛教的密宗教法一直保持着神秘的观念,且仅限在藏传佛教区域修行,而没有广泛传播到汉族地区。自民国以来,由于汉藏文明的进一步沟通,才有了西藏密宗各派法师来内地弘法,也出现了内地远赴西藏求法的高僧大德。当人们第一次接触密宗神奇的修持方法,如通过念咒消灾祈福、对无上瑜伽密的修行、寻找转世灵童等,对神秘文化的好奇感立刻使很多人被它吸引,并将以藏传密宗文化为代表的西藏视为了一个神秘化的地理空间。这种神秘化成分恰恰是中华民族主体文化资源中所匮乏或稀有的,具有着与中原文化或汉地文化较大的差异性。加之政教合一等与汉文明截然不同的政治体制与文化传统,汉地的人们往往将其视为"他者"来观看和考察属于异域空间的西藏。依据后殖民主义理论中的"空间意识",藏地与汉地之间巨大的差异性完全可以建构出一个内部的异域他者形象。正如巴柔对"形象"的界定,"一切形象都源于自我与'他者',本土与'异域'的自觉意识当中。因此形象即为对两种类型文化现实间的差距所作的的文学的与非文学的,且能说明符指关系的表述。②"在人们对这个他者形象观看的过程中,以神秘性作为表征的象征物也就形成了。

第三,藏传佛教的基本观念使西藏成为了时间性修辞。相信死后仍然有生命和转世轮回是佛教的基本观念之一,而在西藏,正如它将诸佛的慈悲和力量具体化为一个上师一样,由于基于佛教基本理念所发展出的独特

---

① 索甲仁波切:《西藏生死书》,郑振煌译,浙江大学出版社 2011 年版,第 161 页。
② [法]达尼埃尔·亨利·巴柔:《形象》,孟华译,《比较文学形象学》,北京大学出版社 2001 年版,第 155 页。

的对上师的寻找，又进一步将看似虚无缥缈的转世变得有迹可寻了。每当一个证悟了的上师圆寂，他们都会留下指示或以梦相来暗示即将实现的转世，转世在西藏变成了确证的可以在生活中示现的真实存在，这不仅仅是一个上师转世的问题，它也渐渐成为了西藏的历史观和时间观，甚至整个西藏变成了转世的象征。这就使西藏这个本身的地理空间转化为一种时间性修辞了，而这种时间性修辞与主导当下文化的线性时间观大相径庭，它建构了永续循环的时间结构。人类世界最深重的执着和最深刻的恐惧恰恰源于不知如何面对终将发生的死亡和毁灭，而西藏这种转世的时间结构正是缓解这些基本焦虑的有效途径之一。同时循环也是一种相对的静止，它没有按照线性时间观的脉络轨迹走向不断向前推进的路线，而是使时间按照既定的循环而实现相对的静止了。当人们从一个线性时间观的文化系统中进入西藏的时间系统时，便会由巨大的落差中经历时间的滞后感，而这种滞后感是不会加速生命的死亡的。

当西藏成为一个神秘的、可皈依灵魂的时间性修辞之后，它也就由地理空间变成一个文化意义上的表征符号了。新世纪以来，妄念与贪婪逐渐以"离心"的方式阻止着人们认识世界的真相，因此寻找一种"向心"的力量来引导精神的走向和未来的道路成为了一个迫切的问题。西藏作为一个象征意象的某些特质在此时与人类追寻的理想形成了高度的契合，于是文学开始书写西藏，藏地之外的作家开始主观地且并非仅仅将其作为一个地理空间予以考察，"文学作品的'主观性'不是一种缺陷，事实上正是它的'主观性'言及了地点与空间的社会意义。①"小说创作中出现这个与藏传佛教文化密切相关的意象符号集中在九十年代以后，西藏往往成为小说中人物所渴望抵达的处所，而这些出现了西藏这种地理意象的小说又产生了两种表现形态，一种是人物最终抵达了西藏，使西藏变成了一个具体可感的空间，"描写地区体验的文学意义以及写地区意义的文学体验均是文化生成和消亡过程中的一部分。……它们是历史发展过程中空间被赋予意义的时刻。②"另一种是西藏始终是一个想像中的或永远无法抵达的存在。前者以池莉的《心比身先老》、邱华栋的《墨脱》为代表；后者

---

① ［英］迈克·克朗：《文化地理学》，杨淑华、宋慧敏译，南京大学出版社2003年版，第56页。

② 同上书，第58页。

则以贾平凹的《白夜》、格非的《春尽江南》为代表。

池莉获得鲁迅文学奖的中篇小说《心比身先老》讲述了一群城市青年——"我"（康珠）、李晓非、吴双、牟林森、兰叶一同的西藏之旅，而在"我"生病之际，四位朋友纷纷弃"我"而去，继续他们各自的旅程。"我"一个人在拉萨的日子里，是饭店隔壁训练场的藏族康巴小伙加木错照顾"我"，带"我"拜佛诵经，为了"我"的疾病叩一天一夜等身长头。这个纯朴的藏族小伙和同行的那些"既不能负责，也无法承诺，既保证不了自己，又不能信赖他人[①]"的朋友形成了鲜明的对比，最后加木错骑马穿过机场送行的车流来与"我"道别，而"我"也在反思造成藏地与汉地青年差异的原因以及"是不是终须有个信仰我们才能守承诺忠信用，才能保证自己信赖他人呢[②]"。池莉的这篇《心比身先老》创作于二十世纪九十年代初期，正值一个信仰坍塌而亟须建构新的价值体系的年代，正像作者在这篇小说中所说的："我没有仗可打，我没有知青可当，我没有大学可读，我没有工作可做，我陷落在我的苍白的历史阶段之中。[③]"这一代的青年已经与父母一代截然不同了，如果说父母一代在面对战争、革命时还可以为一种崇高的使命而托付终生，高度一体化的意识形态形成了他们精神上的信仰力量的话，九十年代以后青年一代面临的是历史的空场和精神的废墟，因为信仰的缺失他们变得无法承诺、无法信赖，现代性的焦虑致使他们的心灵比身体老却得更为迅速。可以说池莉的这篇《心比身先老》是她离家远行的作品，与她那些以武汉小市民为表现对象的小说不同，她把一代知识分子放置在了西藏海拔四千多米的高原之上，一个能用最虔诚的行为使世俗人生进入到佛的神圣境界的地方。西藏对于池莉小说中的青年们来说，是一个可以让老却了的心灵恢复活力的所在。正如前文所论述的，西藏是在中国近现代史上唯一一个没有割裂或遗失传统宗教文化的地区，在一个信仰体系完全坍塌的时代，抵达西藏，是重拾和反思信仰传统的方式，也是对几十年来革命理性对神秘文化压抑的历史的进一步清算。因此，面对藏地这样一个独特却又自足而往往被认为是前现代或反现代的地理空间，作者开始疑问，"怎么说才能够让思维

[①] 池莉：《心比身先老》，《百花洲》1995 年第 1 期。
[②] 同上。
[③] 同上。

受到经验限制的人们相信目前还不能被证实的某些存在呢?①"当这些城市里的青年在世俗生活中无法找到精神的皈依之处且无法救赎自己的灵魂时,"在一点一点亮起来的蓝天白云之间,经幡飘动起来,尘土卷扬起来,车马声嘈杂起来,人物活动起来,一个又一个手摇转经筒的藏民蹒跚而过,他们一心一意,与世无争,好像他们人在尘世,心却不在这里。②"

《墨脱》是邱华栋对以北京为背景的系列城市叙事的进一步深化,它其实仍然是一篇城市小说,但故事的地点却发生在北京和遥远的西藏墨脱。何如意在经历了狂热爱情中的挫败和婚姻生活中的扭曲与压抑之后,她决定带着救赎婚姻的目的去往遥远的墨脱。而致使她去墨脱的原因很偶然也很简单,她翻看到杂志上的墨脱专辑时发现,"那里是真正的世外桃源,人间的偏僻之地,大地上最远的角落。相传,是千年之前藏传佛教开山者莲花生大师在那里修建庙宇、创建新教的地方。③"在墨脱,何如意和旅伴林笠——一位因难忍生活憋闷而出来走走的离婚公务员,一起经过四天徒步的跋山涉水、历经艰难险阻终于抵达了目的地墨脱。而神秘的墨脱比想像中的更为寻常和平静,何如意认为自己在那个莲花盛开的地方开悟了。正在她决定谅解一切而返回北京之前,她和旅伴林笠发生了性关系。何如意回家之后得知林笠在去往阿里的途中车祸身亡,而她与丈夫生下一个孩子,孩子却多少长得有些像林笠,不过这也是不得而知永远封存的秘密了。《墨脱》不过是邱华栋"十三种情态"中的一种,涉及了日常生活中较为隐秘的情感部分,而小说中的人物在寻求一种方式救赎自己的婚姻和感情时,她毫不犹豫地选择了西藏,因为"拉萨带给何如意一种远天远地的空明感,这也是西藏带给她的感觉④"。正如前文所论述的西藏作为一种时间性修辞它的时间感是相对凝固和倒退的,正是"一种平静的生活样貌和停滞的时光感,让他们忘记了都市的喧嚣和各自生活的烦恼。⑤"因此对于何如意来说,西藏意味着一种净化,同时也是一种重返。"田园生活的消亡是一个不断重复出现的话题,无论是在哪里见到真正的田园风光,都处在消失的边缘,就如同不断下降的电梯,真正的田园风光

---

① 池莉:《心比身先老》,《百花洲》1995 年第 1 期。
② 同上。
③ 邱华栋:《墨脱》,《上海文学》2015 年第 7 期。
④ 同上。
⑤ 同上。

似乎总是存在于上一代。①"恰恰由于借助了这种时间倒退式的重返才得以回到了一个暂时的世外田园,但暂时性真的能够救赎每一个孤独的灵魂吗?这是邱华栋质疑和思考的问题。从小说的结尾来看,无论是何如意还是林笠,逃向西藏并没有让他们走出各自的孤独。

在贾平凹的《白夜》中,西藏只出现在女性人物虞白的口中,当她被问及最想去的地方的时候,冲口而出的答案是西藏。西藏几次反复出现在虞白的语言表达中,除此之外并没有过多的描述和阐释。但是在我看来,西藏在《白夜》这部小说中之所以被多次提及并不是一个没有内涵意指的地理概念。虞白是这部小说中最深刻地感受到被自己日常生活中的"心念"所缠绕且渴望得到救赎的女性形象,因此她诵读《金刚经》、绘画《坐佛图》、渴望抵达西藏实际上都是她试图救赎心灵的方式。西藏这个带有救赎和净化色彩的地理意象多次出现在虞白对想抵达的地方的回答中,她实际上是在意念中或希望依靠行动来亲自向它趋近,以寻求一条对世俗生活的救赎之路。

在格非的小说《春尽江南》中,女主人公庞家玉虽然在自己"一步都不能落下"的理念下拉紧发条一样生活,但她却一直都渴望抵达西藏。九十年代初期,她与当年风流倜傥的青年诗人谭端午在招隐寺度过一夜之后,"如果现在就要确定结婚旅行的目的地,她希望是西藏。②"但是这个宏远又卑微的愿望显然没有实现,在之后的将近二十年中,她仍然梦想着抵达西藏。"在端午的记忆中,家玉似乎一直都在渴望着抵达西藏。他们结婚之后她就去过三次,奇怪的是每一次都功败垂成。③"家玉第一次去西藏,"是和她在上海政法学院教书的表姐一起,走的是青藏线……表姐因为高原反应而吐得面无人色,央求她原路返回。④"第二次去西藏是她刚买了新车那一年,"在去西藏的途中,遇到了大面积的山体滑坡,只得原路返回。她一直说,那年她半途而废的西藏之旅,仿佛就是为了给若若带回这只鹦鹉。⑤"而第三次试图抵达西藏是"在家玉的怂恿之下,律师

---

① [英]迈克·克朗:《文化地理学》,杨淑华、宋慧敏译,南京大学出版社2003年版,第59页。
② 格非:《春尽江南》,上海文艺出版社2011年版,第4页。
③ 同上书,第311页。
④ 同上。
⑤ 同上。

事务所的同事组织了一次'纳木错'朝圣之旅。由于兴奋过度,在临出发的前一天,家玉因患急性胰腺炎而住院。①"三次未能实现的西藏之旅,或因为自身的原因,或由于外力所阻,总之都未能进行或半途而废。她哀怨而忧伤地感慨:"我居然真的就到不了西藏!②"若要探索家玉一直无法抵达的西藏在这部小说中的意义,可将《人面桃花》《山河入梦》《春尽江南》这三部小说放在一起考察。"江南三部曲"在台湾出版时被称作"乌托邦三部曲",乌托邦或中国式的乌托邦——桃花源梦想一直是贯穿于三部曲中的一条精神脉络,乌托邦想象实际上是知识分子面对眼前的种种不堪而产生的心理反应和自然选择。在《人面桃花》和《山河入梦》中,从对桃花源到对乌托邦的建构再到反面乌托邦的出现,虽然由于乌托邦的超前性注定了其终将走向溃败的命运,但这种想像却从来没有停止过。到了二十一世纪的当下,当现实生活的重压不给我们片刻喘息的机会,当知识分子遭遇了彻底的边缘化之后,乌托邦想象也逐渐消失了。因为在这个时代,乌托邦已经被彻底拆解,知识分子的分化与堕落,使他们已无力也不愿再去建构乌托邦,而一直作为乌托邦被加以建构和实践的花家舍也最终沦为了男人的销金窟。因此与前两部小说不同的是,在《春尽江南》中,"乌托邦"已经不在文本中作为主体部分予以呈现,而是以碎片化的形式不断在边缘处被富有精神深度地提及。乌托邦在这部小说中变成了精神病患者王元庆脑海中的一张蓝图,女孩绿珠的 NGO 项目和遥远的香格里拉,以及家玉一直梦想抵达但却永远也无法抵达的西藏。无论在这部小说中乌托邦被赋予怎样的形式,它们仍然指向了最终的颓败与虚无。或许正因为如此,在格非看来,西藏是不必抵达的,就像乌托邦被建构出来就不可避免地会走向毁灭一样,西藏一旦抵达,也很难再作为精神世界中的乌托邦了。这部小说对抵达西藏的理解,不是一种简单的对地理空间的征服或超越,而是要让心与真正的本性合为一体,对最执着的东西的必然毁灭产生清晰的了悟。因此在生命即将退场的时刻,家玉带走了端午的两本书:一本是海子的诗歌,一本是《西藏生死书》。她似乎把文学和宗教当做了对人类最后的救赎力量,而小说叙事就是在这两种力量的制衡中向前推进的。

---

① 格非:《春尽江南》,上海文艺出版社 2011 年版,第 312 页。
② 同上书,第 336 页。

从对以上文本中西藏这个独特地理意象的分析来看，这些小说作品都与现代城市生活息息相关，或其主体故事发生在城市，或其叙事主人公为来自汉地城市的青年。同时这些小说的主体叙事无一不是围绕世俗生活展开的。而与这些世俗经验相对应的，作者又在其文本叙事中通过"西藏"这样一个代表了越来越被城市生活所淡化和消解了的信仰体系的意象符号，试图召唤或建构一种不同于此的神圣生活。无论小说中的西藏是否能够真正抵达，他们都以象征或想象的方式，于对世俗生活的厌倦与怀疑中完成了一次面向灵魂的朝圣之旅。西藏这个边疆相对于新疆和内蒙古的不同在于它并非五十到七十年代知识分子远赴的边疆，因此相比而言它保有了更多的原始性与神秘性，加之藏传佛教文化的影响，也被视为一种被相对隔绝了的"净土"。因此对于游走在现代都市碎片化嘈杂生活中的人们来说，西藏成为了信仰体系崩塌后的最终拯救者，在这一片还存留着信仰的原初大地上，似乎还隐藏着灵魂救赎的可能性。

这种朝圣之旅的完成并非是通过类似边疆叙事中的"朝圣"结构来实现的，而它恰恰是通过一个作为地理意象的西藏于世俗时间之外获取了一种神圣时间。前文已经完成了有关世俗时间和神圣时间的讨论，作为一个宗教徒，其与非宗教徒最大的区别就在于他能够借助某种宗教仪式自由地穿梭于这两种时间之中，使世俗时间在恰当的时刻中断，毫无危险地使自己过渡到神圣时间当中去。而对于去神圣化时代的现代非宗教徒来说，他们所面对的只有一种时间，即世俗时间。在这种世俗时间中他们只承担着社会、道德和历史的责任，对于处于神圣时间中的宗教徒所承担的宇宙责任，在他们眼中都是非常荒谬和可笑的。但是对于非宗教徒来说，一旦社会秩序、道德体系、历史整体性轰然倒塌或出现了碎片化倾向，面对没有再生希望的线性时间，他们就会感到内心前所未有的空虚和无所适从。因此他们想重新回到诸神的身边去，其实这种渴望不一定是要寻求到某一种可作为信仰的宗教，而仅仅是想借某种类似宗教的仪式让时间重新开始，回到元始时间就是回到了诸神身边，就是恢复了神祇所存在的那个清新、纯净的世界。因此格非在《春尽江南》结尾处谭端午曾写给庞家钰的《睡莲》中说："这就足够了。仿佛/这天地仍如史前一般清新/事物尚未命名，横暴尚未染指/化石般的寂静/开放在秘密的水塘/呼吸的重量/与这个世界相等，不多也不少①"。人类从这样一个原初、纯净、清新的状态中发展而来，它具有某种心理学意义上的完美性，因此这也迫使着人们不断向它回归，就像中国古人一直在想象桃花源、佛教中寻找极乐净土、基督教始终存在着对伊甸园的留恋一样。因此"这也是对神圣的渴望，是对存在的依依不舍。从存在的层面上说，这种体验是在生命能够以一种最大限度的美好未来而定期重新开始的那种必然性中表现出来的。确实的，这不仅仅是一种乐观的存在观，而且也是一种对存在的执着。②"对于生活在城市中的非宗教徒来说，从人类学的角度看，其实也具备一种隐含的宗教情结或宗教情感，但是他们无法像宗教徒那样通过宗教仪式以朝圣的方式来完成向神圣时间的回归，而抽取某一个与宗教紧密相关的意象，通过真实行动或意念来向它不断靠近以获取这种神圣时间却是完全可行的，这也是西藏这个特殊的地理意象在近些年小说创作中所承担的重要功能。

第二节　中国当代小说中的佛教语言与意境

一　禅宗"不离文字""不立文字"语言观与中国当代小说语言表达方式

佛教文化对汉语变革的影响重大而深远，自佛教传入中国以来汉语产生了很多变化，而这种语言的发展对中国文学语言的表达方式至关重要。首先，佛教为汉语词汇库增加了很多外来词汇，它们逐渐被汉语体系认可并被赋予特定的含义，这些音译词与意译词大大丰富了汉语词汇及其文化内涵。第二，汉语"四声"的发现得益于佛教徒对佛经的转读并且受到了梵语拼音方式的启发，这对中国文学语调的构成及其所创造出的音乐美密切相关。第三，佛教经典中的铺陈、譬喻手法对汉语修辞的贡献更是意义重大。佛教经典主要以这两种艺术手法来破除障碍，彰显智慧，为中国文学说理、描摹的方法带来了有益的启示。第四、自禅宗产生以来，禅宗公案机锋多变的语言表达方式、悖论式语言等也为中国文学形成独特、新颖的话语模式产生了关键性影响。

---

①　格非：《春尽江南》，上海文艺出版社 2011 年版，第 376 页。
②　[罗马尼亚] 米尔恰·伊利亚德：《神圣与世俗》，王建光译，华夏出版社 2002 年版，第 48—49 页。

佛教文化带来了中国汉语语言的变革并促进了表达方式的发展,由此而产生的新的词汇、音调、修辞也逐渐成为了汉语语言系统的一个有机组成部分。在当下的文学创作中,当作家自觉地运用这些词汇及修辞手法时,已很难追溯佛教文化对他们语言运用所产生的影响了。但在当下一个多语混成的文学语境下,禅宗语言表达方式和语言观因其强烈的后现代解构性而对文学创作中语言创新和其指涉意义生成的影响依然尤为明显。

从禅宗语言的话语方式和修辞技巧来看,其所主张的正是一种矛盾又对立统一的语言观。也即它既强调"不离文字",对用机锋多变、充满悖论的语言方式来表达禅意,同时又讲求"不立文字",直指人心,摒弃语言而以心传心。这两种看似矛盾的语言表达方式实际上又是圆融统一的,它们都是阐释真谛的方法。用机智的语言来说禅,是禅宗直接以语言形式广度众生的途径,众生在语言中解禅,但是真正的有所悟又不是可以依靠语言而抵达的。语言文字在这里只是充当了一个进入佛禅的中介,而真正的参悟者不可能拘泥和执着于语言文字中,最终要通过以心传心的方式而消解语言,从而回归到最本真的自我。很显然,虽然以语言文字说禅是最为直截了当的方便法门,但是语言文字又是对以心传心最大的障碍,因此禅宗即使是在语言中,也常采用解构或棒喝的方式来混淆语言文字的基本逻辑,引起人们对语言不可靠性的怀疑而进一步摒弃语言。所以禅悟最高的境界是一种消解了语言文字的"默悟",也是一种"默照禅"。"默照禅"是早期达摩如来禅的一种禅定方式,相对北宋后期而兴盛起来的"文字禅"来说,它显然是一种对文字的否定。"默照禅"在南宋时期被倡导恢复有其历史因由。一方面,禅宗发展到这一时期似乎偏离了它"不立文字、直指人心"的初衷;另一方面文人士大夫在经历了一个动荡不安、战乱频仍的社会之后,了脱个人的生死成为了他们亟待解决的问题。"从语言观念来看,'默照禅'提倡无思无念乃至无言,是一种沉默的禅,一种语言虚无主义的禅[①]",实际上这种禅修方式是通过对语言的消解来实现对心性的最大观照。由此看来,这种方式最大限度地取消了语言文字对进入一种绝对自由境界的阻碍和潜在危险,欲辩此中真意是靠忘言的方式获得的。

---

① 周裕锴:《禅宗语言》,浙江人民出版社1999年版,第191页。

禅宗这两种相反相成的语言观都对中国当代小说的语言表达方式产生了重要影响。先说"不离文字"的语言观在小说作品中的表现。范小青在创作过程中一贯善于用机锋多变的对话形式来结构小说，尤其是其写于新世纪的长篇小说《香火》，可以说将禅宗中这种语言表达方式发挥到了登峰造极的境界，甚至使整部小说都呈现出了"类禅宗公案"的性质。禅宗公案的语言特点首先在于它的机锋多变，正是运用语言的矛盾与多重含义，从它的张力中寻求顿悟的可能性。根据对禅宗语言观的研究，"禅家机语的常见形式是问答之间的语言紧张与怪谲、矛盾与冲突，表现为答非所问、答问背反、故作误答、循环回答等。①"第二，禅宗公案的另一个重要语言特征是充满玄味，用一种含蓄隐晦的方式指向一切不可说的道理。另外，禅宗公案并不是经论式的说教，而是通过日常生活中的故事、言谈来阐明禅宗的意旨，因此会以容易理解的通俗化的口语来描述具体的情境。可以说范小青的这部《香火》从禅宗公案的语言资源和话语方式中汲取了很多元素，使得她的小说语言在一定程度上具备了禅宗公案的某些特征。例如大师傅往生之后，香火问二师父什么是往生。"'往生就是入灭。''什么是入灭。''入灭就是圆寂。'二师傅说过后，知道香火又要问什么是圆寂，赶紧说：'你不要再问什么是圆寂了，你一定要问，我就告诉你，圆寂就是往生。'②"这便是一种典型的循环作答。香火在此的追问显然是一种对某一语词的执着，而这种循环作答的方式正是破除提问者对语言的执着，取消它们之间的差别而进入到一种体悟真性的境界。再如香火夜里悄悄来到二师傅的房间，看到二师傅的眼珠子骨碌转被吓到了，便说："'二师傅，你吓人啊？'二师傅说：'我没吓人，是你自己吓自己。'③"在这里二师傅的回答把问题抛回了提问者，不禁让人想到《坛经》里的故事"不是风动，不是幡动，仁者心动④"。同时它运用了禅宗公案中"遮"与"表"的表述方式，即直接剔除错误的知见，引入正确的道理。又如"香火道：'那些人拿棍子棒子来敲菩萨庙，大师傅都没法活了，你个二师傅还念什么佛？'二师傅说：'刀刀亲见弥陀佛，箭箭射

---

① 方立天：《禅宗的"不立文字"语言观》，《中国人民大学学报》2002年第1期。
② 范小青：《香火》，江苏文艺出版社2011年版，第17—18页。
③ 同上书，第68页。
④ 中华大藏经编辑局：《六祖大师法宝坛经》，《中华大藏经》第76册，中华书局2004年版，第818页。

中白莲花。'①"在这里二师傅的回答不仅答非所问，而且用一句幽深曲折又充满玄味的回答将一段通俗的口语问答置换成了禅语。借助这样一个在逻辑范畴之中又似乎溢出逻辑之外的问答，隐晦地表达出了历史个体在面临一个混乱不堪和信仰解纽时代所做出的反应。这样机智而略带诡谲的语言在《香火》这部小说中比比皆是，它们在幽默和通俗的对话中完成了对一个复杂难言的时代的指涉。

范小青的小说《香火》可以说为我们提供了一种新的语言表达方式的范式，它自身不仅在以机锋对话结构小说的路径上走向了更为圆熟的境地，也解决了一些新世纪小说创作中所遭遇的语言问题。文学在发展过程中，经历了九十年代各种奇特语言的竞相争鸣以及新世纪以来各种碎片语言的拼贴，小说语言在表意上从单一变得越来越多元，但是也出现了一些表意上的焦虑。

由前文的分析可以看出禅宗的语言带有强烈的解构色彩，这种语言表达方式在八十年代末九十年代初的小说中就已经出现了。那时面临着多年来主流话语的覆盖与禁锢，那一时期的作家有着以戏谑和调侃的方式解构所有主流意识形态副产品的强烈冲动，于是在小说创作方面出现了"语不惊人死不休"的语言表达趋势。虽然早在王蒙的小说《蝴蝶》《冬天的话题》中已经表现出了这样的倾向，但是在用语言的机锋碰触社会和历史的敏感部位方面，更具代表性的作家是王朔。王朔也运用禅宗语言中故意打乱逻辑、极度铺陈等解构主义的方法，形成了小市民话语的狂欢，由此来颠覆红色话语与精英话语的神圣性。王朔小说的语言表达方式无疑在那个历史时期有着重大的意义，但是当这种低俗化了的语言狂欢进一步发展，尤其是到了新世纪语言越来越碎片化、游戏化之后，就难免演变成一种空洞的语言能指了，语言和意义指涉之间产生了断裂，语言实验沦为一种沉溺于小我状态下的自说自话。在这里，之所以说范小青的《香火》为新世纪解构性语言表达方式提供了一个范本，正在于它不仅吸收了禅宗公案语法层面上的技巧，同时还深谙禅宗的精神实质。对于禅宗来说语言从来不是自为的存在，而是自在的存在，它是为了更好地表达深刻而又难以言说的禅理的。相比之下，范小青并不是为刻意追求语言的诡谲效果来写语言，而正像汪曾祺所说的，"小说的语言是浸透了内容的，浸透了作

---

① 范小青：《香火》，江苏文艺出版社 2011 年版，第 72 页。

者的思想的。①"

　　禅宗"不立文字"的语言观对中国当代小说的影响主要表现在对"禁语"状态的书写。在语言的丰富性发展到极致而抵达狂欢的效果时，"禁语"状态的出现可以说以另一种极端消解了语言表达的意义。"禁语"的状态在格非小说"江南三部曲"中出现了两次，第一次是在《人面桃花》中，陆秀米出狱之后回到家中，从此以"禁语"的状态生活多年。与其说秀米的禁语是对当年小东西事件的忏悔而进行的自我惩罚，不如说是知识分子在无法实现自己的精神追求的现实状况中的一种对抗和自我防卫。秀米在经历了一生的沉浮之后终有所悟，被水围困的如孤岛的内心在此时需要寻找一个清净的安放之所，就像禅宗中所说的一样，"禁语"实际上是打破了语言的障碍，从而能够最大限度地观照自己的内心。第二次是《春尽江南》中，"禁语"出现在与绿珠一起投身于龙孥项目的孪生兄弟身上，他们每周固定时间的禁语，据说是要领悟寂静和死亡。这一次的"禁语"承袭着《人面桃花》而来，仍然是在承担充分观照内心的途径和方法，但同时，这里的"禁语"似乎被负载了更多对语言狂欢的思考。

　　仔细考察《春尽江南》这部小说，实际上它在主体叙事中营造了一种"杂语"之境，或者说是话语的狂欢。当下多元的文化必然造成话语的多元性，"狂欢"似乎已成为我们这个时代的象征与隐喻。作者把这种话语的"狂欢性"直接整合在一个文本当中，推到人们面前的是我们当下生存的世界。巴赫金认为，"杂语"是小说语言的根本性，各类语言混杂合一，也是小说体裁的主要特征。纵观这部小说，它融合了诗人话语（如谭端午、绿珠的话语）、职业话语（如法律、黑社会话语）、精英知识分子话语（如诗歌讨论会）、鹤浦地区方言、大众文化话语（如端午和家玉的网络 QQ 聊天）、精神病话语（如王元庆的话语）等。这样一种话语的狂欢不仅仅展现了现代汉语丰富的内部层次以及当下生活与文化的多样性，还隐含着作者在这种"话语狂欢"背后的焦虑，一种"狂欢化"思维或许正在颠覆着理性的思考。正如文本中说：

---

① 汪曾祺：《中国文学的语言问题》，《汪曾祺文集·文论卷》，江苏文艺出版社 1993 年版，第 1—2 页。

电视、聚会、报告厅、互联网、收音机以及所有的人，都在一刻不停地说话，却并不在乎别人怎么说。结论是早就预备好了的。……这个社会，实际上正处在一种真正意义上的无言状态。具有讽刺意味的是，这种无言状态的表现形式，并不是沉默，反而恰恰是说话。①

正如福柯所言，"不存在一种不受权力影响的话语"，当下精英知识分子的"众声喧哗"不过是又一次集体失语而已。② 当整个社会面临这种话语狂欢式的集体失语时，小说在叙事的边缘处指出了一种真正意义上的沉默状态，这种沉默状态缓解了狂欢背后的焦虑，它所指向的是一种反观和烛照自己的内心，以抵达生命真实的状态。这里的"禁语"不仅在语言效果上和主体文本的叙事语言中形成了一种张力，同时也在借用禅宗语言观中所蕴含的精神实质抵抗着一个嘈杂的话语狂欢的世界。

二 中国当代小说中"空灵静远"与"安闲平淡"的佛教意境

佛教文化对中国文学"意境论"的形成和发展起到了至关重要的作用，佛教文化的引入，几乎从实质上改变了之前对"境"的认识，使它从一个实在的、物质的土地领域转化为一个依赖人们主观意识而存在的领域。在佛家"境界"概念的基础上，王昌龄率先在《诗格》中提出诗歌理论中"物镜""情境""意境"的概念，经过诗论家的阐发，"意境"成为中国文学理论的核心概念并强调其是意象背后表现出来的情味，而且需要靠读者用心去涵咏其中，从而去冥契、体验意境中的言外之旨。

首先，"空灵静远"的意境是中国文学在佛教文化影响下所形成的一个最重要的审美追求。早在唐代诗僧皎然就提出了诗歌意境的情味正在于"意中之静""意中之远"，虽然他是针对诗歌所言，但这种文学审美观对后来中国诗化小说的意境生成也产生了重要影响。

在中国当代小说创作中，汪曾祺、贾平凹等作家继承了这一传统，进

---

① 格非:《春尽江南》，上海文艺出版社2011年版，第322页。
② 褚云侠:《丰富与丰富的痛苦——谈格非的小说〈春尽江南〉》，《名作欣赏》2014年第2期。

一步拓展了小说的文体建构，以诗意隽永的方式塑造小说中空灵静远的审美意境。以汪曾祺小说《复仇》的结尾为例：

> 丁——，莲花上出现一颗星，淡绿的，如磷火，旋起旋灭。余光霭霭，归于寂无。丁——，又一声。
>
> 那是和尚在做晚课，一声一声敲他的磬。他追随，又等待，看看到底多久敲一次。渐渐的，和尚那里敲一声，他心里也敲一声，不前不后，自然应节。"这会儿我若是有一口磬，我也是一个和尚。"佛殿上一盏像是就要熄灭，永不熄灭的灯。冉冉的，钵里的花。一炷香，香烟袅袅，渐渐散失。可是香气透入了一切，无往不在。他很想去看看和尚。①

在我看来，除却汪曾祺小说思想意蕴上与佛教文化之间的关系，其小说所呈现出来的意境早已抵达了禅宗所追求的"空灵静远"。这段文字以拟声词"丁"——和尚敲磬所发出的声音作为开端，将复仇的激烈冲突拉向杳远而清净的境界中。随后出现的依次是莲花、星、磬、灯、钵（以及里面的花）、香（烟）这些佛教意象，并将和尚晚课敲磬的声音贯穿其中。这些意象依次出现，然后作家再依次否定它们的存在，"旋起旋灭""归于寂无"；"就要熄灭""永不熄灭"；"渐渐散失""无往不在"，正像禅宗中消弭有无、我心与万物之间的界限一样，直抵一种自在圆融的状态。与此同时，每一声敲磬的声音又都敲击在了"我"的心上，如果"我"有一口磬，我也就成为了一个和尚，在这里无论是声音还是伴随声音所出现的意象无疑带有"摄心"的内涵，"我"本是和尚的仇敌，但现在却可以成为自己的仇敌了。仇恨在这种圆融和空灵中被化解了，与西方复仇小说中因最终命运的不可违抗所带来的崇高感不同的是，对中国当代小说而言，境界仍然是重要的，当一切界限皆被消解，矛盾的尖锐性与不可调和性也就不存在了。这篇小说的结尾所真正追求和试图抵达的境界恰恰如《六祖坛经》中所说："世界虚空，能含万物色相，日月星宿，山河大地，泉源溪涧，草木丛林，恶人善人，恶法善法，天堂地狱，一切大海，须弥诸山，总在空中。世人性空，亦复如是。达于万象浑一，归于本

---

① 汪曾祺：《复仇》，人民文学出版社 2013 年版，第 6—7 页。

心之境。①"同时汪曾祺还利用叠音词、短小简洁的语句和重复的手法来控制文字的节奏，形成回环往复、悠远别致的效果以更好地营造出这种空灵静远的圆融之境。

除却这种"空灵静远"，中国当代小说中的"安闲平淡"之境也是在佛教文化影响下形成的另一种审美品格。其实在佛教看来，日常的行站坐卧都是一种修行，最重要的是要安住于当下，在平凡朴素的日常生活中把握自己的心念。因此安闲于平淡的日常生活中而从容不迫，其实就是一种禅的境界。

在中国当代小说中，将这种平凡清淡的日常生活书写到极致的是范小青，很多人从佛教文化的角度探讨范小青小说中的佛禅意蕴，其实与其说她用小说的方式表现了佛教的某些思想，不如说她的小说在精神气韵上深得禅宗意境之致。"在《瑞云》中，瑞云好婆又名吃素好婆，她善良淡然，一生吃素念佛；瑞云姑娘则以苦为不苦，以从容面对艰难。无论是她与好婆相依为命的平淡生活还是好婆走后她一个人孤寂的生活，都平静而安稳。《六福楼》里的钱三官在沿河一个固定的位置上吃讲茶，'也就是在吃吃茶的过程中，把大事化小，小事化了，钱三官没有想到这一坐竟是坐下去几十年的时光。②'在一杯龙井茶清淡又深邃的味道里，时代变迁了，甚至连六福楼都更迭了主人，但是亘古不变的是静水深流的年华。六福楼上的风景变成了苏州的地方志，平淡岁月里吃茶讲和的习惯也成了苏州人的性情。苏州人有着水一样的性格，面对现实的冲突和时间的流逝，苏州人不是尚争斗狠或者不知所措，而是在一杯茶水里变得从容不迫。这篇小说的叙述也如行云流水，毫无阻滞，虽然不着一字，但处处都是最苏州的。在《城市片断》中作家写到：'苏州人是喜欢这样的……弄点花花草草，在园林里吃吃茶。……苏州人喜欢安逸的，喜欢太太平平蹲在屋里，不与人家争长短的。③'苏州人不喜欢与人争长短，包括他们几乎从不炫耀自己有多么繁华的过往。佛教自古就对苏州的民风影响很大，甚至有人认为苏州人佛性笃深。或许正是文化一脉相承的特质使得苏州人面对

---

① 中华大藏经编辑局：《六祖大师法宝坛经》，《中华大藏经》第76册，中华书局2004年版，第833页。
② 范小青：《六福楼》，《山花》2001年第4期。
③ 范小青：《城市片断》，人民文学出版社2001年版，第45页。

过去的'大繁华'并不过分留恋,而面对当下的市民本相也并不感到羞耻,他们只是平静安然地过着略带着小家子气的生活。①"在这里,范小青用不动声色的笔触表现出的是苏州人平静安稳的生活,也是一种谙熟了佛教文化气韵的"安闲平淡"之境界。

---

① 褚云侠:《岁月流兴中的人间烟火——谈范小青的苏州叙事》,《长城》2014年第6期。

第六章

作为特殊类别的文学创作：中国当代佛教小说

将中国当代佛教小说作为一种特殊类别的文学创作显然在有意昭示着这一类型的小说作品与前文所讨论的作品有所不同。前文所讨论的小说作品无疑构成了中国当代文学史的主流，那些作家并不一定是佛教信徒或者有意识地在创作与佛教精神有关的作品，但佛教对于他们来说是一种潜隐在无意识深处的文化结构或可不断摄取的传统资源。在那些小说作品之外，无疑还存在着另一种形态的小说创作，对佛教精神的有意强调似乎就是这类作品的创作动机之一，佛教文化是作品内容的主体，而非以无意识形式在文本中的散逸与流兴。这一类型的小说作品也与佛教文化有着至为密切的关联，当属中国当代小说与佛教文化之关系研究所考察的范畴，但由于它们在创作和文本形态上的特殊性又有必要将其与前者分而论之。

第一节　佛教小说发展概况

一　"中国佛教小说"：概念的合法性与文体的特殊性

"中国佛教小说"概念的出现是将这种特殊类型的创作与其他小说作品区别开来的依据，很显然，佛教小说又是作为佛教文学的一部分而具有佛教文学的基本特征，因此有必要先对"中国佛教文学"的概念做一简要梳理。

"中国佛教文学"并非是一个由来已久的概念，在中国古代时期，宗教文学作为文学的一部分并没有被分门别类地进行归纳，而是将其与其他类型的文学等同视之。直到二十世纪上半叶，日本学者加地哲定才首次提出"中国佛教文学"的概念,他认为:"所谓佛教文学,是以佛教精神为内容,有意识地创作的文学作品,可以说佛教和文学本质地存在着不二之立场。[①]"他试图以此来界定"中国佛教文学"的范畴,从而推进一个新的文学类型学的研究。以构成文学要素的作品和作者两个角度来考量,加地哲定强调佛教文学不仅以佛教精神为文本的具体内容,同时它应该是作者以揭示或弘扬佛教教理为目的而有意识从事的创作。这就把自中国古代以来一直混同于其他文学形式的佛教文学单独划分开来了,这也或多或少地影响了佛教与文学关系研究的格局。在我看来,厘清和界定中国佛教文学的概念之于文学研究有其不可忽视的必要性。首先从文学类型自身的特点来看,源自印度的佛经譬喻文学传入中国之后,实际上应属中国翻译文学的范畴;敦煌变文所组成的佛教俗文学以及僧侣基于弘扬佛法的目的所创作的文学显然与普通作家文人在小说中对佛理的阐释上有较大差异,它们在故事的的情节模式、譬喻类型上都与其他类型的文学创作有着显著的区别。实际上,它们更多地是作为一种宗教作品而存在的,只是因其中附带的文学性而引起了文学研究的关注。其次,从中国当代文学研究的角度来看,这种强调佛教精神的有意为之之作在这一时期的中国大陆销声匿迹了(不包括港澳台以及其他华语创作区),而佛教文化元素以及思维方式仍然以集体无意识的形式深刻影响着中国当代文学的创作。直到近些年来,所谓的"佛教文学"似乎又浮出地表,在这个时空结构中此类文学的缺席与在场和其他类型、有佛教元素的文学作品的存续状态是截然不同的,若将二者分开讨论,可清晰地勾勒与归纳出怎样的特征使它们呈现出了如此不同的发展脉络。

虽然在我看来厘清佛教文学的概念对佛教文化与文学之间的关系研究意义重大,但几十年来学界一直对此没有一个清晰的说法。虽然日本学者加地哲定提出了这个概念并试图对其界定,但从其提出的概念本身来看,他对其中所强调的"佛教精神"也并没有做出精确的阐释,我们仍然无法依据其边界来将佛教文学与非佛教文学区别开来。而中国学者在进行此方面的研究时,也并没有对其内涵与外延有太多关注。因此,几十年来学界对于"佛教文学"的概念始终没有一个明确的界定,只是依据各自文学观念的不同,对其做出或广义或狭义的理解。但纵观学界对佛教文学这

---

① [日] 加地哲定:《中国佛教文学》,刘卫星译,今日中国出版社1990年版,第22页。

个概念的认识，不同观点之间的主要差异基本上是围绕着其囊括的文学类型的范畴宽窄和是否以创作主体身份作为判别标准展开的。对于概念的论争，我赞同加地哲定对"佛教精神"和"有意为之"的强调。在我看来，首先，能被称之佛教文学的作品一定有着强烈的佛教精神。而且这种佛教精神是从积极意义层面上的指称，也就是说作品所传达出来的内涵是认同、称赞、弘扬佛教的，而反对与讽刺之作势必不在此列。第二，有意为之是作者创作时的主观心态，也即作者是否是有意识地在创作充满佛教精神的文学作品，若只是无意识地在作品中流露出佛教文化的影响，则很难被看作是佛教文学。第三，从创作主体的身份来看，我认为不应以僧侣身份为限，文人及其他身份的作者有意创作的具有佛教精神的作品也应算作佛教文学。由此看来，具有文学性的汉译佛教典籍、具有强烈宗教性和故事性的俗讲、变文以及出自僧侣之手的具有弘扬佛法色彩的文学毋庸置疑都可被纳入佛教文学，而只有文人知识分子在佛教文化影响下的创作比较复杂。其中只有以弘扬佛法为目的，带有对佛教的积极认同的文学作品才可称为所谓的佛教文学。如像《红楼梦》这样集中国传统文化之大成的小说作品，虽然以佛教相关的命题贯穿了整部小说，甚至佛教文化深刻影响了小说的叙事结构、思想内涵、人物形象等，但其主题的多解性与丰富性使它更多地成为了一部庞大而复杂的人情小说，同时曹雪芹创作《红楼梦》的目的也并不是为了宣扬佛教的观念，因此不可能说它是一部佛教文学。

　　在对佛教文学形成了一个大致的看法之后，佛教小说相对于佛教文学不过是它的子概念而已。将佛教文学中的小说文本遴选出来，就是佛教小说研究的范畴。它们是作者有意识地，以小说的形式创作的具有强烈佛教精神的文学作品。从时间上来看，由于小说文体起源于六朝时期的志人志怪传统，佛教小说也基本上是从这个时期开始计算的。早期那些佛教赞颂类、教义类经典虽然也具有故事性，且借助一些小说的表达方式来阐释教理，但显然不是以人物、情节、环境为主体的文本类型，它们更重要的功能是阐释教理和哲学，因此很难被纳入佛教小说的范围。从创作主体上来看，佛教小说的创作者包括了僧侣、居士以及其他佛教修行者和普通的文人知识分子。

　　由此可见，佛教小说虽然是佛教文学的子概念，但它显然具有比佛教文学更加严格的遴选标准，这也是由这种文体的特殊性带来的。佛教文学可以包含一切具有文学性和佛教精神的文本形式，但是佛教小说首先要求这个文本是小说。这也就是说一部作品只有具备了小说的特征才有可能成为佛教小说，而反过来佛教小说也一定处于小说这个更大的命题之中。

二 中国佛教小说的发展脉络

按照前文对中国佛教小说的界定来考察其自古至今的发展脉络，中国最早的佛教小说起源于六朝的志怪传统中。在六朝志怪小说中有一类被称做"释氏教辅之书"，多是佛教徒以宣扬佛教为目的而写作的小说，其中的意图显而易见。如王琰创作的《冥祥记》和谢敷创作的《光世音应验记》都是以佛教的基本观念来宣扬佛教中灵验、应验故事的真实不虚。

唐代以后，随着佛教文化的蓬勃发展，它已经深入到日常生活的方方面面，也逐渐与文学融为了一体。表现在小说创作方面，有接续六朝志怪文言小说而来的如唐临的《冥报记》、道宣的《集神州三宝感通录》等，但相比唐传奇而言，它们并不是唐代小说叙事的主流。这时佛教为宣扬自身的理论体系，也发展出了一种特殊的俗文学类别——俗讲与变文。它们不同于那些受佛教影响而创作的唐传奇作品，明显带有着宣扬佛教的潜在目的。其实唐代俗讲与变文的出现并不是凭空而生的，它们与南朝末年佛教宣讲的盛行密切相关。六朝时期，经师和唱导师都是佛教中宣扬教法的重要组成人员，唱导师以演义的方式说经，来增进民众对经文的理解。后来这两种职业合二为一，专业的唱导发展到唐代就成为了俗讲，而俗讲所依据的本子正是发现于敦煌的、讲述佛经故事的变文。如《大目犍连冥间救母变文》《降魔变文》等，它们以通俗有趣的方式塑造人物形象，充分发挥想像力使内容具有强烈的故事性，通俗易懂且生动形象，形成了与唐传奇并行不悖的小说叙事线索。

但是到了宋代以后，由于世俗故事的传布与接受越来越广泛，宋代城市以及经济的高速发展，都为小说题材的进一步俗化奠定了基础。唐代的俗讲在这一时期其故事性也越来越强，且已经不限于在寺庙中由僧侣进行传唱了。宋代以后，传唱故事的场所逐渐从寺院迁移到了瓦肆，俗讲也演化成了"说经"。"说经"也就是演说佛经，然后参请宾主一起参禅悟道。但此时，"说经"相比于其他"说话"形式，显然已经不能和它们在宋代的繁盛相提并论了，并且已经出现了由道场向伎艺场嬗变的趋势。

虽然自宋代以后，中国佛教小说就显然不处于主流地位了，但是这一种文学类型的发展脉络却一直没有中断过。从宋朝末年一直到清朝末年，佛教小说一直以宝卷的形式存在着。宝卷直接承袭变文而来，以宣扬佛教教义为旨归，如流传最广的《香山宝卷》。这种形式的佛教小说相对"说经"在宋代的逐渐世俗化倾向，显得更为谨严和神圣，它不仅仅多为佛教僧侣所作，且有固定的刊印场所和宣卷活动。

近现代以来，传统的佛教小说形式消失了，但是从晚清到五四时期，佛教文化曾经被一度推崇，被寄予了兴国救民的重任，很多知识分子也从佛教中找到了自己的心灵归宿和精神信仰。因此，文人知识分子也将他们的文学创作与佛学造诣紧密地联系在了一起，甚至他们本人就具有僧侣的身份。这些作家的创作与仅是深受佛教文化熏习的小说作品有着很大的不同，由于作家对佛教的高度信仰或认同，他们有时是在按照佛教的基本理念来结构一个类似寓言的故事，以更好地阐释被自身高度认可的宗教理念，以佛教的智慧面对生活或人生的困境。如李叔同后来走上了出家修行的道路，而在他身边也笼聚了一批崇敬弘一法师、潜心钻研佛学经典的知识分子，如夏丏尊、丰子恺、俞平伯、许地山、废名等。虽然这些作家所创作的小说不能都算作是佛教小说，但确实有一部分作品在一定程度上具备了佛教小说的性质。如许地山的小说《命命鸟》《枯杨生花》等。但这一时期这些对佛教有着高度认同和深入修为的知识分子并没有过多以小说的形式来阐释佛教，而是创作了大量的佛教散文。与此同时，另一条僧侣创作的线索显得更加鲜明了，这与近代以来《海潮音》《人海灯》等大量僧人刊物的出现密切相关，这些刊物大多兼顾佛学研究与文学创作，为佛教文学以及佛教小说的发展提供了一个新的"文学场"。但是纵观此时僧人小说创作的实绩，虽然这些重视文学创作的佛教刊物呈现井喷之势，但小说发表的数量和质量都一直处于低迷的状态。这些刊物上发表的小说不仅数量十分有限，大约几年出现一篇小说，而且它们在艺术上也显得稚嫩、拙劣。即使相对具有艺术水准的小说如白云的《歧路》《一个青年的忏悔》，孤平的《萧条之家》、文涛的《雪痕》等，也并没有在佛教小说创作领域留下令人深刻的印象或深远的影响。

到二十世纪四十年代以后，这种类型的小说经历了从显著式微到销声匿迹的过程。直到八十年代，类似"佛教小说"的作品开始出现在中国当代文学创作中，以及新世纪以后真正意义上的"佛教小说"重新浮出地表，这种特殊类别的小说创作才结束了一个漫长的沉寂期。在这期间由

第六章　作为特殊类别的文学创作：中国当代佛教小说　　193

于救亡压倒启蒙而亟需一种高度统一的意识形态，由于僧侣的被迫还俗和参加革命致使了他们创作以及发表作品的困难等原因，"佛教小说"的发展线索在这四十几年来几乎中断了。纵观中国"佛教小说"的发展脉络，从六朝到现代，虽然佛教小说逐渐从叙事文学的主流变得并不显豁，但它一直维系着这条独特的小说写作线索。它的逐渐式微与其自身所承载的审美功能和艺术价值密切相关，当其他类型的小说在主题意蕴上和艺术形式上都日臻丰富与纯熟，佛教小说由于其阐教利生的功能而限制了题材的丰富性与艺术表达。

第二节　中国当代佛教小说的兴起

一　浮出地表的中国当代"佛教小说"

依照以上对"佛教小说"概念的界定以及对其发展脉络的考察，中国当代的"佛教小说"可谓在建国以后几十年一直处于缺席的状态。因为在这个时期马克思主义意识形态和唯物主义世界观与认识论被长期至于一尊，对于一个新成立的国家来讲，政权需要借助文学来建立它的合法性，因此文学此时几乎是完全服务于政治意识形态的。可以说佛教文学或者说任何有关宗教信仰的话题在建国后的前三十年几乎是不具有合法性的，这也就意味着一种以佛教基本观念为叙事的整体架构、主题、理念的文学作品在那一时期是不可能存在的。

直到八十年代以后，当包括佛教在内的宗教信仰话题以合法身份回归到文学创作中后，佛教文化才又在中国当代文学中有限地、逐步地走向复活。但是新中国的一代知识分子在经历了文革等激进的国家行为之后，宗教文化在他们身上几乎被连根斩断了，他们是没有宗教情怀的一代，因此，创作出有宗教感的文学作品已经是一件难事了，更不用说创作像"佛教小说"这样一种特殊类别的文学了。有人认为1986年郭青出版的长篇小说《袈裟尘缘》可被视作是中国当代文学中，继"佛教小说"沉寂了三十年之后的首部破冰之作。的确，这部小说在八十年代率先将叙事的视角完全转入到令当时的读者完全陌生的僧侣生活场域，这实属大胆和难得。小说通篇也是以佛教僧尼及在家居士为主要人物形象，勾勒了一代僧侣在面对民族的动荡、个人情感的危机而做出的不同选择。但在我看来，这部小说其实很难算作是真正意义上的"佛教小说"，它更多的是接续了五四以来对人性与佛性之间冲突、知识分子的宗教情怀等一系列问题的探索与反思之作，它并非是按照佛教基本观念结构叙事并以佛教精神统摄全篇的小说作品。

在我看来，中国当代文学中"佛教小说"的浮出地表其实更为晚近。2004年赵德发的短篇小说《学僧》的发表可以说为其之后类似题材小说的创作以及"佛教小说"基本框架的建构奠定了基础。2003年以前，赵德发本来并没有接触过佛教，也未曾书写过与佛教有关的文学作品。其与佛教的结缘始于2003年秋天他与佛教法师的一次会晤。赵德发在《写作是一种修行》中提到："2003年秋天正在我苦苦思索的时候，山东省佛教协会会长、五莲山光明寺住持觉照法师捎讯给我，让我抽空上山一趟，讨论怎样发掘五莲山佛教文化。我为了能去和法师说话，就从书架上找了一本介绍佛教的书看。在翻动书页时，一个念头突然冒了出来：我写一写当代汉传佛教吧。机遇和念头就是这么来的，用佛家的话说，是一种'殊胜之缘'。[①]"于是他开始深入研读佛教经典，走访了全国各地大小寺庙和佛学院，在2004年就创作出了以佛学院生活为主题的短篇小说《学僧》。2008年赵德发出版了长篇小说《双手合十》，该书成为了中国内地第一部展示当代汉传佛教文化景观的长篇小说。在这部小说问世之前，赵德发就表示"但我这部《双手合十》绝对不是宣教作品，我是向读者展示当今汉传佛教文化景观，让读者了解那一部分人是怎样企望着完善心灵、超越生命，在做着怎样的实践。[②]"的确，这些作品并无对佛教的鼓吹与宣扬之意，但确实是在认同佛教理念的基础之上对佛教文化的有意展示。在我看来，在这样的小说作品中，佛教文化不仅仅停留在小说的题材层面上，而是真正成为了小说文本的主体，是小说要着意表现的对象，而且作者对其内涵的挖掘与展示是建立在对佛教文化的深入理解和高度认同之上的。它们和那些文人知识分子在佛教文化影响下创作出的小说作品产生了较大差异，它已经可以被视作真正的佛教小说了。

如果说赵德发的一系列小说作品为"佛教小说"在中国当代文学中的复归且以崭新的姿态出现奠定了基础，也渐渐成为汉地书写汉传佛教的典型代表的话，大约在同一时期，范稳"藏地三部曲"第二部《悲悯大

---

① 赵德发：《写作是一种修行》，《淄博晚报》2015年5月13日。
② 同上。

地》的出版，可谓创作出了一部以藏传佛教为中心的"佛教小说"。在这部小说中，藏传佛教同样不仅仅处于题材的层面，而且它是整部作品的精神统摄以及叙事框架。"宗教就是这种具有"超稳定"意义的文化之一或典型，它虽然也处在不断被建构或重构之中，但在本质上并不因时代或社会制度的变迁而发生变化①"，范稳的《悲悯大地》向我们展现的就是这种藏传佛教精神的普泛性和救赎的永恒性，因此一切故事情节与元素都是按照藏传佛教的文化体系进行排列的。藏传佛教的基本观念成为了作家意识深处的一种文化表达，他对彼岸世界的企盼以及对现实世界的理解都是建立在藏传佛教世界观、价值观之上的。在这里，我们看不到作家对这种宗教观念的丝毫怀疑，甚至我们愿意相信作家对它是敬畏甚至是信仰的，他在召唤这样一种力量以期待救助现实俗世里水深火热中的众生。因此，可以说这部小说相比于三部曲中的其他两部作品，虽然同样着眼于藏地的神秘生活，但它已经可被视作是一部"佛教小说"了。另外西部作家雪漠于2012年出版了长篇宗教小说《无死的金刚心》，通篇以小说的笔法书写了琼波浪觉这位西藏雪域的"玄奘大师"的求法与证悟之路。由于雪漠是藏传佛教徒，且有过二十多年的瑜伽修行经历和闭关体验，因此他与这位历史人物的"相遇"与"对话"可谓倾尽了毕生的生命体验与智慧。

以上所论及的几部小说在我看来可以算作是近些年来浮出地表的"佛教小说"，它们大约从二十一世纪初期开始出现，到现在为止依然是寥若晨星。但作为一种特殊类别的写作或者说是一种新世纪的文化现象，它们的浮出地表也有其独特的历史因缘。

首先，"佛教小说"的出现与作家对佛家的体悟与接受息息相关。"佛教小说"所涉及的内容是一个普通作家和读者都相对陌生的文化视阈，一部"佛教小说"的创作不仅要求作家对佛教寺院、僧侣生活有切身的真实感受，甚至要求他们具备深入经藏的能力和较高的佛学造诣，与此同时能够升起对佛教发自内心的认同与信仰，从而自愿自觉地塑造一部充满佛教精神的虚构作品。赵德发为创作《双手合十》，曾经花费数年工夫踏足中国的佛教名山道场，通过与僧人、居士一起生活的方式来深切体

---

① 孟繁华：《是谁走进了高原深处——范稳长篇小说〈悲悯大地〉》，《文艺报》2006年8月12日。

验宗教生活,同时精心研读了上百部佛教典籍和相关书籍来提高自己对佛教的认知。范稳在书写《悲悯大地》之前也深入藏区,撰写了大量田野调查报告和读书笔记,以精准、真实地把握藏传佛教的精神实质。他们在一步步接近佛教的过程中,不是逐渐产生了犹豫与质疑,而是对其心生敬畏并有意书写了有关佛教的小说作品。雪漠是真正的藏传佛教徒,除却作家的身份之外,他还是著名的瑜伽师,多年来研修大手印瑜伽,并且创建了广州市香巴文化研究院。对于雪漠来说,多年来基于藏传佛教区的拜师、实修、研究经历,对他的创作产生了重要影响,正因为如此,正信佛教精神才散落在他的小说创作中,这也是他创作出佛教小说《无死的金刚心》的重要保障。由此可见,在中国失落多年的传统佛教文化在新世纪的复归、寺庙与僧伽体系的重建以及开放程度都为这样一部"佛教小说"的创作提供了最基本的保障。在一个宗教信仰解体多年的中国,如何使大众重新理解和接受佛教传统也并非易事,因此这类小说的出现和发展注定是晚近和缓慢的。

第二,"佛教小说"的出现与新世纪以来信仰缺失问题的凸显密切相连。新世纪以来统一的价值体系、崇高的道德情感在物质利益的冲击下本来已变得支离破碎,新一代的作家成为了无根的一代,他们抓不住任何东西。再加上在这个物统治人的时代,成名的快感、商业的策略不断扭曲他们的人格,大众媒介不断麻痹他们的精神,思想的贫乏带来了情感的萎靡,情感的萎靡带来了欲望的泛滥。他们只能在被不断挤压的边缘化的地带释放过剩的力比多。他们没有了信仰、没有了革命、没有了理想,甚至生活都没有了意义,留给他们的似乎只剩下游戏与欲望,在不断纵欲的过程中对他们个体生命的存在予以确认。艾略特说:"世界正在作一试验,要建立有文明而无基督教的一种精神。这场试验将来必然失败,但是我们必须非常耐心地等待它的崩溃,目前则应该为这段试验时间赎罪。[1]"在这样一种状况下,知识分子意识到了社会出现的问题,他们也希望寻找一种方式去救赎人心和世界。而对于如何重建的问题,弗罗姆在《健全的社会》中指出"只有当工业和政治的体制、精神和哲学的倾向、性格结构以及文化活动同时发生变化,社会才能达到健全和精神健康。只注重一

---

[1] 转引自陈晓明《无望的救赎——论先锋派从形式向"历史"的转化》,《花城》1992年第2期。

个领域的变化而排除或忽视其他领域的变化,才不会产生整个变化。[①]"而对于作家知识分子而言,他们所能够影响的无疑是精神倾向的问题,因此在传统的宗教信仰结构中寻找一种救赎的力量是新世纪以来的作家着力探索的方向之一。有些作家在宗教文化中取法或在其启示与影响下写作,而另一些作家则更加自觉地将宗教文化作为了自身创作的源泉与主体,"佛教小说"也是在这种文化语境下应运而生的一种特殊类别的写作,就像张承志在二十世纪九十年代初期所做出的尝试一样。

但是张承志在二十年前对宗教小说的探索最终以他对小说创作的告别终结,八十年代以来的张承志本身是一个单纯的小说创作者或者说是一个在伊斯兰教文化影响下的小说创作者,但是当他成为了一个真正的哲合忍耶新战士后,他已经不满足于单纯的小说创作了。这个时期他创作的《心灵史》,甚至上可以说是以小说的笔法去触及那个不为人知的神秘教派——哲合忍耶的精神内核。1994年他将三十万字的《金牧场》删改成了另一部十六万字的长篇,改题为《金草地》。如果说当年《金牧场》的叙事结构在八十年代是颇具实验性的,到了《金草地》,张承志的修删完全破坏了之前极富匠心的叙事结构。对比两个文本就会发现,其实信仰的命题正是作为其修改《金牧场》的唯一标准的。自此之后,张承志宣布永远结束了他的小说创作生涯。虽然张承志所树立起的这面信仰的不倒旗和他所昭示的清洁的精神是崇高和值得景仰的,但从文学研究的角度也会让我们不禁思考,新近浮出地表的"佛教小说"——同样作为一种宗教文学在发展的过程中是否也会遇到历史的局限性、艺术的缺陷性或文学表达上的难以为继,这是值得进一步思考的问题。

二 基于《悲悯大地》《学僧》《双手合十》的文本分析

范稳"藏地三部曲"的第二部《悲悯大地》是其刻意为之的一部关于佛教的小说,正如作者所说的,它是一部关于藏人的成佛史。相比另外两部作品《水乳大地》中多元的文化碰撞和《大地雅歌》中对信仰与爱情关系的探索以及对崇高爱情的讴歌,《悲悯大地》的主题和观念都更加鲜明和纯粹,小说的叙事逻辑自始至终是围绕着藏传佛教的力量和如何成佛以及修行显、密而展开的。在小说中一以贯之着魔与佛、慈悲与仇恨之

[①] [美] 弗洛姆:《健全的社会》,王大庆等译,国际文化出版公司2007年版,第218页。

间的较量，但是最终佛战胜了魔，慈悲化解了仇恨，一个英武、坚毅的血性男儿终究脱胎换骨、涅槃成佛。

首先从这部小说的体例上来看，《悲悯大地》按照佛教的观念将整部作品分为"缘起""因卷""果卷""缘卷"和"涅槃"五个部分，每一章节中通过穿插作者的田野调查笔记和读书笔记补充着有关西藏风俗和藏传佛教的背景知识，使叙事穿梭于虚构性和真实性之间，有意强调了小说作为"史"的特征。"缘起论"是佛教解释世界生成和本体的核心理论，而其实质正是事物之间的因果关系。所谓"缘起"是一切事物生起的条件，世界由于因缘和合而产生，任何事物的产生都不是没有原因的，也因彼此之间的因果关系而相续存在。有因必有果，有果必有因，永续循环而没有开端，也没有终结之日。人们在缘起论中不断体会并证悟到诸行无常和诸法无我，从而归于涅槃寂静的终极理想。从最初的缘起到最后的涅槃，正是《悲悯大地》这部小说的叙事逻辑。

小说在缘起部分率先交代了马帮商人儿子阿拉西的一段尚未成熟的佛缘。来自拉萨的格茸老喇嘛来到贫瘠险恶、充满怨憎的澜沧江西岸寻找转世灵童，发现阿拉西的名字、生辰和家门的景象都与活佛留下的描述一致，但唯独门前的核桃树少了一棵。格茸老喇嘛留话给当地的贡巴活佛，待佛缘成熟时，让那个孩子去找他。这显然是阿拉西最终修行成佛的一个最初因缘，由于并未成熟的因缘注定他将继续经历五毒炽盛、佛法衰微的澜沧江西岸的风雨，而其所经历的一切也是他悟道成佛的难得助缘。阿拉西走上朝圣修行的道路是因为澜沧江东西两岸因对权力和土地的贪婪而展开的战争开始的，这也就自然引出了"因卷"的内容。两岸不同教派的战争都以"佛"为名义，但实际上曲解了佛的意旨而不过是在满足自己的私欲。阿拉西的父亲都吉在战争中死于东岸白玛坚赞头人的马蹄下，之后他的两个儿子阿拉西和弟弟玉丹便开始了充满仇恨的复仇行为，在阿拉西完成了射杀白玛坚赞头人之后，头人的儿子达波多杰也走上了替父报仇之路，甚至准备断绝西岸人所有的生存退路。在被逼无奈的境遇中，贡巴活佛为阿拉西指出了照耀众生生命和救赎罪孽的寻找佛、法、僧三宝的朝圣之路；而对岸的达波多杰因与嫂子通奸被哥哥赶出家族，带着满腔仇恨和成为英雄的梦想踏上了寻找快刀、快马、快枪三宝的征途。继而"果卷"接续了二者由各自的罪孽而导致的果报，这也是皈依三宝的阿拉西——洛桑丹增喇嘛成佛的必经之路。二人开始了寻找各自心中的

"藏三宝"的竞争，也各自经受了一路艰辛的磨难。达波多杰为了报仇和成为英雄经历了女人的诱惑、疾病的缠绕、人性与生死的考验；而洛桑丹增也经历了艰苦卓绝的跋涉和一路上仇敌的追杀，以及弟弟、妻子、女儿、母亲、上师这些他生命中最重要的护法者和传法者一个个示现无常，这些也正消灭了他的执着心、仇恨心、骄傲心而使他看到了自身和一切众生的佛性以及慈悲。在二人都找到各自心中的"藏三宝"后，快刀、快马、快枪在神圣的佛、法、僧面前却完全失去了效用，所谓的快刀、快马、快枪都会因腐朽而灰飞烟灭，一切不过一场幻梦，而只有佛、法、僧才是救度众生的精神力量。"涅槃"部分实际上是两个人的涅槃，洛桑丹增通过修行而涅槃为了人们心目中的佛，达波多杰也终于放下多年的仇恨和英雄梦想而希望得到一段成佛的因缘。由此可见，这部小说的五个部分是按照佛教观念中"成佛"的基本过程进行排列的，它所展现给我们的正是一部藏人的成佛史。

另外，这部小说的叙事线索也并不复杂，它自始至终按照东岸、西岸两个家族的线索进行叙事，并使二者在恰当的时刻相聚和交锋。在小说的开端，两个家族都有其各自的罪孽：西岸都吉家生下了蛇首人身的孩子并将其抛弃到了澜沧江中；东岸白玛坚赞头人家娶了狐狸变成的女人并因贪婪而时刻准备着发动两岸的战争。澜沧江峡谷地带是一片充满怨恨和邪恶的土地，因此两个具有影响力的家族也都有着各自的"魔性"，这种"魔性"所带来的最重大的一次灾难便是二者之间的战争，这也是两条线索在文本中的第一次交汇。"魔性"的结合带给众生的只能是更恐怖的深渊，为寻求各自的生路，白玛坚赞头人的儿子达波多杰开始通过寻找快刀、快马、快枪来实现复仇的目标，而都吉家的儿子阿拉西放弃对至亲的俗世之情而走上了寻求救度众生之路。快刀、快马、快枪三宝带来的是杀戮以及更多无法了断的仇恨与怒火，它们是"魔性"的象征，而佛、法、僧三宝则是了断尘世贪嗔与怨憎的崇高神性力量，它们是"佛性"慈悲的象征。当这两个家族的后代为着心中截然不同的藏三宝而倾尽一生时，他们也一个在"魔"的掌控下陷入深渊，一个越来越接近"佛"的境界。在这两条大体平行发展的线索中，"魔"的线索也不断通过与"佛"的线索的交织而形成一种叙事的阻力，介入"成佛"的道路而对其进行干扰。当"魔"性与"佛"性发展到各自的极致时，这两条线索展开了最激烈的交锋，"魔"在"佛"的降伏之下溃不成军，"佛"性在历尽一切考验之后取得了最后的胜利。两条线索在最终的交锋之后实际上是一种真正的融合,"魔"性成就了作为对立一方的"佛"性,同时"魔"性也转化成了"佛"性,成魔的过程使得达波多杰深刻地洞穿了地狱的恐怖和净土的光明,认识到一个真正的英雄不是只会疯狂地杀戮,而是要有一颗慈悲之心。从而愿意通过修身、修心的过程来摒除内心的魔性,找到自身本具的佛性。

在这种"魔""佛"之间的较量和转化过程中,喇嘛、上师以及可被视作"空行母"的、作为力量与爱的源泉的女性形象在其中起到了关键性的作用。与阿来小说《尘埃落定》中游移不定、甚至也为世间利益所累的喇嘛形象不同的是,在《悲悯大地》中,可以说喇嘛、上师以及"空行母"的形象就是佛教根本精神的象征,他们在得到西藏民众的信任与敬仰之外,也担任着藏人精神导师的角色。在这部小说中,他们无一不是具有悲悯情怀的佛陀化身,在每一个历史的关节点上控制着叙事的发展走向。这种方向是按照正信佛教的核心观念所预设好了的,他们的教导如同佛陀对众生的布道,他们的行为皆以救度众生为旨归,喇嘛、上师和"空行母"的教诲将愚顽的众生引入了一条向上的成佛之路。随着"佛"的线索战胜"魔"的线索,在这种较量与转化得以完成时,小说的叙事也最终实现了它自度度他的使命。

赵德发于近年来也一直专注于创作佛教题材的小说,甚至是在有意创作一些充满佛教精神的小说作品。如其发表于 2004 年的短篇小说《学僧》,是一篇以佛学院僧侣生活为题材的,有关学僧戒定不断在世俗的魅惑之下如何通过精进来坚定自己出家学佛这一念诚心的故事。

赵德发的短篇小说《学僧》和汪曾祺的小说《受戒》在主体故事上有很多近似之处。《学僧》讲述了一个佛学院的学僧戒定,在正式受戒——这样一个殊胜的了断尘缘的契机前后所经历的一系列世俗的侵扰。虽然戒定在出家之前受到父母的阻挠,出家之后受到室友——出自南方富豪之家,只为和父母赌气取得文凭的法能的诱惑,但他面临的最大烦恼则是以善结缘的姑娘刘晓霞带给他的怦然心动和世俗情意不断的纠缠。正因为戒定的慈悲与善良,才让质朴的乡村姑娘刘晓霞爱上了这个出家人,戒定对此也认识到自己的心动源于没有以金刚定力彻底降服心中的妄念。然而这个不断坚定心念的过程也是不断应对女性情感魅惑的过程,由此二人之间隐而不发的爱情和戒定受戒交织在一起共同构成了小说叙事的主体线索。"受戒"和"爱情"很容易让人联想起汪曾祺的小说《受戒》，虽然二者在构成情节的关键元素上高度相似，但其表达的意涵和作者的处理方式却截然不同。就像学者贺绍俊在评论《学僧》和《受戒》之间的差异时所说的："二十多年前，汪曾祺写《受戒》，正是人们刚刚从摧残人性的恶梦中醒来，所以作者烘托小和尚与小英子的友谊和爱情，就传达出人性美的情愫。今天却不一样了。就像《学僧》中所写的，这个社会的精神和情感都有一种物化的趋势，这时候，戒定面对刘小霞的同样是纯真的爱情时，他首先感到的是对自己远离邪念的心愿的考验。[①]"但在我看来，汪曾祺《受戒》中小和尚明海对小英子朦胧的情意和《学僧》中戒定和尚将爱情当作对修行的考验都是真实的，只是作者所处的时代环境与他们对待佛教文化的立场不同，这也正是二者同样都是以佛教为题材的小说，但《受戒》是关于人情人性的小说而《学僧》可被视为佛教小说的原因。

若对这两篇小说的文本内容进行对比分析，不难看出《受戒》中的小和尚明海和《学僧》中的戒定从出家到受戒过程中的心理动因和对佛教与感情的理解是截然不同的。首先从他们出家的因缘来看，在《受戒》中，"他是从小就确定要出家的。他的家乡不叫'出家'，叫'当和尚'。他的家乡出和尚。[②]"明海出家是因为"当和尚"在他的家乡是等同于杀猪、织席子的一种职业，而且也要靠关系，因为不仅有饭吃，还可以省钱甚至赚钱。出家的目的是将来富足之后还俗，即便不愿还俗也可以有一份安身立命的营生。由此看来，明海的出家几乎完全与信仰无关，佛事不过也是一种为稻粱谋的世俗事。而《学僧》中的戒定在被和尚放生时的唱诵感动之后决定出家，原因是不愿意在这个世界上受罪，之后是老和尚认为戒定有根器而同意他出家的。在佛教看来，出家的意义正在于不忍众生经受世间苦而布施自己，走上上求佛道、下化众生的自度度他之路。可以说戒定出家的动机与明海完全不同，与明海对出家的意义尚不明所以的情况相比，戒定是完全有意识的自主选择。这也就进一步影响到了二人对受戒的态度。明海对于去受戒其实也没有特别的认识，所谓的云游四海、逢寺挂单、有斋就吃不过是从舅舅那里听来的，也是为了自己当和尚而赢得

---

① 贺绍俊：《好的文学作品是一座寺庙》，《中华读书报》2004年7月20日。
② 汪曾祺：《受戒》，《汪曾祺小说》（上），广西人民出版社2006年版，第163页。

更高的地位和更好的前景。在《学僧》中虽然戒定一开始对受戒的认识也仅限于云游甚至为自己物色一个寺庙，但随着受戒仪式的演进，他是不断有更深刻的领悟和认识的，最终把自己对刘晓霞的想像与依恋列入了用于忏悔的《出罪单》。二者对佛教以及对出家受戒的认识与接受势必会影响他们处理感情的态度。《受戒》从一开始就以"受戒"写"破戒"，一切自然而然的人情与人性在汪曾祺的笔下都是美好的。而《学僧》中的戒定则是以一个出家并即将受戒的学僧角色来一步步处理出家修行与世俗情感之间关系的。戒定不断剖析和超越与刘晓霞之间的感情的过程也是一个佛教信徒不断精进的过程。他从意识到与刘晓霞的感情是障碍修行的妄念，需要用金刚定力来将其降服到他将这样的诱惑写入《出罪单》，通过忏悔来消除业障再到他通过执着的出离心试图感化和影响刘晓霞并制伏自己的欲念，戒定始终在努力将个人化自私的男女之情转化为对一切众生的慈悲之爱。但《学僧》的真实性正在于现实的状况和众生的心念远远比想像得更加复杂，小说的结尾以刘晓霞出现在即将去五台山朝拜的戒定面前来接他回家过年产生了一个出人意料的"反转"效应，戒定的泪水和目光为小说叙事留下了一个空白，或许他坚定地走向圣山，或许一个未被父母挽留下来的出家人却被一个女人拉回了家。这便是修行的艰难过程，戒定始终要降服的是一颗被风吹动的心旛，因内心的执念会将以善结下的缘变成障碍修行的孽缘，也会使渐渐明晰的诸法实相变得再次暧昧不明。由此可见，无论是小说的叙事逻辑还是人物的行动方式，《学僧》都是建立在对佛教的正信观念之上的。

直到 2013 年赵德发的长篇小说《双手合十》出版，一部全景式、具有文化复杂性和历史厚重感的佛教小说才以一种独特的中国经验出现于中国当代小说叙事的脉络中。在中国当代叙事文学普遍面临一种"体验性的焦虑"时，《双手合十》以其独特的宗教题材书写贡献出了一部敬佛悟道的小说。虽然这个过程不断经受着来自世俗欲望的的拷问与困扰，但令人震惊的是它建立了一套与人们所熟知的日常、世俗文化所迥然有别甚至是对立的参照体系。《双手合十》这部庞大的佛教文学作品中嵌套了短篇小说《学僧》，无论是说《双手合十》是《学僧》的扩大版也好，还是说《学僧》不过是作者写作《双手合十》时所做的早期积累的副产品也罢，《双手合十》不仅大大丰富了《学僧》的内容与叙事技法，更重要的是，如果说《学僧》还预示着一种不知将走向何处的叙事，《双手合十》

中作者的观念和叙事的方向已经愈发确凿无疑了。

和以往出现的佛教小说不同的是，赵德发将《双手合十》的故事安置在了当下这样一个正在经历着巨大变革、快速发展，复杂到有些光怪陆离的时代，这使得文本叙事的推演自始至终都面临着来自世俗世界的摩擦力。但是赵德发似乎从来也没想过建构一个由高僧大德组成的神圣文本，或者试图完成一部对恶俗僧尼的劝诫讽喻之作，而是深深地扎根和立足于我们当下所面临的这一个世界。这是一个僧俗两界存在的共同基础，也是成佛和成魔的分野。"双手合十"这个标题就昭示着被作者所深刻意识到的复杂性，这种来自古代印度的礼法，认为"人的右手是圣洁的，左手是不净的。把两手合在一起，就代表了人的真实面貌，代表了世界的本相。[①]"与此同时，十指合拢还代表着"十戒互具"，双手合十还代表着"境智二法"。"双手合十"的故事实际上就是建立在这种复杂性之中的，也只有认识到了人、世界、境遇的复杂性，才能了知修行的目的和前进的方向，这也是佛教真正存在的基础。而就在这样一个充满复杂性和人心愈发不安定的时代，如何彰显佛教这种不同于世俗文化的参照标准的意义和为苦不堪言的人们寻找到一条救赎之路是这部小说所指向的命题。

这的确是一个"双手合十"的故事，圣洁与世俗、境遇与智慧一直像两条相反相成的线索相互牵制与纠缠。如果说正信的佛法所代表的无上智慧是圣洁的右手，俗世间对金钱和爱欲的贪婪以及对境遇的执着是不净的左手，无疑它们从内部还可以继续划分。在正信佛教的世界中道心坚定的休宁、慧昱、宝莲师太、水月等贤圣僧的言行是圣洁的，而明心、觉通、雨灵等道心未坚却又掌握了权力而以此借佛招财纵欲的"狮虫"的作为是不净的；在世俗世界中经历爱欲沉浮后一心向道、舍身护法的孟忏、孟悔是圣洁的；一心只为升官发财、肆意妄为的大小官员和商人是不净的。而即便是作为神圣代表的贤圣僧在参禅悟道的征途上也不断经受着执着心、瞋恚心、贪婪心这些相对不净的烦恼侵扰；同样的，作为世俗中最不净的代表运广集团的老总郜化章在罪孽深重之中也萌生了一念皈依三宝的清净之想。没有一件事物不具有"双手合十"的复杂性，而这两种相反的力量也在十指的相扣中发生了转化，神圣出自于世俗，智慧背后也正是无尽的烦恼，同时这也是佛性对人性救赎的重要性与可能性。

---

① 赵德发：《双手合十》，安徽文艺出版社2013年版，第101页。

而这样一个"双手合十"的过程，也恰恰是佛教"自度度他"的过程。每个人都有着不净的经历和无尽的烦恼，但是他们的精神世界都是由谷底一步一步向上爬的。由此，这部小说的宗教文学性质已经明显表现出来了，文本自始至终都被一种精神性的力量所统摄，在这部作品中的精神力量无疑是佛教的智慧。它充当了我们曾经告别的精神导师，引领着叙事穿越平凡日常的琐碎而建立起与神圣面对面的关系。这与二十世纪九十年代以来所形成的以不同事件写精神世界的复杂变化，但其精神向度始终平行展开的写作产生了很大的不同，虽然同样是写当下的日常生活，但作者有意引入一个"非日常"的因素，使其引领着日常生活的精神向度完成了一个向上的叙事。向上的叙事可具体化为两种叙事模式，第一是一切罪恶都得到应有的惩罚，并受到神圣力量的感化；第二是在经历了一系列磨难与考验之后，最终达到更高的精神境界。在这部小说中，借佛敛财、贪得无厌、败坏佛教声名的觉通和尚父子、副市长乔昀、明心住持等终因自己的所作所为得到了应有的果报，或者命丧黄泉、或者锒铛入狱、或者身败名裂，觉通和尚的父母郜化章夫妇在经历和目睹了人世的沉浮之后在佛前真诚忏悔，并将自己经商所得投资到了阐教利生的慈善事业当中。而慧昱是贯穿小说的最主要人物，几乎每一个故事、每一个人物形象都或多或少地与慧昱产生过联系。他在修行的过程虽然没有历经有如《西游记》等神魔小说中的九九八十一难，但作为一个二十一世纪的修行者，他也遇到了很多这个时代中必然要经历的障碍：商业浪潮的裹挟、网络资讯与娱乐的魅惑、感官与性欲的刺激、功名利禄的引诱等。尽管慧昱也在这个佛魔共生的世界里自甘沉沦过，但每次的堕落又都让他懊悔不已。每日勇猛精进地与心魔做斗争和克服困难的过程也是慧昱的修为日臻圆满的过程，慧昱在飞云寺最终的"升座"和淡淡一句"吃茶去"就如同《西游记》中唐僧师徒跨越千难万阻而取得真经一样，他已经在精神的道路上不断攀升而抵达了一个新的高度。

另外蕴含着宗教意义的逃离与寻找也是《双手合十》这部小说中贯穿全篇的一个重要命题，它同时也构成了对人类精神世界的隐喻。小说一开篇就是从学僧慧昱离开叠翠山佛学院，前往芙蓉山寻找休宁师父开始的。可以说逃离与寻找这两种最基本的冲动，构成了整部小说叙事的元动力。慧昱的逃离一方面出于躲避对他穷追不舍的女性孟悔，一方面是隔绝来自佛学院同住觉通的蛊惑；而他寻找休宁师父一方面是出于对两年未见的师父与日俱增的挂怀,一方面也希望可以在师父那里获得帮助他解脱烦恼的开解。而师父休宁法师云游四方、冷处安身的决定也正是出于逃离与寻找的心理冲动。休宁因无法忍受通元寺的铜臭气息而选择离开以坚守高洁道风,同时寻找一处远离客尘、万缘放下的修行道场也可以彻底隔断和还俗时期留下的两个女儿的关系以及世俗生活带来的所有牵绊。但试图逃遁的师徒二人却不断被所要极力摆脱的人事一次次寻找到。慧昱决意消除与孟悔之间的孽障,但孟悔甚至来到叠翠山出家来寻找慧昱;慧昱不满觉通的假僧真俗以及对财色的贪婪,却在毕业之后不得不以监院身份与住持觉通和尚一同共住飞云寺。休宁无论是隐居在芙蓉山狮子洞还是朝拜五台山,都被极力想摆脱的俗家的女儿找到并接回了家。直到再次隐居狮子洞后,虽然两个女儿都已出家,但她们仍然来到狮子洞旁常住以陪伴父亲。最终休宁师父的神秘失踪与狮子洞中的空无一人指向了逃离和寻找的虚妄与徒劳,而休宁留给慧昱和两个女儿的只有一颗象征着"诸法空相"的舍利子,悬于石壁而闪闪发亮。对当下境遇的厌烦与不满是"逃离"最根本的心理基础,而"寻找"是为了使当下的境遇得到有效改善,但实际上这都是出于对"境"的执着。往往自己寻找的正是别人想逃离的,而心不逃离就算身体离群索居,也很难逃遁别人寻找的罗网。就像孟悔因得不到慧昱的爱情而出家,却被觉通焚烧的欲火寻找到了,二人皆难免走向还俗和堕落的处境。因此佛教讲"出离心",而并非仅仅是逃离,只有在生老病死等诸种烦恼中生出脱离苦海的解脱之意,看清诸相非相的实质而不再执迷于虚幻的处境,才能够实现永恒的清净与欢喜。正如佛偈所言:"青青翠竹皆是法身郁郁黄花无非般若[①]","佛在灵山莫远求灵山只在汝心头",若不执着于当下的境地,烦恼并不需要去逃离,清净之所也不需要去寻找。可以说,休宁师父最终借助舍利子以身示法,结束了一段逃离和寻找的故事,因无所住而生其心,这是由对镜像的执着上升为对智慧的探寻。

通过对以上文本的分析不难看出,目前涌现出的佛教小说作品在叙事上有着共通之处和不同于其他类型小说叙事的特点。首先,从小说文本的观念资源来看,它们无疑都是取自正信佛教文化,并且对佛教基本观念的

[①] 蓝吉富主编:《大珠慧海禅师语录卷下诸方门人参问语录》,《禅宗全书》,北京图书馆出版社 2004 年版,第 139 页。

精神内核有着极力彰显的冲动。与自五四以来的对人性与佛性之间关系的反思不同的是，犹疑和批判在这些文本中不复存在了，作者对佛教文化显然是抱持高度认同的态度的。因此正信佛教文化的基本观念成为了统摄整部小说叙事的精神资源。第二，这些小说文本的叙事通常是在两条相反相成线索的张力之中完成的。无论是"佛性"与"魔性"还是"圣洁"与"不净"，一条线索向上，另一条线索向下，在相互的纠缠与龃龉中，小说叙事得以充分展开。但是之所以说二者相互矛盾却又相反相成，正在于那些"魔性"和"不净"正是成就"佛性"和"圣洁"的基本条件与必要前提，就像古典小说《西游记》一样，一条去西天取经的道路也是遭际磨难的道路，成佛的道业要以征服妖魔的侵扰为前提。所谓的"魔性"和"不净"既是破坏者，同时也是成就者，或者说它们本来就与"佛性"和"圣洁"并存且共生在同一个世界中的，是构成这个世界也是我们自身的一体两面的存在。因此在这些小说叙事中，其实没有真正的矛盾冲突和矛盾的不可解决性，叙事所完成的是一个由"魔"到"佛"、由"不净"的"圣洁"的转化过程。第三，也正因为如此，佛教小说叙事的结尾基本上是按照正信佛教的观念所预设好了的，它们引向的是一种永恒向上的叙事，最后通过信仰体系来完成对人类精神世界的重建。因而，佛教小说不会将有价值的东西毁灭给人看，与解构最终所指向的颓败与虚无相比，此类叙事承担的是返魅和建构的功能。但是当佛教文化的导向性使中国佛教小说不可避免地出现一些"模式化"特征之后，怎样开辟叙事的多种可能性和突围题材的局限性是需要进一步思考的问题。

结　语

文学的终极性关怀与和
世界对话的可能性

　　学者夏志清在《中国现代小说史》中提出了中国文学和西方文学之间最大的差别在于宗教感的缺失，或者我们可以理解成中国文学的精神脉络中始终缺少着一种从形而上层面上的终极关怀。但是通过对中国文学与佛教文化关系的考察，自古以来，除却建国以后的前三十年，文人知识分子又与佛教文化的关系至为密切，而文学创作中宗教感或终极关怀的缺失又从何谈起呢？

　　以本文所关注和讨论的小说创作为例，不难看出佛教文化对中国小说这种文体的生成、发展都产生了至关重要的影响，就像闻一多在《文学的历史动向》一文中提出的"我们至少可说，是那充满故事兴味的佛典之翻译与宣讲，唤醒了本土的故事兴趣的萌芽，使它与那较进步的外来形式相结合，而产生了我们的小说与戏剧。[①]"与此同时，佛教文化在中国上千年的传承过程中，还为小说创作的主题、人物塑造、叙事模式、语言与意象以及想像方式提供了极大丰富的文化资源。但是正如前文所分析过的，佛教是僧侣的以及上层阶级的佛教，广大民间社会在接受佛教的过程中始终带有功利化的目的。其实这与中国传统文化结构中由来已久且根深蒂固的现实功利性有关，在这种文化环境中而生发出的文学也必然缺少宗教感和形而上意义上的终极关怀。

　　从中国文化对佛教的接受情况来看，自佛教传入中国并逐步中国化以来，土生土长的道教文化的神灵体系和儒家文化的伦理观念以及民间文化

[①] 闻一多：《文学的历史动向》，《神话与诗》，北京联合出版公司2014年版，第187页。

其实一直对其朝着现实功利性的方向进行改造。以传播最为深广并扎根于民间文化中的观音信仰为例,首先从观音译名的翻译和接受来看,存在着"观世音"与"观自在"之争。仅从佛学义理和哲学含义的层面上来考察,"观世音",也即察看这个世界,显然侧重于突显菩萨慈悲救世的品格和大众对其的心理依赖,具有明显的现实功利性。而"观自在"则强调其超越和解脱,以圆融自在的慈悲与智慧来深刻通透地观看这个世界,代表了彻底的觉悟和修为的圆满,显然是指向终极性的。但对于中国这种重"有"而不谈"空"的文化传统,大多数民众更关注的必然是此生现世所要具体摆脱的苦难,而不是追求心灵的体悟与生命最终的解脱。因此,具有现世救苦救难品格的"观世音"相较于"观自在"就更能为广大民众理解和接受。第二,观音信仰成为了最为普遍的民间信仰。随着佛教净土宗和密教的发展,唐代虽然形成了"家家阿弥陀、户户观世音"的盛况,但相比于往生西方极乐净土以解决来世的问题,广大民众更倾向于具体而现实地解决此世的问题。因此虽然在民间信仰格局中,阿弥陀佛名号也被广泛诵念,但更多的是祈求观世音菩萨来救拔和接引众生,观世音菩萨已经在民间文化中成为了救苦救难的代名词。密教中的观音信仰也产生了深远影响,即便是唐代以后密教逐渐式微,千手千眼观音的形象以及《千手千眼观世音菩萨广大圆满无碍大悲心陀罗尼经》也深受民众信奉并流传至今。其重要原因也正在于千手千眼观音的慈悲愿力几乎可以成就大众日常生活中的一切利益。这也解释了为什么从魏晋南北朝时期文学创作中就大量出现了如《观音应验记》这样的观音菩萨灵验、应验故事。由此可见,中国文化在接受佛教文化时就明显带有现实功利性,在一个高度理性甚至过早理性化的文化结构中,文学也自然多指向"经国之大业,不朽之盛事",而往往忽略了对生命终极意义的关怀。

  因此中国古代小说虽然常从佛教文化中取法,但实际上是要借助其故事原型、时间与空间结构来完成对现实俗世生活的指涉。像《红楼梦》这种既勾勒出现实人生的世情与人情,又以汲取了宗教资源的神话结构给予世界一个终极性阐释,同时散发出中国古典美学气韵与悲剧情绪的作品其实较为少见,除却那些明显带有宣教目的的佛教小说之外,更多的作品是借用佛教的思想来完成对世俗的道德伦理训诫功能。到了五四以后,在古老的东方文明与西方文化碰撞的时期,文人知识分子开始意识到中国文化和中国文学中存在的问题。老舍在佛学期刊《海潮音》中发表过一篇讲话稿,题为《灵的文学与佛教》,其中反思了中国小说作品只谈世间事,"虽也有些写到'善有善报,恶有恶报'的字眼,但都不是以灵的生活做骨干底灵的文字,至于象阴骘文这类的著作,虽也可称为导人向善的文字,然总不是文学的作品,只不过是一些劝世文罢了。①"他认为中国人自古以来就缺少灵的文学的滋养,而佛教相比依托老庄哲学又掺杂佛禅因素的道教和一直占据主流地位的儒家相比,更能给人以一种灵的生活,也更能进而给人以灵的文学。而正在中国人反思自己的文化与文学,并希望从西方文学,如但丁的《神曲》中获得一种新的创作启示时,早在二十世纪初期,西方学者就开始反思西方文明的历程了。艾伯特·史怀哲在《文明的哲学》中认为西方文明衰落的原因正是因为功利主义以及对生命敬意的丧失使其失去了基础。理性只是文明的一个方面,它同时还需要"灵性",也就是带有神秘色彩的东西,而这些恰恰可以在东方文明中找到。

无独有偶的是,东西方此时几乎是在同一个时期,提出了有关"灵性"的问题。西方文学中是不缺少宗教感和终极关怀的,但是随着社会发展的驱动以试图建立一种有文明而无基督的世界的时候,困境与危机也就呈现出来了。很显然西方的反思与二十世纪以后宗教的逐渐式微密切相关,与此同时他们也看到了西方信仰体系存在的一些问题以及东方文化的优长对他们所能起到的补益作用。可见,二十世纪以后,东西方普遍面临存在的危机了,而"每一次存在的危机都把世界的现实性和人类在世界上的存在置于疑窦丛生的状况之中。这意味着,存在的危机最终还是'宗教性'的②"。由此东西方也开始在宗教信仰这个层面上对话和沟通了,因为这是具有人类普世性的问题,也是人类共通面临的困境。

老舍在几十年前的一次讲话中抛下了一个依靠佛学修为来建设灵的文学以救赎没有灵魂的中国人的期许,这实际上是要以宗教通过文学来发生作用,成为一种解决危机的范式。"宗教作为一种解决危机的范式,不仅仅因为它能够无限次地被重复使用,而且也因为它被认为有着一种先验性的起源,因此也被解读为从一个另类的、超凡世界中所得到的启示。③"

---

① 老舍:《灵的文学与佛教》,《海潮音》1942 年 2 月 1 日第 22 卷第 2 号。
② [罗马尼亚] 米尔恰·伊利亚德:《神圣与世俗》,王建光译,华夏出版社 2002 年版,第 123 页。
③ 同上。

在这个信仰危机和终极关怀缺失越来越严重的世代,对这个问题的解决似乎也变得前所未有的迫切起来。其实通过对中国当代小说和佛教文化关系的考察,不难发现其在中国古代小说的基础之上对佛教文化的吸收是进一步推进了小说的发展的。虽然在经历建国以后的几十年之后,佛教思想与主题在中国当代文学叙事中大大减少了,但是作为一种思维模式或文化结构的佛教不断以浸入小说肌理的方式影响着这一时期的文学创作。那些古老的佛经故事模型、意象系统与语言表达方式在现代性的烛照之下焕发出了新的活力,人物谱系的建构也负载了更多文化蕴含,其对时间叙事与空间叙事的启发性意义也不仅停留在写作的技巧层面上,它们对当代小说突破"世间事"的范畴、寻找一种新的叙事整体性发挥了至关重要的作用。同时作家们从哲学或形而上的维度来创设小说叙事一个新的面向也由此展开了,尤其是"心灵"的问题在这些作品中被较为详细且富有精神深度地提及和探索了。包括近些年来出现的有意为之的"佛教小说"作品,也正是期待通过书写一个与我们普遍熟悉的世俗世界不同的另外一个世界,来探索生命真正的实相和救赎的另一种可能性。虽然它们仍然面临着题材上的限制和艺术表达上的难以为继,但其背后建构一种"灵"的文学的冲动是难能可贵的。

  佛教作为宗教文化的一部分,它不仅是印度的、是中国的、是东方的,它也是最具有世界性的文化资源。所有的宗教都因探索这个世界的真理而生,也都是一种终极关怀的方式。而寻找一种终极关怀在近一百年来的东西方,尤其是近二十年来的中国显得越来越迫切也越来越显豁是因为"终极关怀的信念确实可以成为一个人在精神世界安身立命的支柱,它是一种庄严肃穆的境界,一种至上的感悟,一种爱与创造力的源泉,一种个性发展的最为充分的形式……[①]"表现在文学尤其是小说创作上,它不仅带来了叙事新质产生的可能性,也带来了一种恢复或创建宗教感的方式。迟子建说:这个世界神灵与鬼魅共存,一个富有宗教情怀的人,会把'根'扎得很深,不会被鬼魅劫走。[②]"的确,一个富有宗教情怀的人,

---

  [①] 胡河清:《胡河清文集》上卷,王晓明、王海湄、张寅彭编,安徽教育出版社 2014 年版,第 35 页。

  [②] 迟子建:《我热爱世俗生活》,舒晋瑜编著《说吧,从头说起》,作家出版社 2014 年版,第 65 页。

他就找到了安身立命的途径，文学也就有了建构一种终极性关怀的基础。于文学与佛教文化关系的维度下观照中国当代以来的小说创作，是对最具有民族性的文化传统的致敬，同时碰触的也是一个最具有世界性的命题。

参考文献

1. John Holder（ed. & tr.），*Early Buddhist Discourses*，Indianapolis：Hackett，2006.
2. Stephen Laumakis,，*An Introduction to Buddhist Philosophy*，Cambridge：Cambridge University Press，2008.
3. Paul Williams，*Mahāyāna Buddhism：The Doctrinal Foundations*，2nd edition，New York：Routledge，2009.
4. Gary Storhoff and John Whalen-Bridge，*American Buddhism as a Way of Life*，State University of New York，2010.
5. Cynthia Col，*Milestone Documents of World Religions：Exploring Traditions of Faith through Primary Sources*，edited by David Fahey，Dallas：Schlager，2011.
6. ［罗马尼亚］米尔恰·伊利亚德：《神圣与世俗》，王建光译，华夏出版社2002年版。
7. ［意］马利亚苏塞·达瓦马尼：《宗教现象学》，高秉译，人民出版社2006年版。
8. ［英］凯特·洛文塔尔：《宗教心理学简论》，罗跃军译，北京大学出版社2002年版。
9. ［美］弗洛姆、［日］铃木大拙、［美］马蒂诺：《禅宗与精神分析》，冯川译，贵州人民出版社1998年版。
10. ［日］《铃木大拙禅风禅骨》，耿仁秋译，中国青年出版社1989年版。
11. ［日］铃木大拙：《禅者的思索》，未也译，中国青年出版社1998年版。
12. ［瑞士］卡尔·古斯塔夫·荣格：《原型和集体无意识》，徐德林译，国际文化出版公司2011年版。
13. ［瑞士］卡尔·古斯塔夫·荣格：《转化的象征：精神分裂症的前兆

分析：an analysis of the prelude to a case of schizophrenia》，孙明丽、石小竹译，国际文化出版公司2011年版。

14. ［美］拉德米拉·莫阿卡宁：《荣格心理学与藏传佛教·东西方的心灵之路》，蓝莲花译，世界图书出版公司2015年版。
15. ［英］爱·莫·福斯特：《小说面面观》，苏炳文译，花城出版社1984年版。
16. ［俄］瓦·费·佩列韦尔泽夫：《形象诗学原理》，宁琦、何和、王噶译，中国青年出版社2004年版。
17. ［俄］巴赫金：《史诗与小说——长篇小说研究方法论》，选自《小说理论》，白春仁、晓河译，河北教育出版社1998年版。
18. ［法］巴什拉：《空间的诗学》，张逸婧译，上海译文出版社2009年版。
19. ［日］加地哲定：《中国佛教文学》，刘卫星译，今日中国出版社1990年版。
20. 鸠摩罗什译：《佛教十三经》，中华书局2010年版。
21. 中华大藏经编辑局：《中华大藏经汉文部分》，中华书局1984—1996年版。
22. 季羡林：《中华佛教史》，山西教育出版社2013年版。
23. 汤用彤：《汉魏两晋南北朝佛教史》，中华书局2016年版。
24. 汤用彤：《隋唐佛教史稿》，北京大学出版社2010年版。
25. 张中行：《佛教与中国文学》，北方文艺出版社2011年版。
26. 任继愈：《中国佛教史》，中国社会科学出版社1997年版。
27. 楼宇烈：《中国佛教与人文精神》，宗教文化出版社2003年版。
28. 南怀瑾：《中国佛教发展史略》，复旦大学出版社2016年版。
29. 唐君毅：《中国文化之精神价值》，广西师范大学出版社2005年版。
30. 萧池：《佛法与诗境》，中华书局2005年版。
31. 方立天：《佛教哲学》，中国人民大学出版社1997年版。
32. 方立天：《中国佛教与传统文化》，上海人民出版社1993年版。
33. 鲁迅：《中国小说史略》，中华书局2010年版。
34. 孙昌武：《佛教与中国文学》，上海人民出版社1988年版。
35. 葛兆光：《中国宗教与文学论集》，清华大学出版社1998年版。
36. 黄子平：《"灰阑"中的叙述》，上海文艺出版社2001年版。
37. 刘晓枫：《圣灵降临的叙事》，生活·读书·新知三联书店2003年版。

38. 洪子诚:《中国当代文学史》,北京大学出版社 1999 年版。
39. 陈思和:《中国当代文学史教程》,复旦大学出版社 2005 年版。
40. 张健:《新中国文学史》,北京师范大学出版社 2008 年版。
41. 陈晓明:《中国当代文学主潮》,北京大学出版社 2003 年版。
42. 吴正荣:《佛教文学概论》,云南大学出版社 2010 年版。
43. 谭桂林:《20 世纪中国文学与佛学》,安徽教育出版社 1998 年版。
44. 谭桂林:《百年文学与宗教》,湖南教育出版社 2002 年版。
45. 谭桂林、龚敏律:《当代中国文学与宗教文化》,岳麓书社 2012 年版。
46. 周庆华:《佛教与文学的系谱》,(台北)里仁书局 1999 年版。
47. 江灿腾:《台湾佛教与现代社会》,(台北)东大出版社 1992 年版。
48. 丁敏:《中国佛教文学的古典与现代·主题与叙事》,岳麓书社 2007 年版。
49. 哈迎飞:《"五四"作家与佛教文化》,上海三联书店 2002 年版。
50. 陈伟华:《基督教文化与中国小说叙事新质》,中国社会科学出版社 2007 年版。
51. Kubin, Wolfgang, *Poetry as Religion: Its Crisis and its Rescue Towards Zhou Mengdie*(顾彬:《诗歌作为宗教——周梦蝶诗中的艰危与救赎》,利文祺译),《文讯》2014 年 8 月。
52. 陈仲义:《打通"古典"与"现代"的一个奇妙出入口·禅思诗学》,《文艺理论研究》1996 年第 2 期。
53. 季红真:《中国现当代文学中的宗教意识》,《文学评论》1996 年第 5 期。
54. 樊星:《叩问宗教——试论中国当代作家的宗教观》,《文艺评论》1993 年第 1 期。
55. 樊星:《20 世纪中国文学中的佛家精神》,《益阳师专学报》2001 年第 5 期。
56. 樊星:《禅宗与当代文学》,《当代作家评论》2005 年第 3 期。
57. 胡河清:《马原论》,《当代作家评论》1990 年第 5 期。
58. 谭桂林:《佛教文化与新时期小说创作》,《湖南师范大学社会科学学报》1998 年第 5 期。
59. 石杰:《佛教与新时期文学的融合》,《中国人民大学学报》1996 年第 4 期。

60. 石杰：《新时期作家接受佛教影响的主要形态》，《十堰大学学报》1997年第2期。
61. 石杰：《佛教与文学的再度联姻——论新时期作家对佛教的接受形态》，《贵州大学学报》（社会科学版）2004年第4期。
62. 林江、石杰：《汪曾祺小说中的的儒道佛》，《广东教育学院学报》1995年第4期。
63. 石杰：《贾平凹及其创作的佛教色彩》，《徐州师范学院学报》1994年第1期。
64. 石杰：《史铁生小说的佛教色彩》，《贵州大学学报》（社会科学版）1994年第2期。
65. 石杰：《淡与禅：范小青小说论析》，《江西师范大学学报》1996年第4期。
66. 贺绍俊：《从宗教情怀看当代长篇小说的精神内涵》，《文艺研究》2004年第4期。
67. 刘春、黄平：《〈香火〉·历史禅》，《当代作家评论》2012年第3期。
68. 吴鹏：《论白先勇小说〈孽子〉中的佛教意识》，《科教文汇》（上旬刊）2009年第8期。
69. 陈吉德：《奔向戏剧的彼岸·高行健论》，《戏剧》2003年第1期。
70. 叶石涛：《论李乔小说里的"佛教意识"》，《台湾文艺》1978年第57期。
71. 林耀德：《宁为辟支佛，不做镀金身——评郭玉文的寓言体小说》，《幼狮文艺》1993年第4期。
72. 刘岳兵：《诗魔的禅悟，禅学的滙通——试论洛夫诗路历程中超现实主义》，《幼狮文艺》1993年第2期。
73. 梁寒衣：《台湾当代佛化文学鸟瞰》，《人生杂志》第1998期。
74. 洪淑苓：《诗心、佛心、童心——论夐虹创作历程及其美学风格》，《蓝星诗学》2001年第12期。
75. 蔡孟娟：《当代文学之佛学世——论东年〈地藏菩萨本愿寺〉，封德屏编《文学与社会学术研讨会》2004青年文学会议论文集，（台南）国家台湾文学馆2004年版。
76. 左文：《二十世纪中国文学与佛教应对困难的三种方式》，硕士学位论文，湖南师范大学，2003年。

77. 胡青善：《世纪末文学的宗教精神》，硕士学位论文，华南师范大学，2003年。
78. 张煜：《想想西藏——当下文化生产中的"西藏想象"》，硕士学位论文，暨南大学，2003年。
79. 黄如莹：《台湾现代诗与佛——以周梦蝶、夐虹、萧萧为线索之考察》，硕士学位论文，台南大学，2005年。
80. 蔡孟娟：《点亮自心明灯——东年小说中的佛学思想探究》，硕士学位论文，台北市立师范学院，2005年。
81. 周静宜：《陈若曦佛教题材小说研究——以〈慧心莲〉、〈重返桃花源〉为核心》，硕士学位论文，屏东教育大学，2006年。
82. 刘力：《转型期的小说与宗教》，硕士学位论文，暨南大学，2006年。
83. 孙金燕：《中国现代主义诗歌与禅思传统在背离中整合》，硕士学位论文，陕西师范大学，2009年。
84. 张海燕：《新时期大陆作家的宗教文化情结》，硕士学位论文，西北大学，2010年。
85. （东晋）干宝：《搜神记》，中华书局2012年版。
86. （北齐）颜之推撰：《冤魂志校注》，巴蜀书社2001年版。
87. （南朝）刘义庆：《幽明录》，文化艺术出版社1988年版。
88. 李时人编校：《全唐五代小说》，中华书局2014年版。
89. （明）洪楩：《清平山堂话本校注》，中华书局2012年版。
90. （明）冯梦龙编：《警世通言》，上海古籍出版社2012年版。
91. （明）冯梦龙编：《喻世明言》，上海古籍出版社2012年版。
92. （明）冯梦龙编：《醒世恒言》，上海古籍出版社2012年版。
93. （明）凌濛初：《初刻拍案惊奇》，中华书局2014年版。
94. （明）凌濛初：《二刻拍案惊奇》，中华书局2014年版。
95. （明）施耐庵：《水浒传》，上海古籍出版社2015年版。
96. （明）罗贯中：《三国演义》，中央编译出版社2014年版。
97. （明）吴承恩：《西游记》，上海古籍出版社2014年版。
98. （明）兰陵笑笑生：《金瓶梅》，人民文学出版社1985年版。
99. （清）西周生：《醒世姻缘传》，中华书局2005年版。
100. （清）蒲松龄：《聊斋志异》，中华书局2015年版。
101. （清）曹雪芹：《红楼梦》，中华书局2014年版。

102. （清）刘鹗：《老残游记》，中华书局 2013 年版。
103. 苏曼殊：《苏曼殊文集》，线装书局 2009 年版。
104. 鲁迅：《鲁迅小说全集》，北京燕山出版社 2013 年版。
105. 许地山：《许地山小说精品》，北方妇女儿童出版社 2015 年版。
106. 王统照：《王统照文集》，山东人民出版社 1982 年版。
107. 郁达夫：《沉沦》，天津人民出版社 2012 年版。
108. 施蛰存：《施蛰存作品新编》，人民文学出版社 2009 年版。
109. 废名：《桥》，花城出版社 2010 年版。
110. 废名：《莫须有先生传》，江苏文艺出版社 2009 年版。
111. 梁斌：《红旗谱》，人民文学出版社 2013 年版。
112. 罗广斌、杨益言：《红岩》，中国青年出版社 2012 年版。
113. 金敬迈：《欧阳海之歌》，人民文学出版社 2005 年版。
114. 贺敬之等：《白毛女》，中国青年出版社 2000 年版。
115. 礼平：《晚霞消失的时候》，花城出版社 2010 年版。
116. 叶文玲：《青灯》，百花文艺出版社 1982 年年版。
117. 汪曾祺：《汪曾祺小说》，浙江文艺出版社 2003 年版。
118. 韩少功：《爸爸爸》，上海文艺出版社 2012 年版。
119. 马原：《马原文集》，作家出版社 1997 年年版。
120. 郭青：《袈裟尘缘》，四川文艺出版社 1986 年版。
121. 熊尚志：《人与佛》，四川人民出版社 1995 年版。
122. 贾平凹：《白夜》，人民文学出版社 2008 年版。
123. 贾平凹：《浮躁》，人民文学出版社 2008 年版。
124. 贾平凹：《太白山记》，人民文学出版社 2006 年版。
125. 贾平凹：《贾平凹作品精选》，长江文艺出版社 2013 年版。
126. 莫言：《生死疲劳》，作家出版社 2013 年版。
127. 扎西达娃：《扎西达娃小说集》，中华书局 2011 年版。
128. 阿来：《尘埃落定》，作家出版社 2009 年版。
129. 阿来：《灵魂之舞》，人民文学出版社 2013 年版。
130. 范小青：《香火》，江苏文艺出版社 2011 年版。
131. 范小青：《还俗》，河北教育出版社 1995 年版。
132. 史铁生：《我的丁一之旅》，人民文学出版社 2013 年版。
133. 史铁生：《命若琴弦》，人民文学出版社 2011 年版。

134. 虹影：《孔雀的叫喊》，知识出版社 2003 年版。
135. 池莉：《让梦穿越你的心》，十月文艺出版社 2011 年版。
136. 格非：《人面桃花》，春风文艺出版社 2004 年版。
137. 格非：《山河入梦》，作家出版社 2007 年版。
138. 格非：《春尽江南》，上海文艺出版社 2011 年版。
139. 赵德发：《学僧》，《红豆》2004 年第 3 期。
140. 赵德发：《双手合十》，江苏文艺出版社 2008 年版。
141. 范稳：《悲悯大地》，人民文学出版社 2006 年版。
142. 邱华栋：《墨脱》，《上海文学》2015 年第 7 期。
143. 张忌：《出家》，中信出版集团 2016 年版。

攻读学位期间取得的学术成果

1. 《"酒"的诗学——从文化人类学视角谈〈酒国〉》发表于《小说评论》2016 年第 1 期。
2. 《在"重构"与"创设"中走向世界——格非小说的海外传播与接受》发表于《当代作家评论》2015 年第 5 期。
3. 《"古老的敌意"——谈〈春尽江南〉的知识分子叙事》发表于《当代作家评论》2014 年第 4 期。
4. 《码头的文学：当代武汉叙事中的"码头"文化特质》发表于《长城》2014 年第 5 期。
5. 《岁月流兴中的人间烟火——范小青的苏州叙事》发表于《长城》2014 年第 6 期。
6. 《由古城通往灵魂深处的"后花园"——方英文长篇小说〈后花园〉中的西安》发表于《长城》2015 年第 1 期。
7. 《天津之"闲"——林希小说中的天津故事》发表于《长城》2015 年第 2 期。
8. 《城市博物志或器物考古学——以董启章〈天工开物·栩栩如真〉为中心》发表于《长城》2015 年第 4 期。
9. 《乡在文字中——从温州街的故事谈起》发表于《长城》2015 年第 5 期。
10. 《城市叙事：历史、地理、道路与问题——关于当代"城市文学"的对话》发表于《长城》2015 年第 6 期。
11. 《政治罅隙中的美学痕迹》发表于《羊城晚报》2015 年 8 月 2 日。

索 引

B

不离文字 180，181
不立文字 16，180，183

C

谶语 2，76，78，79，82

F

佛教文化 1-18，20，22，24-33，35-37，39-45，49，51，52，56-59，61，62，65，69，70，79，84，87-89，96，98，104-110，112，117，119，121，122，124，133，135，136，139，142，143，146，149，155，162-165，167-173，178-180，184-194，196，201，205-208，210，211
佛教修辞 1，33，37，38，150
佛教小说 2，6，12，45，70，98，188，190-197，201-203，205，206，208，210

G

故事原型 1，13，17，20，41，46，48，50，52，56-59，208

J

镜像 2，42，76，77，140，156，168，205

L

六道 2，9，19，24，44，59，60，108，122-126，128，129，135，136，139，140，142，163
轮回 2，5，8，9，11，13，19，23-25，41，44，45，49，51-53，60-62，113-130，133，136-138，143，147，169，172

S

三界 2，24，30，47，48，59，135，136，140，142，163
三世因果 2，23-25，59-62，

70，108，123

僧尼形象　2，17，21，24，25，
　　83-91，96，98，100，104-
　　106，108-111
寺庙　2，7，8，16，21，24，27-
　　30，33，36，40，41，53，
　　65，66，70，78，88，89，
　　93，95，97，100，102-104，
　　108，149-161，164，170，
　　191，194，196，202

X

叙事整体性　2，17，45，123，
　　134，210
西藏　2，4，42，66，105，114-
　　119，121，142，143，145-
　　148，171-179，198，200

Y

缘起性空　2，12，59，64，66
意象　2，4，7，9-11，17，18，
　　28-30，44，55，102，140，
　　162-165，167-171，173，
　　176，178，179，184，185，
　　207，210
意境　2，4，8，12，17，20，32，
　　41，44，162，184-185

Z

藏地　2，3，9，42，43，45，142-
　　149，171-174，194，195，
　　197
众生平等　2，59，69

致　　谢

2017年4月底,我在从北京开往浙江的高铁上,收到了博士论文匿名评审的结果。尘埃落定,一扫了内心长久的忐忑和不安,虽然还没有通过最终答辩,但至少算是得到了各位评审老师肯定的评价。面对这篇还很稚嫩但却花费了三年心血的博士论文,我一边对它做着最后的修改与完善,一边也意识到是时候对这段艰苦的写作过程和人生漫长的求学生涯做一个了结了。在北师大六年的研究生生活转瞬即逝,不知不觉就踩在了博士最后一年的尾巴上,而正是在这时,我才真正感觉到了前所未有的紧迫感,学海真无涯,文章实乃千古之事,在做学问的路上,需要我们带着虔诚的心用一辈子去修行。

很多前辈说过,博士论文是今后做学问的始基。因此,我对博士论文的选题和写作始终抱有谨慎和严肃的态度,在这个过程中也经常和我的导师及其他师长切磋与探讨。在这里,首先要感谢我的博导和硕导张清华老师一路的扶持与悉心教导。张老师是我最为敬重和钦佩的学者之一,这也促使了我坚定不疑地追随他攻读硕士和博士研究生。古人说:一日为师,终生为父,六年的师生情谊早已使我把张老师看作自己的父亲了,而且他不仅像严父,也像慈母,在学术上一丝不苟,对我严格要求;在生活上也常感受到来自恩师的关怀与呵护。张老师对我计划从文学与佛教的关系角度研究中国当代小说既认可又深表忧虑,由于涉及艰深的佛教文化而使选题具有了较高的难度。因此自从定下题目之后,张老师就不忘在点播和指导的同时对生性愚钝的我时时敦促和鼓励,每一次和张老师的谈话都似醍醐灌顶,那些高妙精辟的智慧之言不仅极大地助益了我暂时的论文写作,也足以令我一生受用。这一篇博士论文从最初的选题到最终顺利完成,和张老师几年来的耐心指导和对我的苦心栽培密不可分。没有六年来张老师在学术上的谆谆教诲,就没有我做研究的思路与方法;没有张老师在精神上的支持与帮助，就没有我面对困难时的坚定信念和一心不乱。论文写作完成之后，张老师兴致勃勃地和我探讨论文中可进一步深入挖掘的有趣议题，并鼓励我在今后的研究中再接再厉。在他脸上的微笑与期许中我看到的是一位学者对学术的赤子之心，是一位夫子对弟子的循循善诱。六年来感恩的话说不尽，我想对老师最大的回报大概是不负厚望，坚守在学术的道路上勇敢前行吧。

在我六年的研究生求学生涯中，另一位重要的恩师是张健老师。记得在硕士一年级的中国当代戏剧研究课上，我的研究报告第一次得到张老师的肯定，从此他一直鼓励我在学术的道路上扎实认真地走下去。在博士一年级晚课后校园的小路上，我和张老师谈起了博士论文选题的初步想法。面对我当时尚未形成体系的千头万绪，张老师却条分缕析地帮我分析论文的可行性和疑难之处，并希望我努力钻研，克服困难，形成完整、成熟的框架结构和论述逻辑。博士论文开题时，张老师不是中期考核和开题答辩组的成员，但面对我的请教，张老师仍然于繁忙的日常事务中抽出时间与我讨论，提出了很多建设性的宝贵意见。在这六年的学习生活中，张老师可谓给予了我莫大的支持与帮助，这一份恩情足以永记心间。另外，北师大中国现当代文学研究所的所有老师都是我六年研究生求学路上的指路人，尤其是论文开题和预答辩小组的张柠老师、李怡老师、秦艳华老师，提出的意见和建议可谓鞭辟入里、中肯实在，为本文的顺利完成和我自身学业上的进步起到了莫大的推动作用。

博士二年级，我有幸来到美国爱荷华大学，进行了为期一年的工作和访学。虽然美国的中国文学文献材料相对有限，但却为我提供了一个进修佛学和宗教学课程的好机会。非常感谢爱荷华大学丹麦籍教授 Morten Schlutter 在得知我的博士论文与佛教有关后，邀请我参与他"佛教禅宗"课程的学习与研究，美国的学习经历为我建构了一种独特的视角和思考方式。那一段时间是我集中阅读佛教英文文献的时期，这也为后来的博士论文写作奠定了必要的理论基础和知识储备。

另外，我的先生刘江凯在我撰写博士论文阶段给予了我很大的支持和帮助，在我觉得论文难以为继时通常与他交流和讨论，作为博士论文写作的过来人，他不仅于思路上为我指点迷津，也常在我遇到瓶颈时予以鞭策。更重要的是，感恩他长久以来对我日常起居和家人的照料，让我能够安心撰写论文而没有生活上的后顾之忧。同时，张门这个温暖的大家庭是我六年来的坚强后盾，每一位兄弟姐妹的真诚与善意都常常让我倍感温暖。尤其是在这一段时间交流较多的曹霞师姐、安静师姐、王士强师兄、赵坤师姐、刘汀师兄、刘诗宇师弟、赵亦然师妹，在此我对他们表达最诚挚的谢意。

我还要感谢杏坛路 616 诗（食）群的好姐妹高媛、郝丹。杏坛路 616 诗（食）群既是 2014 级当代文学博士班，也是学二楼 616 寝室。既是朝研夕讨的乐土，也是遮风挡雨的港湾。在我求学生涯的最后阶段，能够收获无话不谈、惺惺相惜的同道人和好室友是人生最大的幸事之一。在博士三年的求学历程中，两位好姐妹始终相伴左右，相互鼓励、互通有无，彼此体谅与包容，比此时短暂的陪伴更重要的是，我们用三年却收获了一生的友谊。

完成了这篇博士论文，也几乎要为一生的求学生涯画上一个句号了。想用启功先生的话勉励此时和未来的自己，"入学初识门庭，毕业非同学成。涉世或始今日，立身却在生平。"一路前行，且行且珍惜。

褚云侠
2017 年 5 月 17 日于铁狮子坟